Troublant désir

*

Irrésistible attirance

*

Une liaison secrète

SANDRA MARTON

# Troublant désir

*éditions* HARLEQUIN

*Cet ouvrage a été publié en langue anglaise*
*sous le titre :*
KEIR O'CONNELL'S MISTRESS

*Traduction française de*
JEAN-BAPTISTE ANDRE

*Ce roman a déjà été publié dans la collection*
AZUR N° 2509
*sous le titre*
LE FEU DE LA PASSION
*en juillet 2005*



*Photos de couverture*

*Couple :* © ADA SUMMER/CORBIS
*Texture :* © ARGUS/ROYALTY FREE/FOTOLIA



83-85, boulevard Vincent-Auriol, 75013 PARIS.
Service Lectrices — Tél. : 01 45 82 47 47
www.harlequin.fr

ISBN 978-2-2802-4754-2

# 1.

*Route de Las Vegas, fin de l'été*

Le soleil n'était encore qu'un halo doré sur l'horizon désertique lorsque Keir O'Connell franchit en trombe la frontière du Nevada.

La route était déserte et il roulait vite. Sa Ferrari noire dévorait les kilomètres, véritable pur-sang mécanique. Il dépassa un panneau de signalisation, si rapidement qu'il ne put le lire. Mais il savait ce qu'il indiquait.

« Las Vegas : 75 km. » A la vitesse à laquelle il conduisait, il y serait dans moins d'une demi-heure.

Keir relâcha légèrement sa pression sur l'accélérateur.

Cela faisait deux jours qu'il roulait, presque sans s'arrêter. Il savait qu'il tirait sur la corde mais il savait aussi que s'il n'arrivait pas à temps, il manquerait le mariage de sa mère.

Un sourire étira ses lèvres à cette idée.

Il ne manquerait pas le mariage de Duchesse. Elle attendrait de toute façon que ses six enfants soient réunis avant de prononcer les vœux qui l'uniraient à Dan Coyle. Après quoi elle écorcherait vif l'impertinent qui avait osé arriver en retard.

Non, il ne pouvait rater le mariage. De plus, constata-t-il en jetant un regard à l'horloge de bord, il arriverait largement à temps. La cérémonie était en effet prévue pour le lendemain seulement.

Il s'était convaincu qu'il conduisait vite parce qu'il avait envie de profiter de sa famille. Mais la vérité, c'était que la vitesse le détendait.

Il savait par expérience que pousser une voiture à ses limites, jusqu'à ce point fragile où il frôlait la perte de contrôle, le décontractait. Tout comme le fait d'être avec une femme.

Mais ça, c'était bien la dernière chose qu'il voulait en ce moment. Il n'avait pas touché une femme depuis trente jours, plus exactement depuis qu'il s'était ridiculisé avec Cassie Barcovic, dans un jardin sous la pleine lune du Texas.

Un mois… Il lui semblait être parti une éternité. Avait-il pris tant de décisions en quatre petites semaines ? Cela lui semblait impossible. Toute sa vie, ses frères s'étaient moqués de son besoin de planifier les choses longtemps à l'avance.

« Sois prudent », lui avait dit sa mère le jour où il avait décroché sa licence de pilote.

Et l'un de ses frères, Sean peut-être, avait ri et répondu qu'elle n'avait pas à s'en faire, que Keir n'aurait pas d'accident sans l'avoir préparé.

Il fronça les sourcils.

Dans ce cas, comment se faisait-il qu'il allait abandonner un poste en or au Lucky Palace pour s'établir à deux mille cinq cents kilomètres de là, dans un vignoble du Connecticut où il avait englouti une belle somme d'argent ?

Keir s'agita dans son siège et essaya de trouver une meilleure position pour ses jambes. La Ferrari avait été construite pour la vitesse, pas le confort. Avec son mètre quatre-vingt-cinq, il commençait à le sentir, surtout après quarante-huit heures sur la route.

Il savait que sa nervosité était en partie due à la perspective de revoir Cassie. Tout le monde faisait quelque chose de stupide une fois dans sa vie. Lui, ç'avait été ce soir-là…

Il lui devait des excuses. Elle serait sans doute calmée et lui permettrait, cette fois, d'exprimer ses regrets. Il n'aurait pas dû l'embrasser. Mais l'atmosphère du moment lui avait paru propice. Sans doute parce qu'ils avaient bu trop de champagne, dansé trop de slows, s'étaient laissé entraîner par l'intimité naturelle qui naissait entre les témoins des mariés — lui, de Gray Baron et Cassie, de Dawn Lincoln.

C'était sa faute, de A à Z, et il était prêt à l'admettre. Il était le patron de Cassie, bon sang ! Il connaissait les règles concernant le harcèlement sexuel. C'était même lui qui les avait instaurées au Lucky Palace !

La logique. La raison. Le bon sens. Voilà des valeurs auxquelles il croyait et qui devaient guider l'entreprise. Dans les bras de Cassie, il les avait toutes oubliées…

« Vous n'êtes qu'un type arrogant et égoïste », lui avait-elle lancé peu après leur baiser, quand il avait essayé de rattraper son erreur et de s'excuser.

S'excuser ? Il n'en avait guère eu l'occasion. Elle avait tourné les talons et l'avait planté là. Et le pire, c'était que chacune de ses accusations était vraie.

C'était lui qui avait fait le premier pas et l'avait mise dans une position embarrassante, qu'elle refuse ou non ses avances.

En l'occurrence, elle avait accepté…

Il l'avait prise dans ses bras dans un coin sombre du jardin du ranch. Une seconde plus tard, elle était collée à lui, gémissant de plaisir comme il glissait une main dans son chemisier, une autre sous cette longue jupe vaporeuse qui l'avait rendu fou toute la soirée, et la faisait ressembler à une star d'Hollywood plutôt qu'à une serveuse de Las Vegas.

Mais ressasser tout cela, il le savait, ne lui servirait à rien. Il se demandait même pourquoi il y pensait encore.

Il avait faim. Son estomac grognait, furieux de n'avoir reçu que du café au cours des deux derniers jours. Keir ne s'était arrêté, en chemin, que pour remplir son réservoir d'essence et son organisme de caféine. La route, depuis le Connecticut jusqu'au Nevada, lui avait semblé interminable.

D'autres voitures étaient apparues, se dirigeant comme lui vers La Mecque païenne du désert. Keir dut ralentir encore, et laissa ses pensées dériver de nouveau vers le mois passé.

Son intention initiale avait été de se rendre à Tucson,

puis à Phoenix. Il comptait rester absent deux semaines, à profiter de sa toute nouvelle Ferrari sur les routes du désert.

Mais, après la cérémonie, sa mère et Dan Coyle, chef de la sécurité du Lucky Palace, l'avaient pris à part.

— Keir, avait dit Duchesse, glissant son bras sous celui de Dan, je sais que tu vas avoir un choc, mais Dan et moi avons décidé de nous marier.

Un choc ? Sans doute, oui. Pourtant, il aurait dû le deviner. Plus d'une fois, il avait surpris le regard de Dan sur sa mère, et avait vu cette dernière rougir comme une écolière en retour.

Il avait donc embrassé sa mère, serré la main de Dan. Puis elle lui avait dit de prendre un mois complet de vacances.

— Tu dois obéir aux ordres d'en haut, avait fait valoir Dan avec un clin d'œil lorsqu'il avait tenté de protester.

— Tu as besoin de vraies vacances, avait insisté Mary. Arrange-toi juste pour être de retour pour le mariage.

Alors Keir avait pris une grande inspiration, et dit à sa mère qu'il était grand temps pour elle de reprendre la direction du Lucky Palace. Dan avait tenté de le faire changer d'avis.

— Est-ce que c'est parce que j'épouse Mary ? Il n'y a aucune raison que tu partes.

— Non, était intervenue sa mère. Il n'y a aucune raison. Mais il veut partir. N'est-ce pas, Keir ? Diriger le Lucky Palace n'a jamais été ta priorité. Je crois que je l'ai toujours su.

Il n'avait pas pris la peine de nier. C'était la vérité. Ils avaient donc discuté de l'avenir de l'établissement, et Keir avait donné son accord lorsque sa mère avait exprimé son intention de partager les rênes avec Dan. Il appréciait Coyle, et savait que ce dernier serait d'une aide précieuse.

Après cela, il était retourné danser avec Cassie.

Avec le résultat que l'on connaissait.

Fronçant les sourcils, Keir prit ses lunettes de soleil sur le tableau de bord et les glissa sur son nez.

Il avait d'abord pensé partir pour Tucson le lendemain matin mais, après le fiasco dans le jardin, il avait embarqué ses affaires dans sa voiture et était parti vers l'est au lieu de l'ouest, à la recherche non pas de détente mais d'un sens à sa vie.

Etre enfin libre, dégagé des responsabilités qui lui avaient mangé les six dernières années, était une chose. Mais libre de faire quoi ? La seule chose dont il était sûr, c'était qu'il ne voulait pas redevenir courtier en Bourse. Il avait fait sa fortune dans le milieu de la finance avant de prendre la direction du Lucky Palace, mais c'était du passé.

Il lui fallait trouver de quoi son avenir serait fait.

A cet effet, et parce qu'il pensait qu'en s'occupant il chasserait le souvenir obsédant de Cassie, il était arrivé à New York et s'était renseigné auprès d'amis et de collègues. Deux jours plus tard, un avocat représentant une chaîne hôtelière française qui comptait ouvrir un hôtel cinq étoiles dans Manhattan l'avait contacté. Ils étaient prêts à payer grassement son expérience, et Keir avait songé un instant à devenir consultant à New York. L'idée lui plaisait. Il aimait le rythme et l'énergie de la ville.

C'était sur la terrasse d'un loft, quelques jours plus tôt, en compagnie de l'agent immobilier qui lui vantait les mérites du logement en question, qu'il avait changé d'avis. La vue sur New York s'était dissipée et Keir s'était soudain imaginé prisonnier d'un bureau, condamné à porter costume et cravate pour le restant de ses jours.

Qu'était-il advenu du gamin qui voulait devenir astronaute ? Tuer des dragons ?

Un loft avec piscine privée n'avait jamais fait partie de ses rêves… Comment avait-il pu l'oublier ?

Il s'était donc tourné vers l'agent immobilier, l'avait remercié et avait prétendu avoir oublié un rendez-vous. Il était ensuite monté dans sa voiture et avait foncé en direction du nord.

Il avait conduit sans but précis, pensant rebrousser chemin dès qu'il aurait une idée. Profitant d'un arrêt à une station-service, il avait regardé une carte et remarqué que des Indiens avaient ouvert des casinos et des hôtels non loin de là. Ils semblaient fonctionner sur le même mode que le

Lucky Palace, et Keir s'était dit qu'il pourrait aller y glaner quelques tuyaux pour sa mère et Dan.

Il s'était donc remis en route. Les casinos indiens s'étaient avérés intéressants, et il avait passé la matinée à étudier discrètement leur fonctionnement. Puis, pour une raison qu'il ne connaîtrait sans doute jamais, il était remonté en voiture et avait roulé encore une heure, jusqu'à se trouver sur une route serpentant dans une majestueuse forêt d'érables et de chênes.

Il avait bien failli manquer le panneau.

« Vignoble du Cerf, lisait-on. Déjeuner et dîner du jeudi au dimanche, uniquement sur réservation. »

C'était un jeudi, et il avait regardé sa montre. Presque 14 heures. Un peu tard pour déjeuner, et il n'avait pas de réservation, mais il avait décidé de tenter sa chance.

Il avait donc emprunté un petit chemin de terre et avait débouché dans un paysage digne d'un tableau. Une vieille grange transformée en restaurant trônait au sommet d'une petite éminence aux pentes couvertes de vignes. Une pergola chargée de fleurs dispensait de l'ombre à plusieurs tables. Plus loin, une magnifique demeure de pierre se dressait contre un ciel sans nuages. Et autour, de la vigne, toujours plus de vigne, à perte de vue.

Keir avait senti quelque chose s'éveiller en lui.

Oui, avait dit la serveuse, il restait de la place pour déjeuner, quelqu'un venait d'appeler pour annuler sa réservation. S'il voulait bien attendre quelques minutes ?

Il avait accepté un verre de vin et était allé se promener entre les rangs de vigne. L'odeur lourde de la terre et celle, plus légère, du raisin, emplissaient ses poumons jusqu'à l'ivresse.

Et soudain, il avait su que c'était là l'endroit qu'il avait toujours cherché.

Il avait demandé aux propriétaires de se joindre à lui pour le café et était allé droit au but. Il voulait acheter le Vignoble du Cerf.

Le visage du propriétaire s'était illuminé. Sa femme était malade et avait justement besoin d'un changement de climat.

Ils venaient à peine de décider de vendre. Keir tombait à point nommé.

Keir avait été à peine surpris. Jusqu'à ce jour, il n'avait jamais cru à ce qu'il ne pouvait pas scientifiquement prouver. Mais il lui semblait, soudain, que c'était le destin qui l'avait conduit là.

Il avait passé l'après-midi à examiner les comptes, avait faxé des documents à son avocat et à son comptable. Au coucher du soleil, il était devenu propriétaire du domaine.

Stupide ? Son avocat et son comptable avaient été trop polis pour dire le mot. Ils avaient préféré le qualifier d'« impulsif ».

Keir accéléra un peu et dépassa un camion. Peut-être qu'ils avaient raison, mais il ne regrettait rien. Il avait besoin de changer de vie. C'était chose faite.

« Las Vegas, 10 km. »

Il n'était pas homme à agir sur un coup de tête. Et pourtant, c'était ce qu'il avait fait à trois reprises au cours du dernier mois. En refusant le poste de consultant à New York, en achetant le vignoble et en embrassant une femme qu'il n'aurait pas dû embrasser.

Mais à quoi bon avoir des remords ? Le baiser n'était qu'un baiser, le poste de consultant n'était pas fait pour lui, et quelque chose lui disait qu'il avait bien fait d'acheter le vignoble.

Non, se répéta-t-il, il ne regrettait rien. Pas même d'avoir embrassé Cassie.

Keir alluma la radio, et un rock électrique envahit l'habitacle. S'il avait appris une chose durant son voyage, c'était que l'on pouvait savoir où l'on se trouvait rien qu'en écoutant les radios locales. Là-bas, dans l'Est, elles passaient Bob Dylan ou Debussy. Dans le centre du pays, c'était la country qui dominait. A mesure qu'il approchait de Vegas, le rock prenait la relève.

Sa préférence allait aux standards, ceux que plus personne ne jouait. Il avait grandi avec ces chansons, *Embraceable*

*You*, *Starlight*… Ses parents avaient veillé à ce qu'il en passe toujours dans un salon du Palace.

Le groupe qui jouait au mariage de Gray et de Dawn en avait interprété plusieurs. Il dansait avec Cassie sur un morceau des Stones lorsque les musiciens avaient enchaîné sur un slow langoureux.

C'est alors qu'il l'avait prise dans ses bras, comme si toute la journée l'avait mené à cet instant.

Il savait pourquoi il avait agi ainsi. Les gens se comportaient parfois étrangement aux mariages. Le vin et le champagne coulaient à flots et emportaient les inhibitions.

Combien de toasts avait-il portés ? Combien de fois avait-il dansé avec Cassie, regardé sa jupe s'enrouler le long de ses jambes sous la brise d'été ? Combien de fois avait-il inspiré la fragrance de son parfum en se penchant vers elle pour lui parler ?

Tout en dansant, il l'avait entraînée dans le jardin, loin des autres invités. Il avait songé à l'inviter à sortir le lendemain. Au lieu de cela, il avait murmuré : « Cassie… »

Et il l'avait embrassée, parce que cela lui semblait la chose la plus naturelle du monde. Puis elle avait poussé ce petit soupir qui l'avait rendu fou. Soudain, il l'avait attirée dans ses bras, avait glissé ses mains sous sa robe, l'avait adossée à un arbre…

Keir resserra son étreinte sur le volant.

Formidable. Il lui semblait en être au même point qu'un mois plus tôt, lorsqu'il était parti comme s'il avait le diable à ses trousses. Il s'en voulait, bien qu'il prétendît le contraire, d'avoir fait des avances à une femme qui travaillait pour lui. Elle avait sans doute eu peur de refuser, ou s'était imaginé qu'accepter l'aiderait dans sa carrière.

Dans les deux cas, c'était inacceptable.

Il se rappelait très exactement la façon dont elle s'était crispée dans ses bras, et le son de sa voix.

« Keir…, avait-elle dit. Keir, arrêtez. »

C'était ce qui l'avait fait revenir à la raison. Il l'avait sentie se raidir, et peut-être n'avait-ce été qu'une façon de jouer les effarouchées, de se faire prier…

Avec un juron, Keir écrasa la pédale de frein et s'arrêta sur le bord de la route. D'accord, il avait fait des choses idiotes dans sa vie, mais jamais à ce point.

Quant à acheter le vignoble sur un coup de tête…

Il s'accorda quelques instants pour recouvrer son sang-froid, puis redémarra. Il était à quelques minutes de chez lui, sa mère se mariait le lendemain, et il savait qu'il devait s'attendre à une grande réunion familiale, passionnée et houleuse comme seuls les O'Connell savaient en concocter.

Devant lui, sur l'asphalte, une créature ressemblant à un blindé miniature déboucha d'un buisson. Elle regarda à droite et à gauche, puis s'avança.

D'un coup de volant, sans même ralentir, Keir évita le tatou et poursuivit sa route.

Une demi-heure plus tard, il se garait sur un emplacement réservé aux employés, devant le Lucky Palace. Le garde qui surveillait l'entrée de service lui décocha un large sourire.

— De retour, monsieur O'Connell ?

— Comment allez-vous Howard ? Et votre femme ? Le bébé est pour bientôt, n'est-ce pas ?

— Deux semaines environ. Vous avez passé de bonnes vacances ?

— Formidables, merci.

— Et maintenant, retour au travail !

— Si on veut. Bonne journée, Howard. Mes amitiés à votre femme. Et tenez-moi au courant pour le bébé !

— Sans faute.

Keir cessa de sourire sitôt qu'il pénétra dans l'hôtel et remonta le couloir de la section administrative. Il avait l'impression que l'endroit l'engloutissait. Le simple fait de respirer lui paraissait soudain difficile.

Un mois seulement s'était écoulé, et il se demandait déjà comment il avait pu passer six ans ici.

Il appuya sur le bouton qui commandait l'ascenseur et, en attendant son arrivée, glissa les mains dans les poches arrière de son jean usé.

Duchesse avait prétendu qu'elle comprenait son désir de partir. Mais était-ce réellement le cas ? Il était venu l'aider à gérer l'établissement à la mort de son père. Il était l'aîné des O'Connell et, surtout, le fils raisonnable avec un grand R.

« Tu resteras juste un peu, avait dit sa mère. Le temps que j'apprenne à me débrouiller. »

Après un an, il avait suggéré d'engager un gérant.

« Je ne sais pas si je serais à l'aise avec quelqu'un d'extérieur à la famille, avait déclaré Mary. Tu ne pourrais pas rester encore un peu ? »

Il avait accepté. Et au moment où sa mère avait paru prête à prendre la relève, elle avait eu une grave attaque cardiaque.

Avec impatience, Keir appuya de nouveau sur le bouton de l'ascenseur. Il se promit de les faire réviser par le service de la maintenance. Il y avait deux cabines, et il n'était pas normal d'attendre si longtemps.

A présent, par un coup du destin, il était libéré de ses responsabilités au Palace. Et, par un autre coup du destin, il avait trouvé quoi faire de sa vie. Même si tout ce qu'il connaissait en matière de vin, c'était la façon de le boire.

Mais peu importait. Il était content d'avoir acheté le Vignoble du Cerf, heureux d'avoir trouvé un sens à sa vie. Il avait l'impression d'avoir été en cage pendant des années. Y compris à l'université, où il avait étudié des matières qui ne l'intéressaient pas.

C'était la première fois qu'il reconnaissait enfin la chose. Ce voyage d'un mois avait été autant physique que mental, et il était heureux de le voir se terminer de cette façon. Il était casse-cou, aventureux, audacieux, mais avait pour une raison qu'il ignorait réprimé cet aspect de sa personnalité. Même sa mère ne s'en était jamais aperçue.

« Tu es fort, on peut compter sur toi, lui avait-elle dit un jour. Comme mon Ruarch. »

Fiable, son père ? Ruarch O'Connell avait été un joueur invétéré, la fortune familiale dépendait de sa chance aux cartes et il n'avait jamais vu au-delà du jour présent.

La dernière chose qu'il voulait, c'était ressembler à son père. Keir estimait qu'il fallait prévoir, planifier, organiser. Et il n'avait jamais joué ou parié le moindre dollar de sa vie.

Alors pourquoi prendre un tel risque aujourd'hui ?

Crispant les mâchoires, il appuya de nouveau sur le bouton de l'ascenseur.

Acheter une terre ne revenait pas à parier, se rassura-t-il. C'était logique. Raisonnable. Ce qui ne l'était pas, c'était de relâcher une femme qui avait ouvertement envie de lui…

Il jura, tambourina sur la porte de métal. Il avait besoin d'une bonne douche, d'une sieste et d'un repas. C'était pourquoi il se rendait directement dans sa suite. Il ne voulait croiser ni Duchesse, ni ses frères et sœurs, qui étaient sans doute déjà arrivés.

Et il voulait surtout éviter Cassie !

C'était étrange, il ne l'avait jamais vraiment remarquée avant cette nuit-là. Elle était une employée. Il n'aurait sans doute jamais su son nom si elle n'avait pas été une amie de Dawn.

Bonjour Cassie.

Au revoir Cassie.

C'était l'étendue de ses relations avec elle. Il ne savait même pas depuis combien de temps elle travaillait au Palace, juste qu'elle servait des boissons gratuites au casino, vêtue d'une jupe noire courte, d'un chemisier décolleté, de bas résille et de talons hauts. Toutes les serveuses de Vegas étaient habillées ainsi. Pourquoi aurait-il fait attention à elle ?

Mais elle avait été très différente, au mariage. Et il devait bien admettre qu'il l'avait déjà remarquée, au casino. Car même dans une ville où les belles femmes étaient légion, Cassie ne passait pas inaperçue…

Elle s'était enfoncée dans la nuit avec lui, l'avait laissé la caresser, l'embrasser… et avait soudain dit non. Pourquoi ? Il était évident qu'elle était aussi troublée que lui, aussi avide de passer à l'étape suivante…

Peut-être s'était-elle attendue à ce qu'il ignore ce non. Ou peut-être avait-elle voulu négocier sa reddition. Quelle qu'en soit la raison, il avait de la chance qu'elle l'ait arrêté à temps !

Qu'avait dit Cameron un jour ? A moins que ce ne soit Sean… Peu importait. En substance, le message était que les hommes souffraient du syndrome du Cerveau Dans La Braguette. Le CDLB.

Keir sourit. Oui, c'était cela. Cette bonne vieille théorie qui les avait fait tant rire…

La lumière, au-dessus de l'ascenseur, se mit enfin à bouger. Douze. Huit. Six. Deux. Il eut un soupir de soulagement lorsqu'un léger carillon annonça enfin l'arrivée de la cabine.

Il ne s'attendait pas, en revanche, à découvrir la scène qui s'offrit à lui lorsque les portes s'ouvrirent. A savoir Cassie penchée en avant, son délicieux postérieur tourné vers lui.

Le syndrome CDLB s'empara aussitôt de lui. Elle semblait trop occupée à retirer une chaussure dont le talon s'était coincé dans une planche pour remarquer qu'elle avait du public.

Keir s'éclaircit la gorge, pénétra dans la cabine et, arborant son sourire le plus professionnel, déclara :

— Bonjour Cassie.

La jeune femme fit un bond et pivota vers lui, les joues brûlantes. A la surprise succéda une expression d'horreur sur son charmant minois.

— Vous !

L'intonation trahissait tout son mépris. Bon, il ne pouvait pas vraiment lui en vouloir. Le souvenir qu'elle avait de leur dernière rencontre était sans doute pire encore que le sien. « Sois poli », se morigéna-t-il. Après tout, il devait des excuses à cette fille.

— Oui, c'est bien moi.

Il désigna sa chaussure du menton et ajouta :

— Un problème ?

— Bien sûr que non. Je me tiens toujours dans cette position quand je prends l'ascenseur.

La cabine se remit brusquement en marche. Cassie, qui ne s'y était pas attendue, vacilla. Il voulut la retenir mais elle repoussa sa main sans douceur et agrippa la main courante.

— Ne me touchez pas !

— Pas de problème. Libre à vous de vous casser le cou si c'est ce que vous voulez.

— Je me débrouille très bien toute seule, merci.

— Oh oui, c'est ce que je vois !

Croisant les bras, il la regarda essayer de dégager sa chaussure.

— Ne soyez pas ridicule, Barcovic. Laissez-moi vous aider. A moins que vous ne préfériez que j'appelle la maintenance pour qu'ils vous envoient quelqu'un ?

— Ces idiots ? C'est à cause d'eux que c'est arrivé. Regardez-moi ça, quelle idée de laisser traîner des planches dans l'ascenseur ! Je vais m'en sortir seule.

C'était possible, songea Keir. Mais si elle continuait de se pencher ainsi, il ne répondait plus de rien.

— Bon sang, laissez-moi faire ! Nous n'allons pas y passer des heures.

— D'accord, allez-y. Qui suis-je pour m'opposer au grand patron, après tout ?

— « Merci » serait sans doute une réponse plus appropriée.

Keir s'agenouilla et, tirant un bon coup sur la chaussure, la dégagea du nœud dans lequel elle était coincée.

— Et voilà. La prochaine fois que vous décidez de porter des talons…

La cabine s'arrêta à cet instant. Cassie, qui sautait sur un pied pour remettre sa chaussure, tomba en arrière contre lui.

Keir retint son souffle. Le dos de la jeune femme était contre son torse, ses fesses contre son bassin. « Surtout ne bougez pas… », l'implora-t-il silencieusement.

Puis les portes s'ouvrirent. Il entendit alors un drôle de son. Un ricanement ? Non. Un rire.

Il pivota, entraînant Cassie avec lui, et découvrit deux visages familiers et hilares. La jeune femme, dans ses bras, poussa un gémissement de dépit.

Sean et Cameron O'Connell se contentèrent de sourire.

# 2.

Cassie avait passé une excellente journée. Elle avait enchaîné deux services d'affilée pour remplacer une serveuse qui avait la grippe. Ou un nouveau petit ami, il était difficile de savoir.

Mais elle s'en moquait. Elle avait besoin d'argent.

Le seul problème, c'était qu'elle avait commencé son premier service après un examen de trois heures, le dernier pour obtenir son diplôme en management hôtelier. Cassie suivait des cours par correspondance depuis deux ans, après s'être inscrite par curiosité et avoir découvert qu'elle y prenait beaucoup de plaisir, et qu'elle s'en tirait plutôt bien. Bientôt, elle pourrait enfin partir et se trouver un nouveau travail, aussi loin de Vegas que possible…

Vers la fin de son second service, Cassie était épuisée. Sa bouche lui faisait presque mal tant elle avait souri, ses lentilles de contact lui brûlaient les yeux et ses pieds…

Non. Elle ne devait pas penser à ses pieds. Règle n°1 du manuel de survie de Cassandra Barcovic : danseuses et serveuses ne devaient jamais penser à leurs pieds. Dès qu'on le faisait, les ennuis commençaient.

Malgré cela, Cassie dégagea un pied de l'étau qui, sous la forme d'une chaussure au talon vertigineux, la mettait à la torture. Ses orteils criaient grâce, des crampes lui parcouraient la plante des pieds.

Mais il lui fallait continuer. Courageusement, elle remit sa chaussure, prit un verre vide sur une machine à sous et le posa sur son plateau. Ses pieds étaient de toute façon le fléau de son existence depuis qu'elle avait arrêté la danse classique à dix-sept ans. A l'époque, elle s'était imaginé que les pieds douloureux étaient l'apanage des danseuses uniquement.

Elle s'était trompée.

Bon, elle s'était assez lamentée sur son sort. Elle avait mal aux pieds, et alors ? Son service touchait de toute façon à sa fin. Il devait être près de 7 heures du matin. Aucun moyen de le savoir exactement, cependant, puisqu'il n'y avait jamais d'horloge dans les casinos. Seul comptait le temps que les joueurs passaient devant une machine ou à une table.

Cassie étouffa un bâillement. Un dernier tour de salle et ce serait fini. Le casino était presque vide à cette heure-ci. Seuls les joueurs invétérés étaient encore là, entre l'aube et le petit déjeuner, et il y en avait peu aujourd'hui.

— Mademoiselle !

Elle sut qui l'appelait avant même de regarder. Le type en sueur collé à sa machine à sous. Règle n° 2 du manuel de survie : vous pouvez être sûre de tomber sur un client désagréable par soirée.

— Oui, monsieur ? dit-elle poliment.

— Donnez-moi une autre vodka orange. Et, cette fois, faites ce que je vous ai demandé, O.K. ? Je veux une double ration de vodka, pas une simple.

— C'était bien une double que je vous ai apportée, monsieur, répondit Cassie, plus poliment encore.

Le type lui jeta un regard noir comme il déposait son verre vide sur son plateau. Elle jeta un coup d'œil rapide à son gobelet de pièces et constata qu'il était presque vide. L'homme perdait sec.

— Ecoutez, ma belle, je suis encore capable de faire la différence entre une simple vodka et une double. Et moi, j'en veux une double. Pigé ?

Cassie sentait presque son sang bouillir dans ses veines. Mais elle était serveuse depuis assez longtemps pour parvenir à sourire.

— Bien, monsieur. Je vous apporte ça tout de suite.

Son sourire s'était transformé en une moue furieuse lorsqu'elle atteignit le bar.

— Pauvre crétin, marmonna-t-elle.

Chip, le barman, lui fit un clin d'œil.

— Rien ne vaut les joueurs du petit matin. Tu devrais savoir ça, maintenant.

— Oui, oui, je sais… Une autre double vodka orange, s'il te plaît.

— C'est parti. Ce type là-bas t'ennuie, c'est ça ?

— Dans le mille.

— Ne t'inquiète pas, ton service est presque fini.

— Combien de temps encore ?

Chip repoussa sa manche pour consulter sa montre.

— Plus que cinq minutes.

— Alléluia ! Je suis tellement fatiguée que je pourrais m'endormir debout.

— Moi aussi.

Chip s'éclaircit la gorge, puis ajouta :

— Un bon café nous ferait du bien.

— Je ne sais pas. Je suis épuisée.

— Fais-moi confiance. Il te faut un café. Un express bien tassé.

— Tu as sans doute raison.

— Et du sucre, ajouta Chip, remplissant un verre propre de vodka. Je me suis dit que nous pourrions aller déjeuner quelque part. Il y a justement un petit endroit sympa qui vient d'ouvrir sur le Strip.

— Merci, soupira la jeune femme, mais je ne rêve que de prendre une bonne douche et d'aller me coucher.

— Seule, compléta le barman avec une grimace amusée. C'est ça ?

Cassie sourit. Chip était un chic type et si elle avait cherché quelqu'un, il n'aurait pas fait un mauvais choix. Mais elle avait toujours eu le don de tomber sur les mauvaises personnes…

La dernière, et pas la moindre, n'étant autre que Keir O'Connell.

— Keir n'arrête pas de te regarder, lui avait glissé Dawn à l'oreille, pendant le mariage.

— Ne sois pas ridicule, avait-elle murmuré en retour. Il doit seulement se demander où il m'a déjà vue.

Dawn avait ri, mais elle avait raison. Keir la regardait d'une façon qui ne trompait pas, se penchait plus près que nécessaire pour lui parler quand la musique était trop forte. Il était tellement séduisant dans son smoking noir…

— Tiens-moi au courant si tu changes d'avis pour le petit déjeuner, soupira Chip.

— Je n'y manquerai pas.

— Aïe. Ça, c'est ce que j'appelle manquer d'enthousiasme.

— Chip, je suis désolée. Ce n'est pas toi le problème, c'est moi.

— Re-aïe. La phrase la plus éculée du monde.

Cassie ne put s'empêcher de rougir.

— Franchement, je…

— Eh, je plaisante ! Tout va bien. Tu ne peux pas m'en vouloir de tenter ma chance, n'est-ce pas ?

— C'est juste que je n'ai envie de sortir avec personne pour le moment. Tu comprends ?

— Bien sûr. Tiens, voilà ta vodka orange. Je suis sûr que ton client ne t'a pas donné le moindre pourboire ?

— En effet.

— S'il t'ennuie, si tu as besoin de quoi que ce soit, tu m'appelles, d'accord ?

— D'accord. C'est gentil.

— Pas de problème. Je suis là pour servir.

Cassie se mit à rire, prit deux serviettes en papier sur une pile et apporta la boisson à son client. Avec précaution, elle déposa le verre sur la machine.

— Votre vodka orange, monsieur.

— J'espère que vous ne vous êtes pas trompée cette fois.

— Double vodka orange, je ne me suis pas trompée.

L'homme prit sa boisson et en avala une gorgée tout en glissant des pièces dans la machine. Cassie allait s'éloigner lorsqu'il l'interpella.

— Eh ! Ramenez ça au barman et dites-lui de…

Des pièces se mirent soudain à sortir en cascade du bandit manchot. Une musique électronique se fit entendre, des lumières clignotèrent. L'argent continuait à couler.

— Regardez ça ! J'ai touché le jackpot ! Vous m'avez porté chance, ma belle ! Tenez, c'est pour vous.

Cassie retint son souffle en le voyant fourrer sa grosse main dans les pièces, et faillit avoir une attaque cardiaque lorsqu'il n'en déposa que deux dans sa paume.

Deux misérables dollars.

Elle plissa les yeux et ouvrit la bouche, mais une main se referma sur son coude. Inez, la serveuse qui lui succédait, l'entraîna loin de la machine.

— Ne dis pas à ce *puerco* ce que tu penses de lui, murmura-t-elle.

— Deux dollars ! souffla Cassie. C'est tout ce qu'il m'a donné après avoir pris quatre verres et m'avoir infligé ses manières !

Elle se tordit le cou pour regarder en direction du client et grommela :

— Il a bien dû toucher mille dollars.

— Six mille, corrigea Inez sans cesser de sourire, tout en l'entraînant vers la sortie de service. Oui, c'est un pauvre minable, mais tu veux garder ton travail, n'est-ce pas ?

— Inez…

— Rappelle-toi les règles, Cass. Les employés doivent toujours se montrer polis avec les clients.

Les règles. Les règles du Lucky Palace. Les règles de Keir O'Connell, pas celles de Cassie Barcovic. Si elle disait au client ce qu'elle pensait de lui, elle serait renvoyée.

Dommage que son patron ne soit pas du genre à appliquer lui-même les règles qu'il avait édictées !

— Tiens.

Inez la déchargea de son plateau et lui tendit son sac à main, qu'elle avait rangé derrière le bar.

— Rentre chez toi, maintenant.

— Une fois, juste une fois, j'aimerais dire à l'un de ces crétins ce que je pense de lui.

— Attends d'être prête à démissionner. A ce moment-là, la sécurité te donnera la permission spéciale de t'en donner à cœur joie avec le crétin du jour. D'accord ?

— D'accord, soupira Cassie.

— D'ici là, rappelle-toi : reste polie, ou tu seras virée.

— Je sais.

— Bien. Parce que le patron est très à cheval là-dessus. Si quelqu'un t'ennuie, tu vas voir la sécurité. Ou Keir O'Connell lui-même, il est toujours disponible.

A ceci près que Keir O'Connell était justement le genre de type qu'elle méprisait, et qu'elle voulait éviter !

Mais pourquoi diable pensait-elle sans cesse à lui ce matin ? Elle se promit de ne plus le faire.

— Bon, fit-elle avec ce sourire forcé qu'elle avait autrefois arboré six jours par semaine sur une scène de Vegas. Je rentre à la maison.

— Veinarde !

Cassie se mit à rire, puis étreignit Inez.

— Bonne nuit.

— Tu veux dire, bonne journée !

— Comme tu voudras.

— Toi aussi.

Cassie songea à prendre les escaliers pour descendre au vestiaire, mais elle était vraiment trop fatiguée, et ses pieds la faisaient souffrir horriblement. C'était sans doute parce que ses chaussures étaient neuves.

Elle appuya sur le bouton qui commandait l'ascenseur et, ôtant un soulier, frotta ses orteils endoloris sur la moquette. Porter des talons hauts était une véritable torture. Surtout avec son passé de danseuse. Règle n° 3 du manuel de survie :

après avoir fait des pliés et des pointes de sept à dix-sept ans, mieux valait renoncer à jamais aux talons.

Le problème, c'était que la règle n° 3 était supplantée par la règle n° 4 : plus hauts étaient les talons, meilleurs étaient les pourboires.

Et Cassie avait besoin de tout l'argent qu'elle pourrait trouver. Elle ignorait, en effet, combien de temps il lui faudrait pour trouver un travail administratif dans un hôtel. Elle ne savait même pas où aller, si ce n'est le plus loin possible de Las Vegas.

Là-bas, elle pourrait échanger ces maudits talons contre de confortables chaussures orthopédiques…

L'idée la fit sourire. Avec un soupir, elle remit son soulier et ôta le second.

A l'exception de ce crétin, elle avait passé une bonne soirée. La plupart des joueurs étaient corrects, et les pourboires généreux. Et le seul type qui avait essayé de la draguer était si décrépit qu'elle avait presque eu pitié de lui.

L'ascenseur n'arrivait toujours pas, et Cassie leva les yeux vers la lumière qui indiquait la position de la cabine. Elle ne bougeait pas. Qu'est-ce qui pouvait bien la retenir ? Sa douche et son lit l'attendaient !

Ou peut-être ne se coucherait-elle pas aussitôt. Elle voulait vérifier sur internet la réponse à une question de l'examen.

Elle n'avait parlé à personne de ce diplôme en hôtellerie. De cette façon, si elle échouait, nul ne le saurait. Ah si ! Elle en avait touché deux mots à Dawn, juste avant son mariage et…

Stop. Penser à Dawn et au mariage la conduirait immanquablement à penser à Keir O'Connell. Elle ne l'avait déjà que trop fait, ressassant pendant tout le mois ce qui s'était passé entre eux, passant en revue ce qu'il lui avait dit, se demandant comment il avait pu l'entraîner dans le jardin et la ridiculiser.

Mais la chose n'était pas si difficile à comprendre… Le romantisme du moment aurait adouci le plus endurci des cyniques. Sans parler du champagne, du vin, de la musique…

Impatiemment, Cassie martela le bouton de l'ascenseur.

Dawn lui manquait. Tout comme leurs discussions, tard le soir, devant une pizza ou de la nourriture chinoise. Si Dawn avait été là, elle lui aurait sûrement parlé de ce qui s'était passé avec O'Connell, de la façon dont il avait réagi quand elle l'avait arrêté dans son élan, alors qu'il s'apprêtait sans nul doute à lui faire l'amour.

Il avait paru soulagé. Oui, soulagé.

Cassie pinça les lèvres. Oh, ce visage lorsqu'elle lui avait soupiré d'arrêter... Tout ce qu'elle voulait dire, c'était que les choses allaient un peu vite. Mais Keir avait pâli sous son bronzage permanent. Il l'avait relâchée si vite qu'elle avait failli tomber.

« Cassie..., avait-il déclaré d'une voix rauque. Cassie, je suis désolé. »

Mais ce qu'il voulait dire, c'était : « Qu'est-ce que j'ai bien failli faire ? »

Elle le savait, elle avait déjà vu cette expression sur le visage de plusieurs hommes, à l'époque où elle était danseuse. Elle rencontrait quelqu'un qui lui plaisait et, immanquablement, il finissait par lui demander ce qu'elle faisait.

— Je suis danseuse, répondait-elle.

— Où ?

En apprenant le nom du cabaret, l'homme prenait en général ses jambes à son cou. Elle n'était plus strip-teaseuse depuis longtemps mais il semblait que la malédiction la poursuivrait toute sa vie.

Mais où était ce fichu ascenseur ?

Au diable le passé. Avec un peu de chance, elle quitterait bientôt Vegas. Elle n'entendrait plus le cliquetis des pièces que l'on glisse dans les machines jusque dans son sommeil. N'aurait plus à repousser les avances de clients plus ou moins lubriques. Ne serait plus obligée de porter des talons hauts.

Et le mieux, c'était qu'elle n'aurait plus à voir Keir.

Evidemment, on ne pouvait pas dire qu'il l'avait importunée durant le dernier mois. Il était parti en vacances. Tout le monde le disait avec étonnement, comme si c'était une chose qui n'arrivait jamais.

Mais elle savait depuis le mariage qu'il avait prévu de partir. « Je vais m'absenter quelques semaines », lui avait-il expliqué pendant que tous deux buvaient une coupe de champagne, attablés sous un parasol.

Puis il avait hésité, et Cassie avait eu l'étrange impression qu'il avait failli ajouter : « Pourquoi ne viendriez-vous pas avec moi ? »

La lumière, au-dessus de l'ascenseur, se remit enfin à clignoter, et les portes s'ouvrirent devant elle. Cassie voulut remettre sa chaussure et, voyant que les portes se refermaient déjà, se précipita à l'intérieur.

Un ouvrier avait malheureusement laissé une planche traîner sur le sol, et son talon se ficha dans un nœud du bois. Elle soupira, levant les yeux au ciel. C'était le pompon.

— Idiote, marmonna-t-elle.

Elle se pencha et, la langue entre les dents, essaya de dégager le soulier. Il était fermement coincé. Et elle ne pouvait tirer trop fort de peur de briser le talon.

Ah ! Si seulement elle avait porté ce genre de chaussures au mariage de Dawn… Si elle avait planté pareil talon dans le pied de Keir, nul doute qu'il en boiterait encore !

— Mais tu vas sortir de là ?

Malheureusement, la chaussure ne bougea pas. Elle était peut-être plus sage qu'elle. Car si Cassie n'avait pas bougé, ce soir-là, et avait refusé d'aller dans le jardin, rien ne serait arrivé.

Comment avait-elle pu se ridiculiser à ce point ? Elle avait toujours respecté la règle n°5. A moins que ce ne soit la n°6 ? Aucune importance, de toute façon. Seul comptait le message.

Ne jamais sortir avec le patron !

C'était la règle la plus importante de toutes, la meilleure façon de s'éviter des ennuis, et elle l'avait transgressée. Tout comme Keir avait transgressé les règles sur le harcèlement sexuel.

Car elle avait beau porter sa part de responsabilité, c'était lui qui avait initié ce petit jeu de séduction. Peut-être agissait-il ainsi avec toutes ses employées ? Elle ne l'avait jamais entendu dire. Mais un homme aussi séduisant vivait à coup sûr selon ses propres règles…

— Satanée chaussure, maugréa-t-elle en tirant plus fort.

Si elle devait ne jamais revoir Keir de toute sa vie, elle en serait…

Les portes de l'ascenseur s'ouvrirent dans son dos. Elle entendit quelqu'un s'éclaircir la gorge, puis une voix qu'elle ne connaissait que trop se fit entendre.

— Bonjour, Cassie…

# 3.

Au-delà du périmètre du Lucky Palace, le Strip déroulait son ruban de lumières, aussi animé et bruyant à minuit qu'en plein jour. Les projecteurs de la piscine avaient été tamisés et émettaient une lueur faible, presque féerique.

Parfait, songeait Cameron O'Connell, dérivant sur l'eau, allongé sur son matelas pneumatique. On voyait même les étoiles. Pas sur un fond aussi noir que sur le mont McKinley, par exemple, mais c'était néanmoins un très beau spectacle.

Il était rassurant de savoir, même à Vegas, que les étoiles étaient toujours là.

— Tu comptes encore les étoiles, comme quand nous étions gosses ? demanda Sean O'Connell, installé sur son propre matelas à un mètre de lui.

— Il vaut mieux compter les étoiles que les cartes, comme tu le faisais à la table de black-jack.

Sean gloussa.

— Je ne faisais que regarder, je ne jouais pas.

— Je préfère compter les étoiles, fit Cameron, un sourire dans la voix. C'est plus sûr.

— Etant donné que nous sommes de retour dans la Cité du Vice, peut-être devrions-nous compter les filles.

— Comme l'été de mes quatorze ans, tu veux dire ? J'avais économisé toute l'année pour m'acheter un télescope. Et papa t'a trouvé en train d'observer les filles.

— *Nous* a trouvés, corrigea Sean.

— Oui, bon, j'étais facile à corrompre, à l'époque.

Sean eut un rire doux.

— J'avais presque oublié cette histoire. Tu te rappelles cette blonde du quatorzième étage de l'aile est ?

— Comment pourrais-je l'oublier ? C'est à cause d'elle que papa a jeté mon télescope et m'a donné une sacrée correction.

— Reconnais que ça en valait la peine.

Les deux hommes dérivèrent en silence pendant un instant, puis Sean reprit la parole.

— Combien de fois crois-tu que nous avons fait le mur pour venir nous baigner en pleine nuit ? Je dirais au moins deux cents.

— Tu parles. Nous avons dû nous faire *prendre* au moins deux cents fois !

— C'est vrai... Ça ne nous a jamais empêchés de recommencer.

— Il faut dire que ça valait le coup, de sortir se baigner sans avoir à partager la piscine avec des millions d'inconnus.

Les deux frères soupirèrent, se laissant bercer un instant par leurs souvenirs.

— Alors, dit Cameron, où étais-tu quand tu as appris la nouvelle du mariage de maman ?

Son frère se tourna sur son matelas et appuya son visage sur ses bras croisés.

— A Monte-Carlo. Dans un casino privé. Je gagnais de cinquante mille quand j'ai reçu un télégramme. Je crois que j'ai perdu dix ans de vie tant j'ai eu peur en l'ouvrant de recevoir une mauvaise nouvelle.

— Tu veux dire que maman ait eu une nouvelle attaque ? Oui, moi aussi. Je téléchargeais mes e-mails et j'ai vu un message marqué « Urgent » avec l'adresse du Lucky Palace. J'étais tellement soulagé en le lisant qu'il m'a même fallu un peu de temps pour m'inquiéter de son contenu réel. Après tout, elle épouse un type que personne ne connaît.

— Si, Keir. Et il a l'air de l'apprécier.

— C'est vrai.

— Et maman est folle de lui.

— Eh bien, c'est plutôt bon signe.

— Oui… Ça fait du bien d'être de retour, pas vrai ?

— Tant que c'est temporaire, oui.

— Evidemment. Pour rien au monde je ne voudrais vivre de nouveau dans ce bocal à poissons.

Sean laissa tremper ses doigts dans l'eau, puis ajouta :

— Nous sommes redevables à Keir.

— D'avoir pris les rênes du Palace à la mort de papa ? C'est sûr.

— Il a l'air… je ne sais pas, à cran.

— Tu crois ?

— Ce n'est peut-être pas le bon mot. J'ai juste l'impression qu'il est préoccupé.

— Par la fille de l'ascenseur, peut-être ? Ah, quelle scène ! La tête qu'a tirée Keir en nous voyant ! Je regrette presque de ne pas avoir filmé.

Abandonnant son matelas, Sean se laissa glisser entièrement dans l'eau, et demanda :

— Tu crois qu'il se passait quelque chose entre eux ?

— Dans un ascenseur du Palace ? Tu plaisantes ! Keir est bien trop collet monté pour ça. Ce n'est pas son style.

— Dommage que nous n'ayons pas pu le faire bisquer à ce sujet.

— Oui, Bree et Meg nous ont coupé l'herbe sous le pied. Ça fait du bien de revoir nos sœurs, non ? C'était quand, la dernière fois que nous avons été tous ensemble ? A Noël ?

— Oui. C'est vrai que c'est rare, avec toi qui cours le monde, moi à New York, Bree à San Francisco, Meg à Boston, Fallon Dieu sait où…

— Elle était à Paris, la dernière fois que j'ai eu de ses nouvelles. Pour des séances de photos de mode.

— Et pendant tout ce temps, Keir est resté coincé à Vegas.

— Tu crois que c'est comme ça qu'il l'a ressenti ?

— C'est comme ça que je le ressentirais, en tout cas, si je devais vivre ici.

Avec un soupir, Cameron sortit de la piscine et en tira le matelas.

— Tu sais quoi ? Je vais lui en toucher deux mots. Peut-être qu'il veut continuer à gérer le Lucky Palace. Mais si ce n'est pas le cas, autant lui dire que s'il veut partir, nous l'y encouragerons. Il pourrait engager quelqu'un pour prendre sa suite…

— Quelqu'un va prendre la suite, annonça Keir en sortant de l'ombre. Sous la supervision de Duchesse, bien sûr.

— Bien sûr, renchérit Sean. Comment as-tu fait pour la convaincre ?

— En fait, c'est son idée, répondit Keir tout en desserrant sa cravate. Les médecins lui ont donné le feu vert et elle brûle d'envie de reprendre le travail.

— Elle se sent capable de gérer la maison ? Avec le type qu'elle engagera, évidemment…

— Elle n'a pas besoin d'engager quelqu'un. Elle se marie demain, tu te rappelles ?

— Justement, nous voulions t'en parler. Ce type, Coyle, il est bien ?

— Il est parfait.

— Il a intérêt.

— Je trouve qu'il s'en est bien tiré lorsque vous lui avez fait passer votre interrogatoire façon CIA au dîner. Considérant que c'est un ancien inspecteur de la police de New York, il a été patient avec vous.

— Eh, protesta Sean, on n'est jamais trop prudent avec un futur beau-père !

— Pourquoi ne lui dis-tu pas en face ?

— Je l'ai fait.

— Et ?

— Il m'a dit que si je ne le lâchais pas, il allait me flanquer une bonne correction. J'ai compris que c'était un type bien !

Les trois frères se mirent à rire. A son tour, Sean sortit de la piscine, abandonna son matelas sur une chaise longue et chassa ses cheveux humides de ses yeux.

— Si ça peut vous rassurer, renchérit Keir, je fais une entière confiance à Dan. Et pas seulement parce que j'ai fait faire des vérifications sur son passé avant de l'engager au Palace il y a quelques années, mais parce que j'ai appris à le connaître. C'est un type bien. Et il connaît l'hôtel et le casino comme sa poche. Ça vous va ?

— Ça m'a l'air très bien, répondit Sean.

— Très bien, répéta Cameron. Mais toi, dans tout ça ?

Keir s'éclaircit la gorge.

— Je… j'en profite pour aller de l'avant.

Ces quelques mots interrompirent la conversation. Jusqu'alors, Keir ne s'était pas rendu compte qu'ils pouvaient avoir une sonorité menaçante.

— Tu vas de l'avant ? fit Sean. Où ça, au juste ?

Keir hésita. Sa mère l'avait dévisagé comme s'il était devenu fou lorsqu'il lui avait fait part de ses plans. Ses frères réagiraient-ils de même ?

— Je vais dans l'Est. J'ai acheté une affaire dans le Connecticut.

— Tu es sérieux ?

— Très sérieux. C'est petit, pour le moment, mais avec un peu de travail, je pense qu'il y a matière à en faire quelque chose.

— Quel genre d'affaire ?

— Une petite affaire, je vous l'ai dit.

— Ah, c'est un secret ! fit Sean d'un air de conspirateur.

— Un secret d'Etat, renchérit son frère.

— Peut-être devrions-nous lui rappeler que nous sommes ses frères, et qu'il ne devrait rien nous cacher ?

Keir les regarda tous les deux. Sous leur ironie, ils étaient inquiets. Après tout, pourquoi ne pas leur dire la vérité au lieu d'attendre le lendemain ? Cela avait été son projet initial, car s'entendre traiter de fou par toute sa famille dans la même journée était plus qu'il n'en pouvait supporter.

— C'est bon, dit-il en prenant une profonde inspiration.

Vous voulez savoir quel genre d'affaire j'ai achetée ? Très bien. Il s'agit d'un vignoble.

Pendant ce qui lui sembla une éternité, aucun de ses frères ne dit mot. Sean fut le premier à prendre la parole.

— Tu as bien dit : un vignoble ? Là où on fait du vin ?

— Exactement. Avec un petit restaurant installé dans les vignes.

— Un vignoble, répéta Sean.

— Oui.

— Dans le Connecticut, ajouta Cameron. Avec un petit restaurant dans…

— Bon sang, vous allez arrêter ? Oui, un vignoble et un petit restaurant dans le Connecticut. Et je me fiche que vous me croyiez fou. Je suis ravi d'avoir… Eh, qu'est-ce que vous faites ?

Ses frères le prenaient dans leurs bras et lui tapaient dans le dos. Voilà ce qu'ils faisaient !

— C'est formidable ! s'exclama Cameron. Je veux dire, c'est complètement fou mais il était temps que tu fasses un truc fou ! Pas vrai, Sean ?

— Absolument ! C'est tellement inattendu, on dirait quelque chose que j'aurais pu faire moi !

— Et c'est un compliment ? lança Keir en riant.

— Bien sûr ! Ecoute, si tu as besoin des conseils d'un vigneron, fais-le-moi savoir. J'en connais un qui a une dette de jeu envers moi. J'ai gagné contre lui, l'été dernier. Sa famille a des vignes en Bourgogne.

— Et si tu as besoin d'un avocat, je suis ton homme, renchérit Cameron. Après tout, tu ne seras pas très loin de New York et…

— Attendez un instant…

Keir fit un pas en arrière et dévisagea ses deux frères, sourcils froncés.

— Si je comprends bien, vous ne pensez pas qu'il faut me passer la camisole ?

— Bien sûr que si. Nous en avons d'ailleurs toujours été persuadés ; pas vrai, Cameron ?

— Absolument.

Puis Cameron se mit à rire et donna à Keir une bourrade affectueuse.

— Sérieusement, félicitations.

— Merci.

— Je suis impressionné. Ça a l'air d'être un projet excitant.

— Ravi de votre confiance. Parce que, pour le moment, les personnes que j'ai mises au courant m'ont traité de fou.

— Qui ça ?

— Duchesse, mon avocat et mon comptable. Ils ont été unanimes.

— Raison de plus pour en changer.

— Tu crois ?

— Bien sûr ! Megan se chargera de tes comptes, et je serai ton avocat. Nous ne serons qu'à deux heures de route. A quoi bon t'encombrer de gens qui te prennent pour un échappé de l'asile ?

Keir se mit à rire.

— Si tu veux tout savoir, confessa-t-il, il y a des moments où j'ai moi-même douté de ma santé mentale.

— Juste parce que tu as décidé de vivre dangereusement ? Il n'y a pas de quoi ! Il n'y a rien de plus excitant !

Puis Sean donna un coup de coude à Cameron et ajouta :

— Tu te rends compte ? Keir s'achète un vignoble. Et un restaurant. Et si nous ne l'avions pas interrompu, il se serait sans doute envoyé en l'air avec Cendrillon, dans l'ascenseur.

Keir se raidit. Il savait qu'il ne pourrait échapper aux piques de ses frères. Il avait d'ailleurs attendu ce moment. Pourquoi alors se sentait-il si mal à l'aise ?

— Nous n'étions pas sur le point de nous « envoyer en l'air », comme tu le décris si délicatement.

— Si tu le dis…

— Je connais à peine cette fille, pour commencer.

— Ah, ça, c'est une bonne nouvelle alors ! Si tu veux bien me donner son nom et son numéro de téléphone…

— Laisse-la tranquille.

Keir avait parlé d'une voix sèche, et ses deux frères le dévisagèrent avec curiosité. Evidemment, Cameron plaisantait. Et quand bien même il ne plaisantait pas, Keir se moquait bien qu'il fasse ou non des avances à Cassie.

— Ce que je veux dire, reprit-il, c'est que je l'ai assez mise dans l'embarras. Et c'est une employée. Elle est serveuse au casino.

— Eh bien, voilà qui explique parfaitement ce que vous faisiez dans cette position pour le moins compromettante. N'est-ce pas, Sean ?

Keir croisa les bras, une moue agacée aux lèvres.

— Inutile d'espérer que vous allez oublier cette histoire, je suppose ?

— Parfaitement inutile, répondit Sean d'un ton courtois.

— Ecoutez, Cassie était dans l'ascenseur quand j'y suis monté, et son talon venait de se coincer dans le nœud d'une vieille planche abandonnée.

— D'une vieille planche abandonnée, répéta Cameron, avec un frémissement des lèvres.

— C'est ça. Oubliée par les ouvriers de la maintenance. Bon, écoutez tous les deux…

— Non, nous comprenons très bien, coupa Cameron. En vieillissant, certains hommes ont besoin de stimuli pour les aider à… assurer.

— En vieillissant ? J'ai un an de plus que toi ! Un an !

— Il a raison, fit Sean. Je diagnostiquerais plutôt un syndrome CDLB. Un cas particulièrement violent.

— Ça ne marche pas. Je ne m'énerverai pas, répliqua Keir. Je vous ai expliqué ce qui s'était passé, pensez ce que vous voulez !

— Nous n'y manquerons pas, répondit Sean avec un sourire réjoui.

Keir regarda tour à tour ses deux frères et sentit un bien-être familier l'envahir. Il retrouvait cette vieille complicité d'autrefois, qui se manifestait typiquement par ce genre de taquineries sans fin.

Ils avaient beau habiter à des milliers de kilomètres les uns des autres, rien ne pourrait jamais détruire le lien qui les unissait. Leur sang, leurs souvenirs communs les liaient à jamais. Etre les fils de Ruarch O'Connell, contrairement à la vision idyllique de Duchesse, n'avait pas toujours été chose facile.

Il sentit sa gorge se nouer. Ses frères lui manquaient. Ce genre de moment lui manquait, cette complicité si naturelle...

— D'accord, je me rends, soupira-t-il. A présent, si vous voulez plus de détails sur ma nouvelle acquisition, les voilà.

Il bougea à la vitesse de l'éclair, s'attaquant d'abord à Sean. D'un coup d'épaule, il le poussa en arrière puis, avant que Cameron puisse réagir, Keir lui crocheta les jambes. Tous deux crièrent et tombèrent dans la piscine, dont ils crevèrent la surface avec force éclaboussures.

Des éclats de rire féminins montèrent dans le dos de Keir. En pivotant, il vit ses trois sœurs debout sous les palmiers qui entouraient la piscine.

— Et dire, observa Fallon, que maman nous a envoyées vous chercher parce qu'elle vous croyait en pleine discussion sérieuse sur l'avenir de l'hôtel !

Brianna, pour sa part, regarda quelque chose derrière Keir, et sourit d'une façon qui n'augurait rien de bon.

— Qu'est-ce qu'il y a ?

— Bonne baignade.

Au même instant, Keir sentit les mains de ses frères se refermer sur ses chevilles. Il poussa un cri, battit l'air de ses bras et tomba à son tour en arrière.

Il percuta la surface et émergea, crachant et riant, entre Sean et Cameron.

— Vous ne croyez pas que vous devriez manifester un peu plus de respect pour votre frère aîné ?

Sean lui répondit en lui enfonçant de nouveau la tête sous l'eau.

Keir se réveilla à 5 h 55 le lendemain matin. Encore ensommeillé, il éteignit son réveil juste avant que celui-ci ne fasse retentir son alarme aiguë.

Il n'avait dormi que quatre heures. Ses frères, ses sœurs et lui s'étaient en effet retrouvés dans sa suite, la veille au soir, et avaient parlé et ri pendant des heures. Ils ne s'étaient finalement couchés que pour ne pas arborer une mine épuisée au mariage de leur mère, le lendemain.

Etouffant un bâillement, Keir se leva et passa dans la salle de bains. Le mariage était prévu pour midi mais il avait des détails à vérifier, des choses à organiser. Il voulait s'assurer que les fleurs, la musique, le buffet et le champagne étaient aussi proches de la perfection que possible.

Après tout, ce n'était pas tous les jours qu'un homme avait l'occasion de marier sa mère ! songea-t-il en passant sous la douche.

Il avait également des affaires personnelles à régler. En allant se coucher, la veille, il avait décidé qu'il ne servait à rien de retarder son départ. Plus tôt il quitterait Vegas pour commencer sa nouvelle vie dans le Connecticut, mieux ce serait.

Ce matin, il appellerait donc son avocat et lui demanderait de faxer des documents au bureau de Cameron à New York. Son comptable ferait de même pour Megan.

Il devait également trouver une remplaçante à la gérante du restaurant du Cerf. Cette dernière avait en effet décidé de profiter de la vente pour emménager en Floride.

« Finis les hivers glacés de la Nouvelle-Angleterre ! », avait-elle dit à Keir.

Cela signifiait qu'il avait besoin de quelqu'un. Lui-même ne connaissait rien à la gestion quotidienne d'un restaurant, mais il avait le don de s'entourer de gens doués. Et il n'hésitait pas à déléguer, c'était la clé de son succès.

Jusque-là, il n'avait eu aucun mal à trouver du personnel de qualité. Il s'adressait systématiquement à une agence nommée TopNotch, qui l'avait toujours satisfait.

Keir sortit de la douche et enroula une serviette autour de sa taille. Il appellerait TopNotch ce matin et leur demanderait de lui trouver un gérant pour le restaurant. Fort de son aide, il pourrait s'atteler à relever son nouveau défi : faire du vin. Et commencer une nouvelle vie dans les collines tranquilles du Connecticut, loin des néons de Vegas.

Et peut-être trouverait-il une compagne pour partager cette vie. Quelqu'un de spécial…

Presque aussitôt, une image apparut dans son esprit. Il vit une femme vêtue d'une robe longue qui moulait ses formes sensuelles, sous la chaude brise d'un soir d'été…

— Bon sang, marmonna-t-il.

Et il força son esprit à se concentrer sur le mariage de sa mère, bannissant toute autre pensée.

A midi précis, il se tenait avec ses frères et sœurs près de l'autel. Mary avait insisté pour que tous ses enfants la conduisent à son futur mari. Les enfants de Dan, eux, se trouvaient de l'autre côté de la travée. Tous souriaient.

Plusieurs personnes écrasèrent discrètement des larmes d'émotion. Keir jeta un coup d'œil à ses frères. Leurs yeux brillaient, indiquant qu'ils étaient aussi émus que lui.

— … je vous déclare à présent mari et femme, acheva le prêtre.

Dan prit Mary dans ses bras. Keir étreignit ses frères, embrassa ses sœurs… et se surprit à balayer la pièce du regard, à la recherche d'une femme aux immenses yeux verts et aux cheveux noirs comme la nuit.

Elle n'était pas là. Evidemment. Elle n'avait aucune raison d'y être. Et pourquoi la cherchait-il ? Il n'avait pas envie de la revoir.

— Keir ? fit sa mère.

Il revint à la réalité, se tourna et prit Mary dans ses bras.

— Je suis ravi pour toi, maman. Je suis ravi pour vous deux, ajouta-t-il en serrant la main de Dan.

Sa mère posa une main sur sa joue.

— Tu pars bientôt, n'est-ce pas ?

— Oui. Dès demain. A présent que je te sais en de bonnes mains, et heureuse, je n'ai pas de raisons de m'attarder.

— Je veux que tu sois heureux, toi aussi, dit Mary dans un souffle.

— Je le suis.

— Non. Il te manque quelque chose.

Plusieurs heures plus tard, comme il faisait ses bagages, Keir se demanda si sa mère n'avait pas raison…

# 4.

*Aéroport de Bradley, Connecticut,*
*six semaines plus tard…*

L'avion atterrit au moment même où la foudre déchirait le ciel.

— Je suis contente que ça ne soit pas arrivé en vol, déclara la femme assise à côté de Cassie.

Cassie était d'accord. Elle était déjà suffisamment nerveuse à la perspective de commencer un nouveau travail. C'était le grand saut dans l'inconnu.

L'avion immobilisé, elle récupéra son sac à main et se glissa dans la file des passagers qui descendaient de l'appareil.

Le poste qu'on lui avait proposé semblait incroyable. C'était une merveilleuse opportunité, lui avait-on assuré chez TopNotch, l'agence de placement à laquelle elle s'était inscrite. Une position de gérante dans un restaurant de petite capacité, mais élégant. Un appartement meublé. Et mieux encore, un salaire qui lui avait fait croire à une faute de frappe, jusqu'au moment où elle s'était résolue à demander confirmation du montant.

Comment aurait-elle pu refuser ?

— Vos références ont été vérifiées, mademoiselle Barcovic, lui avait assuré l'employée de l'agence. La gérante actuelle s'en va, mais c'est elle qui est chargée de recruter la personne qui lui succédera. Elle est très satisfaite de votre CV. Ce poste est à vous, si vous acceptez.

— Comme ça ? Elle ne veut même pas me rencontrer avant de se décider ?

L'employée avait eu un sourire onctueux, qui se voulait sans doute rassurant mais avait eu sur Cassie l'effet opposé.

— Comme ça, avait-elle dit en claquant des doigts. Elle a fait confiance à mon jugement.

Mais Cassie n'était pas stupide. Elle savait que quelque chose ne collait pas. D'accord, elle avait un bon diplôme et des années d'expérience pratique, mais il devait sûrement y avoir des gens bien plus qualifiés qu'elle sur le marché.

Où était donc le piège ? Le restaurant avait-il été condamné par les services d'hygiène ? Le chef avait-il tenté d'empoisonner ses clients ? Le propriétaire était-il dangereux ? Pourquoi d'ailleurs la gérante actuelle était-elle si pressée de se trouver une remplaçante ?

Malgré toutes ces questions, Cassie avait accepté le poste. C'était une trop belle opportunité. Et une chance unique de quitter enfin Vegas.

Depuis l'épisode de l'ascenseur, elle avait en effet l'impression que tout le monde la regardait en riant sous cape.

C'était ridicule, elle le savait, car Keir n'avait certainement pas ébruité l'incident. Ses deux frères non plus. De plus, tous trois étaient partis le lendemain même du mariage.

Bon débarras. La perspective de ne plus revoir Keir la soulageait.

Elle débarqua enfin et se rendit au tapis à bagages. Celui-ci se mit bientôt en marche, crachant son flot de valises. Cassie reconnut aussitôt la sienne au ruban rouge fixé à la poignée. Elle l'avait pris hier sur une boîte de pizza, lors du pot de départ donné en son honneur par ses collègues.

Elle avait même eu droit à un gâteau. « Bonne Chance Cassie », disait-il en lettres glacées. De la chance… Elle allait sans doute en avoir besoin.

« Tu es tellement courageuse, avait murmuré Inez.

Déménager dans un endroit que tu ne connais pas, pour un nouveau travail… »

Le courage, songea Cassie tout en récupérant sa valise et en se dirigeant vers le comptoir des locations de voiture, n'avait rien à voir dans l'affaire.

De fait, elle mourait de peur. Même si elle se serait fait arracher la langue plutôt que de l'admettre. Mais la vie lui avait appris à affronter ses peurs et à en rire.

Et puis, elle voulait ce poste plus que tout au monde. N'avait-elle pas passé des années à travailler dur, dans l'attente de ce moment ? La perspective de gérer un petit restaurant pour un salaire qui lui donnait encore le vertige était tout ce dont elle avait toujours rêvé. Même s'il semblait y avoir anguille sous roche…

Non, elle devait arrêter de penser en ces termes. Peut-être son CV était-il plus impressionnant qu'elle le croyait ? Et puis, elle avait besoin de changement dans sa vie. D'un changement majeur. Elle ne pouvait pas continuer à travailler dans un endroit dont elle détestait les clients et les propriétaires.

Non, ce n'était pas tout à fait exact. Elle appréciait Mary O'Connell. C'était Keir qu'elle n'aimait pas. Mais elle n'avait plus à se soucier de lui. Elle n'avait plus à redouter de le croiser au détour d'un couloir.

Ou d'un ascenseur…

La file d'attente, au comptoir de location de voitures, était relativement courte. Elle s'y joignit et déposa sa valise.

Keir appartenait au passé, et elle ne devait pas perdre une minute de plus à penser à lui. Elle ne savait même pas où il était parti, le lendemain du mariage de Duchesse.

New York, murmuraient certains. D'autres évoquaient Paris, et le fait qu'une grande société hôtelière française lui aurait proposé un poste…

Mais elle se moquait bien de l'endroit où il était allé, du moment qu'elle ne le revoyait plus jamais. Elle avait eu le béguin pour lui, elle le reconnaissait, et avait laissé les choses aller trop loin.

Mais tout cela était derrière elle. Elle devait maintenant aller de l'avant. L'avenir lui appartenait !

Quelques instants plus tard, elle s'engageait sur l'autoroute au volant de sa voiture de location. Son humeur s'améliorait à mesure qu'elle avalait les kilomètres. La route était large, la circulation fluide, et la tempête semblait s'éloigner. Sur le côté, les arbres défilaient, parés des teintes rouge, orange et or de l'automne. Lorsque Cassie baissa la vitre, une odeur vivifiante de pluie et de terre humide emplit l'habitacle.

Elle prit une profonde inspiration. C'était une fragrance dépaysante pour quelqu'un qui n'était jamais allé plus loin qu'Austin !

Oui, les choses s'annonçaient bien. Elle avait pris la bonne décision.

Les yeux rivés sur la route, elle fouilla dans son sac à main, à la recherche des instructions que lui avait laissées l'employée de l'agence de placement.

— Louise Davenport, la personne que vous remplacerez, vous recommande d'être très attentive. L'embranchement qui mène au restaurant depuis Fenton Road est très mal indiqué.

— Mais il y a un panneau, n'est-ce pas ?

— Oui. Mais Mme Davenport dit qu'il n'est pas très visible. A cause de ça, beaucoup de clients arrivent en retard.

Pourquoi ne pas changer le panneau, dans ce cas ? s'était demandé Cassie.

Mais elle avait préféré ne pas poser la question.

— Ne vous en faites pas, je trouverai, avait-elle déclaré.

Une fois que l'on avait décidé de faire le grand saut, à quoi bon se préoccuper d'un vulgaire panneau ?

Deux heures plus tard, Cassie commençait à songer qu'elle s'était trompée. Elle aurait dû se préoccuper du panneau. « Pas très visible » était une chose, « invisible » en était une tout autre. Elle n'avait pas trouvé l'embranchement même après deux demi-tours et trois passages au ralenti le long de Fenton Road.

Comme pour la narguer, la tempête qui avait éclaté à son arrivée à l'aéroport semblait l'avoir rattrapée. Le ciel s'était assombri, le tonnerre ébranlait l'horizon. Des éclairs de plus en plus rapprochés déchiraient la pénombre.

Où était ce maudit panneau ?

Cassie s'arrêta sur l'accotement. Elle avait déjà quinze minutes de retard. Et c'était la faute de cette Louise Davenport et de ses indications. Exaspérée, Cassie les consulta de nouveau.

Autoroute 84 jusqu'à la Route 44. D'accord. Direction est pendant quinze kilomètres. D'accord. Tourner à droite sur Fenton Road, qui partait d'une intersection où se trouvaient une station-service sur la gauche, une quincaillerie sur la droite. D'accord.

A moins que...

Elle était bien sur Fenton Road, n'est-ce pas ? L'intersection d'où elle venait était flanquée d'une station-service et d'un magasin qui avait tout l'air d'une quincaillerie. Mais qui n'en était peut-être pas une.

Avec un soupir, Cassie redémarra et fit une nouvelle fois demi-tour. Les premières gouttes de pluie s'écrasèrent sur son pare-brise comme elle atteignait l'intersection. Station-service, d'accord. Quincaillerie, d'acc...

Oh non...

Ce n'était pas une quincaillerie, mais un magasin de jardinage. Mais il fallait vraiment s'arrêter devant pour s'en rendre compte.

Elle perdit un autre quart d'heure à trouver la bonne intersection, d'où elle emprunta enfin Fenton Road. La pluie s'était transformée en orage si violent qu'elle n'aurait pas été étonnée de voir Noé la dépasser sur son arche.

Bon, elle était sur la bonne route, mais où était le panneau ? Cela n'avait plus beaucoup d'importance, de toute façon. Elle était tellement en retard qu'elle pouvait dire adieu à son nouveau travail. Louise Davenport allait sans doute lui dire qu'elle n'avait pas besoin de quelqu'un qui était en retard le premier jour. Même si les patrons du restaurant étaient désespérés, parce que, avouons-le, il fallait être fou pour…

Etait-ce un panneau qu'elle venait juste de voir ?

Cassie écrasa le frein. C'était imprudent, étant donné l'état de la chaussée, mais elle parvint à s'arrêter. Prudemment, elle fit marche-arrière et s'arrêta devant ce qui était effectivement un panneau, à moitié enfoui dans la végétation à l'entrée de ce qui ressemblait davantage à une piste qu'à une route.

Cassie plissa les yeux, se tordit le cou, fit tout ce qui était humainement possible pour lire le panneau. Mais avec la pluie, c'était impossible.

Elle soupira, écoutant les gouttes qui s'écrasaient sur le toit, et baissa les yeux vers son tailleur prune et ses chaussures en daim.

Puis elle prit une profonde inspiration et sortit sous le déluge.

Il ne fallut qu'une seconde. Adieu, coiffure soigneusement élaborée. Adieu, tailleur hors de prix. Adieu chaussures, dont la couleur disparut sous la boue et l'humidité.

Elle en aurait pleuré.

Il s'agissait en tout cas du panneau qu'elle cherchait. « Vignoble du Cerf, disait-il. Déjeuner et dîner du jeudi au dimanche, uniquement sur réservation. »

Cassie remonta en voiture. Elle était trempée comme une soupe et en voulait au monde entier. Au propriétaire de ce vignoble pour son maudit panneau. A l'agence de placement qui l'avait envoyée en pleine débâcle. Pour un peu, elle serait rentrée chez elle à Vegas.

A ceci près que Vegas n'était plus chez elle. Elle n'avait plus d'appartement, plus de travail, rien ni personne vers quoi revenir.

Elle était complètement seule.

Cette soudaine prise de conscience lui coupa presque le souffle. Les mains posées sur le volant, elle fixa sans le voir le rideau de pluie qui s'abattait sur son pare-brise.

Toute seule.

Mais ce n'était pas la première fois que cela lui arrivait.

Elle ferma les yeux, le cœur serré. Elle avait toujours été seule, même enfant. Sa mère buvait, son père était toujours absent…

Puis elle fronça les sourcils. Que lui arrivait-il ? A quoi bon s'apitoyer sur son sort ? A quoi cela servirait-il ?

— A rien, dit-elle farouchement.

Elle avait connu pire. Par exemple quand elle avait quitté l'école à dix-sept ans, quelques mois avant son bac, et qu'elle était partie de la maison. Avec pour seul argent ce qu'elle avait gagné en faisant du baby-sitting, et pour seules affaires tout ce qu'elle avait pu faire rentrer dans son sac à dos. Elle avait marché dix kilomètres jusqu'à la première station de bus et avait quitté Denver.

Et elle avait survécu.

Redressant le menton, elle redémarra et emprunta le sentier qui serpentait parmi une forêt d'arbres menaçants, dont les branches griffues, agitées par le vent, semblaient vouloir la retenir.

Si Louise Davenport la renvoyait, songea-t-elle pour se rassurer, elle trouverait un nouveau travail. Elle dansait toujours très bien. La seule chose qu'elle se refusait à faire, c'était de reprendre le strip-tease. Et également de retravailler dans un casino où les clients étaient des imbéciles, comme ce type qui lui avait donné deux dollars de pourboire le matin où elle avait croisé Keir dans l'ascenseur et…

Cassie fit la grimace et secoua la tête comme pour en chasser des pensées qu'elle savait dangereuses. Elle avait quitté Vegas et Keir O'Connell pour de bon.

A travers le rideau d'arbres, elle aperçut enfin une jolie grange peinte en rouge. La pluie l'empêchait d'en voir beaucoup plus, mais elle crut discerner une autre construction plus loin. Une tour, peut-être ? Ou la ligne d'un toit contre un horizon de collines ? C'était difficile à dire.

C'était sans doute sa destination. Son cœur se mit à battre la chamade comme un panneau, bien lisible cette fois, apparaissait. « Bienvenue au Vignoble du Cerf. Restaurant La Vigne Vierge. »

A l'exception d'un 4x4 noir et de deux autres voitures, le parking était presque désert. Cassie se gara, coupa le contact et essaya de se ressaisir. Bon. La bonne nouvelle était qu'elle avait finalement trouvé le restaurant. La mauvaise, c'était qu'elle avait environ une heure de retard.

Elle abaissa son pare-soleil et regarda son reflet dans le petit miroir qui y était attaché. Quelle horreur… Qui voudrait employer la créature qui lui faisait face ?

Horrifiée, elle tira un peigne de son sac et le passa dans ses cheveux. Formidable. A présent, elle donnait l'impression d'avoir mis une perruque noire, tant ses cheveux mouillés étaient lisses et plats. Et qu'est-ce que c'était encore que ça ? Du mascara ? Du bout du doigt, elle se frotta le coin de l'œil.

Comme si une tache de mascara allait faire une quelconque différence… Elle ressemblait davantage à un boxeur qu'à une gérante de restaurant.

« Peu importe à quoi tu ressembles », songea-t-elle. Et peu importait si Louise Davenport s'évanouissait ou s'enfuyait en courant en la voyant. Elle venait de loin, et elle n'allait pas se décourager maintenant. Jamais de sa vie elle n'avait fui. Sauf cette fameuse soirée, au mariage de Dawn. Mais c'était différent.

Les mâchoires serrées et la mine sombre, elle descendit de voiture et traversa à grands pas l'étendue de gravier qui menait à la porte de la grange. La pluie choisit cet instant précis pour s'arrêter, aussi sûrement que si quelqu'un venait de tourner un robinet, et le soleil sortit de derrière un nuage.

Dommage, elle ne croyait pas aux signes du destin. Mais peut-être que Louise Davenport, elle, y croyait !

Etait-elle censée frapper ? Ou l'écriteau « Bienvenue » voulait-il dire qu'elle pouvait entrer directement ?

Prenant une profonde inspiration, Cassie mit la main sur la poignée…

La porte s'ouvrit soudain. Une femme de haute taille, aux cheveux gris, la fixa. Puis elle lui tendit la main.

— Vous voilà enfin. Je désespérais. Vous êtes Cassie Barcovic, n'est-ce pas ?

— Oui. Oui, c'est bien moi. Je suis terriblement navrée d'être en retard, et de me présenter dans un tel état, mais…

— Aucune importance, coupa l'autre en l'attirant à l'intérieur, vers une réception chaleureuse et joliment décorée. Vous êtes là, et c'est tout ce qui compte. Oh ! Je ne me suis pas présentée. Je suis Louise. Louise Davenport.

— Oui. Je veux dire, enchantée, je…

— Mademoiselle Barcovic, j'aimerais vraiment avoir un peu de temps pour bavarder avec vous, mais il faut que je parte si je ne veux pas rater mon avion.

Cassie cligna des yeux, surprise.

— Votre… votre avion ?

— Oui. J'espérais pouvoir vous faire visiter les lieux mais je n'en aurai pas le temps.

— Mais… Madame Davenport…

— Louise, je vous en prie.

— Louise. Je… je ne comprends pas. Vous ne voulez pas au moins me poser quelques questions ? Vérifier que je conviens ?

L'intéressée parut étonnée.

— Je vous ai déjà engagée. Pourquoi vous interrogerais-je ?

— Eh bien, parce que nous ne nous sommes jamais rencontrées. Il y a peut-être des choses dont vous voulez me parler ?

— Oui, oui, bien sûr.

Cassie soupira d'aise.

— Parfait. Parce que j'ai moi aussi des questions…

— Est-ce que vous avez un bon contact avec les gens ?

— Je le crois, oui.

— Même avec les chefs ? Surtout les chefs colériques et armés de longs couteaux de cuisine ?

— Euh, c'est une blague, n'est-ce pas ?

— Oh, bien sûr ! Que voulez-vous que ce soit d'autre ?

La vérité ? C'était peut-être pour cela que le restaurant ne trouvait personne qui accepte d'y travailler ! Soudain, la perspective de rentrer à Vegas parut presque agréable à Cassie.

— Madame Davenport, je veux dire, Louise... Je crois qu'il y a eu une erreur.

— Mais non, il n'y a aucune erreur, je vous assure, répondit l'autre en boutonnant son manteau. Mais je dois vous avouer que je vous trouve courageuse de prendre la relève dans ce restaurant. Surtout avec un tel patron.

— Quel patron ?

— La personne de l'agence de placement m'a dit qu'elle vous avait tout expliqué : la raison de votre généreux salaire et de l'appartement gratuit. Je n'avais rien à cacher. A quoi bon, après tout ? Beaucoup n'ont pas tenu plus de deux ou trois jours. Enfin... Allez, bonne chance, Cassie, conclut-elle en tendant la main.

Mais la jeune femme fit un pas en arrière.

— Non ! Vous ne pouvez pas partir comme ça. Il faut que vous me montriez les ficelles du job. Et puis, je ne suis pas sûre de...

— Louise !

Toutes deux sursautèrent. Le rugissement venait du haut d'un escalier étroit qui se trouvait de l'autre côté de la pièce. La voix était humaine et masculine, mais elle lui fit songer à un lion enragé.

— Louise, est-ce que cette fille est arrivée ?

Louise se rembrunit.

— Et voilà, ça recommence, marmonna-t-elle.

Puis, d'une voix plus forte :

— Oui, elle est là !

— Eh bien espérons qu'elle est moins empotée que la précédente que vous avez engagée !

*Cette voix !* Seigneur, cette voix... Cassie se figea. Louise, pour sa part, redressa le menton et se tourna vers l'escalier.

— Il faudra bien qu'elle convienne, parce que je m'en vais !

— Louise.

La voix s'était faite charmeuse, veloutée, et des pas se firent entendre.

— Que puis-je faire pour vous convaincre de rester ? Je vous ai déjà offert le double de votre salaire actuel. Vous ne pourriez pas…

— Non, je ne peux pas, répondit-elle fermement.

Puis, dépassant une Cassie médusée, elle sortit en claquant la porte derrière elle.

« Je devrais la suivre », songea la jeune femme, se tournant craintivement vers la paire de bottes qui venait d'apparaître dans l'escalier.

Leur propriétaire apparut à son tour, et elle crut que son cœur allait s'arrêter. Ce n'était pas possible. Il devait y avoir…

— *Vous !* s'exclama Keir en écarquillant les yeux.

Cassie savait exactement ce qu'il ressentait. C'était comme d'être prisonnière d'un cauchemar dont elle ne pouvait se réveiller.

Elle le fixa un instant, tétanisée comme une biche prise dans les phares d'une voiture, avant de reprendre ses esprits et de faire la seule chose raisonnable.

Elle tourna les talons et sortit en courant.

# 5.

Cassie ? Cassie, au Vignoble du Cerf ?

Non. C'était parfaitement impossible. Keir n'avait jamais été sujet aux hallucinations, mais c'était sans doute ce qui lui arrivait.

Rêver d'elle — des rêves torrides et moites qu'il n'avait plus faits depuis son adolescence — était une chose. Conjurer une illusion en était une autre. Et puis, une illusion n'aurait pas laissé de flaque d'eau derrière elle, et ne l'aurait pas regardé avec cette expression d'horreur.

La porte qui claqua derrière elle, assez fort pour ébranler une collection de tire-bouchons sur une étagère voisine, le ramena à la réalité.

Les illusions ne claquaient pas les portes.

Il se précipita enfin à sa suite. Un bruit de moteur se fit entendre au moment où il sortait, mais ce n'était heureusement que Louise. Cassie, elle, venait de se glisser derrière le volant.

— Cassie !

Elle ne tourna même pas la tête. Réprimant un juron, Keir courut vers sa voiture, ouvrit la porte et lui arracha les clés des mains au moment même où elle allait mettre le contact.

— Sortez de cette voiture !

— Laissez-moi tranquille, O'Connell !

— Je répète : sortez de cette voiture.

— Laissez-moi vous dire quelque chose : vous n'êtes pas

au Lucky Palace. Je ne travaille plus pour vous. Je n'ai pas à claquer des talons et à obéir au moindre de vos ordres !

— Très bien. Vous l'aurez voulu.

Cassie poussa un cri lorsqu'il se pencha vers l'intérieur et la prit dans ses bras. Elle se débattit, agrippa le volant, la poignée de la porte, tambourina des poings sur ses épaules, mais il parvint à la tirer du véhicule.

Il était hors de question qu'elle parte. Il avait des questions à lui poser. Pour commencer, que faisait-elle ici ? Avait-elle été sujette aux mêmes rêves que lui ?

— Bon, reprit-il d'une voix rauque, vous avez le choix. Soit vous acceptez de discuter bien calmement, soit je vous transporte jusqu'à la maison.

Comme si elle avait le choix ! songea furieusement Cassie. Il venait de lui prouver qu'il n'hésiterait pas à recourir à la force !

— Reposez-moi ! ordonna-t-elle, furieuse.

— Répondez d'abord à la question. Vous allez vous tenir tranquille ?

— Je suis censée avoir peur de vous ? Parce que ce n'est pas le cas.

— C'était un oui ?

— Reposez-moi !

Il obéit et la reposa lentement. La jeune femme se dégagea, recula d'un pas et le foudroya du regard.

— Si vous recommencez un coup pareil, je vous donne ma parole que vous le regretterez !

— Pourquoi étiez-vous si pressée de partir ? demanda-t-il, ignorant totalement sa menace.

— Parce que la vie dans le désert m'a appris une chose : quand on voit un serpent, on déguerpit.

Keir croisa les bras sur sa poitrine.

— Très drôle. A présent, expliquez-vous.

— Pardon ?

— Je veux savoir ce que vous faites ici.

— J'ai exactement la même question à vous poser. Que faites-*vous* ici ?

Et Cassie croisa à son tour les bras sur sa poitrine. Avant de se rendre compte que cela ne faisait que plaquer le tissu détrempé de ses vêtements contre ses seins.

Formidable. Elle était à des milliers de kilomètres de chez elle, elle était trempée, elle avait froid et elle devait affronter l'homme qu'elle avait espéré ne plus jamais revoir. Qu'avait-elle donc fait pour mériter ça ?

— Ce que je fais ici au Vignoble du Cerf ? s'enquit son compagnon.

— Non, au beau milieu du Kalahari ! ironisa-t-elle avec force. Evidemment, au Vignoble du Cerf !

— J'en suis propriétaire.

Oh non…

— Vous en êtes propriétaire…

— C'est bien ce que j'ai dit.

— Du restaurant aussi ?

— Aussi.

Cassie réprima un grognement de dépit. Ses pires craintes se trouvaient confirmées. Jusqu'alors, elle avait espéré qu'il ne s'agissait que d'une affreuse coïncidence, qu'il y avait une explication toute simple à sa présence.

De fait, il y avait une explication toute simple. Mais ce n'était pas celle qu'elle avait voulu entendre !

Au revoir nouveau travail, nouvelle vie, nouveau départ.

— A votre tour, Barcovic. Que faites-vous ici ?

— Je suis envoyée par l'agence, répondit-elle d'un ton de défi.

— Quelle agence ?

— L'agence de placement.

— L'agence de placement ?

— Si vous répétez tout ce que je dis, nous allons discuter encore longtemps ! Vous avez bien demandé à TopNotch de vous fournir un responsable pour votre restaurant ?

— TopNotch vous envoie ? s'exclama-t-il. Vous plaisantez ?

« Il n'aurait pas été plus étonné en voyant une poupée Barbie marcher et parler », songea Cassie avec colère.

— Je n'ai aucune envie de plaisanter sur ce sujet. Traverser la moitié du pays pour me retrouver face à vous ne m'amuse pas outre mesure.

Il se mit à pleuvoir de nouveau, de fines gouttes qui scintillaient comme des diamants dans les cheveux de Keir. Il passa une main dessus, redressant quelques épis qui, en d'autres circonstances, lui auraient donné un air amusant. Il arborait une expression complètement déroutée.

— Attendez… Vous voulez dire que vous êtes là pour postuler au poste de gérant ?

Elle envisagea de lui dire qu'elle n'était pas là pour postuler, qu'elle avait déjà le poste, mais à quoi bon ? Elle n'avait de toute façon aucune envie de rester. Même si cela voulait dire qu'elle devrait retourner jouer les serveuses.

— Oh, je sais, je sais, O'Connell ! Comment est-ce possible ? Comment ai-je l'audace de me croire capable d'autre chose que de servir des cocktails gratuits ?

— Ce n'est pas ce que je…

— Vous n'aviez pas besoin de le dire.

Il eut au moins la décence de rougir, et elle reprit :

— Je me suis inscrite chez TopNotch, et ils ont transmis mon CV à Mme Davenport. J'ai passé un entretien téléphonique et elle m'a engagée.

— Louise ? fit-il avec un rire si irritant qu'elle aurait voulu le gifler. Louise vous a engagée ?

— Je sais que ça paraît invraisemblable, étant donné mon peu d'expérience en matière de restauration…

— C'est le moins qu'on puisse dire !

— Parce que vous en avez, vous, de l'expérience ? A moins que vous n'appeliez « expérience professionnelle » le fait de déambuler dans le Lucky Palace en toisant vos employés avec condescendance ?

— Je ne « déambulais » pas dans le Lucky Palace, comme vous dites.

— C'est vrai. Parfois, vous traîniez dans le même coin assez longtemps pour accorder un sourire au petit peuple.

— Et je n'étais pas condescendant.

— Disons que vous n'avez pas exigé que nous vous fassions la révérence, c'est vrai.

Keir plissa les yeux, visiblement énervé.

— Vous vous égarez. Vous étiez en train de m'expliquer comment vous avez réussi à abuser Louise et à la convaincre de vous engager.

— Désolée de vous décevoir, mais je n'ai eu qu'à dire la vérité. A savoir que j'avais une expérience irremplaçable de la salle, et accessoirement un diplôme en hôtellerie.

Son compagnon plissa plus encore les yeux, si du moins c'était possible.

— Un diplôme…

— … en hôtellerie, oui. Et je serais ravie de vous le montrer, si j'acceptais ce poste, ce qui ne sera pas le cas.

— Vous l'avez fait vous-même, c'est ça ?

Cassie, sans prendre la peine de nier, battit des cils.

— Mais bien sûr. Au magasin de photocopies du coin. Ecoutez, monsieur O'Connell, ce n'est pas que je ne me plais pas en votre compagnie mais…

— Nous n'avons pas fini.

— Oh si, croyez-moi !

Cassie fut prise d'un soudain frisson. La colère qu'elle ressentait contre l'imbécile de TopNotch qui l'avait envoyée ici, dans les bras d'un homme qu'elle avait espéré ne plus jamais revoir, lui avait momentanément fait oublier le froid. Mais elle le sentait à présent glisser sous ses vêtements, s'infiltrer dans le moindre des pores de sa peau. Si elle ne se mettait pas au chaud rapidement, elle allait finir par se transformer en glaçon.

— Vous ne l'avez peut-être pas remarqué, renchérit-elle, mais nous n'avons plus rien à nous dire. Toutefois cela n'a rien d'étonnant. Quoi de commun entre l'empereur et les gens du peuple ?

Keir décroisa les bras et planta ses poings sur ses hanches.

— Ça fait deux fois que vous dites une chose de ce genre.

— Oh mon Dieu ! Je vous ai blessé ?

Le visage de Keir devint rouge. Il était en colère. *Vraiment* en colère. Cassie en fut ravie. Elle savait bien ce qui se cachait derrière les sourires et les manières suaves de Keir O'Connell, derrière son apparent souci du bien-être de ses employés : le plus profond mépris.

— Je suis désolée, ironisa-t-elle. Je n'aurais pas dû me répéter.

Keir fourra ses mains dans ses poches et serra les poings. Bon sang ! Elle était impossible. Comment une femme aussi belle pouvait-elle être si pénible ? D'ailleurs, comment pouvait-elle être aussi belle alors qu'elle avait l'air d'un chat qui vient de tomber dans une piscine ?

Car elle était trempée. La colère l'avait empêché de remarquer ce détail.

— Vous êtes trempée, observa-t-il.

— Vraiment ? Vous êtes très fin observateur.

— Comment vous êtes-vous mise dans un tel état ?

— Au cas où vous ne l'auriez pas noté, il pleut. Mais je suppose qu'il ne pleut jamais dans votre royaume.

Le regard de Keir se posa, presque malgré lui, sur ses seins, soulignés par le tissu humide de ses vêtements.

— On dirait que vous êtes passée sous une cascade, rétorqua-t-il sèchement.

— C'est tout comme. A présent, si v-vous n'y voyez pas d-d-d'inconvénient…

— Vous claquez des dents.

Bon sang ! Il avait raison. Rien de tel que des dents qui claquent pour détruire l'illusion d'assurance mêlée de morgue qu'elle voulait afficher.

— Une nouvelle fois, t-t-très finement o-o-observé, monsieur O'Connell. A présent, si vous v-voulez bien m'excuser…

— Vous êtes vraiment insupportable.

Et, sans prévenir, Keir la prit de nouveau dans ses bras.

— Posez-moi tout de suite !

— J'en ai bien l'intention, répondit-il en se dirigeant vers le restaurant.

— Vous êtes s-sourd ? Qu'ai-je dit qu'il arriverait si vous tentiez de nouveau de me forcer la main ?

— Si vous vous débattez, vous allez avoir des ennuis.

— Je vais avoir des ennuis ? Vous avez entendu parler des lois contre le k-k-kid…

— Kidnapping, compléta Keir en dépassant la réception pour rentrer dans un vaste et élégant bureau. Et vous, vous avez déjà entendu parler d'hypothermie ?

— Laissez-moi tranquille, O'Connell. Je ne fais pas d'hy-hy-hy…

— C'est ça.

Keir referma la porte du pied et la déposa enfin, sans autre forme de procès et sans douceur excessive.

— Déshabillez-vous.

— Pardon ?

— Vous m'avez entendu. Déshabillez-vous.

— Dans vos rêves, oui !

Keir devait bien admettre qu'il admirait son courage. Elle était trempée jusqu'aux os et évoquait un rat musqué — un ravissant rat musqué, si tant est que cela existe — mais elle était toujours aussi farouche et combative.

Il songea un instant à lui répondre qu'elle avait raison, qu'il se voyait effectivement lui ôter ses vêtements dans ses rêves, mais cela ne ferait que compliquer une situation déjà largement explosive.

— Ecoutez, Barcovic, si je voulais vous mettre dans mon lit, j'opterais pour une approche un peu plus subtile. Vous devez ôter vos vêtements mouillés et prendre une douche chaude. Il y a une salle de bains derrière cette porte. Vous n'aurez qu'à vous envelopper d'une serviette quand vous aurez fini. Je vais vous chercher des vêtements secs.

— Vous êtes fou.

— Et vous, vous êtes en train de tremper ma moquette.

Elle baissa les yeux. De fait, une tache sombre s'était formée autour de ses pieds.

— Vous n'aurez qu'à la faire nettoyer et m'envoyer la facture, déclara-t-elle avec un haussement d'épaules indifférent. Pour ma part, je m'en vais.

Mais Keir s'adossa à la porte, bras croisés.

— Je vais compter jusqu'à cinq, Cassie. Soit vous vous déshabillez, soit je vous déshabille moi-même. *Un*…

Sa voix était sourde, presque rauque. Il était sincère. Cassie savait qu'il mettrait sa menace à exécution. Elle songea à ce qui se passerait si elle refusait d'obéir, si elle le défiait.

— Deux.

Puis elle l'imagina défaire les boutons de sa veste, la faire glisser de ses épaules. Elle se figura sa réaction lorsqu'il verrait ses seins moulés par la laine détrempée de son pull-over…

— Trois.

Elle sentit ses seins bourgeonner. C'était à cause du froid. « A cause du froid ! » se répéta-t-elle pour mieux s'en convaincre.

— C'est st-stupide, dit-elle avec colère, sans savoir si cette colère était dirigée contre lui ou contre elle-même.

— Quatre, répondit Keir en s'approchant lentement d'elle.

Il n'oserait pas la déshabiller. C'était un crétin arrogant et égoïste, mais il n'était pas idiot. Et elle non plus. Céder maintenant, c'était perdre non seulement la bataille, mais aussi la guerre.

Cassie croisa donc les bras et redressa le menton.

— Cinq, enchaîna-t-elle. Six, sept…

Keir n'était plus qu'à quelques centimètres. Il ne comptait plus, mais elle entendait les chiffres défiler dans sa tête aussi sûrement que s'il les égrenait. Huit. Neuf. Dix…

Lentement, Keir tendit la main, prit le premier bouton de sa veste, le dégrafa.

— Mais qu'est-ce que vous faites, O'Connell ?

— Je vous déshabille.

Un second bouton subit le même sort, puis un troisième.

— Arrêtez !

— Dans quelques instants, oui…

Sa voix était toujours suave, mais elle s'était transformée en un souffle presque inaudible. Ses pupilles étaient immensément agrandies lorsqu'il glissa les mains sous sa veste.

Cassie sentit sa tête se mettre à tourner, et un violent désir pulsa dans ses veines.

Mais, prise d'un soudain instinct de survie, elle fit un bond en arrière. Dieu merci, Keir ne chercha pas à la retenir. Tous deux se dévisagèrent pendant un long moment, légèrement haletants, puis son compagnon recula lui aussi d'un pas, comme pour mettre davantage de distance entre eux.

— Si vous ne voulez pas que je fasse le reste, rentrez dans cette salle de bains et terminez vous-même.

Il avait parlé calmement, comme si rien ne s'était passé. De fait, rien ne s'était passé, même si Cassie avait encore du mal à respirer, et même si sa peau la picotait aux endroits où il l'avait touchée.

Elle se détourna enfin de lui et, parce qu'elle n'avait pas le choix, se dirigea vers la salle de bains.

— Ravi de voir que vous êtes redevenue raisonnable.

Cassie préféra ne pas lui faire l'honneur d'une réponse.

— Ma valise se trouve dans le coffre de ma voiture, dit-elle avec raideur.

— D'accord. Je vais la chercher.

— Dès que je me serai changée, je p-partirai d'ici.

— Vous allez d'abord m'expliquer pourquoi vous avez fait trois mille kilomètres pour venir travailler avec moi.

La porte se referma derrière lui, et Cassie fixa un instant le battant avec colère. Puis elle envoya valser ses chaussures, éprouvant une certaine satisfaction lorsque ces dernières maculèrent de boue le carrelage immaculé de la salle de bains.

C'était certes une petite victoire, songea-t-elle en se déshabillant. Mais c'était une victoire tout de même !

*
* *

La douche lui fit le plus grand bien.

Enfin réchauffée, Cassie leva son visage vers le jet, puis se pencha pour le laisser lui picoter la nuque. Après quelques instants, elle prit la bouteille de shampoing qui se trouvait à portée de main, l'ouvrit et renifla son parfum.

Elle sentait le citron. Comme Keir, dont la peau avait la même odeur. Elle avait dû enregistrer ce détail inconsciemment.

Cassie fronça les sourcils, puis se lava les cheveux, les rinça, et prit le savon.

Il sentait également le citron.

C'était le shampoing de Keir, et son savon. Il les avait tous deux utilisés…

Réprimant une interjection fort peu féminine, elle lâcha le savon comme si elle s'était brûlée et coupa le robinet d'eau chaude. L'eau se rafraîchit, et elle resta encore un instant sous le jet avant de sortir enfin de la cabine.

Elle y était entrée pour se réchauffer, et avait fini par prendre une douche froide. Un comble ! Mais cela lui avait fait le plus grand bien…

Après s'être enveloppée dans une immense serviette, elle entrouvrit la porte et risqua un coup d'œil à l'extérieur.

— O'Connell ?

Pas de réponse. Elle ouvrit davantage et balaya la pièce du regard. Elle était vide, et sa valise n'était nulle part en vue. Combien de temps s'était-il imaginé qu'il lui faudrait pour prendre une douche ?

La porte s'ouvrit au même instant, de l'autre côté de la pièce, et Keir apparut. L'atmosphère se chargea d'électricité et ils échangèrent un long regard.

Cassie parla la première.

— Mes vêtements ?

— *Mes* vêtements, répondit-il du même ton sec, jetant un jean et un sweater sur un fauteuil de cuir. Vous ne gagnerez pas un concours de mode, avec ça, mais ça vous tiendra chaud.

— Merci, mais je veux mes propres affaires.

— Oui, et moi, je veux que mon restaurant soit plein tous les week-ends. Pourquoi m'embarrasserais-je à monter votre valise alors que je devrai la redescendre quand vous repartirez ? Allez, habillez-vous.

— Il faudrait savoir ce que vous voulez, ne put-elle s'empêcher d'ironiser. Un coup vous voulez que je me déshabille, un autre que je m'habille.

Puis, tenant fermement le nœud de sa serviette, elle s'empara des vêtements qu'il avait apportés.

— Quant au restaurant, essayez de mettre un panneau que tout le monde peut voir et vous aurez sans doute plus de clients !

— Quoi ?

— Rien, répliqua-t-elle.

Et elle lui claqua la porte au nez.

Keir prit une profonde inspiration. Que lui arrivait-il ? Il avait déjà vu des femmes à demi nues auparavant. Il avait même vu *cette* femme à demi nue.

Il s'effondra dans le fauteuil de cuir. Il avait du mal à comprendre Cassie Barcovic, à la cerner. Il l'avait vue habillée en princesse, en fantasme sexuel ambulant dans sa petite tenue de serveuse, et enfin en pauvresse tout droit sortie d'un livre de Dickens.

Et maintenant, il venait de la voir en serviette. Elle n'avait pas de maquillage, pas de bas résille, pas de talons vertigineux. Comment diable, alors, pouvait-il la trouver aussi incroyablement désirable ?

Et pourquoi était-il attiré par une femme qui, sexy comme elle l'était, avait sans doute couché avec la moitié de la planète ?

Et lui ne faisait pas partie de la bonne moitié.

Il secoua la tête, un sourire narquois aux lèvres. Et c'était *elle* qui lui donnait des leçons sur la façon de remplir son restaurant ?

Il essaya de rire, mais ne parvint qu'à émettre un rictus étranglé. D'accord, elle l'avait pris par surprise en arrivant ici, surtout aujourd'hui. Louise lui avait en effet annoncé le matin même qu'elle partait, alors qu'elle lui avait promis de former le nouveau gérant.

Cassie Barcovic. Avec un soupir, il renversa la tête en arrière. Avait-on déjà vu coïncidence plus improbable ? Il avait presque éprouvé de la compassion pour elle, tout à l'heure, en songeant à tout ce chemin qu'elle avait fait pour rien.

Mais lui aussi avait des ennuis, après tout. Le vignoble allait bien, cependant le restaurant était une source inépuisable de problèmes. Il se voyait mal le confier à quelqu'un dont l'expérience se limitait à servir des cocktails dans un casino !

D'accord, elle avait un diplôme en hôtellerie. Mais même si le document était valide, il n'avait pas l'intention d'essuyer les plâtres en lui offrant son premier poste. Et il voulait pouvoir dormir tranquille, ce qui n'arriverait jamais à moins de mille kilomètres de Cassie.

Keir se leva brusquement et arpenta la pièce, mains dans les poches. Tout ça était la faute de Louise Davenport. Elle lui avait d'abord semblé compétente et douce, mais son mauvais caractère s'était révélé au fil des semaines.

De plus, aucun des candidats qu'elle avait retenus ne s'était avéré à la hauteur de la tâche. Il lui avait donné carte blanche pour leur recrutement, fidèle à son principe de délégation de l'autorité. Mais aucun des gérants n'avait tenu plus d'une semaine. Le dernier avait même craqué après deux jours !

« Je ne peux pas travailler avec un esclavagiste, monsieur O'Connell », avait-il dit avant de claquer la porte.

Un esclavagiste, lui ? C'était ridicule. Il était le patron le plus gentil du monde. C'est vrai, il était exigeant, il réclamait le meilleur de ce que ses employés avaient à offrir. Mais il n'était jamais déraisonnable. Jamais.

« Nous arrivons à court de candidats, monsieur O'Connell, lui avait dit Louise une semaine ou deux plus tôt. J'ai bien peur d'arriver au dernier de la liste. »

Ce qui le ramenait à la femme qui se trouvait dans sa salle de bains.

Impossible, songea-t-il de nouveau. En aucun cas il ne pouvait…

La porte s'ouvrit, l'arrachant à ses pensées, et Cassie parut. C'était mieux. Son jean et son pull, trop grands pour elle, empêchaient Keir de voir ses courbes affolantes. Il pourrait lui parler sans se laisser distraire par l'arrondi de ses hanches, le galbe de sa poitrine.

— Vous êtes satisfait ? demanda-t-elle.

— Très. Asseyez-vous, s'il vous plaît.

Cassie s'exécuta. Il remarqua qu'elle avait dû utiliser son séchoir. A présent qu'il y songeait, il se rappelait avoir entendu son bourdonnement à travers la porte. Ses cheveux tombaient en un rideau noir et soyeux sur ses épaules, si beaux qu'il aurait voulu y passer la main. La douche lui avait ôté tout son maquillage. Elle avait l'air belle, jeune, innocente…

Innocente ? Il faillit éclater de rire. La dernière chose qu'il avait faite, avant de quitter le Palace, avait été de vérifier le dossier de Cassie. Il avait ainsi appris qu'elle avait été show-girl dans un cabaret de Las Vegas. Elle avait dansé en tenue légère devant des milliers de types…

Croisant les bras, il se força à sourire.

— Eh bien, je dois dire que de vous voir ici a été une sacrée surprise.

— Pourquoi ? Vous pensiez qu'on ne me laisserait pas passer la frontière du Connecticut ?

Cassie croisa les jambes. Les plus longues jambes qu'il avait jamais vues.

— Ce que vous voulez savoir, c'est comment votre Mme Davenport adorée a pu m'engager.

Keir, involontairement, crispa les mâchoires.

— Ecoutez, j'essaie d'être poli mais…

— … mais vous n'arrivez pas à me croire, le coupa-t-elle en battant de ses longs, très longs cils. Je suis sûre que vous espériez m'entendre dire que je suis venue pour vous, acheva Cassie d'une voix chaude et sensuelle.

Keir sentit son sang affluer à sa tête et, il avait honte de cela, vers son entrejambe. Il ne devait pas réagir à ses provocations. Mais elle était douée pour l'exciter. Dans ses rêves, en tout cas. Il s'était plusieurs fois réveillé en s'étonnant de ne pas avoir réduit ses molaires en poudre à force de grincer des dents.

— Ecoutez, soupira-t-il, voici comment nous allons procéder : je pose les questions et vous y répondez, d'accord ?

— Ça me va.

Keir prit un crayon à papier, le fit tourner entre ses mains et dit enfin :

— Si j'ai bien compris, vous prétendez que Mme Davenport vous a engagée par l'intermédiaire de TopNotch.

— Faux.

— Faux ? Mais je croyais…

— Je ne *prétends* pas, poursuivit-elle comme s'il n'avait rien dit. Je l'affirme.

— Vous voulez dire que Mme Davenport vous a demandé de venir passer un dernier entretien ?

Keir s'efforça d'arborer une mine contrite pour ajouter :

— Que puis-je vous répondre, Cassie ? Je suis vraiment désolé que vous ayez fait tout ce trajet mais…

— Vous êtes sourd, O'Connell ? Je vous ai dit qu'elle m'avait *engagée*. J'ai sa signature sur un contrat.

Le crayon, entre les mains de Keir, se cassa en deux. Il s'en débarrassa avec impatience.

— C'est impossible.

— J'ai dans mon sac un bout de papier qui affirme le contraire, répondit Cassie en souriant.

Après tout, elle pouvait bien le torturer quelques minutes avant de lui annoncer qu'elle ne comptait pas rester…

— Les contrats sont faits pour être rompus, répondit son compagnon.

— Oh vraiment ?

— Vraiment, oui.

Il sourit, ou plutôt essaya, et sa voix se fit soudain plus conciliante.

— Ecoutez, je sais que vous devez être déçue. Et je suppose que, d'une certaine façon, c'est ma faute.

— Votre faute ?

— Oui, dans la mesure où j'ai laissé Mme Davenport prendre toutes les décisions.

Erreur stratégique. Il le comprit à la façon dont Cassie redressa le menton, comme toutes les fois qu'elle était en colère.

Joignant ses doigts sous son menton, il opta pour une nouvelle approche.

— Ecoutez, j'aimerais vous dédommager. Je vais vous payer votre billet de retour pour Vegas.

Cassie en resta bouche bée. L'arrogance de cet homme était incroyable. Croyait-il qu'il pouvait la corrompre avec un billet d'avion ?

Mais, dissimulant ses pensées, elle lui sourit aimablement.

— Merci beaucoup.

Keir parut soulagé, et sourit en retour.

— Et puisque vous vous montrez si compréhensive, je vous offre même une semaine de salaire.

— Comme c'est généreux…

Keir sentit un frisson lui courir sur la peau. Quelque chose dans la voix de Cassie l'avait alerté.

— Bien, reprit-il en hâte, je suis ravi que nous ayons réglé ce problème à l'amiable.

— J'apprécie que vous ayez reconnu votre responsabilité et votre offre de dédommagement, monsieur O'Connell…

Keir sentait l'orage venir. Pourquoi l'appelait-elle de nouveau « monsieur O'Connell » ?

— Inutile de me remercier. Je vais juste vous faire un chèque et…

— … mais je ne suis pas intéressée.

Cassie avait parlé sans se laisser le temps de réfléchir. Jusqu'à cet instant, elle avait bien compté partir. La défaite était préférable à la perspective de travailler avec un homme tel que Keir O'Connell.

Mais pour qui se prenait-il, à essayer de l'acheter ? A la

regarder, depuis l'autre côté de son bureau, comme si elle était un insecte nuisible qu'il pouvait chasser d'un revers de la main ?

Ah, il pensait qu'elle ne pouvait pas gérer un restaurant ? Eh bien elle allait lui montrer !

Le sourire de Keir avait disparu lorsqu'elle le regarda de nouveau.

— Comment ça, « pas intéressée » ? C'est une offre généreuse. Plus que généreuse, même. Si vous croyez pouvoir profiter de…

« De mieux en mieux », songea Cassie, qui repoussa sa chaise et se leva.

— Je reste, O'Connell. Vous vouliez un gérant ? Vous en avez un.

— Ne soyez pas ridicule. Vous ne pouvez pas…

— Où est mon appartement ?

— Votre quoi ?

— Mon appartement de fonction, répondit-elle aimablement. Celui qui est spécifié dans le contrat. Où est-il ?

A son tour, Keir bondit sur ses pieds.

— Ça suffit, je me suis montré assez gentil avec vous. Je n'ai aucune intention de vous employer, vous entendez ? Vous ne connaissez rien à la restauration et… Où allez-vous, bon sang ?

— Chercher mes bagages. Ou un avocat. Au choix.

— Ecoutez, Cassie…

— J'aimerais vraiment m'installer avant la nuit tombée, répondit-elle avec un sourire éclatant, mais aussi chaleureux qu'un iceberg. Quoi que vous pensiez, je suis parfaitement qualifiée pour ce poste. Je pense que l'avocat que j'engagerai se fera un plaisir de vous le dire. En attendant, si vous voulez que je parte, il va falloir aller chercher le shérif pour me déloger.

— Entendez-moi bien…

— Je crois que vous devriez réfléchir cinq minutes. Vous êtes sûr de perdre un éventuel procès. Et pensez aux retombées médiatiques de l'affaire. Je crois que le monde entier serait ravi d'apprendre que vous avez renvoyé sans ménagement une jeune femme qui se refusait à vous.

— Quoi ?

Keir aurait voulu la prendre dans ses bras, la jeter en travers de ses genoux et lui administrer une bonne fessée. Oui, l'idée était plaisante.

— Vous avez donc le choix. Soit vous vous compliquez la vie en vous lançant dans un procès perdu d'avance. Soit vous me laissez faire de ce restaurant un lieu très coté. Que préférez-vous ?

Il ne répondit pas, et elle inclina la tête en souriant.

— C'est bien ce que je pensais. Vous avez pris la bonne décision, monsieur O'Connell. Je suis sûre que vous serez ravi de mes services.

Elle le dépassa, s'attendant à ce qu'il la retienne et lui hurle des insultes. Mais il resta immobile, comme pétrifié.

Cassie, elle, ne s'autorisa à trembler comme une feuille que lorsqu'elle eut franchi la porte.

# 6.

Comme ses frères, Keir avait hérité du bagout des Irlandais. Sean avait réussi à se tirer d'une prison marseillaise, Cameron avait intégré l'école d'avocats sur un coup de charme, et Keir… Disons qu'un homme d'affaires de son envergure ne réussissait pas sans être beau parleur.

Alors pourquoi se tenait-il au milieu de son bureau, aussi muet qu'une marionnette de ventriloque, pendant que Cassie quittait la pièce après l'avoir foudroyé du regard ?

Cette femme essayait de le faire chanter ! *Lui !*

— Eh !

Ce n'était pas brillant, comme repartie, mais c'était déjà quelque chose. Keir se précipita dans l'escalier, de nouveau en possession de tous ses moyens.

Cassie avait déjà disparu. Elle ne pouvait de toute façon pas aller très loin, pieds nus, avec son jean et son chandail.

La porte d'entrée était ouverte. Il la franchit en courant et vit Cassie penchée sur le coffre ouvert de sa petite Chevrolet rouge.

— Qu'est-ce que vous fichez ?

La réponse était évidente. Elle prenait sa valise. Ou plutôt, elle essayait de la prendre. Car cette dernière était assez grosse pour contenir les affaires de cinq personnes.

— Lâchez ça, dit-il en essayant de lui saisir les mains.

— Ne me touchez pas, O'Connell !

— Vous n'aurez pas besoin de vos bagages. Vous pouvez

garder ce que vous avez sur le dos. Personne ne se souciera de ce que vous portez dans l'avion qui vous ramènera à Vegas.

— Je ne retourne pas à Vegas, dit Cassie en tirant sur sa valise. Poussez-vous.

— Vous n'allez pas davantage rester là. Vous rentrez à Vegas. Ou en Sibérie si ça vous chante, je m'en moque.

— Je n'irai nulle part ! J'ai quitté mon travail et rendu mon appartement, vendu ma misérable voiture et fait expédier le peu que j'avais ici. Que suis-je censée faire quand je rentrerai à Vegas ?

— Ce n'est pas mon problème.

— Oh, mais si ! Je n'ai pas été assez claire, peut-être ? Vous m'avez engagée. Si vous voulez vous débarrasser de moi, il va falloir vous battre !

Et elle planta ses poings sur ses hanches. Une mauvaise idée, songea Keir, car cela plaquait son sweater contre son corps et lui permit de noter qu'elle ne portait pas de soutien-gorge. Etait-ce une habitude ? Evidemment, une femme avec des seins si parfaits n'en avait peut-être pas besoin…

— Essayez d'écouter au lieu de lorgner ma poitrine, O'Connell !

Il leva les yeux. Elle s'était empourprée légèrement, mais elle ne bougea pas et ne croisa pas les bras sur son torse pour le dérober à sa vue. « Regardez tant que vous voudrez, semblait-elle lui dire. Parce que c'est tout ce que vous ferez jamais ! »

Bon sang, voilà que c'était lui qui rougissait à présent ! Mais pourquoi aurait-il honte de regarder ce qu'elle avait offert à la vue de milliers d'autres hommes ?

— Je vous ai écoutée. A présent, c'est votre tour. Il n'y a pas de travail pour vous ici, c'est compris ?

— Je vous traînerai en justice.

— Allez-y.

— Ah, j'oubliais ! Vous devez avoir des juges et des avocats véreux plein les poches…

L'image faillit le faire sourire, mais il se retint.

— Il se trouve que j'ai mieux, répondit-il calmement. Mon frère est avocat à New York. Il adore travailler pour moi.

— Oh, j'en suis sûre ! Tous les avocats rêvent d'avoir leur nom en première page des tabloïds.

— Je ne sais pas pour *tous* les avocats, mais ça ne dérange pas Cameron. Il vient d'ailleurs de terminer une grosse affaire. Sans entrer dans les détails, il a poursuivi un journal en diffamation.

— Et ? fit Cassie, affectant de paraître détachée.

— Et il a gagné. Le montant des dédommagements fait sept chiffres…

Cassie haussa les épaules, mais elle n'en menait pas large.

— Toute cette publicité négative…

— Aucune publicité n'est complètement négative. Prenez cet acteur que sa petite amie a surpris à Vegas au lit avec sa maîtresse. Les journaux s'en sont donné à cœur joie, mais son film suivant a fait un succès fracassant. Il a battu tous les records.

Etait-ce vrai ou essayait-il de l'intimider ? Cassie l'ignorait, mais elle refusait de se rendre aussi aisément. De toute façon, elle ne pouvait plus faire machine arrière.

— Merci bien de m'avoir expliqué tout ça, ironisa-t-elle. Je crois que je vais courir le risque malgré tout.

— Barcovic, avez-vous écouté un seul mot de tout ce que je viens de dire ?

— J'ai tout entendu. Je ne vois pas en quoi ça me concerne, c'est tout. Vous voulez me faire un procès ? Allez-y. Même si votre frère gagne des millions sur mon dos, je ne peux pas payer ! Comme je vous l'ai dit, je n'ai rien à perdre.

— Vous m'accuseriez de vous avoir fait des avances ?

— Vous ne savez pas ce que c'est que de devoir survivre. Si c'était le cas, vous ne poseriez pas la question.

Keir hésita. A ce petit jeu, elle était douée. Elle lui apparaissait tour à tour comme une jeune femme farouchement déterminée, puis sans défense.

D'un côté, il devait bien admettre qu'elle était sans défense.

Il la croyait quand elle affirmait qu'elle n'avait plus rien à Las Vegas. Et cela pèserait lourd face à un tribunal. Et même s'il en voulait à Louise Davenport de l'avoir engagée, il ne pouvait revenir dessus. Le mal était fait.

Echec et mat. Elle avait gagné la partie.

Mais il n'était pas obligé de le lui faire savoir…

Keir fusilla Cassie du regard, enfonça ses mains dans ses poches et se dirigea vers le restaurant. Il sentait son regard peser sur lui. A mi-chemin, il pivota.

— Dites-moi votre prix. Combien voulez-vous pour partir ?

Une dizaine de réponses fleurirent dans l'esprit de Cassie. Un mois de salaire. Deux mois. Trois mois. Pourquoi pas ? Malgré son frère avocat, elle le tenait à sa merci, la tête sur le billot. Et il le savait aussi bien qu'elle.

— Je veux ce qui m'a été promis, annonça-t-elle enfin. Le poste de gérant. Le salaire et les bénéfices qui y sont liés, et l'appartement de fonction.

Keir cligna des yeux. Retour à la case départ. Elle n'avait pas cédé d'un iota. Cette fille avait du cran.

— Je vous donne deux mois, grommela-t-il. La moindre erreur et vous dégagez.

Il vit une lueur éclater dans son regard. Elle la dissimula aussitôt pour prendre une expression blasée, mais c'était trop tard. Elle était heureuse. Il lui avait fait plaisir.

Il en éprouva un drôle de sentiment, et reprit avec hargne :

— Nous sommes d'accord ? Deux mois.

— Six.

— Trois. Et à la moindre erreur…

— Quatre, et une marge d'erreur acceptable le temps que je me familiarise avec le poste. C'est ma dernière offre, O'Connell.

Il l'étudia, hésitant. Elle avait de nouveau relevé le menton en une attitude qui laissait supposer qu'elle se battrait jusqu'au bout.

Keir soupira et décida que cela n'en valait pas la peine.

De plus, combien de temps lui faudrait-il pour trouver un gérant qui la remplacerait ?

— Va pour quatre. Et vous partez si vous faites une faute grave.

— Parfait, mais il faudrait se mettre d'accord sur la définition de « faute grave ». Renverser la salière, par exemple, n'en est pas une.

— Non, répondit-il froidement, d'autant plus que nous utilisons des moulins à sel. Vous savez ce qu'est un moulin à sel, n'est-ce pas, Barcovic ?

— Je ne vous ferai pas le plaisir d'une réponse, O'Connell. Je veux juste être sûre que nous nous comprenons bien.

— Alors soyons clairs. Si vous faites quoi que ce soit qui déplaise à un client, vous êtes virée. Compris ?

Cassie acquiesça. Les manières brutales de son compagnon ne l'intimidaient pas.

— Compris.

— C'est donc réglé.

— Pas tout à fait. Je veux deux mois de salaire si je suis renvoyée. Si tant est que vous ayez un bon motif pour le faire.

— Accordé.

— Et vous allez respecter tous les termes du contrat, à savoir payer mon déménagement, ma Sécurité sociale, et tout le tralala.

— Vous êtes encore plus vorace que mon frère Cameron. Il serait impressionné.

Il souriait. C'était une plaisanterie, pas une insulte, et Cassie s'autorisa à sourire en retour.

— Qui sait ? A présent que j'ai découvert que j'aimais les études, je vais peut-être changer de carrière ? Mais j'ai eu une longue journée, O'Connell. Je veux dire, monsieur O'Connell. Si vous voulez bien me montrer mon appartement ?

— Keir.

— Pardon ?

— Nous n'allons pas nous appeler par nos noms de famille

si nous travaillons ensemble, n'est-ce pas ? La Vigne Vierge est un restaurant décontracté.

— Raffiné et décontracté. C'est ce que m'a dit Mme Davenport. Elle a dit que c'était inscrit sur le menu et le papier à en-tête.

Keir s'approcha d'elle. Il avait la grâce et l'intensité d'un félin. Cassie aurait voulu reculer, mais la voiture était juste dans son dos. De plus, tous les documentaires animaliers ne disaient-ils pas qu'il ne fallait pas manifester la moindre peur devant un félin ?

— Je n'aime pas ce mot, murmura-t-il.

— « Décontracté » ?, demanda-t-elle, le souffle court.

Il s'était arrêté si près d'elle qu'elle se rendit compte que ses yeux n'étaient pas noirs, comme elle l'avait d'abord cru, mais d'un bleu nuit troublant.

— P-Pourquoi ? En quoi ce mot vous gêne-t-il ?

— Il ne me gêne pas. C'est « raffiné » que je n'aime pas. Je préférerais quelque chose de plus… masculin.

Puis Keir tendit la main et, effleurant ses cheveux, murmura :

— Ils sont encore mouillés.

Pourquoi la touchait-il ainsi ? Et pourquoi en était-elle si troublée ? Ses doigts effleurèrent sa joue, et elle sentit son sang se mettre à bouillir en retour.

— Que… que diriez-vous de « chic » à la place ? Ou « élégant » ?

— Vous tremblez, Cassie.

— A cause de la pluie…

— Je ne crois pas.

— O'Connell. Keir. Je crois qu'il faut régler certains détails…

— Je suis tout à fait d'accord.

Il enroula une main derrière sa nuque. Elle était merveilleusement belle… Il avait connu beaucoup de femmes, mais aucune n'avait allié beauté et esprit à ce point. Et toutes avaient utilisé les deux meilleures armes féminines, la séduction et les larmes.

Mais pas Cassie.

— A présent que nous avons réglé les détails techniques, parlons un peu de nous, dit-il d'une voix rauque.

— Il n'y a pas de « nous ». Si vous faites allusion à ce qui s'est passé au Texas, c'était une erreur.

— Absolument. Ça n'aurait jamais dû arriver. Mais c'est arrivé. Et je ne vous mentirai pas, Cassie. Pas une nuit ne s'écoule sans que j'y repense.

Il vit à la lueur paniquée qui éclata dans ses yeux qu'il en était de même pour elle. Une violente émotion s'empara de lui.

— Reconnaissez-le, dit-il doucement. Vous aussi.

— Pas du tout !

— Vous ne cédez jamais, n'est-ce pas ?

— En effet, jamais. Et si vous espérez que ça arrivera, vous allez attendre longtemps !

A cet instant, les lèvres de Keir fondirent sur les siennes. Surprise, Cassie plaqua ses mains sur ses épaules, tentant de le repousser. Mais il l'enlaça, et elle sentit ses dernières résistances s'envoler comme des feuilles emportées par le vent de l'automne.

Keir avait l'impression d'être sur le point d'exploser. Jamais il n'avait été si dérouté, si excité, si troublé par un simple baiser. Et ce fut pire lorsque la jeune femme remonta une jambe le long de sa cuisse…

Bon sang, il allait lui faire l'amour ici et maintenant ! Au diable lits et couvertures. Le capot de la voiture ferait amplement l'affaire.

Mais il lui restait encore une étincelle de raison. Il s'y raccrocha désespérément et, comme ce fameux soir au Texas, se détacha de Cassie au prix d'un effort surhumain.

Elle le regarda en silence, pantelante, les joues encore empourprées par la passion. Ses lèvres paraissaient enflées. Quant à lui, il haletait comme s'il venait de courir un marathon.

— Nous allons travailler ensemble, dit-il d'une voix si altérée qu'il ne se reconnut pas.

Lentement, elle opina.

— Oui. Et ce genre de chose ne doit pas se reproduire.

— Tout à fait d'accord. Et c'est pour ça que je vous ai embrassée. Pour me sortir cette idée de la tête.

Il se demanda si cela semblait aussi ridicule à Cassie qu'à lui-même. Le problème, c'était qu'il était sincère. Il avait bien espéré mettre fin à ces maudits rêves en l'embrassant.

— A compter de cet instant, nos rapports seront exclusivement professionnels.

— Exclusivement professionnels, répéta-t-elle.

Il songea à lui tendre la main, mais se ravisa. Mieux valait éviter tout contact physique.

— Il pleut de nouveau, fit-il remarquer, empoignant sa valise.

— Je vois ça. Il fait souvent ce temps, dans le Connecticut ?

— Oh non ! Rassurez-vous. Parfois, il neige.

Cassie se mit à rire, un peu trop bruyamment, comme s'ils avaient partagé une merveilleuse plaisanterie.

— A présent, si vous voulez bien me montrer mon appartement avant que nous ne nous noyions…

— Bien sûr. Ça ne vous dérange pas de marcher ? Ce n'est qu'à trois cents mètres, mais si vous ne voulez pas vous mouiller…

— A trois cents mètres ? répéta-t-elle en jetant un regard perplexe vers la grange peinte en rouge qui abritait le restaurant. Vous plaisantez ? Il n'y en a pas cinquante.

— Votre chambre ne se trouve pas là, répondit Keir en claquant le coffre et en s'éloignant.

Après un instant de stupeur, la jeune femme lui emboîta le pas.

— Quoi ? Mais Louise a dit…

— Louise a dit beaucoup de choses. Et comme nous l'avons constaté, beaucoup étaient fausses.

— Elle a dit que mes appartements étaient mitoyens du restaurant. Où sont-ils, si ce n'est pas le cas ?

— Ils sont…

La fin de sa phrase fut emportée par une bourrasque de vent. Cassie cala ses cheveux derrière ses oreilles et pressa le pas pour ne pas se laisser distancer. Ils montaient une petite colline en direction de l'élégante demeure de maître qu'elle avait aperçue en arrivant.

Parvenu à la porte d'entrée, Keir s'effaça pour la laisser passer la première. Mais Cassie refusa de franchir le seuil.

— C'est là que vous habitez ?

Il acquiesça, et elle fit un pas en arrière.

— Il est hors de question que j'habite avec vous !

— Ce n'est pas ce que vous croyez, déclara son compagnon en posant sa valise.

— Ha !

— Ecoutez, Barcovic, j'ai froid, et j'en ai assez de me disputer avec vous sous la pluie. Vous voulez rentrer ? Parfait. Vous préférez passer la nuit dans votre voiture ? Ça me va aussi. Je vous donne dix secondes pour y réfléchir, après quoi je rentre et je ferme derrière moi.

— Vous êtes doué pour lancer des ultimatums, fulmina Cassie.

— Je me débrouille, reconnut-il avec un sourire narquois.

— Ça ne me fait pas rire. Je pensais que nous nous étions mis d'accord pour…

— Un. Deux. Trois…

Cassie lâcha une volée d'insultes bien senties et franchit le seuil. Keir referma derrière elle, se demandant une nouvelle fois comment elle pouvait être aussi belle malgré son état.

— Qui va dormir sur le canapé ? demanda-t-elle en croisant les bras et en tapant du pied.

— Il n'y a pas de canapé.

Cassie regarda enfin autour d'elle. Ils se trouvaient dans une pièce qui n'aurait pas détonné dans un château médiéval. Elle était presque vide. Les seuls éléments notables étaient une cheminée assez vaste pour faire rôtir un bœuf entier et une armure posée dans un coin. Un escalier de pierre majestueux montait sur sa droite se perdre dans les ténèbres.

— C'est Dracula qui s'est chargé de la décoration ?

— Je suis en train de rénover tout ça, lui apprit Keir en riant. Si vous voulez bien me suivre…

Il traversa la pièce, ses pas résonnant sur le sol de marbre, et ouvrit une porte presque dissimulée sous l'escalier.

— Vos appartements, madame.

Cassie hésita. Puis elle le dépassa et retint une exclamation de stupeur. Elle se trouvait dans un salon qui faisait la taille de son appartement à Vegas, ouvrant sur d'autres pièces. Une chambre. Une cuisine. Une salle de bains…

— C'est un peu démodé comme décoration…

C'était l'euphémisme du siècle, mais l'appartement était malgré tout élégant. Cassie passa une main sur un fauteuil de velours pourpre, étudia les tapisseries.

— C'est vraiment chez moi ?

— Vraiment, confirma Keir en lui tendant une grosse clé de bronze, du genre de celles que les geôliers portaient sur de lourds anneaux dans les films. La serrure est vieille, mais elle marche à merveille.

— Même contre les vampires ?

Keir daigna sourire. La glace semblait fondre.

— Je vais mettre votre valise dans votre chambre.

— Vous n'approchez pas de ma chambre, O'Connell !

« Bon, songea Cassie sitôt qu'elle eut parlé, le rétablissement de relations parfaitement normales n'est pas pour tout de suite… »

Keir parut sur le point de dire quelque chose, mais il se ravisa et, après avoir lâché sa valise, sortit en silence.

# 7.

Debout devant la fenêtre, une tasse de café en main, Keir observait le domaine.

Son domaine.

Après trois mois de travail éreintant, il commençait à assimiler le fait que le Vignoble du Cerf lui appartenait. Il était bien beau d'avoir sa signature au bas d'un titre de propriété, mais ce n'était rien si l'on ne transpirait pas un peu.

« Le salaire de la sueur », avait dit son père, durant cet été qu'ils avaient passé à rebâtir une vieille maison bancale que Ruarch avait gagnée au poker, et qui leur avait servi de toit par la suite.

« Tu aimeras d'autant plus cet endroit que tu auras transpiré pour lui », avait ajouté son père.

Mais il s'était trompé. Tous avaient haï cette demeure. Les filles à cause des souris qui logeaient sous les vieux meubles, les garçons à cause des travaux interminables que requérait l'édifice. Seule leur mère avait paru heureuse de ce qu'elle appelait leur « maison de campagne », alors que ce n'était qu'une masure délabrée et glaciale.

Songeur, Keir but une gorgée de café. Il détestait le simple souvenir de cet endroit. Mais il comprenait ce qu'avait voulu dire son père. Lorsque quelque chose comptait, il fallait se démener pour le protéger, le faire prospérer.

Et le Vignoble du Cerf comptait beaucoup pour lui.

Keir sourit. Oui, il avait travaillé dur, mais le jeu en valait la chandelle. Les ouvriers agricoles du domaine ramassaient les grappes à la main, une à une, à maturité. Il existait des machines qui permettaient de gagner du temps, mais elles endommageaient également le précieux fruit.

Son œnologue, un Californien taciturne de la Napa Valley, n'avait pas caché sa surprise lorsque Keir s'était présenté en tenue de travail le premier jour des vendanges.

— Mais nous avons tous les ouvriers nécessaires, monsieur O'Connell, avait-il fait valoir.

— Appelez-moi Keir. Et comptez que vous avez un ouvrier de plus.

Il avait travaillé avec les hommes, n'épargnant pas sa peine. Après une semaine de ce régime, il en savait plus sur le vin qu'en six semaines de lecture. Et il sut qu'il avait réussi un examen tacite lorsque l'œnologue lui avait proposé de lui enseigner l'art de la taille et de la greffe.

— Keir avait accepté avec plaisir, s'efforçant de dissimuler son excitation.

A présent, il avait vraiment l'impression que le domaine lui appartenait. Ou peut-être était-ce lui qui appartenait au domaine.

En tout cas, il se sentait merveilleusement bien. Il était plus heureux qu'il ne l'avait jamais été, même s'il travaillait bien plus qu'il ne l'aurait supposé. Il passait en effet ses journées dans les vignes et ses soirées à lire et à faire des projets pour le domaine.

Un ami de Cameron, journaliste au *Times*, avait consacré au Vignoble du Cerf une page entière dans le cadre d'une série d'articles intitulée « Ils ont changé de vie ». L'article montrait Keir dans ses vignes, sous un titre en gras : « **LE ROYAUME DE KEIR O'CONNELL** ».

Cela lui avait valu plusieurs coups de fil moqueurs de ses frères et sœurs. Sean l'avait même appelé d'un yacht au large de la Côte d'Azur.

— Je suis bien au royaume de Keir O'Connell ?

— Je n'étais pas au courant de ce titre, avait protesté Keir. Je l'ai découvert en même temps que tout le monde.

C'était vrai. Malgré cela, il avait éprouvé un certain plaisir en le lisant. Cet endroit était le sien. Les vignes, la maison, le restaurant. Quoi qu'il advienne, bien ou mal, ce serait le résultat de son travail.

Non, il exagérait. Le succès du restaurant était dû à Cassie…

Pensif, il s'allongea dans son fauteuil, les mains nouées derrière la tête.

Le jour de son arrivée, il lui avait fait visiter le restaurant, puis lui avait présenté leur irascible chef et le reste du personnel. Cassie avait dit : « Bonjour, comment allez-vous, ravie de vous rencontrer. » Le chef avait grommelé, les serveurs lui avaient jeté un regard blasé, songeant sans doute qu'elle ne resterait pas longtemps.

— Ecoutez tout le monde, avait-il dit, j'attends de vous une pleine et entière coopération avec Mlle Barcovic. Si vous pensez que vous n'en serez pas capables, autant…

— Merci, monsieur O'Connell, avait coupé Cassie avec un large sourire. Je suis sûre que nous nous entendrons tous à merveille.

Puis elle l'avait pris par le bras, raccompagné à la porte et, parce qu'il fallait appeler un chat un chat, fichu dehors !

Plus tard, quand ils s'étaient de nouveau retrouvés seuls, elle lui avait assuré que si elle avait besoin d'aide, elle ne manquerait pas de lui faire signe.

— Je sifflerai, avait-elle dit sans la moindre trace d'humour. D'ici là, je préfère tisser des liens avec les employés à ma façon.

— En d'autres termes, vous me demandez de vous laisser tranquille ?

— Vous avez bien compris.

C'était quasiment la dernière conversation qu'ils avaient eue…

Avec un soupir, Keir se renversa dans son fauteuil et posa ses deux pieds croisés sur le bureau.

Il devait bien admettre que Cassie faisait de l'excellent travail. Cela faisait des semaines que le chef n'avait pas voulu démissionner, ou brandi son hachoir en menaçant de décapiter quelqu'un. Le restaurant tournait comme un moulin et ne désemplissait pas. Ils faisaient salle comble presque tous les soirs.

Mais ses tentatives pour établir des relations normales avec Cassie avaient échoué. Il parlait, elle écoutait et ne répondait rien. Sauf si l'on estimait que « oui » et « non » constituaient la base d'un dialogue enrichissant.

De toute façon, il s'en moquait. Qu'avait-il à lui dire, après tout ? « Avez-vous passé une bonne journée ? Aimez-vous la Nouvelle-Angleterre ? Ce sont bien de vieux vinyles que j'ai vus dans vos cartons de déménagement ? »

Non, c'était ridicule. Cassie Barcovic était son employée, et il la traiterait comme telle. Même s'il mourait d'envie de la prendre dans ses bras chaque fois qu'il posait les yeux sur elle. Même si elle lui évoquait une panthère, tour à tour séduisante et délétère, tantôt ronronnante et sensuelle, puis prête à le mettre en pièces…

— O'Connell ?

Il cligna des yeux et la vit qui se tenait sur le seuil. Aussitôt, il comprit qu'il s'était menti. Non, elle n'était pas qu'une employée. Il y avait des milliers de choses qu'il brûlait d'envie de lui dire…

Rougissant légèrement, il repoussa sa chaise et se leva. Même à cette heure matinale, elle était magnifique. Il se demanda à quoi elle ressemblerait après une nuit passée à faire l'amour.

— Cassie, dit-il après s'être éclairci la gorge. Entrez, je vous en prie.

Elle pénétra dans la pièce, puis parut hésiter.

— Si je vous dérange…

— Absolument pas.

— Vous êtes sûr ? insista-t-elle avec un geste en direction de la porte. Parce que si ce n'est pas le cas…

Cassie, polie ? C'était nouveau. Que se passait-il ?

— Je vous assure que vous ne me dérangez pas. Je pensais justement à vous. Je veux dire, au restaurant. Asseyez-vous.

Il l'étudia comme elle prenait place, se demandant ce qu'elle pouvait bien lui vouloir. La seule hypothèse qui lui vint à l'esprit fut qu'elle voulait peut-être démissionner.

Deux mois plus tôt, il en aurait été ravi. Mais pas aujourd'hui. Elle faisait en effet des miracles à La Vigne Vierge. Et même si leurs relations étaient tendues — non, corrigea-t-il mentalement, inexistantes — il aimait à la voir, à sentir le parfum floral qui flottait derrière elle quand elle passait dans une pièce, à entendre l'eau qui coulait dans la tuyauterie quand elle se douchait, à l'imaginer nue sous le jet…

« Arrête. »

Il s'éclaircit de nouveau la gorge et s'efforça de sourire.

— Alors, comment se passe votre nouvelle vie parmi nous ?

— Très bien, merci.

Un silence. Keir se creusa la tête pour trouver un autre sujet de conversation.

— J'ai vu que vous aviez changé de voiture ?

— Oui, la première était une voiture de location. J'ai acheté un véhicule d'occasion.

— C'est une bonne idée.

— C'est ce que je me suis dit.

Il y eut un nouveau silence. La jeune femme paraissait nerveuse. Et comment pouvait-il lui en vouloir ? Ils n'avaient pas échangé un seul mot aimable depuis qu'il l'avait engagée.

— Cassie, je… je veux que vous sachiez que je suis très satisfait de votre travail.

— Merci.

Silence. Bon sang, était-il censé mener la conversation ?!

— Que puis-je faire pour vous ce matin ?

Il la vit déglutir nerveusement, puis elle annonça :

— Je voudrais vous demander quelque chose.

— Quoi donc ?

Cassie passa sa langue sur ses lèvres. Elle avait répété cette scène des dizaines de fois dans sa tête, et en était arrivée à une seule conclusion.

On n'attrapait pas les mouches avec du vinaigre. Elle allait devoir se montrer aimable.

C'était l'approche qu'elle avait choisie avec le personnel du restaurant. Le chef, brillant mais lunatique, avait bien vite cessé de menacer d'occire le sous-chef, et ce dernier avait arrêté de menacer les cuisiniers, qui à leur tour avaient cessé de lui mettre des bâtons dans les roues. Le résultat avait été, en salle, un service plus rapide, de meilleurs pourboires, et plus aucune démission.

Les manuels qui insistaient sur la communication en milieu professionnel disaient donc juste. Et ces mêmes manuels insistaient sur la nécessité de trouver un terrain d'entente avec son patron, fût-il un tyran égoïste et…

— Cassie ? Vous disiez que vous vouliez me demander quelque chose ?

Egoïste et terriblement séduisant.

Elle repensa aux vendanges. N'aurait-il pas pu porter une chemise ? Elle n'avait cessé de rêver de lui après l'avoir vu, toute la journée, travailler torse nu dans les rangs de vigne.

— Oui, répondit-elle enfin à sa question. Oui, en effet.

Il lui sourit, mais Cassie nota que son visage restait prudent. Cela n'avait rien d'étonnant. Elle l'avait évité pendant deux mois et avait accueilli ses tentatives d'engager la conversation avec la froideur d'un ours polaire. Et voilà qu'à présent elle était tout sourire…

— J'ai besoin d'un budget publicitaire, déclara-t-elle tout de go, estimant qu'il ne servait à rien de tourner autour du pot.

— Ah. Un budget publicitaire.

Il avait parlé d'un ton neutre, mais elle avait cru percevoir une nuance dubitative, ou en tout cas étonnée, dans sa voix. Comme s'il s'était attendu à autre chose.

Mais Cassie avait bien l'intention de rester distante et professionnelle. Si elle entrouvrait la moindre porte personnelle, elle savait qu'il y mettrait le pied et qu'il essaierait d'en profiter. Et que ferait-elle alors ?

Keir n'était pas son type. Elle n'avait jamais aimé les hommes trop beaux, trop grands, trop musclés, trop séducteurs. Ils étaient dangereux.

Son ex-mari lui avait servi de leçon en la matière. Elle n'avait pas l'intention de commettre deux fois la même erreur.

— Quel genre de publicité avez-vous en tête ? Vous y avez réfléchi ?

Si elle y avait réfléchi ? Le sous-entendu n'échappa pas à Cassie. Il s'étonnait qu'elle soit capable de penser. C'était en général le genre de réaction qu'elle provoquait chez les hommes. Keir O'Connell n'échappait pas à la règle.

Et elle s'en moquait. Son but n'était pas de l'impressionner, encore moins de le séduire. L'aurait-elle voulu, elle savait qu'elle n'avait aucune chance. Il disparaissait tous les lundis après-midi jusqu'au mercredi soir, et il ne fallait pas beaucoup d'imagination pour comprendre qu'il devait passer tout ce temps avec une femme…

Et si Cassie avait du mal à dormir, ce n'était pas à cause de cela. C'était parce que son travail la tracassait, point.

— Cassie ?

Elle sursauta.

— Désolée. Je, euh, je pensais à votre question.

Elle croisa les jambes, puis les décroisa aussitôt en voyant Keir baisser les yeux sur ses genoux.

— J'ai bien réfléchi au genre de promotion que je veux faire.

— Et ?

— Et je crois que nous devrions commencer par augmenter la fréquence de nos publicités dans la presse locale.

Keir se pencha vers elle, les coudes sur le bureau et les doigts joints sous le menton, fronçant les sourcils comme si elle venait de lui suggérer de passer des annonces dans des journaux au Mozambique.

— Eh bien, pourquoi n'étudiez-vous pas le coût d'une telle opération et…

— C'est déjà fait, déclara Cassie en posant un dossier devant lui. J'ai fait plusieurs estimations. Vous les trouverez en page trois.

Il fronça de nouveau les sourcils, la regarda, puis ouvrit le dossier et le parcourut.

— Je vois. Ça ne m'a pas l'air mal. D'accord, allez-y.

— Quelle proposition ? La première, la plus économique, ou la seconde ?

— Oh, fit-il avec un sourire magnanime, va pour la seconde. Si vous pensez que ça peut nous faire gagner de l'argent…

— J'en suis sûre. Tout comme la proposition page quatre.

— Page… ?

Il étudia la page en question en silence, et lui jeta un regard perplexe.

— C'est très ambitieux.

— Je sais. Mais nous sommes pleins tous les week-ends et presque complets en semaine.

— Et ?

— Et ça m'a permis d'identifier notre clientèle cible. Je sais comment faire pour la toucher.

— Mais vous avez dit que nous étions déjà presque pleins ?

— Justement. Nous pourrions être à cent pour cent pleins. Si nous passions un communiqué en quadrichromie d'un quart de page dans une ou deux grandes publications du Connecticut, nous sommes sûrs d'y arriver.

— Ce serait cher ?

— Oui. C'est sur la page suivante.

Keir se pencha sur le dossier, puis lâcha un sifflement.

— C'est plus que cher ! C'est du vol !

— Ça inclut les frais de photographie et de mise en page. Mais nous n'aurons à les payer qu'une seule fois.

— C'est quand même une sacrée somme.

— Pas si vous pensez au retour sur investissement.

— Au retour sur investissement *potentiel* !

— Ecoutez…

Elle s'interrompit en constatant qu'elle avait trahi son impatience, et reprit plus aimablement :

— Il faut savoir prendre des risques, O'Con… monsieur O'Conn… Keir. Tenez, vous en avez pris en achetant cet endroit.

— Un risque calculé, oui. Je savais ce que valaient la terre et les bâtiments, et je savais que je pourrais revendre au même prix si besoin était. Ce n'est pas le même genre de risque, ajouta Keir en tapant du doigt sur le dossier. Je pourrais dépenser cet argent et ne rien avoir en retour.

— Vous faisiez bien de la publicité pour le Lucky Palace !

— C'était différent.

— En quoi était-ce différent ? Si vous avez quelque chose à vendre, il faut le faire savoir aux gens !

— Je travaille justement sur un projet qui…

— Je viens de vous proposer un projet !

— Cassie, je sais que vous y avez beaucoup réfléchi mais quand vous aurez un peu plus d'expérience…

Furieuse, elle se redressa d'un bond.

— Inutile de prendre ce ton avec moi.

— Mais qu'est-ce qui vous prend ? Quel ton ?

— Ce ton méprisant et paternaliste, comme si vous vouliez m'apprendre quelque chose.

— Et qu'est-ce qu'il y aurait de mal à ce que je vous apprenne quelque chose ?

— Ce qu'il y a de mal, c'est que vous n'y connaissez rien !

— *Moi*, je n'y connais rien ? Pendant six ans, j'ai dirigé…

— Vous avez dirigé un *hôtel* !

— Un hôtel qui abritait six restaurants !

— Ecoutez, O'Connell…

— Vous savez quel est votre problème, Barcovic, coupa-t-il d'un ton glacial. Vous avez la langue trop bien pendue !

— Ah ! Vous vous promeniez dans les cuisines du Lucky Palace comme… comme un général passant ses troupes en revue !

— Je vous demande pardon ?

— Vous m'avez entendue. « Bonjour, Lester. Comment va votre femme ? Et vos enfants ? »

Sa voix était très féminine, mais son intonation était une parfaite imitation de la sienne. Keir se sentit rougir.

— Et qu'y a-t-il de mal à cela ? demanda-t-il en contournant son bureau. Allez-y, madame l'experte, dites-moi comment vous auriez procédé.

— De la même façon. Mais nous ne sommes pas au Palace !

— Bravo, brillante observation.

— C'est un petit restaurant, ici. Vous stressiez les employés par votre présence permanente.

— J'essayais d'être aimable ! De m'impliquer dans la vie du restaurant. C'est mal ?

— Dans un endroit comme celui-ci, avec une diva aux fourneaux, oui, c'est mal ! Le chef l'a mal pris !

— Quel rapport avec le chef ? C'est le service qui n'allait pas !

— Un petit restaurant, c'est comme un jeu de dominos. Bousculez une pièce et tout s'effondre. Et vous n'arrêtiez pas d'ennuyer le chef.

Keir croisa les bras sur sa poitrine, irrité.

— Ah oui ? Donnez-moi un seul exemple de ce que vous avancez ?

— La fois où vous avez critiqué sa sauce des crevettes façon Nouvelle-Orléans ?

— Critiqué ? J'ai simplement dit que…

— Il m'a dit que vous étiez resté tout le temps dans son dos, et que vous aviez remis en cause le choix de chaque ingrédient.

— Il est aussi fou que vous. Je n'ai jamais rien fait de pareil.

— Vous lui avez dit d'utiliser moins de beurre.

— Ce n'est pas vrai. J'ai sans doute dit quelque chose du genre : « Pas étonnant que ce soit délicieux, Henry, il y a assez de beurre là-dedans pour boucher les artères d'un éléphant. »

Cassie eut une expression satisfaite, et il renchérit furieusement :

— C'était une plaisanterie !

— Il ne l'a pas prise comme telle.

— Mais il ne s'est jamais plaint.

— Non, il s'en est pris au sous-chef, qui s'en est pris aux commis, qui ont ralenti le travail.

— C'est l'effet papillon, c'est ça ?

— Je suis sûre que Louise Davenport vous a dit de rester à l'écart de la cuisine.

— Pas du tout.

— Oh si ! Je le vois sur votre visage.

Keir la fixa furieusement. Louise lui avait en effet suggéré de limiter ses visites au restaurant, mais que connaissait-elle au management ? Et qu'y connaissait Cassie ? Rien du tout.

Et qu'est-ce qui lui laissait penser qu'elle pouvait l'ignorer pendant sept semaines consécutives, puis débarquer dans son bureau en battant des cils avant de l'agresser sous prétexte qu'il ne faisait pas ce qu'elle voulait ?

— Nous nous éloignons du sujet, grommela-t-il. Vous me demandez d'investir une fortune dans un projet sans garanties. Eh bien je refuse.

— Très bien. Je pensais pourtant que vous étiez soucieux de l'avenir de cet endroit, et prêt à prendre des risques pour lui. C'est pourtant ce que vous affirmez dans l'article du *Times*.

— Ne me dites pas que c'est parce que l'article ne parlait pas de vous que vous vous mettez dans des états pareils ?

— Vous savez quoi, O'Connell ? Vous êtes un idiot.

Cassie se leva, se dirigea à grands pas vers la porte et, une fois sur le seuil, se retourna vers lui. De toute façon, il allait la renvoyer. Alors autant lui dire ses quatre vérités.

— Ce n'est pas en jouant les fermiers que vous allez faire prospérer le Vignoble du Cerf et son restaurant !

— C'est ce que vous pensez ? Que je m'amuse ?

Non, elle savait très bien que ce n'était pas le cas. Il travaillait même plus que n'importe qui d'autre. Mais elle était furieuse contre lui, furieuse parce qu'il refusait d'admettre que son idée était bonne. Et parce qu'il ne voyait pas qu'il la rendait folle, qu'elle n'en pouvait plus de faire mine de l'ignorer, de se demander pourquoi il n'avait pas essayé de l'embrasser de nouveau.

— Oui, c'est exactement ce que je pense.

Keir ne répondit pas. Il s'approcha d'elle d'une démarche de fauve et elle leva les yeux sur lui, le cœur battant. Peut-être était-il assez en colère pour l'embrasser. Elle l'espérait. D'ailleurs, autant l'admettre, c'était pour cela qu'elle essayait de le vexer. Certes, elle lui en voulait pour son obstination. Mais elle voulait plus encore provoquer une réaction irraisonnée. Un baiser…

A quoi bon se mentir ? Ce n'était pas son travail qui avait troublé son sommeil au cours des semaines passées.

C'était Keir.

Pourquoi l'avait-elle arrêté, cette fameuse nuit, au Texas ? Elle avait envie de lui. Et s'il l'abandonnait au matin, tant pis. Elle était prête à tout risquer.

— Vous savez ce dont vous avez besoin, Cassie ?

Elle revint brusquement à la réalité et posa sur lui un regard de défi.

— Non, mais je suppose que vous allez me le dire ?

— Oui. Vous avez besoin d'une leçon. Et c'est moi qui vais vous la donner.

— Keir, murmura-t-elle. Keir, je…

— Quand finissez-vous votre premier service ?

Elle cligna des yeux. Du sexe sur rendez-vous ? Etait-ce ce qu'il lui proposait ?

— A 16 heures. Mais qu'est-ce que…

Il pivota, retourna vers son bureau et décrocha le téléphone.

— Soyez prête à partir à 17 h 30.

Cassie vacilla. Il ne lui proposait pas de coucher avec lui. Il la renvoyait purement et simplement !

— 17 h 30, Barcovic, compris ? Et mettez quelque chose d'un peu habillé.

— Que je mette…

— Quelque chose d'un peu habillé, oui. Pas de frous-

frous. Ce que vous porteriez pour aller dans un restaurant chic. Vous avez ça dans votre garde-robe, non ?

— Vous… vous ne me renvoyez pas, alors ?

— Pour vous être montrée honnête ? demanda-t-il avec un sourire fin comme une lame de rasoir. Je sais que vous avez une piètre image de moi, mais je n'ai pas pour habitude de renvoyer les gens pour ça. 17 h 30, donc. Soyez à l'heure.

« Soyez à l'heure » ? « Habillez-vous » ? Elle était venue le trouver dans l'espoir de lui vendre un projet qu'elle nourrissait depuis plusieurs semaines. Non content de le rejeter, il l'avait méprisée. Après quoi il lui avait laissé croire qu'il allait lui faire l'amour — elle savait qu'il l'avait fait délibérément — et voilà qu'il l'invitait à sortir ?

— Vous plaisantez, n'est-ce pas ?

— Je ne plaisante jamais en affaires. Vous pensez que j'ai négligé le Cerf, que je m'en occupe en dilettante ? Eh bien vous vous trompez.

— Ecoutez, O'Connell, je me fiche de savoir si…

— Oh, non, vous ne vous en fichez pas, parce que votre travail dépend de ce que je fais ou de ce que je ne fais pas !

Keir vit des éclairs danser dans les yeux de Cassie. Elle était en colère. Parfait. S'imaginait-elle qu'elle pouvait l'accuser impunément de négliger son domaine et ses affaires ? Il comptait bien lui démontrer le contraire.

— Laissez-moi être clair : je vous emmène faire une petite balade éducative, ce soir. Alors si vous avez quelque chose à dire, gardez-le en réserve pour tout à l'heure. Vous aurez tout le temps de m'en parler pendant les deux heures que dure le trajet jusqu'à Manhattan.

— Le trajet dure trois heures. Presque quatre.

— Deux quand c'est moi qui conduis.

Il hésita, sachant qu'il ne devait pas poser la question, mais ne put s'en empêcher :

— Comment connaissez-vous la durée du trajet ?

— J'y suis allée la semaine dernière.

— Vous voulez dire que vous connaissez quelqu'un là-bas ?

Elle était allée à un séminaire sur l'œnologie dont elle avait vu la publicité dans un magazine, mais il n'avait pas besoin de le savoir…

— Je connais plein de monde, répondit-elle avec un détachement feint.

Keir se rembrunit.

— J'en suis ravi pour vous. 17 h 30, n'oubliez pas.

— Et si je vous dis que je ne veux pas venir ?

— Dans ce cas, c'est facile. Je fais ce que vous attendiez de moi il y a quelques minutes. Je vous renvoie, et avec le sourire.

Une série d'épithètes passèrent dans l'esprit de Cassie, mais elle se garda de les prononcer à voix haute. Les menaces de Keir, elle le savait, avaient valeur de promesses.

— Bien, monsieur, dit-elle sèchement.

— Voilà, c'est l'esprit ! ironisa-t-il.

Puis il la regarda, avec un plaisir féroce, quitter la pièce à grands pas.

# 8.

Cassie regarda autour d'elle, se demandant si sa chambre méritait le qualificatif de « zone sinistrée ».

« Ordre et propreté. »

Elle avait grandi en se répétant ce mantra. Un mantra que l'on apprenait vite lorsque l'on avait une mère trop ivre pour remarquer qu'il y avait une semaine de vaisselle sale dans l'évier.

Une fois qu'elle s'était retrouvée seule, Cassie s'était même demandé si elle n'était pas obsédée par la propreté et, pour se prouver le contraire, s'était forcée à laisser traîner un verre par-ci, une serviette par-là.

Mais aujourd'hui… Elle se passa les deux mains sur le visage et regarda de nouveau autour d'elle. La pièce n'aurait pas été plus désordonnée si un troupeau de bisons l'avait traversée. Des vêtements s'empilaient sur le lit, des chaussures jonchaient le sol, et les rares bijoux qu'elle possédait étaient étalés sur une commode.

Paniquée, elle jeta un regard à sa montre.

17 heures pile. Plus qu'une demi-heure, et elle avait déjà perdu quarante-cinq précieuses minutes à tenter de décider ce qu'elle devrait porter.

« Pas de frous-frous. Ce que vous porteriez pour aller dans un restaurant chic. Vous avez ça dans votre garde-robe, non ? »

Sous-entendu : il ne voulait pas qu'elle porte quelque chose qui le mettrait dans l'embarras. Pas de robe brodée de sequins, pas de jupe plissée à motifs écossais, pas de bas résille. Bref, rien qui pourrait appartenir à la panoplie d'une strip-teaseuse.

Dépitée, Cassie se laissa tomber sur le rebord du lit. Elle regrettait presque de ne plus avoir ce ridicule costume de tour Eiffel dans lequel elle avait dansé à Vegas. Un vrai cauchemar… L'armature forçait les danseuses à se cambrer et faisait ressortir leurs poitrines. Les chaussures, transparentes, étaient dotées de talons interminables. Mais le clou était le chapeau qui figurait le sommet de la tour Eiffel… Elle imaginait la tête de Keir si elle arrivait habillée ainsi !

Oui, bon, tout ça ne l'avançait guère, se morigéna-t-elle. Il ne lui restait que… Bon sang, vingt-cinq minutes !

Son sang se glaça.

— Oh mon Dieu ! hoqueta-t-elle.

La vérité, c'était qu'elle n'avait rien dans ses placards qui corresponde à ce que Keir lui avait demandé. Elle avait dépensé une petite fortune en tailleurs, mais c'étaient des tenues de tous les jours.

Comment ne pas le décevoir ? Comment ne pas décevoir un homme qui ne portait que des costumes faits sur mesure, et sans doute des pyjamas faits sur mesure ?

A supposer qu'il porte un pyjama pour dormir. Peut-être était-il nu sous les draps…

Cassie fronça les sourcils. Elle se souciait peu de savoir ce que portait Keir pour dormir. Et il était parfaitement ridicule de se ronger les sangs sur ce qu'*elle* était supposée mettre pour sortir.

Il n'y avait plus dans son placard qu'une seule tenue : un tailleur de soie noire. La jupe était droite et courte, la veste avait un col mao et une longue rangée de boutons, noirs eux aussi. Il pourrait certainement convenir…

Sa décision prise, elle l'ôta de son cintre et le lança sur le lit. Elle porterait la veste fermée, mais elle avait un haut écarlate qu'elle pourrait mettre en dessous au cas où il ferait trop chaud… Où était-il passé, celui-là ? Ah, là-bas !

Elle n'aurait qu'à y ajouter des collants noirs et une paire de chaussures de la même couleur et Keir O'Connell pourrait…

Cassie fronça les sourcils. Il restait une paire de chaussures dans son placard, en daim rouge vif. Ligne échancrée, talons aiguilles, elle ne les avait achetées que parce qu'elles étaient en soldes même si elle ignorait quand elle pourrait les porter.

Elles iraient sans doute à merveille avec son tailleur noir. Surtout si elle portait le haut rouge dessous. En tout cas, si elle avait eu un rendez-vous galant, c'était sans hésiter ce qu'elle aurait choisi.

Mais voilà : ce n'était pas un rendez-vous galant. Et elle n'avait vraiment plus beaucoup de temps. Onze minutes exactement.

En soi, ce n'était pas un problème. Son métier de show-girl lui avait appris à se changer en moins de temps qu'il n'en fallait à une femme ordinaire pour mettre ses sous-vêtements.

Cassie arrêta soudain de gigoter pour enfiler son collant. Elle détestait les collants. Ils étaient toujours trop courts et finissaient par redescendre sur ses hanches. Mais il était plus prudent, lorsque l'on était serveuse, de ne pas risquer d'exciter la convoitise de quelque client concupiscent, et elle avait fini par renoncer aux bas.

Ce soir, cependant, elle ne risquait rien. Un porte-jarretelles serait sans doute bien plus confortable, et elle en avait justement un en dentelle rouge dans ses tiroirs. Elle l'avait acheté sur un coup de tête pour le mariage de Dawn.

Allez, elle devait être raisonnable. Elle n'avait vraiment pas le temps. Elle remonta donc le collant, se maquilla légèrement, mit des boucles d'oreilles et un fin bracelet dorés, puis étudia son reflet dans le miroir de la salle de bains.

Le résultat lui plut. Elle était élégante, séduisante, professionnelle.

Evidemment, elle aurait l'air tout aussi élégante, sinon plus, avec les chaussures rouges…

Oui, mais Keir…

Quoi, Keir ? Keir était son patron. Il n'avait aucun droit

sur sa vie privée. S'il n'aimait pas ses chaussures, elle s'en moquait !

— Occupez-vous de vos vignobles et pas de mode, O'Connell, marmonna-t-elle.

Elle envoya les chaussures noires valser à l'autre bout de la pièce et passa les rouges. Cela lui procura une immense satisfaction. C'était parfait.

*Presque* parfait.

Elle hésita. Son cœur battait la chamade. Elle avait vraiment très envie de…

Elle agit sans réfléchir. Le collant noir suivit la trajectoire des chaussures et fut aussitôt remplacé par des bas et un porte-jarretelles. Après tout, cela lui faisait plaisir et Keir n'en saurait jamais rien…

Combien de temps fallait-il à une femme pour se préparer ? Ce n'était tout de même pas un rendez-vous galant !

Non, bien sûr. C'était une sortie purement professionnelle. Il comptait bien montrer qu'elle se trompait sur son compte.

Elle l'accusait de jouer, hein ?

Keir poursuivit ses allées et venues impatientes à travers le hall d'entrée.

C'était ce qu'elle s'imaginait qu'il faisait ? Qu'il jouait ? Alors qu'il passait ses journées dans les vignes, ses soirées à lire, ses week-ends à serrer des mains et à convaincre des sommeliers de lui acheter ses vins ?

Elle devait plaisanter. Il travaillait comme un fou, pendant que Cassie se contentait de jouer les psychiatres amateurs avec un cuisinier un peu trop sensible. Et qu'elle avait le temps de faire des allers-retours à Manhattan pour y faire Dieu sait quoi avec Dieu sait qui.

Il résolut de lui parler à ce sujet. Manhattan était situé à trois cents kilomètres de là, et il ne voulait pas qu'elle fasse ce voyage si elle travaillait le lendemain.

A bien y réfléchir, il ne voulait pas qu'elle fasse le voyage du tout. Après tout, il pouvait avoir besoin d'elle à n'importe quel moment. On ne savait jamais ce qui pouvait arriver.

— Je suis prête.

— Pas trop tôt, murmura-t-il en se tournant vers elle. J'avais dit 17 h 30 et il est presque...

Ses protestations moururent dans sa gorge.

Seigneur ! Il lui avait dit de s'habiller. Et c'était ce qu'elle avait fait.

Keir fixa l'incroyable vision de rouge et de noir qui se dressait devant lui. Des mots s'imposèrent à son esprit. Eblouissante. Elégante. Raffinée.

Et sexy. Sexy au point de drainer tout son sang vers une partie de son anatomie qui n'en avait décidément pas besoin. Ces cheveux somptueux... Cette touche de rouge qu'il entrevoyait sous sa veste à moitié déboutonnée... Ces jambes interminables.

Bon sang ! Comment allait-il faire pour passer la soirée ?

Il pouvait commencer par cesser de la regarder de cet air béat. Oui, ce serait sans doute un bon début.

Keir s'éclaircit la gorge, s'efforça de froncer les sourcils et dépassa Cassie pour aller ouvrir la porte.

— Vous êtes en retard, bougonna-t-il. Et nous avons des rendez-vous.

Etait-ce un éclair de déception qu'il vit éclater dans ses yeux ? Probablement. Elle avait dû s'imaginer qu'elle l'impressionnerait.

Mais il n'était pas homme à se laisser impressionner. Et il était son employeur. Cette sortie n'était destinée qu'à apprendre à Cassie à réfléchir avant de parler...

Le problème, c'était qu'il brûlait d'envie de lui apprendre des centaines d'autres choses qui, il devait bien le reconnaître, n'avaient rien de professionnel.

Keir avait dit qu'ils parleraient dans la voiture, mais ils firent la plus grande partie du trajet en silence. Cassie, cependant, s'en moquait comme d'une guigne. Elle n'avait rien à lui dire. De plus, pourquoi parlerait-elle à un homme qui la détestait visiblement ?

Bon, il y avait bien quelques questions qu'elle aurait aimé lui poser. Comme par exemple, où allaient-ils exactement ? A quels rendez-vous avait-il fait allusion ?

Tout en se mâchonnant la lèvre, Cassie baissa les yeux sur sa tenue. Elle avait été stupide de choisir les chaussures et le caraco rouges. Et s'il était impossible de faire quoi que ce soit pour les chaussures, elle pouvait toujours dissimuler le caraco…

Elle jeta un regard prudent à Keir. Il avait les yeux rivés sur la route, les mâchoires serrées, la mine sombre. Tant mieux. Il ne la verrait pas reboutonner sa veste et…

— Quoi ?

Elle pâlit lorsqu'il se tourna brusquement vers elle et croisa son regard.

— Comment ça, « quoi » ? demanda-t-elle stupidement.

— Vous n'arrêtez pas de me regarder.

Cassie se sentit rougir comme une pivoine.

— Ne soyez pas ridicule. Pourquoi est-ce que je vous regarderais ?

— C'est justement ce que je voudrais savoir. Vous avez quelque chose à demander ?

— Pas du tout.

Keir émit un son inintelligible et se concentra de nouveau sur la route. Cassie attendit d'être sûre qu'il l'avait oubliée, puis entreprit de reboutonner tout doucement sa veste. Elle ne voulait pas qu'il la voie, de peur qu'il ne comprenne qu'elle faisait cela à cause de lui.

Un bouton. Deux. Trois…

— Arrêtez.

Cassie tressaillit. Keir la fixait de nouveau.

— Je… je… Je pensais…

— Vous êtes très bien comme ça.

« Très bien ». Pas « parfaite ». Ou « ravissante ». Et il

y avait mis autant d'émotion que s'il avait complimenté le sous-chef sur ses légumes.

Elle soupira et reposa ses mains sur ses genoux, luttant contre un sentiment d'abattement. Que lui arrivait-il, ce soir ? Elle n'attendait pas de compliments de Keir, tout de même ?

Un silence étouffant emplit l'habitacle et dura jusqu'au moment où ils s'arrêtèrent devant une porte discrètement éclairée, dans l'East Side de Manhattan. Un homme massif, en veste bordeaux, descendit du trottoir et s'approcha de la vitre de Keir.

— Bonsoir monsieur. Le mot de passe de ce soir, s'il vous plaît ?

— Amazonia, répondit l'intéressé en lui tendant ses clés.

— Parfait. Bienvenue chez Lola.

Lola ? Un mot de passe ? Cassie se refusa cependant à poser les questions qui lui brûlaient les lèvres. Elle descendit de voiture, refusant la main que Keir lui tendait.

En pénétrant dans le club, elle eut l'impression d'entrer dans un autre monde. L'endroit vivait au gré des pulsations hypnotiques et électroniques d'un DJ invisible. Des arbres poussaient au beau milieu de la pièce, des lianes s'enroulaient autour de leurs troncs, leurs ramures se rejoignaient pour former un dais au-dessus des danseurs. L'air était chaud et lourd d'humidité.

— C'est un club privé, expliqua Keir. Très huppé. Et très cher.

Etait-ce supposé l'impressionner ? Cassie eut un sourire poli.

— Ah. Très bien.

— Non, Cassie, ce n'est pas « très bien », c'est…

— Keir !

Une femme à la peau couleur bronze, aux yeux bleus et dont l'allure générale n'était pas sans évoquer celle d'une panthère apparut et se jeta dans ses bras. Il l'embrassa légèrement sur les lèvres.

Cassie l'étudia avec un sourire forcé. La femme était moins

jeune qu'elle l'avait d'abord cru. Malgré son maquillage, on devinait qu'elle devait avoir la quarantaine.

— Lola. Toujours aussi belle.

La quarantaine ? Non, la cinquantaine, décréta-t-elle. Et n'étaient-ce pas de minuscules cicatrices, là, juste sous ses yeux ?

Elle se tourna à cet instant vers Cassie, comme si cette dernière avait formulé ses pensées à haute voix.

— Et ta cavalière est… ?

— Cassie. Cassie Barcovic.

— Ah, fit Lola avec un sourire froid. Enchantée.

— Cassie travaille pour moi.

« Cassie travaille pour moi. » Bien sûr. Keir voulait dissiper tout malentendu avec Lola. En tout cas, cela résolvait la question de savoir où il passait son temps du lundi au mercredi…

— Tu as une table pour nous ? reprit l'homme d'affaires après s'être éclairci la gorge. Nous ne resterons pas longtemps, alors si tu veux nous mettre dans un coin, pas de souci.

— Toi, dans un coin ? Allons, tu mérites ce qu'il y a de mieux !

Passant son bras sous le sien, elle l'entraîna vers une table qui dominait la piste de danse. Cassie, en chemin, reconnut plusieurs célébrités.

Un écriteau « Réservé » était posé sur la table. Lola le retira et leur fit signe de s'asseoir. Puis elle effleura la joue de Keir des lèvres, avant de se pencher vers Cassie et de lui murmurer à l'oreille :

— Vous pouvez économiser ces regards assassins, ma jolie. Je n'ai pas couché avec lui. Mais ce n'est pas faute d'avoir essayé…

— Vraiment ?

Cassie éleva la voix pour couvrir la musique et ajouta :

— Je m'en moque parfaitement. Je travaille pour monsieur O'Connell, c'est tout.

Lola gloussa, puis se redressa et dit à Keir :

— J'espère que cette demoiselle est une meilleure employée qu'elle ne ment, *querido*. Je t'envoie Carlos tout de suite.

Keir attendit que Lola ait disparu dans la foule, puis demanda :

— Qu'est-ce que c'était que ça, au juste ?

— Qu'est-ce que c'était quoi ?

— Ce petit numéro d'entrechats.

— J'ignore ce dont vous parlez…

— Arrêtez de me prendre pour un idiot. Lola et vous étiez prêtes à vous arracher les yeux.

Cassie haussa les épaules avec toute la nonchalance dont elle put faire preuve.

— Vous avez des hallucinations, O'Connell. A présent, si nous en venions au fait et que vous m'expliquiez ce que nous faisons ici ?

Elle avait raison. Mais si l'idée de l'emmener dans tous les endroits huppés qu'il avait convaincus d'acheter les vins du Cerf lui avait paru brillante le matin, il ne la trouvait plus si convaincante.

Quel était ce parfum qu'elle portait ? se demanda-t-il brusquement. Et cet éclat rouge qu'il entrevoyait sous sa veste, était-ce de la dentelle ?

Et était-il en train de perdre la tête ?

— Ecoutez, marmonna-t-il, j'ai réfléchi et je crois que… que nous ferions bien de rentrer.

Cassie cligna des yeux, surprise.

— Déjà ?

— Oui. Je pense que… que… Comment appelez-vous ce truc que vous portez ?

— Quel truc ?

Elle le vit baisser les yeux vers son caraco et répondit nerveusement :

— Oh ! C'est un caraco.

— Ah. Un caraco. Il n'est pas mal.

Pas mal ? Un vêtement de soie, en partie fait à la main, et signé d'un grand couturier ? Dawn le lui avait offert pour son anniversaire, et elle avait failli refuser. Il avait dû lui coûter une petite fortune. Mais son amie avait insisté.

— Merci, se força-t-elle à répondre.

— Oui. Je veux dire, de rien. Je veux dire…

Bon sang, que voulait-il dire, au juste ? Il était grand temps qu'ils repartent pour le Vignoble du Cerf. Ou qu'ils couchent ensemble…

— Cassie. Cassie, écoutez…

— Ah, vous voilà ! Lola m'a dit que tu venais d'arriver. Ravi de te voir.

« Sauvé par le gong », songea Keir en se levant.

— Carlos. Comment vas-tu ?

Carlos, un Hispanique grand et séduisant, au teint très mat, fit un clin d'œil à Cassie.

— Ce qu'il veut dire c'est : « Combien de bouteilles avez-vous vendues ? »

— Oh, pardon ! Cassie, voici Carlos Rivera. C'est le sommelier. Carlos, je te présente Cassie, la gérante de notre restaurant.

Carlos prit la main de la jeune femme et la porta à ses lèvres.

— Enchanté. Keir m'a dit que vous faisiez un travail formidable.

Cassie n'en crut pas ses oreilles.

— V-Vraiment ? Je… eh bien, merci.

— Vous avez de la chance. Vous, au moins, n'avez pas à supplier le patron d'acheter plus de bouteilles de vin !

Carlos tira une chaise, s'assit et ajouta :

— Nous avons tout vendu, Keir. Il ne reste rien. Pas une bouteille.

Un large sourire apparut sur le visage de l'homme d'affaires.

— C'est vrai ?

— Oui. Tu as reçu ma dernière commande ? Double-la.

Keir avait l'air d'un gamin qui vient d'apprendre qu'il recevrait un chiot pour son anniversaire.

— Quand je pense à tous les efforts que j'ai déployés pour te convaincre de goûter nos vins…

— Tu as bien fait. Ils sont excellents.

Carlos se tourna de nouveau vers Cassie et ajouta :

— Alors, votre accent me dit que vous n'êtes pas du coin.

— Le vôtre me dit la même chose.

— Belle et intelligente ! fit Carlos en riant. Tu sais choisir tes amies, Keir.

— Mes employées, corrigea l'intéressé avec raideur.

— Bien sûr. Tu ne verras donc pas d'objection à ce que je l'invite à danser ?

— Mais je ne…, commença Cassie.

Elle fut interrompue par Keir.

— Pas le moins du monde. Elle est libre de faire ce qu'elle veut.

Le regard de Cassie passa de Carlos à Keir. Ce dernier l'étudiait d'un air impassible. Et elle en avait assez de cette indifférence !

Elle sourit donc à Carlos.

— Dans ce cas, j'adorerais danser.

— Allons-y !

— Oh, attendez une minute…

Cassie retira sa veste, l'abandonna sur son fauteuil et hocha la tête.

— Je suis prête !

Pour la seconde fois de la soirée, Keir faillit en oublier de respirer. La soie moulait ses seins parfaits, et les bretelles du caraco soulignaient d'un trait rouge ses fines épaules. L'une d'entre elles glissa comme elle accompagnait Carlos jusqu'à la piste, et elle la remonta d'un geste si sensuel que Keir eut l'impression de se changer en pierre.

Il allait devenir fou…

La musique était furieusement rythmée. Cassie passa ses mains dans ses cheveux et leva le visage vers Carlos comme elle commençait à danser.

Et elle savait danser. Elle était gracieuse, sensuelle,

sexuelle même. Tout en elle criait sa féminité. Keir dut se retenir pour ne pas bondir sur la piste et l'emmener dans ses bras, dans le secret de la nuit.

Mais il avait appris à se contrôler. Il ne voulait pas répéter l'erreur du Texas. Et puis, c'était un endroit public. S'il embrassait Cassie, ce serait dans un lieu discret. *Si*.

Tout en dansant, elle leva les bras au-dessus de sa tête et ondula des hanches. Puis elle rejeta ses cheveux en arrière et se mit à rire quand Carlos se pencha et lui murmura quelque chose à l'oreille.

Keir repoussa sa chaise de quelques centimètres.

L'embrasser ?

Il ne se contenterait pas de l'embrasser, bon sang ! Il la dévorerait, il se perdrait en elle, il lui ferait l'amour jusqu'à plus soif. A ceci près qu'il ne s'imaginait pas se lasser d'elle.

Carlos s'était approché de la jeune femme. Leurs corps n'étaient plus qu'à quelques centimètres l'un de l'autre.

Avec un juron, Keir se leva de son siège. Il prit le sac de Cassie et sa veste, puis traversa la piste de danse en bousculant les autres danseurs.

Il la vit écarquiller les yeux quand elle l'aperçut.

— Keir ?

— Nous partons.

— Mais pourquoi ?

— Parce que je l'ai dit.

— Keir, dit Carlos, *meu amigo*…

Il leva les mains en signe d'excuse et ajouta :

— J'ai demandé, n'est-ce pas ? Et tu as dit…

— Ce n'est pas ta faute. Ce n'est la faute de personne d'autre que moi.

Cassie, elle, tentait d'échapper à la main qu'il avait refermée sur son poignet.

— Keir, qu'est-ce que vous faites ? Je ne partirai pas tant que vous ne m'aurez pas dit ce que…

Elle poussa un petit cri lorsqu'il l'attira contre lui et l'embrassa. Elle voulut le repousser, et tambourina des poings sur ses épaules, puis elle frémit et s'abandonna à lui.

La foule, autour d'eux, explosa en exclamations et en applaudissements. Mais Keir n'entendait rien d'autre que les battements de son cœur, ne voyait rien d'autre que le visage levé de Cassie, ses lèvres entrouvertes, ses yeux brillants.

Glissant un bras autour d'elle, il l'entraîna dans la nuit…

# 9.

Les gratte-ciel et les lumières éclatantes de Manhattan laissèrent la place à une nuit opaque sitôt qu'ils quittèrent la ville.

Keir avait découvert une route qui passait à travers bois pour rentrer au Vignoble du Cerf. Elle était sinueuse et inégale, mais, pour un bon conducteur, c'était un raccourci. Ce fut celle qu'il choisit pour rentrer.

Chaque kilomètre, chaque minute comptait. Cassie était assise près de lui, les mains sur les cuisses, silencieuse. Regrettait-elle leur baiser ? Regrettait-elle de s'être laissé entraîner hors du club ?

Keir donna un coup de volant et s'arrêta dans un crissement de freins sur le bas-côté jonché de feuilles mortes. Lorsqu'il coupa le contact, Cassie tourna vers lui de grands yeux. Ses lèvres tremblaient, et il se maudit d'être source de son trouble.

Car l'expression de son visage laissait clairement entendre qu'elle regrettait ce qui s'était passé. Il faut dire qu'il avait fait preuve, chez Lola, d'autant de subtilité qu'un homme des cavernes…

La passion qui pulsait dans ses veines céda soudain la place à un vif désir de la prendre dans ses bras. Il défit sa ceinture de sécurité, mais Cassie eut un mouvement de recul lorsqu'il se tourna vers elle.

— Non, Keir ! Je vous en prie… Ce qui s'est passé était une erreur. Oublions-le et faisons comme si…

Il l'embrassa, tout doucement, encadrant son visage de ses mains. Après ce qui lui parut une éternité, il la sentit s'abandonner. Il lui donna un dernier baiser et l'attira tout contre lui.

— Je suis désolé. Je n'aurais pas dû me montrer si brutal.

— Ne vous excusez pas. Comme je vous l'ai dit, c'était une err…

Alors il l'embrassa de nouveau, encore et encore, jusqu'à ce qu'elle ne soit plus qu'une poupée de chiffon affaissée dans ses bras.

— L'erreur, c'était simplement de nous mentir. Je veux faire l'amour avec vous, Cassie. Et vous voulez exactement la même chose.

Elle frissonna, à ces mots, et il ajouta gravement :

— Si je me trompe, dites-le-moi maintenant.

Cassie leva vers lui un regard hésitant. C'était exactement ce qu'elle avait eu l'intention de faire, juste avant qu'il ne s'arrête sur le bas-côté. Lui dire qu'il se trompait sur son compte.

Mais comment réagir, quand elle ne s'était jamais sentie vivre aussi intensément de toute sa vie ? Alors que le parfum de Keir, le goût de ses lèvres, le son de sa voix lui faisaient perdre la tête ?

— Cassie…

Il se pencha en avant et appuya son front sur le sien.

— Si vous ne voulez pas de moi, dites-le tout de suite. Parce que dans quelques secondes, ajouta-t-il avec un son qui tenait du rire et du soupir à la fois, je ne réponds plus de moi, ma belle.

Cassie frissonna de nouveau. Comment pouvait-il la troubler à ce point ? Ce « ma belle » l'émouvait plus qu'elle ne voulait l'admettre. Pourtant, elle savait que c'était un vieux truc employé par tous les hommes… Ils abreuvaient une femme de mots doux, même s'ils n'en pensaient pas un seul. Tout pourvu qu'ils arrivent à leurs fins.

Oui, elle le savait. Mais cela ne l'empêchait pas de désirer follement Keir…

Un soupir franchit ses lèvres. Glissant une main derrière la nuque de son compagnon, elle l'attira contre elle et l'embrassa.

Ce fut comme de jeter de l'huile sur un feu. Keir marmonna quelque chose, lui ôta sa ceinture de sécurité et l'attira sur ses genoux. Elle poussa un petit cri de stupeur et de plaisir lorsqu'il glissa une main sous sa jupe, franchit la dentelle déjà moite de ses sous-vêtements et caressa le cœur brûlant de sa féminité.

Cassie ondulait de plaisir entre ses bras. Elle était prête. Prête pour lui. Il n'avait qu'à ôter ce minuscule morceau de dentelle, l'installer à califourchon sur lui et glisser enfin en elle…

Keir frémit et retira sa main.

Ce simple geste lui coûta un immense effort de volonté. Cassie gémit en signe de protestation, ce qui faillit bien le faire changer d'avis et exécuter le fantasme qui venait de lui traverser la tête de la prendre là, tout de suite, dans la voiture.

— Non, dit-il d'une voix rauque. Pas ici. Je veux vous faire l'amour là où je peux vous voir. Là où je peux voir vos yeux se remplir de moi, là où je peux vous voir trembler de plaisir…

Précautionneusement, il la détacha de lui et l'aida à se réinstaller sur son siège. Puis il lui donna un dernier baiser et redémarra d'une main mal assurée.

— Vingt minutes, dit-il. Vingt minutes et nous serons à la maison.

Cassie acquiesça. Elle ne s'estimait pas en état de répondre. Il affirmait vouloir la voir trembler, mais c'était déjà ce qu'elle faisait !

Une bouffée de chaleur lui monta au visage. Si Keir n'avait pas recouvré ses esprits, elle l'aurait laissé faire ce qu'il voulait. Elle l'aurait laissé lui faire l'amour ici, le long d'une route où n'importe qui était susceptible de passer !

Jamais de sa vie elle n'avait fait quoi que ce soit de semblable. Elle n'était pas excessivement prude, et elle avait connu, à défaut d'orgasme, plusieurs hommes. Elle était humaine, après tout. Mais aucun ne lui avait fait perdre la tête à ce point, fait ressentir ce désir qui la consumait de l'intérieur et lui donnait l'impression que rien au monde n'était plus important que le prochain baiser, la prochaine caresse.

Mieux valait ne pas penser à ça. Mieux valait ne pas penser à la façon dont tout cela finirait. Car cela finirait immanquablement, elle en était sûre. Et à ce moment-là…

— Laissez-la comme ça.

La voix de Keir était rauque. Cassie lui jeta un regard d'incompréhension.

— Votre jupe. Laissez-la.

Elle baissa les yeux. Sa jupe était remontée sur ses hanches, et elle avait entrepris inconsciemment de la rabaisser.

— La laisser ? Mais… mais…

Il se pencha et glissa la main entre ses cuisses. Une caresse aussi légère et fugace qu'une aile de papillon. Mais ce simple geste faillit bien lui faire perdre la raison.

Alors Cassie ferma les yeux. Elle savait qu'elle était perdue.

La maison était sombre, et avait dans la lumière de la lune des allures de château médiéval.

Keir coupa le contact puis descendit de voiture. Cassie avait déjà mis pied à terre lorsqu'il contourna le véhicule pour l'aider à descendre.

— Laissez-moi faire, souffla-t-il en la soulevant dans ses bras.

Elle voulut protester, mais il la fit taire d'un baiser. Elle se blottit contre lui, légèrement tremblante.

Jamais aucun homme ne l'avait portée jusqu'à sa chambre…

Bon sang, elle devait arrêter de penser ainsi, de comparer ce qui avait été ou non dans sa vie jusqu'à présent. La magie de cette nuit finirait par s'évanouir, sans doute pas plus tard qu'au lever du soleil, mais elle pouvait jouir de chaque seconde et chérir, à l'avenir, ces fugitifs instants. C'était mieux que rien.

Une minute plus tard, ils franchissaient le seuil de la

chambre. Keir l'embrassa, puis la déposa doucement sur ses pieds et demanda solennellement :

— Cass ?

Elle comprit sa question tacite. Il voulait s'assurer qu'elle n'avait pas changé d'avis.

Se hissant sur la pointe des pieds, elle l'embrassa d'une façon qui disait aussi sûrement que des mots qu'elle était sienne, entièrement.

Les doigts de Keir effleurèrent alors les boutons de sa veste, qui glissa de ses épaules. Puis la fermeture de sa jupe chuinta, mais, à sa surprise, il ne la lui ôta pas aussitôt.

— Attendez, murmura-t-il.

Il lui embrassa la paume, puis s'éloigna pour aller ouvrir les rideaux en grand. La lumière laiteuse de la lune se déversa à flots dans la pièce.

Son compagnon revint lentement vers elle, abandonnant sa veste sur une chaise en chemin. Cassie retint son souffle en le voyant ouvrir sa chemise. Il la dévisageait, ce faisant, et la force de son regard la fit frémir de la tête aux pieds.

Lorsque ses yeux descendirent sur ses seins, elle songea à ce qu'elle portait sous son caraco. A savoir : rien. Pas de soutien-gorge. Quant à son porte-jarretelles, elle préférait ne pas y penser. Que lui avait-il pris de s'habiller ainsi ? Etait-ce pour Keir ? Avait-elle su, plus ou moins consciemment, ce qui se passerait entre eux ?

Les yeux de son compagnon se rivèrent aux siens. Il murmura son nom mais ne bougea pas.

« A mon tour », songea-t-elle. Mais une étrange émotion la paralysait. Elle avait pourtant dansé à demi nue sur des podiums, devant des étrangers, mais cela ne lui avait jamais paru très difficile, passé les premières fois. C'était un travail comme un autre. Il payait les factures, les courses, le loyer.

Devant Keir, c'était différent. Elle se sentait… nerveuse, oui. Presque timide à l'idée de se montrer nue devant lui.

Elle s'humecta les lèvres, le cœur battant, puis saisit les bords du caraco.

« Maintenant ! »

Elle s'apprêtait à le passer au-dessus de sa tête lorsque son compagnon lui agrippa les poignets.

— Non.

Sa voix était douce, mais elle balaya Cassie tel le vent brûlant du désert.

— Laissez-moi faire.

Keir se demanda sitôt qu'il les eut prononcés si les mots venaient de lui. La jeune femme le dévisageait en effet comme s'il venait de parler dans une langue étrangère.

— Je veux vous déshabiller moi-même, murmura-t-il.

Alors elle sourit, avec une douceur telle qu'il en eut le souffle coupé.

Encore un baiser… Un dernier. Puis il lui ôta son caraco. Ses cheveux retombèrent sur ses épaules nues comme une cascade bleutée.

Elle ne portait pas de soutien-gorge.

Voyant cela, il crut qu'il allait exploser sur-le-champ. Ses seins étaient d'une rondeur parfaite, et bourgeonnaient comme deux fruits mûrs. Sa peau était claire, son ventre plat, sa taille étroite, ses hanches délicieusement marquées, ses jambes interminables. Il imaginait à peine ce qu'il ressentirait lorsque ces mêmes jambes s'enrouleraient autour de sa taille.

Bon, mieux valait ne pas penser à cela, songea-t-il en prenant une profonde inspiration.

— Faites-moi l'amour, dit Cassie d'une voix sourde. J'ai envie de vous depuis le premier jour…

Keir l'embrassa et rejeta les draps du lit. Un lit tout neuf, dans lequel aucune femme n'avait jamais dormi. Etait-ce pour Cassie qu'il l'avait acheté, sans s'en rendre compte ?

Il se retourna vers elle et l'attira contre lui. Leurs lèvres se joignirent, puis il descendit lentement vers ses seins, s'attardant sur chacun d'entre eux. Sa main avait glissé entre les cuisses de la jeune femme, dans les pétales emperlés de sa féminité.

— Keir, le supplia-t-elle. Je vous en prie…

Ils tombèrent sur le lit. Avec un soupir rauque, il fit

glisser le string de Cassie le long de ses jambes et l'envoya voler à travers la pièce. Puis, d'un seul mouvement, il prit possession d'elle.

Elle était douce, brûlante, humide, soyeuse. Il gémit de plaisir et se mit à bouger en elle. « Trop vite ! Trop vite ! se répéta-t-il. Ralentis ! »

Mais autant arrêter une locomotive lancée à pleine vapeur. Cassie s'arc-bouta et poussa un cri de plaisir sauvage qui signa sa perte. Glissant ses mains sous ses fesses, il la souleva légèrement et s'enfonça plus profondément en elle, plus loin, plus vite, plus fort…

Une vague immense et invisible le souleva mais, au lieu de le submerger, elle le porta en un lieu où les étoiles brillaient plus fort que le soleil.

— Cassie… Oh mon Dieu, Cassie !

A son tour, elle déchira la nuit d'un cri perçant, extatique. Cette fois, il se laissa aller et bascula dans l'inconnu avec elle.

Le soleil. Intense, brûlant, sur ses paupières.

Cassie se redressa brusquement. La nuit passée lui revint soudain à la mémoire. Le nombre de fois où ils avaient fait l'amour. Son comportement. Ses orgasmes.

C'était la première fois qu'elle connaissait le plaisir. Et c'était avec Keir…

L'aube commençait à pointer lorsqu'ils avaient fait l'amour pour la dernière fois. Cassie, après cela, avait voulu se lever, mais il l'avait retenue.

— Reste avec moi, avait-il murmuré. Je veux me réveiller avec toi.

Mais il avait disparu, constata Cassie en regardant autour d'elle. Keir n'était nulle part en vue.

Une nuit. Une nuit merveilleuse, et c'était tout. Keir n'avait jamais prétendu lui offrir plus. Alors pourquoi cette envie de pleurer. Après tout…

— Bonjour.

Elle tira brusquement les couvertures à son menton. Keir se tenait sur le seuil de la salle de bains, les cheveux mouillés, une serviette nouée autour de la taille. Il était incroyablement sexy.

— Je, euh… je m'apprêtais à aller prendre une douche, annonça-t-elle.

— Oh ! Bien sûr. Il y a des serviettes propres et…

— Ne t'embête pas, je me doucherai chez moi, ce sera plus pratique.

— Comme tu voudras, répondit-il avec un sourire un peu figé.

Puis il s'éclaircit la gorge, comme s'il ne savait plus que faire ni que dire. Cassie le maudit en silence. Il avait été doué, la nuit passée, pour faire semblant. Ne pouvait-il continuer un peu plus longtemps ?

D'un geste empreint de raideur, elle désigna ses vêtements éparpillés dans la pièce et reprit :

— Si tu veux bien me laisser quelques minutes…

— Oh, bien sûr.

Il battit en retraite dans la salle de bains et lança :

— Appelle-moi quand tu auras fini !

Elle attendit qu'il ait refermé la porte, puis se précipita hors du lit et rassembla ses affaires à toute vitesse. Elle ne put s'empêcher de rougir lorsqu'elle ramassa le porte-jarretelles.

— Bon sang, Cassie !

Elle sursauta violemment en voyant Keir sortir de la salle de bains et bondir vers elle comme un fauve échappé de sa cage.

— Qu'est-ce que tu fais, au juste ?

— Je te l'ai dit, je…

— Tu t'habilles, oui. Mais je ne pensais pas que tu étais du genre à fuir. Je ne pensais pas que tu étais lâche ! ajouta-t-il en l'agrippant par les épaules et en la secouant.

— C'est moi que tu traites de lâche ? riposta-t-elle en redressant le menton. Je ne…

Keir ne la laissa pas finir sa phrase. Il l'embrassa farouchement, passionnément, glissant une main dans ses cheveux, dardant sa langue contre la sienne jusqu'à obtenir une capitulation pleine et entière.

Enfin, après un long, long moment, il se détacha d'elle.

— Je ne veux pas que tu partes, murmura-t-il. Reste avec moi.

— Je ne peux pas. Ça ne donnera rien de bon. Je veux dire, ça a été merveilleux la nuit dernière...

— Ce n'était que le début !

Mais Cassie secoua la tête et leva vers lui un visage ruisselant de larmes.

— Nous sommes trop différents.

— Oui, dit Keir en riant. J'avais remarqué.

— Si nous faisons de nouveau l'amour...

— Nous le ferons. Encore, et encore, et encore.

Tendrement, il essuya ses larmes, puis déposa un baiser sur chacune de ses paupières.

— Ecoute, tu veux la vérité ? Je me suis réveillé ce matin, je t'ai vue dans mes bras, et j'ai paniqué.

— C'est bien ce que je disais. Nous sommes trop diff...

— Tu travailles pour moi. Ce qui veut dire que j'ai rompu la règle O'Connell n°1. Ne jamais se lancer dans une relation avec une employée.

— C'est ma règle n°6, reconnut Cassie avec un sourire.

Puis elle hésita et reprit :

— Et il y a le reste. Je veux dire, mon passé. Ça t'ennuie, n'est-ce pas ? Le fait que j'étais une...

— Une show-girl ?

— Une strip-teaseuse.

Elle le vit accuser le coup et soupira.

— Tu vois ? Je le savais. Ça te gêne.

Aussitôt, Keir la prit dans ses bras.

— Je ne prétends pas être un saint. Tout ce que je sais, c'est que je suis merveilleusement bien avec toi. J'aime me réveiller avec ta tête sur mon épaule.

Il l'embrassa, puis reprit d'un ton un peu bourru :

— Il se passe quelque chose entre nous. Tu ne peux pas le nier. Et je ne vais pas le laisser passer. Et toi ?

Il attendit, et Cassie secoua finalement la tête. Avec un soupir, il se pencha sur elle, l'embrassa, puis glissa lentement le long de son corps.

Elle renversa la tête en arrière, ivre de désir et d'excitation. Oui, il se passait quelque chose. Quelque chose de terrifiant et de dangereux.

Elle était tombée éperdument amoureuse de Keir O'Connell.

# 10.

Cassie était affalée sur Keir, la tête sur son torse, une jambe par-dessus les siennes. Il dormait, mais elle était bien trop heureuse pour l'imiter.

Une averse de neige inattendue avait inauguré la journée. De gros flocons cotonneux tombaient d'un ciel gris plomb.

Cassie laissa son regard s'évader par la fenêtre. Elle adorait la neige. Elle lui avait manqué à Las Vegas. C'était bien la seule chose qu'elle regrettait de Denver.

Keir s'agita et murmura quelque chose dans son sommeil. Peut-être avait-il une crampe à force de la tenir ainsi. Son ex-mari, lui, avait toujours détesté cela.

« Allons, laisse-moi respirer », avait-il eu coutume de dire après l'amour.

Elle voulut se dégager mais Keir, toujours assoupi, fronça les sourcils et l'attira plus étroitement encore contre lui. Avec un soupir de bien-être, elle se blottit au creux de son épaule. Comment un geste si simple pouvait-il lui procurer autant de bonheur ?

Non, Keir n'avait rien à voir avec son ex-mari, ou même avec elle. Il était tout ce qu'elle n'avait jamais été. Il était éduqué, sophistiqué, il avait voyagé. Et il connaissait plein de choses que l'on croyait inutiles jusqu'au moment où il fallait les mettre en pratique. Comme, par exemple, quelle fourchette utiliser quand il y en avait trois.

Et, surtout, il avait grandi au sein d'une famille aimante.

Cassie, elle, avait vécu avec une mère qui oubliait parfois jusqu'à son existence.

Quand elle était enfant, les jours comme celui-ci, elle se blottissait sous les draps, sur le canapé qu'elle occupait pour dormir, laissant seulement dépasser ses yeux pour voir la neige tomber sur l'escalier de secours qui obstruait à demi la fenêtre de leur meublé. Elle s'imaginait des montagnes lointaines, plus hautes que les Rocheuses, couronnées de châteaux magnifiques. Elle s'imaginait vivre dans l'un d'eux et marcher sur les nuages, en attendant la sonnerie du réveil.

Sonnerie du réveil qui ne venait jamais, parce que sa mère l'éteignait avant et se levait en maugréant pour aller terminer un fond de bouteille ou l'autre.

Mais Cassie s'en moquait. Se lever voulait dire aller à l'école. Aller à l'école voulait dire avoir chaud, manger convenablement, s'amuser, apprendre. Et, après l'école, elle avait son cours de danse, où elle se voyait déjà en petit rat de l'Opéra…

Elle cligna des yeux et revint à la réalité, se demandant d'où lui venait ce soudain accès de mélancolie. Elle devait se lever, à présent. Car même si Keir avait affirmé vouloir entamer une relation durable, elle savait qu'elle devait respecter son espace privé. Le laisser respirer.

Précautionneusement, elle souleva le bras qui la retenait. Il marmonna quelque chose et elle se figea mais, après quelques secondes, la respiration de son compagnon reprit son rythme normal.

Ses vêtements gisaient en un petit tas, et elle les ramassa aussi silencieusement et rapidement qu'elle put, jetant de fréquents regards en direction du lit pour s'assurer que Keir ne s'était pas réveillé. De nouveau, elle rougit à la vue du porte-jarretelles.

Lorsqu'elle eut tout récupéré, elle se glissa dans la salle de bains et referma doucement la porte derrière elle. Bien que consciente de commettre une erreur, elle ne put s'empêcher de se regarder dans le miroir. Ses cheveux étaient emmêlés, son maquillage avait disparu et des traces rouges parsemaient sa gorge et ses seins…

Des traces que Keir avait laissées, comme pour marquer son territoire…

« Cassie, avait-il murmuré la dernière fois qu'ils avaient fait l'amour. Si tu savais ce que tu me fais… »

Si ce qu'elle lui faisait ressemblait à ce qu'*il* lui faisait, alors elle n'avait aucun mal à l'imaginer. Elle ne lui en avait rien dit parce que les mots lui semblaient presque déplacés, et inaptes à exprimer toute l'étendue de ce qu'elle ressentait.

— Cassie ?

Elle se tourna vers la porte fermée, ses vêtements serrés contre elle. La voix de Keir, encore rauque de sommeil, suffisait à la faire frissonner.

Elle s'éclaircit la gorge, puis lança :

— Une minute !

Elle espérait qu'elle avait une voix assurée et sophistiquée, une voix de femme habituée à ce genre de situation.

— Tu sais à quoi je pensais ? demanda son compagnon.

Cassie déposa ses vêtements sur un meuble et les fixa, se demandant comment s'habiller le plus vite possible.

— Non ? Quoi ? lança-t-elle à travers le battant.

Tout en parlant, elle avait enfilé son string, si précipitamment qu'elle faillit tomber.

— Une longue douche, ce serait bien, non ? répondit Keir.

Tant pis pour les bas et le porte-jarretelles. Passer directement au caraço. Et au tailleur.

— Cassie ? Tu as entendu ?

Elle remonta la fermeture de la jupe, enfila la veste, passa ses doigts écartés dans ses cheveux. Puis elle se regarda dans le miroir.

Elle avait la tête d'une femme qui a fait l'amour toute la nuit. Elle s'était pourtant toujours efforcée de ne pas apparaître ainsi devant un homme. Du moins depuis que son mari, au lendemain de leur mariage dans une chapelle de Vegas, l'avait regardée avec effroi en la voyant sortir de la salle de bains, douchée et vêtue d'un vieux pantalon de jogging.

« Bon sang, quelle tête ! s'était exclamé Hank. Prends tout ton temps pour te préparer et retrouve-moi en bas, d'accord ? Nous irons prendre le petit déjeuner dans un bar du Strip. »

Malheureusement, elle n'avait aucun bar où envoyer Keir l'attendre pendant qu'elle sortirait discrètement de la salle de bains…

— Cassie ? appela-t-il en secouant la poignée. Tout va bien ? Cassie, ouvre, bon sang…

Elle obéit enfin et lui adressa son plus beau sourire.

— Bonjour. Désolée d'avoir été si longue mais…

Keir l'interrompit en l'attirant dans ses bras et en l'embrassant.

— Bonjour, dit-il tout contre ses lèvres. Qu'est-ce que tu fichais là-dedans ?

— Je sais, je suis affreuse à voir. Et mes affaires sont toutes froissées. C'est le problème avec la soie. Tu les mets une fois et…

Son compagnon plaça un doigt sur ses lèvres.

— Mais qu'est-ce que tu racontes ?

— Je suis désolée. Je…

— Tu as besoin de caféine. Nous en avons tous les deux besoin, d'ailleurs. Ainsi que d'œufs, de bacon, et de saucisses. Et de bagels. Tu aimes les bagels ? Les vrais, ceux qu'on fait sur la côte Est ?

— Keir, il faut que j'aille… me rafraîchir. Prendre une douche.

— Hmm, hmm…

— Me recoiffer. Et me remaquiller. Et…

— J'aime l'idée de la douche. D'ailleurs, c'est moi qui l'ai eue le premier, tu te rappelles ? Quant au reste…

— Je suis horrible à regarder, je sais.

— Tu plaisantes ? Cassie, tu es magnifique.

Sa voix s'adoucit, ses yeux descendirent vers sa bouche.

— Tu n'as plus de rouge à lèvres, observa-t-il.

— Je sais. Donne-moi une heure et…

— J'ai dû l'enlever en t'embrassant.

— Oui, je vais arranger ça.

— Arranger ça ? Pour quoi faire ? J'aime tes lèvres comme ça, ma chérie.

Cassie cligna des yeux, déroutée.

— V-Vraiment ?

— Bien sûr. Tu es merveilleuse. Je te l'ai déjà dit ?

— Possible, murmura-t-elle. Mais pas assez à mon goût.

Keir se mit à rire.

— Dans ce cas, il va falloir que je me rachète. Mais d'abord, allons prendre cette douche. Après quoi nous déjeunerons. Je connais un endroit sympathique à dix minutes d'ici. Rien de très luxueux mais la cuisine est excellente. Ils font des beignets, des œufs et…

Avisant l'expression de Cassie, il s'interrompit et gloussa.

— Je parie que tu es du genre fruits frais et yaourt 0 % ?

— Et céréales, ajouta Cassie en souriant.

— Tout ce que tu voudras. Allez, assez traîné, je meurs de faim. A la douche, mademoiselle.

Elle acquiesça et fit un pas de côté. Aussitôt, son compagnon fronça les sourcils.

— Où vas-tu ?

— En bas, chez moi. Me doucher.

— Pas question. Tu te douches ici. Avec moi.

— Mais je croyais… Je veux dire, je pensais…

— Ecoute, si vraiment tu préfères te doucher chez toi, je ne te retiens pas. Mais ma salle de bains est plus grande que la tienne, ajouta Keir d'un ton suggestif.

— Ah oui ?

— Et je te parie que l'eau y est plus chaude.

— Tu es bien un homme. Tu crois toujours que tu as le plus…

Elle poussa un cri lorsqu'il la souleva dans ses bras, la transporta sous la douche et ouvrit en grand le robinet sur eux. En riant, il l'embrassa, et elle l'embrassa en retour.

Ils ne sortirent de la douche que lorsque l'eau commença à refroidir. Cassie se sécha dans une grosse serviette-éponge, puis s'assit pour étudier Keir pendant qu'il s'habillait.

C'était un bonheur de l'observer. Il était si viril, si séduisant, tellement à l'aise avec son corps. Ne serait-il pas merveilleux de pouvoir le regarder s'habiller ainsi chaque matin ?

Merveilleux, oui. Mais impossible. Cela n'arriverait pas et Cassie le savait.

Puis Keir la transporta jusqu'à sa chambre.

— Il fait trop froid pour que tu marches pieds nus, expliqua-t-il lorsqu'elle protesta. Et puis, la vue de ces chaussures rouges serait sans doute plus que je n'en pourrais supporter l'estomac vide.

Elle se mit à rire et appuya la tête contre son épaule. Elle n'avait récriminé que pour la forme. Elle adorait être dans ses bras.

— A ton tour, dit-il en la déposant dans sa chambre.

Elle ne bougea pas, mais il ne parut rien remarquer. Il était trop occupé à faire le tour de la pièce, étudiant les petits changements qu'elle y avait apportés sous la forme d'œuvres accrochées aux murs et de diverses babioles posées çà et là sur les meubles.

Après quelques instants, Cassie se décida à sortir des sous-vêtements, un jean et un pull de ses placards. Mais elle n'osa pas ôter son peignoir.

— Keir ? fit-elle d'un filet de voix.

Il tourna vers elle un regard interrogateur, et elle leva les vêtements qu'elle tenait, à quoi il répondit que oh, oui, bien sûr, il allait l'attendre dans l'entrée.

Cassie avait conscience du ridicule de la situation. Elle avait dansé devant des centaines d'inconnus. Pourtant, cette fois, c'était différent. Keir n'était pas un inconnu. Il n'avait pas payé dix dollars pour une bière et la voir danser.

Elle s'habilla en hâte, puis commença de se maquiller avant de s'interrompre. Keir avait prétendu qu'il l'aimait comme elle était, sans artifice. Avait-il menti ?

Le moment était venu de le vérifier. Elle sortit de sa chambre…

… et fonça droit dans les bras de son compagnon.

— Je venais te chercher, grommela-t-il.

— J'ai été si longue ?

— Oui. Non.

Il l'embrassa, les doigts mêlés à ses cheveux, et murmura tout contre ses lèvres :

— Allons-y avant que je n'oublie pourquoi nous nous sommes rhabillés…

Comme il s'y était attendu, elle adora le petit restaurant où il l'emmena.

— Je ne veux que des fruits, des céréales et du yaourt, dit-elle.

Mais la serveuse apporta en sus de telles quantités d'œufs, de bacon et de saucisses pour Keir qu'il resta à peine la place de poser la salière et le poivrier sur la table.

Après avoir terminé ses fruits, ses céréales et son yaourt, Cassie se laissa aller à picorer dans chacun des plats. Un peu de bacon par-ci, une saucisse par-là, un peu de saumon fumé sur un toast avec de la crème…

Elle termina tout, sans s'excuser pour son appétit. Keir en fut admiratif. Il en avait assez de sortir avec des femmes qui mangeaient comme des oiseaux et prétendaient n'avoir plus faim tout en lorgnant le chariot des desserts.

De sa vie, jamais il n'avait connu une femme aussi naturelle, honnête, incroyablement sexy et dénuée d'artifice que Cassie. Il avait plaisanté à maintes reprises, en compagnie de Sean et de Cameron, sur cette créature mythique que l'on appelait la femme parfaite…

Il fronça les sourcils, dérouté par la tournure de ses pensées. La femme parfaite ? Que lui arrivait-il ?

— … exploser.

Keir s'éclaircit la gorge, surpris.

— Excuse-moi, je n'ai pas entendu ce que tu as dit.

— J'ai dit que si j'avalais encore quoi que ce soit, j'allais exploser.

Il sourit et essaya de retrouver ce bien-être cotonneux qu'il avait éprouvé quelques instants plus tôt, ce bonheur que l'on ressentait après une bonne nuit de sexe.

Une bonne nuit ? Bon sang, c'était bien davantage que cela ! C'était davantage que du sexe.

Comment ça, davantage ? Le sexe était le sexe, point. Et il avait passé d'autres nuits agréables…

Mais jamais comme celle-ci, il devait le reconnaître. Et Cassie, qu'en pensait-elle ? Avait-elle crié dans la nuit pour d'autres hommes ? Poussé ces petits gémissements qui le rendaient fou ?

— Keir ?

Il redressa la tête et s'efforça de se concentrer sur elle.

— Oui, désolé. Je pensais à… à une commande que nous a passée l'autre jour l'Eléphant Rose, un restaurant de New York.

— Ah, fit Cassie, comme si elle se souciait de savoir combien de caisses de vin l'Eléphant Rose avait commandées.

Elle lui posa quelques questions sur le vin. Des questions intelligentes et documentées, réalisa-t-il malgré la confusion de son esprit. Mais pourquoi diable parlait-elle affaires alors qu'il n'aspirait qu'à évoquer la nuit dernière ?

— C'est ton nom ? dit-il brusquement.

— Pardon ?

— Cassie, c'est ton vrai nom ?

— Oui, répondit-elle après une hésitation. Enfin, mon nom de baptême est Cassandra mais…

— Je pensais que c'était un nom que tu avais pris pour danser.

Le sourire de Cassie se figea sur ses lèvres. Il voyait presque les barrières se dresser entre elle et lui. Pourquoi ? Il n'avait fait que poser une question innocente.

— Comme je te l'ai dit, mon nom est Cassandra, mais personne ne m'appelle comme ça. Juste « Cassie ».

— Oh.

Il acquiesça, prit son café et plongea le nez dedans, comme s'il pouvait lire d'anciens mystères dans ses profondeurs.

— Tu voulais savoir autre chose ?

Le ton de Cassie était aimable mais quelque chose dans sa voix le glaçait. Etait-elle vexée ? Il avait pourtant le droit de l'interroger sur son nom, n'est-ce pas ?

— Non. Non, pas vraiment.

Il fit signe à la serveuse qu'il voulait un autre café, puis reprit :

— Alors, que disais-tu à propos des grappes de cabernet ?

Elle hésita. Il pouvait presque entendre les rouages de son cerveau s'ébranler tandis qu'elle essayait de comprendre ce qui se passait.

— J'ai pris des cours à New York. De viticulture, essentiellement, et j'ai lu que les climats comme le nôtre…

— Je me suis toujours demandé : qu'est-ce qui pousse une fille à danser à Vegas ?

Elle lui jeta un regard glacial. Ce n'était pourtant qu'une question innocente. Il entretenait la conversation. Qu'y avait-il de mal à cela ?

— Tu poses la question en général, ou pour moi ?

— En général, répondit-il avec un sourire étincelant.

— C'est étonnant. En six ans au Lucky Palace, tu n'as pas pensé à poser la question à une danseuse ?

Oh, il avait demandé. Il connaissait toutes les histoires. Cela allait des filles qui avaient voulu être danseuses étoiles à celles qui voulaient se trouver un cheikh multimillionnaire. Toutes avaient le crâne tellement bourré de rêves qu'il n'y avait plus de place pour la raison. Pourquoi Cassie serait-elle différente ?

— Toi alors. Comment es-tu devenue show-girl à Las Vegas ?

— J'ai décrété que je n'étais pas assez bonne pour l'Opéra.

— Tu as étudié la danse classique ?

— Ainsi que la danse moderne et les claquettes. Mais après dix ans passés à faire des pointes et à rentrer les pieds en sang, j'ai décidé que Vegas serait plus amusant.

Etait-ce une plaisanterie ? Son expression ne trahissait rien. Keir songea qu'il était préférable d'acquiescer.

— Hmm, c'est logique.

— Non ce n'est pas logique. Personne ne va à Vegas pour s'amuser. Pas moi en tout cas.

— Je comprends.

— Bien sûr que non tu ne comprends pas !

Elle se pencha sur la table et déclara d'une voix basse mais vibrante :

— Là où j'ai grandi, personne n'avait besoin d'une ballerine.

— Ecoute, Cassie…

— Ma mère était une alcoolique. Quand j'ai eu dix-sept ans, et que j'ai vu que son dernier petit ami en date me lorgnait bizarrement, j'ai fait mes bagages et je suis partie.

— Cass…

Il voulut lui prendre la main, mais la jeune femme se recula brusquement.

— Tout le monde n'est pas né avec une cuillère en argent dans la bouche ! Tu ne sais pas ce que c'est que d'essayer de se trouver un toit quand on n'a pas le moindre diplôme. J'ai nettoyé des millions de tables dans des millions de bars graisseux.

— Cassie. S'il te plaît. Je suis désolé. Tu es tellement différente… Je veux dire…

— Tu veux dire que tu es étonné que je ne t'aie pas ridiculisé en m'essuyant la bouche sur ma manche ou en mangeant avec mes doigts ?

Elle jeta sa serviette en boule sur la table, pareille à un volcan sur le point d'exploser. Elle était en colère. Et le pire, c'était qu'elle en avait parfaitement le droit.

— Que se passe-t-il, O'Connell ? Tu as soudain honte de

sortir avec quelqu'un de si différent de toi socialement ? Ou c'est la strip-teaseuse qui te dérange ?

— Non ! répliqua-t-il instinctivement.

Puis son regard s'assombrit et il ajouta :

— D'accord, peut-être un peu. Je suis furieux quand je pense à tous les types qui ont vu ce que j'ai vu hier soir.

Cassie eut un mouvement de recul, comme s'il l'avait frappée. Il vit sa bouche se mettre à trembler, puis elle se leva et sortit du restaurant, sans un mot.

En hâte, Keir tira son portefeuille, déposa quelques billets sur la table, puis fonça à sa suite.

— Cassie !

Elle marchait à toute allure le long de la route enneigée qui menait au vignoble. Il devait faire moins cinq degrés et une trentaine de kilomètres la séparaient du vignoble.

— Cassie, bon sang !

Elle pressa encore l'allure. Avec un juron, il monta dans sa Ferrari, la rejoignit et baissa sa fenêtre.

— Monte.

— Va au diable !

— Tu veux mourir de froid ou quoi ? Monte !

— Trouve-toi un autre gérant. Et quelqu'un d'autre avec qui t'amuser. Je déménage aujourd'hui même.

Keir proféra un nouveau juron, alla se garer plus loin sur le côté de la route et bondit de la voiture.

— Cassandra !

Son nom — ce nom qu'elle avait toujours adoré mais n'avait jamais osé employer — sonnait divinement dans la bouche de son compagnon.

Elle s'arrêta et, les yeux pleins de larmes, essaya d'esquiver Keir. Mais il la rattrapa sans mal et, dans la seconde qui suivit, elle se retrouva à sangloter dans ses bras. Il la serrait si fort qu'elle pouvait à peine respirer.

— Je suis fou de jalousie, murmura-t-il. Et je ne sais pas quoi faire parce que ça ne m'est jamais arrivé.

— C'est parce que tu n'as jamais été avec quelqu'un

comme moi, répondit-elle en continuant de pleurer. Je te l'ai dit : nous ne sommes pas faits l'un pour l'autre.

Mais les lèvres de Keir lui volèrent ses mots, son souffle, ses larmes.

— C'est parce que je n'ai jamais rien ressenti de tel pour aucune autre femme. Depuis le début, depuis ce jour où je t'ai vue au mariage.

Encadrant son visage de ses larges mains, il le leva vers le sien.

— Je me moque de ton passé tant que je suis le seul homme dans ta vie aujourd'hui.

— De mes légions d'amants, tu veux dire ? fit-elle avec un rire tremblant. J'ai seulement un ex-mari. Et, à part lui, j'ai sans doute eu moins d'hommes dans ma vie que la plupart des femmes. En fait, j'ai toujours préféré les éviter. Ils ne veulent qu'une chose : coucher avec toi. Après quoi ils disparaissent.

— Pas moi, dit Keir avec fougue. Je veux davantage. Et je ne disparaîtrai pas.

— Tu le crois sans doute maintenant mais…

— Ecoute-moi, Cass. Je te supplie de me pardonner pour ce que j'ai dit. C'était stupide.

— Ce n'est pas grave…

— Si c'est grave. Je n'aurais jamais dû… Je ne suis pas pudibond, Cassandra. Je ne m'imagine pas qu'une femme doit être chaste, alors que les hommes ont le droit de coucher comme bon leur semble. Quant à ton passé de strip-teaseuse, je suis sûr que tu avais tes raisons, et elles ne me regardent pas.

Cassie sourit, s'essuya le nez sur sa manche et lui prit les mains.

— Voilà mon histoire, en résumé. Non, ne dis rien, ajouta-t-elle comme il ouvrait la bouche. Je veux que tu l'entendes. J'ai quitté le domicile familial à dix-sept ans. Je me suis mise à travailler dans des bars. Quand je suis arrivée à Vegas, j'ai continué, parce que c'était l'unique travail que je pouvais trouver. Un jour, un client m'a demandé si je savais danser. Je me suis dit que ça y était, c'était ma chance.

— Tu n'as pas à m'expliquer…

— Si, je te l'ai dit. C'est important que tu saches. Tu vois, j'étais jeune et stupide à l'époque.

— Pas stupide, non. Innocente.

— Si tu veux. Bref, j'ai pris sa carte et je suis allée à l'hôtel Casbah pour auditionner. Ce n'était pas du grand art et, avec ma formation, j'ai réussi haut la main. Les costumes étaient superbes, la paie dix fois supérieure à ce que je me faisais avant.

La neige s'était mise à tomber en un rideau presque impénétrable. Tout en parlant, ils se dirigèrent vers la voiture et montèrent.

— Cass, ça suffit. Il n'y a rien de mal à danser à Vegas.

— Savais-tu que dans ce genre de revue, on repasse une audition tous les six mois ?

— Non, mais qu'est-ce que…

— Cela faisait six ans que je dansais. Un soir, alors que je me précipitais dans les escaliers pour monter me changer entre deux numéros, j'ai trébuché et je suis tombée.

Keir l'attira dans ses bras, une expression peinée sur le visage.

— Arrête…

— Je me suis cassé le genou. Ça s'est remis lentement mais le directeur de la troupe m'a prise à part pour me dire qu'il ne pouvait pas me reprendre. Et comme toutes les autres revues étaient au courant de mon accident, je n'ai pas pu retrouver de travail. C'est là que j'ai commencé le strip-tease.

— Allons, viens là…

Keir l'attira dans ses bras et embrassa tendrement son visage mouillé de neige et de larmes mêlées.

— Tu as eu beaucoup de courage. Et tu t'en es sortie brillamment. Tu es la meilleure gérante que j'aie jamais vue.

Cassie secoua la tête et se blottit contre son épaule.

— Tu dis ça pour me faire plaisir.

— Moi ? Je suis très honnête en affaires.

— Tu es sincère ? Tu trouves que je suis bonne ?

— Tu es très douée. Tu es sévère mais juste, compétente, les gens t'adorent…

— J'étais une mauvaise strip-teaseuse, confessa-t-elle en riant.

— Vraiment ?

— Affreuse. Heureusement, j'ai réussi à oublier complètement l'environnement. Si tu ne souris pas, si tu ne fais pas de clins d'œil aux clients, tu n'obtiens pas de pourboires. Et c'est l'essentiel de ce que tu gagnes.

Keir réprima l'impulsion sauvage qui lui soufflait d'aller étrangler tous les crétins concupiscents qui l'avaient vue danser sans même daigner lâcher quelques dollars de récompense, sans la moindre admiration pour cette femme qui dévoilait son corps mais leur cachait son cœur.

Il prit une profonde inspiration, puis parvint à sourire.

— Tu as fini par reprendre ton travail de serveuse. Ce dont je te sais gré. Parce que sans ça, je ne t'aurais jamais rencontrée…

Ils s'embrassèrent longuement, puis Keir demanda d'une voix douce :

— Alors, tu restes ?

— On dirait, oui.

— Mais tu avais raison pour l'appartement. Sur le fait que tu allais déménager.

Elle fronça les sourcils, perplexe.

— Je ne comprends pas.

— Tu vas déménager. Et pas plus tard qu'aujourd'hui. Pour emménager avec moi.

# 11.

Le soleil entrait à flots dans la cuisine. La pièce était chaude, grâce à l'immense cheminée qui occupait presque tout un pan de mur. Les dalles de pierre, sous les pieds de Cassie, étaient agréablement fraîches.

Tout en chantonnant, elle déposa des toasts et des verres de jus d'orange sur la grande table de chêne. Des pots de confiture artisanale s'y trouvaient déjà, ainsi que des brioches que le chef avait préparées et lui avait données, encore toutes chaudes, la veille.

La vie au Vignoble du Cerf était merveilleuse. Keir était la meilleure chose qui lui soit jamais arrivée. Elle ne comprenait pas comment elle avait pu croire qu'ils n'avaient rien en commun. C'était même le contraire. Tous deux frémissaient à la vue d'anchois sur leur pizza. Tous deux partageaient la même passion pour les raids nocturnes sur le réfrigérateur. Tous deux adoraient les vieux disques de jazz, surtout les soixante-dix-huit tours. Cassie avait étonné Keir avec sa collection. Il avait répliqué en lui montrant un vieux Ella Fitzgerald qu'elle avait cherché pendant des années. Tous deux revissaient soigneusement le bouchon du tube de dentifrice, adoraient les romans policiers et détestaient les vieux films colorisés.

Cassie éteignit la cafetière, se servit une tasse et y ajouta un peu de sucre.

Oui, elle était heureuse.

Heureuse. Un mot si simple. Mais c'était la première fois de sa vie que cela lui arrivait. Keir et elle n'étaient ensemble que depuis un mois, mais elle peinait déjà à imaginer la vie sans lui. Et c'était d'ailleurs une chose à laquelle elle préférait ne pas penser, parce qu'elle était pragmatique et ne se berçait pas d'illusions.

Ils ne s'étaient fait aucune promesse. Evidemment, elle lui aurait promis n'importe quoi si, par miracle, il le lui avait demandé…

Parfois, elle se demandait si Keir n'était pas, petit à petit, en train de tomber amoureux d'elle. Un homme pouvait-il se montrer si tendre, si attentif, sans aimer ?

Le sourire de Cassie s'effaça. Oui, c'était possible, elle le savait. Les filles avec lesquelles elle travaillait autrefois avaient toutes une histoire de ce genre à raconter. Son ex-mari lui-même n'avait pas été avare de promesses et de grandes déclarations. Qu'en était-il resté, au final ? Rien. Du vent.

Elle en avait retenu une leçon. Elle ne laisserait plus un homme la quitter. Désormais, ce serait elle qui partirait la première, s'était-elle juré à l'époque. Si du moins elle se lançait un jour dans une nouvelle relation, ce qui n'arriverait pas tant qu'elle n'aurait pas trouvé l'Homme Parfait.

Et Keir était l'Homme Parfait. Le problème, c'était qu'il ne le savait pas. Il ne savait pas non plus qu'elle était sa Femme Parfaite, et qu'elle pourrait le rendre heureux si seulement…

— Mais que faut-il faire pour avoir une tasse de café dans cette maison ?

Cassie pivota et vit Keir qui s'avançait vers elle. Son cœur s'emplit d'une telle allégresse qu'elle crut qu'il allait exploser.

— Il faut apprendre à le faire soi-même, répondit-elle comme il la prenait dans ses bras.

— Je l'ai déjà fait une fois. Tu t'en souviens ?

Si elle s'en souvenait… Leurs arrangements étaient simples : Cassie préparait le petit déjeuner, Keir le dîner. Mais c'était toujours elle qui faisait le café. La décision avait été prise lorsqu'elle avait goûté celui de Keir.

— D'accord, je m'en charge. Occupe-toi d'apporter le beurre.

— Bien madame.

Mais au lieu de la lâcher, il l'embrassa passionnément, puis suivit du bout de la langue le dessin de sa lèvre inférieure.

— Hmm, tu as un goût délicieux. C'est le meilleur petit déjeuner du monde. J'ai bien envie de te manger toute crue. Qu'est-ce que tu en dis ?

— Que c'est une bonne idée, soupira-t-elle en s'affaissant dans ses bras.

Ils s'embrassèrent de nouveau, puis Keir se raidit.

— Bon sang ! Je viens de me rappeler que j'avais un rendez-vous.

— Oh.

Evidemment. Il avait un vignoble à gérer. C'était stupide, mais Cassie détestait songer qu'elle était son employée.

— Allez, assieds-toi et prends ton petit déjeuner. Comment veux-tu tes œufs ?

— Je n'ai pas le temps, ma chérie.

— Oh. Bon, d'accord… Je vais ranger pendant que tu te doucheras.

— Tu n'as pas le temps de ranger. Pas si nous voulons être à New York à midi.

Cassie fronça les sourcils.

— *Nous ?*

— Bien sûr. Tu ne crois pas que je vais aller choisir des meubles tout seul ?

— Pardon ?

— Ah, je ne t'en avais pas parlé ?

Keir essayait de paraître décontracté. L'idée avait germé dans son esprit il y avait de cela une semaine. Elle l'avait tellement terrifié qu'il n'avait pas osé en parler. Il n'avait jamais de sa vie demandé à une femme de l'aider à choisir quoi que ce soit, pas même une cravate. Alors des meubles…

La maison avait bien besoin d'être décorée. Tout manquait. Rideaux, rangements, tapis, patères, lustres. L'approche de l'hiver lui permettant d'avoir un peu de temps libre, il avait d'abord songé à engager un décorateur. C'était ce qu'il avait fait quand il vivait à New York, puis quand il avait pris la direction du Lucky Palace.

Puis, à force de se réveiller avec Cassie dans ses bras, il avait fini par se demander : « A quoi bon laisser un inconnu, un étranger décider pour nous ? »

Et c'était l'emploi de ce « nous » qui le troublait. Cela lui semblait un grand pas à franchir. Et pourtant, il y avait une logique là-dessous. Ils avaient tant de choses en commun.

Cassie le dévisageait à présent comme s'il avait perdu la tête. Et peut-être était-ce exactement ce qui lui arrivait.

— Tu veux que nous allions choisir des meubles ensemble ?

Non. Diable, non. Ce n'était pas ce qu'il avait dit. Enfin, si, peut-être, mais à l'entendre, cela paraissait si… si…

Keir toussota et s'éclaircit la gorge.

— Oui. C'est l'idée. J'ai pris rendez-vous avec un conseiller en décoration. Je voulais t'en parler mais… D'ailleurs, je pensais t'en avoir parlé… Oh, bon sang, Cassandra, viens avec moi, d'accord ?

— D'accord, répondit-elle simplement.

Puis elle cligna des paupières pour chasser les stupides larmes de joie qui lui étaient montées aux yeux.

Ils partirent pour New York et y rencontrèrent la décoratrice, qui sourit aimablement à Cassie.

— Madame O'Connell. Quel plaisir de vous rencontrer.

— Je ne suis pas Mme O'Connell, corrigea Cassie en rougissant.

L'autre eut un « ah » éloquent et baissa les yeux vers la main de Cassie pour y noter l'absence d'alliance. Keir plissa pour sa part les yeux et glissa un bras autour de la taille de la jeune femme.

— Voici Mlle Barcovic. Elle est…

Quoi ? Comment était-il supposé la présenter ? Que disait

l'étiquette sur ce sujet ? Et pourquoi était-il si furieux de ne pas trouver le mot adéquat ?

— Mlle Barcovic travaille pour moi, dit-il enfin.

Il sentit Cassie se raidir à son côté. Evidemment, il ne pouvait pas lui en vouloir. Il aurait pu faire mieux que ça.

— Nous sommes amis, ajouta-t-il.

Oh, non, avait-il vraiment dit cela ? Cassie se détacha de lui et la décoratrice lâcha un « ah » tellement perplexe qu'il crut en mourir d'embarras. Il faillit prendre Cassie dans ses bras et lui dire… lui dire que…

— Si vous voulez bien me suivre, déclara la décoratrice.

Keir saisit le coude de Cassie et l'entraîna dans un nombre interminable de showrooms, où il réussit à lui faire abandonner sa mine glaciale en feignant de s'intéresser à un fauteuil recouvert de faux tigre, avec des pieds sculptés en forme de pattes.

— Ne sois pas stupide ! s'exclama-t-elle.

Après cela, elle fut de nouveau la Cassandra qu'il aimait, et qui tint tête à la décoratrice jusqu'à ce que cette dernière n'ait d'autre choix que d'acquiescer comme un agneau en réponse à ses exigences.

Keir termina cet après-midi qui avait si mal commencé heureux propriétaire d'un nombre incalculable de meubles et autres éléments de décoration, livrables quatre mois plus tard.

— Quatre mois, soupira-t-il alors que Cassie et lui prenaient un café dans Greenwich Village. Je suppose que ce n'est pas si mal.

Cassie ne répondit rien. Elle regardait la carte des vins avec un tel intérêt qu'il ouvrit la sienne pour voir ce qui pouvait la captiver. Il ne vit rien et comprit qu'il avait des ennuis, même s'il ignorait pourquoi.

— Cass ? Tu penses que c'est bien, ces quatre mois ?

— C'est parfait, répondit-elle avec un sourire factice. C'est un chiffre que tu aimes, puisque c'est celui que tu as fixé pour ma période d'essai.

Il la dévisagea, dérouté.

— Tu n'as pas à te soucier de ta période d'essai, ma chérie.

— Vraiment.

— Bien sûr. Je pensais que tu le savais. Tu es engagée depuis longtemps.

— Depuis que j'ai accepté de coucher avec toi ?

Keir tressaillit comme si elle venait de le gifler. Cassie aurait voulu ravaler ses mots, mais il était trop tard. Qu'est-ce qui l'avait poussée à dire une chose pareille ?

Elle ne le savait que trop, au fond. C'était d'avoir soudain réalisé qu'elle n'avait aucune place dans sa vie. Elle l'aimait, et elle souffrait de ne pas pouvoir le lui dire.

Le visage fermé, il se leva. Elle l'imita aussitôt.

— Keir, je t'en prie… Je suis désolée. Je ne voulais pas…

— Oh si, tu le voulais.

— Non, je te jure que…

— Allons-y.

Il abandonna quelques billets sur la table et se dirigea vers la porte. Cassie vit des visages se tourner dans leur direction, mais elle s'en moquait. Elle l'avait blessé, pour des raisons stupides et égoïstes.

Mais il avait dit la vérité à la décoratrice. Elle n'était pas sa femme. Elle n'était pas davantage sa fiancée. Elle n'était qu'une employée, au mieux une amie. Mais qu'y avait-il de mal à cela ? Après tout, il n'avait jamais essayé de lui faire croire le contraire.

— Keir, s'il te plaît… Je ne pensais pas…

— Monte, dit-il en ouvrant la porte de la Ferrari.

Elle hésita, puis obéit. Keir claqua la portière assez fort pour la faire sursauter, puis contourna le véhicule et se mit au volant.

— Je suis désolée, répéta-t-elle.

— Ça n'a pas d'importance.

— Si, ça en a. Oh Keir…

Il se tourna vers elle, le regard brûlant de colère.

— Inutile de t'excuser, Cassie. Il est temps que nous soyons honnêtes l'un envers l'autre, après tout.

— Ce n'était pas de l'honnêteté. J'ai… j'ai juste essayé de te blesser. J'étais en colère. Je…

— Qu'attends-tu de moi, au juste ? coupa-t-il sèchement.

Cassie pâlit. Elle le regarda un instant sans le voir, puis fondit en larmes. Keir resta immobile, les mains crispées sur le volant, furieux contre elle et contre lui-même.

*Qu'attendait-elle de lui ?* La vraie question était plutôt : qu'attendait-il d'elle ? Lâchant un juron, il l'attira dans ses bras et l'embrassa à en perdre haleine.

— Ton travail n'a rien à voir avec ce qui se passe entre nous, souffla-t-il avec ferveur. Tu veux que je te renvoie pour te sentir plus à l'aise ? Tu veux démissionner ?

Il l'embrassa de nouveau, avec une fougue presque brutale, et reprit :

— Dis-moi ce que tu veux, Cassandra, et je le ferai. Mais ne joue pas avec moi…

— Tu ne comprends pas ? C'est toi que je veux ! Rien que toi !

Il embrassa ses lèvres, ses cheveux, ses paupières. Elle prononça son nom, et il sut qu'il n'aurait pas la patience d'attendre d'être rentré. Il la conduisit donc à l'hôtel où il descendait en général, l'emmena dans sa suite et lui fit l'amour jusqu'à ce que l'épuisement les gagne enfin…

Ils reprirent le chemin du Connecticut tôt le lendemain matin. Tout en conduisant, Keir tenait la main de Cassie sur le levier de vitesse. Il ne voulait pas la lâcher.

Quelque chose s'était produit la nuit passée. Un pont avait été franchi. Dans cette chambre qui dominait Central Park, Cassie s'était consumée, entre ses bras, comme des milliers de soleils. Il savait qu'il avait trouvé celle qu'il avait cherchée toute sa vie.

Il se tourna vers elle, ému. Elle dormait. Il l'avait épuisée, lui faisant l'amour encore et encore, sans parvenir à satiété. Il avait l'impression qu'il ne se lasserait jamais d'elle. Il voulait plus encore que ce qu'ils avaient partagé. Il voulait…

Il déglutit péniblement. Bon, peut-être allait-il un peu vite en besogne. Il avait fait tant de changements radicaux dans sa vie ces derniers temps… Cela ne lui ferait sans doute pas de mal de ralentir l'allure. Après tout, n'était-il pas réputé pour ses talents d'organisateur ? De stratège ? S'il y avait quelqu'un qui prenait des décisions réfléchies, c'était lui.

Dans la lumière du petit matin, le Cerf était silencieux et paisible. Keir se gara devant la maison, descendit silencieusement de voiture et prit Cassie dans ses bras.

— Nous sommes arrivés à la maison ?

A la maison… Il sourit de l'entendre employer ce mot.

— Oui, ma chérie.

Il la transporta jusqu'à sa chambre. Jusqu'à *leur* chambre, corrigea-t-il. Il avait juste l'intention de la mettre au lit, mais lorsqu'il lui ôta sa jupe, elle se tourna vers lui et murmura son nom. Keir plongea son regard dans le sien et sentit une intense émotion lui étreindre le cœur.

— Cassandra… Ma Cassandra…

Leurs lèvres se rencontrèrent, leurs souffles se mêlèrent.

— Keir… Je n'ai jamais… jamais ressenti…

— Quoi ? la pressa-t-il comme elle s'interrompait. Cass. Dis-moi ce qui…

— Oh bon sang ! fit une voix dans leur dos.

Cassie poussa un cri. Keir pivota, le poing levé, prêt à repousser l'intrus.

Sean et Cameron se tenaient sur le seuil de la chambre, et paraissaient tout aussi stupéfaits que lui…

# 12.

Les trois frères O'Connell étaient assis dans le salon, les yeux fixés sur la grande cheminée.

Personne ne parlait. Nul ne bougeait. Tous regardaient les flammes danser dans l'âtre. Après un long, très long moment, Sean claqua ses mains sur ses genoux et se leva enfin.

— Eh bien, c'est un endroit charmant que tu t'es dégoté, grand frère.

— Charmant, oui, répéta Cameron en désignant une armure, dans un coin de la pièce. Peu de types ont la chance d'avoir un chevalier médiéval dans leur salon.

— C'est vrai, renchérit Sean.

Les trois se regardèrent. Ne trouvant plus rien à dire, ils se tournèrent de nouveau vers le feu.

Les minutes passèrent. Puis Cameron s'éclaircit la gorge.

— Cette pièce est immense, dis donc. Et ces fenêtres sont superbes. Sans parler du parquet…

— Oui, maugréa Keir. Vous voulez une autre bière ?

— Excellente idée.

— Absolument.

Dès que leur frère eut quitté la pièce, Sean se pencha vers Cameron et chuchota :

— Mais qu'est-ce qui se passe ?

— Je n'en ai pas la moindre idée. La seule chose que je sais, c'est que notre timing n'est pas idéal.

— Tu l'as dit ! Et cette fille, ce ne serait pas celle que nous avons surprise avec Keir dans l'ascenseur ?

— Je te parierais mon dernier dollar que c'est elle.

— Mais qu'est-ce qu'elle fait ici ? Et pourquoi Keir n'a-t-il rien dit à son sujet, à part qu'elle était trop embarrassée pour descendre ?

— C'est vrai qu'il aurait pu nous en dire plus. Surtout que ça fait deux fois que nous le surprenons en sa compagnie !

— Oui, j'aimerais bien savoir ce qu'elle fait là pour commencer.

— Moi aussi.

— Il va falloir le lui demander et… Ah, te voilà, Keir. Et avec les bières. Excellente idée. Encore que j'aurais bien testé l'un de tes vins. Mais l'occasion est peut-être mal choisie ?

— Très mal choisie, en effet, gronda Keir.

— Ecoute, si tu veux que nous partions, dis-le simplement.

— Ne soyez pas ridicules. Tout ira bien. Donnez juste un peu de temps à Cassie.

Cameron acquiesça.

— Bien sûr. Alors, de quoi parlions-nous ?

— De la décoration, intervint Sean. Je pense qu'une ou deux tables de billard égaieraient ce salon.

— Dis plutôt une douzaine, bougonna Keir. Mais inutile d'aller jusque-là. J'ai déjà commandé les meubles.

— Vraiment ? fit Sean.

Etaient-ils tous devenus fous ? Une femme se cachait dans une chambre à l'étage et eux, trois mâles hétérosexuels américains, parlaient de décoration comme si c'était la chose la plus importante du monde.

— Laisse-moi deviner. Tu as commandé des meubles de verre et d'acier. Façon cabinet médical.

— Non, en cerisier.

— Pardon ?

— Des meubles en cerisier, des canapés…

— En cuir ? fit poliment Cameron.

— Non. En toile rayée gris et jaune pour les fauteuils, et en daim beige pour les canapés.

Sean tourna vers Cameron un regard perplexe.

— Il a vraiment dit « toile rayée gris et jaune » ?

— Eh oui. C'est ce qui arrive aux gens qui vont s'établir dans l'Est.

Keir, cette fois, faillit sourire pour de bon.

— Je te rappelle que tu t'es aussi établi dans l'Est.

— Oui, mais, moi, je ne suis pas tombé dans les griffes d'un décorateur. Dis-nous la vérité. C'est ce qui t'est arrivé, n'est-ce pas ? Tu voulais acheter un canapé en cuir et on t'a fait un lavage de cerveau ?

Keir soupira.

— Nous avons effectivement passé la soirée d'hier avec une décoratrice.

Sean s'apprêtait à ironiser, lorsqu'il fronça les sourcils.

— Nous ?

— Oui. Cassie et moi.

Il y eut un silence. Sean et Cameron échangèrent un bref regard. Puis Cameron fit un signe en direction du plafond.

— Cassie est la jeune femme qui…

— Oui.

— Tu veux dire que tu es allé choisir tes meubles avec cette fille ?

— Elle a un nom. Elle s'appelle Cassie.

Il y avait comme un avertissement dans la voix de Keir. Cameron l'entendit mais l'ignora.

— Et c'est la même que celle avec laquelle nous t'avons surpris dans l'ascenseur, au mariage de maman et Dan ?

Keir porta sa bouteille à ses lèvres et la termina avant de répondre :

— Oui.

— Tu l'as emmenée avec toi quand tu t'es établi ici ?

— Non.

— Oui. Non. C'est tout ce que tu sais dire ?

— Qu'est-ce qu'il te faut de plus, des noms, des références, des codes-barres ?

— Qu'est-ce que ça veut dire ?

— Que je n'aime pas être interrogé, et que je n'aime pas le ton que tu emploies.

— Dommage. Quel ton veux-tu que j'emploie, quand tu emmènes une fille choisir tes meubles juste parce qu'elle est bonne au lit ?

En une fraction de seconde, Keir fut debout, et agrippa Cameron par le devant de son pull.

— Fais attention à ce que tu dis !

— Lâche-moi, fit tranquillement son frère.

— Alors surveille ton langage, compris ?

— Lâche-moi, bon sang !

Les deux hommes s'affrontèrent un instant du regard, puis Keir fit un pas en arrière.

— Je suis désolé, marmonna-t-il. Je sais que tu ne voulais pas dire que… Ah, je ne sais pas ce qui m'arrive. J'ai juste été surpris par votre arrivée. Je suppose que vous n'avez jamais entendu parler de sonnette d'entrée ?

— Nous avons sonné. Nous avons même cogné avec ce heurtoir de bronze de deux tonnes. Mais comme personne ne répondait, et que nous avons vu que la porte était ouverte, nous sommes entrés, et Sean a eu l'idée de monter.

— Merci, intervint Sean. Maintenant c'est ma faute. Le problème, c'est que Cameron a raison. Mais nous ne pensions pas te trouver en train de… Enfin, il est encore tôt et…

Il s'interrompit, s'éclaircit la gorge et reprit :

— Tu ne peux pas nous en vouloir de nous demander ce qui se passe. Cette fille…

— Elle s'appelle Cassie, lui rappela Cameron.

— C'est ça, Cassie. Nous t'avons vu avec elle au Lucky Palace. Tu as dit que c'était seulement une serveuse.

— J'ai dit qu'elle était serveuse. Pas *seulement* une serveuse.

— Quelle différence ? lança Sean avec exaspération. De toute façon, peu importe ce qu'elle fait…

— Ce qu'elle fait, c'est qu'elle dirige mon restaurant.

— Cette fille ? Elle…

— Cassie. Elle a un nom, alors tâche de t'en souvenir.

— Du calme, intervint Cameron. Nous essayons juste d'additionner les éléments du puzzle. Tu as donc amené Cassie depuis Vegas ?

Keir songea un instant à lui répondre que ça ne le regardait pas, mais se ravisa et prit une profonde inspiration.

— Non. Je ne savais même pas qu'elle avait posé sa candidature pour ce poste.

— Alors elle t'a suivi ?

— Non, bon sang ! Elle ignorait que je… Ecoutez, laissons de côté les détails. Le fond de l'affaire, c'est qu'elle est là. Je l'ai engagée et maintenant…

— Maintenant, acheva Cameron, tu couches avec elle.

Keir pivota de nouveau vers lui, le visage crispé.

— Fais attention à ce que tu dis.

— Mais c'est la vérité, non ?

— Cameron, je te préviens…

— Oui, je sais. Mais depuis quand faisons-nous des secrets de notre vie sexuelle ?

— Depuis Cassie. Alors laisse tomber, compris ?

— Depuis combien de temps la connais-tu ?

— Quelle différence cela fait-il ?

— Réponds à la question, d'accord ? Depuis combien de temps la connais-tu ?

— Ecoute, monsieur l'avocat, nous ne sommes pas au tribunal et je ne suis pas dans le box des accusés.

— Eh, calmez-vous, tous les deux. Cameron est juste curieux. Mais si Cassie travaillait au Palace, ça veut dire que tu la connais bien, n'est-ce pas, Keir ?

— Je ne la connaissais que de vue jusqu'au mariage de Gray Baron.

— Oh. Tu la connais donc depuis cinq ou six mois ?

— Tu veux compter les jours et les heures ? rétorqua

Keir avec humeur. A moins que tu ne veuilles vérifier les références de Cassie ?

— Tu veux la vérité ? lâcha Cameron en croisant les bras et en se balançant sur ses talons. J'ai déjà vérifié.

— Tu as fait *quoi* ?

— Cette scène dans l'ascenseur avait piqué ma curiosité. J'ai décidé d'en savoir un peu plus sur cette miss Barcovic.

— Mais pour qui te prends-tu ? Ce sont mes affaires !

— Tu es une cible facile, Keir. Tu as toujours aimé jouer les chevaliers avec les demoiselles en détresse.

— Vraiment ? Qu'est-ce que tu en sais ?

— Je sais ce qui s'est passé au Palace l'an dernier, avec cette fille que ton ami Gray a fini par épouser. Tu ne l'as pas renvoyée, même après avoir découvert qu'elle avait falsifié son CV.

— Comment le sais-tu ? C'était censé être un secret.

— Duchesse me l'a dit. Elle nous l'a dit à tous les deux, fit-il avec un signe de tête en direction de Sean. Elle est très admirative de la façon dont tu as géré l'affaire. Et c'est sans doute vrai. En méprisant les règles, tu as probablement sauvé la vie de cette fille. Mais c'est la tienne qui est en jeu à présent.

Bouillant de colère, Keir serra les poings et fit de son mieux pour ne pas perdre patience. Cameron ne voulait que son bien. Il devait se le rappeler.

— Ta Cassie a du culot, je dois l'avouer. Te suivre jusqu'ici…

— Tais-toi.

— Et avec son passé.

— Je connais son passé.

— Elle était show-girl.

— Sors d'ici Cameron !

— Et strip-teaseuse.

— Sors d'ici ! rugit Keir en désignant la porte. Tu m'as entendu ? Je…

— Il faut que tu arrêtes de penser avec ta braguette.

Le poing de Keir vola vers la mâchoire de Cameron, mais ce dernier esquiva le coup. Sean cria et se plaça entre les deux.

— Vous êtes devenus fous ou quoi ? s'exclama-t-il. Depuis quand les O'Connell se battent-ils pour une femme ?

— Laissez-moi mettre les choses au clair, déclara Keir, pantelant. Je ne laisserai personne critiquer Cassie.

— Vraiment ? fit Cameron.

— Vraiment ! rétorqua Keir en essayant de contourner Sean. Et si tu ne me crois pas…

— Oh, je te crois, répondit son frère, un sourire se dessinant sur ses lèvres. A propos, il va falloir travailler ton droit, tu es un peu lent.

— Tu veux voir si je suis lent ? Qu'est-ce qui te fait rire, bon sang ?

— Ce n'était pas toi qui avais l'habitude de nous séparer, Sean et moi ?

— Je n'ai pas envie d'évoquer le passé et…

— Alors évoquons l'avenir. Tu comptes épouser Cassie, n'est-ce pas ?

— Bien sûr que…, commença Keir, avant de froncer brusquement les sourcils. Mais qu'est-ce que tu racontes ?

— J'admets m'être renseigné sur son compte et avoir été un peu inquiet de découvrir son passé… haut en couleur.

— Elle n'a fait que ce qu'il fallait pour survivre. Et elle n'a pas besoin de ton approbation !

— Non, mais elle l'a quand même.

— Eh bien c'est domma… Qu'est-ce que tu viens de dire ?

— Qu'elle a mon approbation. Elle fera honneur à la famille. Et il est évident que tu l'aimes.

Keir regarda ses deux frères tour à tour. Cameron souriait, mais Sean avait l'air tout aussi dérouté que lui.

— Je n'ai jamais dit que…

— Arrête ta comédie, Keir. Tu l'aimes. Et elle t'aime aussi, si elle a trouvé le courage de tout te dire sur son passé. Ça a dû lui coûter.

— Je ne comprends plus, marmonna Sean. Qu'est-ce qui te prend, Cameron ? Il y a deux minutes…

— Ah, quel fardeau que d'être le plus intelligent des trois, soupira l'intéressé d'un ton théâtral. Je me suis dit qu'une femme capable d'entraîner Keir pour choisir des meubles, et d'éveiller un tel instinct protecteur en lui, devait être assez exceptionnelle.

Keir hésita, puis se mit à rire.

— Bon sang, je dois dire que tu m'as eu ! Tu mérites un oscar.

— J'ai toujours été bon acteur, répondit Cameron avec un sourire malicieux.

— Tu as de la chance que je ne t'aie pas démoli le portrait.

— Toi aussi, parce que nous serions allés aux urgences ensemble.

Les trois frères se regardèrent, et sourirent chacun à leur tour.

— Espèce d'idiot, dit Keir d'un ton affectueux.

— Idiot toi-même.

Keir décocha une bourrade à Cameron, qui la passa à Sean, qui la redonna à Keir. Puis ce dernier proposa :

— Que diriez-vous d'une bonne bouteille maison ?

— Après la bière ?

— Vous vous dégonflez ?

— Non, nous allons nous sacrifier.

Keir choisit un merlot, l'ouvrit et servit trois verres.

— Alors, dit Cameron après qu'ils eurent senti, goûté et apprécié le vin. Tu es finalement tombé amoureux ?

Keir se sentit rougir jusqu'à la racine des cheveux. Amoureux, lui ?

— Oui, concéda-t-il.

— Moi aussi, fit Sean avec un haussement d'épaules. Ça m'est arrivé une dizaine de fois. Je ne vois pas pourquoi vous en faites tout un plat.

Cameron soupira et mit sa main sur son épaule.

— Tu ne comprends pas, petit. C'est l'amour avec un grand A. Alors, quand comptes-tu nous présenter cette merveille ?

C'était une bonne question. Combien de temps faudrait-il à Cassie pour se remettre de l'irruption de ses deux frères ? se demanda Keir.

— Très bientôt. Je devrais peut-être monter la chercher.

— Non, elle descendra quand elle en aura envie. Peut-être que nous devrions vous laisser et faire un petit tour en voiture avant de revenir.

— Ne soyez pas ridicules. Cassie a un merveilleux sens de l'humour, fit valoir Keir en espérant qu'il avait raison. Je vais lui donner encore deux minutes, après quoi je monterai la chercher.

— Tu lui as dit que tu l'aimais ?

— Non, reconnut Keir en se levant pour rajouter une bûche dans le feu. Ce n'est pas facile à dire. Surtout lorsqu'on a du mal à comprendre ce qui arrive. Mais elle doit le savoir, non ?

Cameron étudia son frère par-dessus le rebord de son verre.

— Crois-en mon expérience, les femmes aiment qu'on leur dise ce genre de chose.

— Son expérience, ironisa Sean. Ecoutez-le !

— Je suis sérieux. Si tu l'aimes, Keir, tu devrais le lui dire.

L'intéressé acquiesça.

— Tu as raison. Je vais lui dire. J'y suis prêt. Après quoi je la ramènerai à la maison pour lui présenter maman. Je suis sûr qu'elles s'entendront à merveille. Hmm, Cass sera sans doute nerveuse…

— Qui ne le serait pas, à l'idée de rencontrer sa future belle-mère ?

— Ce n'est pas ça. En réalité, Cassie fait un complexe à cause de ses origines sociales.

— Ah, fit Cameron, je vois. Le prince charmant rencontre Cendrillon. Non que tu sois un prince, ou même charmant.

— Merci.

— De rien. Je comprends que Cassie puisse être nerveuse. Mais une fois qu'elle aura vu le clan O'Connell en action, elle nous descendra illico de notre supposé piédestal.

La mine pensive, Sean prit la bouteille de vin pour les resservir.

— Je viens de me rappeler quelque chose. C'est l'anniversaire de maman dans un mois ?

— Et alors ?

— Alors j'ai parlé à Megan l'autre jour, et il paraît que Dan prévoit une grande fête. Tu viendras, n'est-ce pas ?

— Bien sûr, fit Keir.

— Parfait. Tu n'auras qu'à amener Cassie.

Keir acquiesça. Oui, c'était parfait. Sa mère, ses sœurs, toute sa famille pourrait rencontrer Cassie.

Il fronça les sourcils. Parfait ? Pas tant que ça. Affronter tous les O'Connell d'un coup pouvait être un peu violent. Sa mère était chaleureuse, mais elle jaugerait Cassie. Ses sœurs l'adoreraient, mais lui poseraient un million de questions gênantes. Quant à ses frères, Keir savait qu'ils ne pourraient s'empêcher de la taquiner.

A la réflexion, mieux valait aller à Vegas lorsqu'il n'y aurait que sa mère et Dan. La semaine prochaine par exemple. Non, pourquoi pas cette semaine ? Il avait hâte de la présenter à sa mère, d'annoncer : « Voici Cassie, ma future femme. »

— Alors ? dit Sean. Qu'en dis-tu ?

— Je ne crois pas que ce soit une bonne idée, après tout.

— Hmm, je comprends. Nous tous rassemblés… et Cassie. Ce pourrait être un vrai désastre.

— Exactement. La dernière chose que je voudrais partager avec Cassie, c'est bien un repas de famille. Tu nous imagines, tous autour de la table avec elle ? Je frémis d'horreur rien que d'y penser.

— Keir ?

— Je veux dire, même si tout se passe bien, Cassie pourrait juste…

— Keir ! répéta Sean entre ses dents, avec un mouvement de tête vers l'entrée.

Il se retourna. Cassie se tenait sur le seuil, si belle, séduisante et…

En colère ?

Non, pas en colère. Furieuse. Ses yeux verts brûlaient comme les feux de l'enfer.

— Cass ! s'exclama-t-il en allant vers elle. Je suis content que tu sois enfin descendue. J'allais justement monter et…

Cassie le frappa. Il n'y avait pas d'autre mot pour décrire la gifle qu'elle lui asséna, presque un coup de poing. Il fit un pas en arrière sous la violence du choc et, l'espace d'un instant, fut presque ébloui.

— Espèce de salaud !

— Cass, ma chérie…

— Espèce de salaud arrogant, prétentieux, hypocrite !

Elle leva de nouveau la main. Cette fois, il fut plus rapide et lui captura le poignet.

— Mais qu'est-ce qui te prend ? Tu es encore en colère parce que ces deux idiots sont arrivés sans crier gare ? Ils sont vraiment désolés. Dites-lui, les gars. Dites-lui que…

— Dites-moi quoi ? Que vous frémissez d'horreur à l'idée que j'utilise ma fourchette à salade pour le rosbif ?

— Quoi ? Mais ma chérie…

— Ne m'appelle plus *jamais* « ma chérie » ! se récria-t-elle en se dégageant brutalement de son étreinte, et en tapant du doigt sur son torse. Ah, tu as peur que je fasse des gaffes à ton repas de famille ? Que je te ridiculise ? Que je fasse du bruit en mangeant ma soupe ?

— Cassie, tu m'as déjà accusé de ça et je t'ai répondu…

— Je sais ce que tu m'as répondu. Et tu m'as menti. Ma présence en société t'embarrasse. C'est une chose de dire à une fille que tu te moques de son passé, mais c'en est une tout autre lorsqu'il faut la présenter à ta famille adorée !

— Cassie, au nom du ciel, tu n'as rien compris !

— Au contraire, j'ai tout compris ! Et je n'ai aucune envie d'être associée, de près ou de loin, à une telle famille !

Keir tourna un regard médusé vers ses frères, mais il n'avait visiblement aucune aide à attendre d'eux. Sean étudiait en effet ses ongles avec un intérêt méticuleux, et Cameron semblait captivé par l'étiquette de la bouteille de vin.

— Cassie, s'il te plaît…

— Arrête ta comédie. Et surtout, ne va pas t'imaginer que

c'est pour toi que je suis en colère. Je me fiche parfaitement de toi. Nous avons pris du bon temps, mais c'est tout. Je n'ai fait que m'amuser. Mais c'est fini, et c'est tant mieux !

Puis elle tourna les talons et s'enfuit en courant, non sans avoir claqué la porte derrière elle.

# 13.

Keir resta pétrifié.

— Qu'est-ce qui s'est passé ?

— Ta petite amie est très en colère, dit Sean après s'être éclairci la gorge. Voilà ce qui s'est passé.

Keir ne se rendit compte qu'il avait posé la question à voix haute qu'après que Sean lui eut répondu. Il se tourna vers son frère, les bras écartés.

— Mais pourquoi ? Qu'est-ce que j'ai fait ? Qu'est-ce que j'ai dit, à part que je l'aimais ?

— Ce n'est pas à elle que tu l'as dit, fit valoir Cameron avec le sens du détail propre à son métier d'avocat. C'est à nous.

— Mais Cassie est une femme intelligente ! Elle doit bien savoir que…

Puis Keir prit une profonde inspiration et reprit :

— Bon, d'accord, admettons qu'elle ne le sache pas. Ça n'explique pas ce qui vient de se passer.

Ses deux frères se regardèrent, haussèrent les épaules et en conclurent que c'était l'un de ces comportements typiquement féminins et inexplicables.

A l'extérieur, un moteur rugit.

— Elle part, dit Sean.

— Elle va sans doute faire un tour pour se calmer, renchérit Cameron.

— Elle ferait bien, oui, grommela Keir. J'étais en train de lui dire que je l'aimais et…

— Tu étais sur le point de lui dire, corrigea Sean.

— Quelle différence ? Je tombe amoureux pour la première fois de ma vie et je me fais insulter ! Traiter de salaud arrogant et prétentieux. Laissez-moi vous dire que quand elle va revenir, je vais lui demander des explications !

— Euh, tu veux que nous repartions ? Vous aurez sans doute besoin d'un peu d'intimité et…

— C'est ridicule, coupa Keir avec un mouvement d'impatience. Allons déjeuner.

— Bonne idée. Nous mourions d'envie d'essayer ton restaurant.

— Il n'est pas ouvert le mardi. Mais il y a un endroit formidable à dix minutes d'ici.

Sean se gratta la tête, la mine perplexe.

— Mais si Cassie revient pendant que nous sommes là-bas…

Keir lui décocha un regard noir, et il haussa les épaules.

— Comme tu voudras, reprit Sean. C'est toi le chef !

Ce ne fut que lorsqu'ils se retrouvèrent assis en silence et sans réel appétit face à trois hamburgers que Keir se demanda pour la première fois s'il n'aurait pas dû partir à la poursuite de Cassie…

Le soir venu, le sentiment d'avoir fait une grave erreur de jugement s'était renforcé. Keir était allé à la porte une centaine de fois, l'avait ouverte et avait regardé en direction de la route dans l'espoir de voir une voiture grimper la colline.

Sean et Cameron étaient partis. Ils avaient d'abord insisté pour rester, mais Keir leur avait assuré que tout irait bien, et qu'il était préférable qu'il soit seul lorsque Cassie reviendrait.

Mais la vérité, c'était qu'il ne supportait pas de lire dans leurs yeux les mêmes doutes que les siens.

A savoir qu'elle ne reviendrait peut-être pas. Qu'elle était peut-être partie pour de bon.

Keir courut à sa chambre. Ses vêtements se trouvaient

encore dans le placard. Evidemment, puisqu'elle était partie sans valise.

Puis il songea à ce qu'elle lui avait dit sur sa fugue, à dix-sept ans, avec seulement sa brosse à dents et quelques vêtements de rechange.

« Ce n'est pas si dur de partir sans rien quand tu fuis quelque chose que tu détestes. »

Le cœur serré, Keir se laissa tomber sur le bord du lit. Un bas de soie était posé sur le couvre-lit. Il le prit et le fit glisser entre ses doigts, pensif. Etait-il « une chose qu'elle détestait » ? Non, elle l'aimait. Il le savait. Il le sentait dans ses baisers, dans la façon dont elle prononçait son nom. Pourquoi ne lui avait-il pas dit qu'il l'aimait ? Pourquoi avait-il mis si longtemps à le comprendre ?

Et surtout, qu'avait-il fait pour provoquer sa fuite ?

Il se leva et se mit à arpenter la pièce comme un lion en cage, essayant de comprendre ce qui s'était passé. Il était en train de parler à Sean et Cameron lorsqu'elle était descendue. A propos de quoi ? De présenter Cassie à Duchesse.

Sean avait suggéré d'amener Cassie à l'anniversaire de leur mère. Il avait répondu que ce n'était pas une bonne idée et que…

Oh non…

La conversation lui revint soudain à la mémoire, aussi sûrement que s'il l'écoutait sur un magnétophone. Il avait dit qu'un dîner en famille était la dernière chose qu'il voulait partager avec Cassie. Qu'elle n'y serait pas à sa place. Il se rendit compte en un instant de ce qu'elle avait compris…

Il sut alors qu'elle ne reviendrait pas. Qu'elle était partie pour de bon. Et que c'était à lui de la rattraper, de lui avouer enfin ce qu'il ressentait.

Qu'il l'aimait, et qu'il ne pourrait pas vivre sans elle.

Keir dévala donc l'escalier, attrapa une veste au passage et sortit en courant, priant pour qu'il ne soit pas trop tard.

*
* *

Cassie avait quitté la maison ivre de colère, mais elle n'avait pas parcouru trois kilomètres que le désespoir s'abattit sur elle. Elle arrêta donc la voiture sur le bas-côté et se mit à pleurer toutes les larmes de son corps.

Puis elle se força à se ressaisir et à dresser un plan. Une chose était sûre : elle ne retournerait pas au domaine. Elle ne voulait pas revoir Keir. Le monstre. Le…

Elle se remit à pleurer, jusqu'à en être secouée de hoquets. Elle s'essuya ensuite les yeux, se répétant que les larmes n'avaient jamais rien résolu et se forçant à songer à l'avenir.

Bon, elle avait son sac, ses papiers d'identité, sa carte de crédit, son permis de conduire. La solution était simple. Elle n'avait qu'à retourner où tout avait commencé. A Las Vegas. Elle connaissait du monde là-bas, et savait qu'elle pourrait retrouver du travail. En attendant, elle pourrait également habiter chez l'une de ses amies. Elle demanderait à Keir de lui renvoyer ses affaires.

Avec un peu d'optimisme et de bonne volonté, on se sortait de tout.

Pour l'instant, elle devait redémarrer. Elle ne voulait pas que Keir la rattrape. Apeurée, elle jeta un coup d'œil dans le rétroviseur, s'attendant à voir une Ferrari débouler. *Priant* pour la voir débouler.

Mais il n'y avait pas de Ferrari. Pas de Keir. C'était fini.

Cassie s'essuya les yeux sur sa manche. Et maintenant ? Pourrait-elle embarquer en dernière minute sur un vol à destination de Vegas ? Probablement. La destination était populaire, beaucoup de vols la desservaient. Elle patienterait s'il le fallait sur une liste d'attente.

Restait à résoudre la question de l'aéroport. Devait-elle repartir de Hartford, où elle était arrivée ? De Providence, dont elle savait maintenant qu'il était plus proche ? Ou de Boston, plus éloigné mais plus important ?

Elle opta finalement pour Providence, simplement parce

que le nom lui semblait de bon augure. Elle redémarra enfin et prit la direction de l'est.

Quelques heures plus tard, elle patientait dans un salon de la Trans-America à l'aéroport T.F. Green. Le vol de 21 heures était sur le point de décoller. Avec un peu de chance, elle serait à bord.

Deux autres vols étaient déjà partis. Elle avait failli réussir à prendre le premier grâce à un passager manquant, jusqu'au moment où ce dernier était arrivé en courant, en sueur et pantelant.

Mais ce vol paraissait prometteur. Les hôtesses appelaient depuis maintenant un quart d'heure un passager qui ne se manifestait pas. Bientôt, elle débarquerait à Vegas. Libre.

Keir ne la reverrait jamais. Ce même Keir qui n'avait pas daigné se lancer à sa poursuite, qui l'avait utilisée comme son mari l'avait fait.

Des larmes lui piquèrent de nouveau les yeux. Cassie les ravala farouchement, puis attendit d'entendre son nom dans les haut-parleurs, et le moment où elle s'envolerait enfin loin de l'homme qu'elle avait aimé de tout son cœur…

Keir s'arrêta en dérapant sur le parking de l'aéroport de Providence. Elle devait être là. Il le *fallait*.

Il était d'abord allé à Hartford, où il avait tenté de vérifier si Cassie avait embarqué sur l'un des vols à destination de Vegas. Malgré diverses stratégies, il n'avait pas pu obtenir confirmation ou infirmation du fait que Cassie était partie.

Peut-être était-elle allée à Logan. Mais c'était l'aéroport le plus lointain. Non, la logique voulait qu'elle soit à Providence. Du moins il l'espérait. Et son instinct lui disait qu'elle choisirait Providence juste pour le nom.

En courant, Keir déboula dans le terminal. Il y avait du monde, mais il repérerait facilement Cassie. Elle était grande, séduisante, en tout point remarquable.

Elle était l'amour de sa vie.

Et elle brillait par son absence.

« Le passager Arlene Nevins est prié de se présenter au comptoir Mid-Express en porte 4. Le passager Arlene Nevins… »

Le terminal était bruyant. Les conversations. Les annonces qui se succédaient…

« Le passager Edward Epstein est prié de se rendre au comptoir Trans-America porte 7… »

Les annonces le rendaient fou. Comment pouvait-il se concentrer avec ces fichus noms qui flottaient au-dessus de lui ? Si seulement cela pouvait être si simple… Si seulement il pouvait faire appeler Cassie…

Keir se figea brusquement. Une femme, surprise, le percuta. Il marmonna une vague excuse, regarda autour de lui et se dirigea vers la porte d'embarquement la plus proche.

— Mademoiselle, dit-il à l'hôtesse, j'ai besoin que vous appeliez quelqu'un pour moi.

— Je suis désolée, monsieur, nous ne faisons pas ce genre de chose.

— Bien sûr que si, vous le faites ! Je n'arrête pas d'entendre qu'on appelle des gens !

Puis il prit une longue inspiration, se rappelant que l'on n'attrapait pas les mouches avec du vinaigre.

— Ecoutez, il faut que je trouve quelqu'un. La femme que j'aime va partir de cet aéroport, et il faut que je lui parle, vous comprenez ?

L'hôtesse le dévisagea, puis soupira.

— Il y a un point Informations derrière vous. Voyez ce qu'ils peuvent faire.

Keir acquiesça et, quelques minutes plus tard, se retrouva face à un employé de l'aéroport.

— Il faut que je contacte quelqu'un immédiatement, dit-il avec son plus beau sourire.

— Pour quelle raison, monsieur ?

Bonne question. Keir hésita. Pour des raisons personnelles ? Non. Par amour ? Encore moins, l'autre le prendrait pour un fou.

— Cette personne travaille pour moi, répondit Keir en sortant une carte de visite de sa poche.

Il savait que sa carte faisait de l'effet. « Keir O'Connell, propriétaire récoltant, disait-elle. Vignoble du Cerf, Hamlin, Connecticut. »

L'employé la prit, et son visage s'illumina soudain.

— Ça alors, quelle coïncidence ! Ma femme et moi avons découvert vos vins il y a quelques semaines. Nous les trouvons excellents.

— J'en suis ravi. Merci. Gardez donc la carte et venez nous rendre visite. Je vous ferai visiter. A présent, si je pouvais…

— Nous avons également mangé dans votre restaurant. C'était fameux. La cuisine comme le service, d'ailleurs.

— Eh bien, justement, c'est la gérante du restaurant que j'aimerais que vous appeliez.

Il regarda le badge de l'employé et enchaîna :

— Pourquoi votre femme et vous ne viendriez-vous pas dîner de nouveau, monsieur Conway ? La maison vous invite.

— Oh, c'est très gentil, monsieur O'Connell ! Nous en serions ravis.

— Formidable. A présent, pourriez-vous appeler Cassie Barcovic, s'il vous plaît ?

— Cassie Barcovic, dites-vous ?

— C'est ça.

L'employé alluma enfin son micro et annonça :

— Cassie Barcovic est attendue au point Informations. Cassie Barcovic. Merci.

Puis il fit un clin d'œil à Keir.

— Et voilà !

— Merci.

Keir regarda autour de lui. Il ignorait si elle viendrait. Peut-être comprendrait-elle que c'était lui qui la faisait appeler et essaierait-elle de lui échapper. A supposer qu'elle soit là.

Oui, elle était là, quelque part. Il le sentait.

« *Cassie*, songea-t-il en faisant les cent pas. Où es-tu ? Pourquoi ne viens-tu pas ? Je t'aime… »

Après une interminable minute, il se tourna de nouveau vers le kiosque. Une femme était en pleine conversation avec l'employé. Keir lui tapa sur l'épaule.

— Excusez-moi, madame, c'est très urgent.

— Je suis pressée moi aussi, jeune homme.

— Oui mais voyez-vous, la femme que j'aime va s'envoler dans quelques instants, si ce n'est pas déjà fait, et je dois lui dire que je l'aime. J'ai été assez idiot pour ne pas le faire plus tôt.

L'autre le regarda avec une surprise bien compréhensible, puis sourit.

— Allez-y. Et bonne chance.

— Keir ?

Il se figea en entendant prononcer son nom par cette voix si belle, si unique. Lentement, de peur de la faire fuir, il se retourna.

Cassie était là, debout devant lui, les yeux brillants et les lèvres tremblantes.

Il songea à tout ce qu'il voulait lui dire, mais il aurait tout le temps plus tard. Il aurait des années, s'il avait de la chance. Pour le moment, seuls trois mots importaient.

Il devait les prononcer.

Et elle devait les croire.

Anxieux, il fit un pas vers elle.

— Cassandra. Ma Cassie… Je t'aime.

Le monde sembla se figer autour de lui. Il attendit, le cœur battant, jusqu'au moment où elle émit un son qui tenait du rire et du sanglot.

— Je t'aime, moi aussi…

Keir ouvrit en grand les bras, et Cassie vint se blottir tout contre son cœur.

*
* *

Cassandra Barcovic devint Cassandra O'Connell au cours d'une cérémonie toute simple, au mois d'avril suivant, au domaine du Vignoble du Cerf.

Gray et Dawn Baron arrivèrent la veille de la cérémonie.

— Je suis tellement heureuse pour toi, déclara Dawn le matin même, en l'aidant à se préparer. Tu es magnifique.

Cassie sourit.

— Toi aussi. Tu as l'air radieuse.

Comme son amie rougissait, Cassie écarquilla les yeux.

— Tu es enceinte ?

Dawn acquiesça, et toutes deux s'étreignirent.

Dawn était le témoin de Cassie. Fallon, Megan et Brianna étaient demoiselles d'honneur. Gray, avec Sean et Cameron, étaient les témoins de Keir.

La conseillère en organisation lui avait dit que cela ne pouvait pas se faire, qu'il ne pouvait avoir qu'un témoin et qu'à chaque femme du côté de la mariée devait correspondre un homme du côté du marié.

« C'est une règle ? avait demandé Keir. Parce que je serai ravi de la briser ! »

La conseillère avait d'abord eu l'air effaré, puis un sourire était venu adoucir son expression. Elle avait répondu qu'après tout elle serait ravie d'organiser un mariage pour deux jeunes gens *vraiment* amoureux.

Après cela, tout se déroula comme dans un rêve. Même la météo se mit de la partie. La journée fut merveilleusement ensoleillée, et les époux échangèrent leurs vœux peu avant midi.

Cassie portait une longue robe de dentelle ivoire, à l'ancienne, et un bouquet de fleurs printanières. A en croire Keir, elle était la plus belle femme du monde.

Lorsque le prêtre les déclara mari et femme, ils échangèrent un long baiser. De nombreux participants écrasèrent quelques larmes d'émotion. Mais les mariés ne remarquèrent rien de tout cela. Ils n'avaient d'yeux que l'un pour l'autre.

Même Fallon, qui avait jusqu'alors observé la cérémonie

avec la curiosité d'un anthropologue, sentit une larme rouler sur sa joue.

Mais elle leva les yeux vers le ciel sans nuages, et songea que c'était sûrement une goutte de pluie égarée.

SANDRA MARTON

# Irrésistible attirance

éditions HARLEQUIN

*Cet ouvrage a été publié en langue anglaise*
*sous le titre :*
THE SICILIAN SURRENDER

*Traduction française de*
JEAN-BAPTISTE ANDRE

*Ce roman a déjà été publié dans la collection*
AZUR N° 2517
*sous le même titre*
*en août 2005*



83-85, boulevard Vincent-Auriol, 75013 PARIS.
Service Lectrices — Tél. : 01 45 82 47 47
www.harlequin.fr

# 1.

Le disque d'or du soleil, flou et vacillant, descendait sur l'horizon. Le vent venu de la mer gémissait parmi les ruines du *castello* comme les voix des gladiateurs rebelles qui avaient autrefois défendu ce petit coin de Sicile contre le pouvoir et la puissance de la Rome antique.

Stefano Lucchesi songeait à ces hommes en montant les dernières marches qui menaient au sommet de la falaise. De là, la vue semblait porter à l'infini. A l'ouest, l'Etna sommeillait dans une brume humide. En contrebas, les flots de la Méditerranée battaient le rivage rocheux.

Combien de sentinelles s'étaient autrefois tenues là, guettant l'approche de l'ennemi ? Romains, Grecs, Arabes et Vikings, tous avaient versé leur sang pour ce bout de terre. Des pirates avaient hanté les côtes, s'attaquant aux navires imprudents comme des loups affamés.

Les envahisseurs s'étaient succédé pour conquérir la terre de ses ancêtres. Puis elle avait brisé ses chaînes et s'était créé un ennemi intérieur, une aristocratie qui avait prospéré sur le travail des pauvres qui exploitaient cette terre aride.

Stefano tourna le dos à la mer et, enfonçant ses mains dans ses poches, étudia son royaume. Le temps ne l'avait pas épargné. Tout ce qui restait du *castello*, c'étaient des murs en ruine et quelques piliers.

Peut-être était-ce mieux ainsi. Comme si une main invisible avait voulu rendre justice. Ce que son trisaïeul avait construit ici, ce que son grand-père avait finalement perdu dans une lutte si farouche qu'elle s'était terminée en bain de sang, n'était plus que poussière.

Même la terre avait été vendue, démembrée, éparpillée. Stefano avait ordonné à ses avocats de la racheter, morceau par morceau, à ces hommes secs comme des troncs, en costumes noirs trop grands pour leurs carcasses osseuses, qui lui rappelaient tant son grand-père.

Il avait proposé un prix plus qu'intéressant. Mais ses avocats avaient échoué.

Oh, certes, tous les vieux étaient prêts à vendre ces terres stériles et desséchées. Du moins, jusqu'au moment où ils apprenaient le nom de l'acheteur. « *Lucchesi* ? », disaient-ils.

L'un d'eux avait même craché à terre pour bien signifier ce qu'il pensait de cette famille.

Stefano était étonné de voir que ce nom provoquait toujours des réactions aussi violentes, après plus de soixante-dix ans. Il s'en était ouvert à son avocat, qui avait souri et lui avait conseillé de regarder *Le Parrain* de bout en bout.

« C'est à cause de la mafia, avait dit Jack. Comment peux-tu avoir du sang sicilien et ne pas comprendre ça ? Ces vieux connaissaient ton grand-père. Et ils le détestaient. Pourquoi serais-tu le bienvenu ? »

Pourquoi, en effet ?

Stefano ne savait pas grand-chose de la mafia. Il avait grandi aux Etats-Unis, où son grand-père avait émigré quelques décennies plus tôt. Son père était mort à sa naissance et sa mère l'avait entraîné de ville en ville, à la recherche d'un bonheur introuvable. Il avait douze ans lorsqu'elle était morte.

Ses grands-parents paternels, qu'il connaissait à peine, l'avaient alors pris sous leur aile. Rebelle, cachant sa peur derrière un masque d'arrogance, il n'avait sûrement pas été un enfant facile. Sa grand-mère l'avait habillé et nourri, mais c'était tout. Son grand-père l'avait d'abord toléré, puis discipliné, puis s'était pris d'adoration pour lui. Et c'était sans doute parce qu'ils s'étaient connus si tard que Stefano ignorait presque tout de la mafia. Son grand-père ne l'avait jamais nourri d'histoires de vendettas, de bains de sang et d'honneur bafoué. Il lui parlait juste de *la Sicilia*, du *Castello Lucchesi*, de la mer, du volcan, des falaises battues par le vent.

Et c'était cela qui battait à présent dans le cœur de Stefano. Toutes ces choses qu'il avait chéries avant même de les avoir vues.

Ce n'était que sur son lit de mort que le vieil homme lui avait fait signe d'approcher, et lui avait murmuré des mots tels qu'honneur, fierté et *famiglia*. Il lui avait raconté comment il avait dû fuir sa terre natale pour protéger sa femme et son fils, pour sauver ce qui pouvait encore l'être.

« Je reconquerrai tout ça, lui avait promis Stefano. Je te le jure. »

Il lui avait fallu du temps. Ses années de lycée lui avaient semblé interminables, puis était venu le temps de l'université. Ses premiers stages lui avaient fait comprendre qu'il détestait le milieu de l'entreprise, ses codes et ses coteries.

Son compagnon de chambrée partageait son point de vue. TJ était un virtuose de l'informatique. A cette époque, on devenait millionnaire en l'espace d'une nuit grâce à internet. TJ allait être l'un de ces millionnaires. Il avait une idée. Une vision…

Seul l'argent lui manquait.

Un jour d'hiver, Stefano était monté dans sa vieille Volkswagen avec ses maigres économies destinées à payer ses études. Il avait quitté Yale et s'était rendu droit dans un casino où il s'était inscrit à une partie de poker de haut vol. C'était la première fois qu'il faisait quelque chose d'aussi impulsif depuis la promesse faite à son grand-père de laver l'honneur des Lucchesi.

Il jouait plutôt bien, et avait d'ailleurs gagné sa voiture un soir, lors d'une partie avec d'autres étudiants. L'un d'entre eux avait cru qu'il bluffait et misé la Volkswagen…

Ce jour-là, au casino, Stefano avait gagné gros. Des milliers de dollars. Il avait passé la nuit là-bas, s'était remis à jouer le lendemain, et le surlendemain.

Trois jours plus tard, il était revenu à Yale et avait déposé une fortune sur le lit de son colocataire médusé.

— Qu'est-ce que c'est que ça ? Tu as cambriolé une banque ?

— C'est l'argent pour ta start-up. Je veux cinquante et un pour cent des parts.

C'était il y a douze ans.

La start-up l'avait rendu riche au-delà de toute espérance. Mais même avec tout l'argent qu'il avait investi dans des compagnies aéronautiques, pétrolières ou dans des appartements de luxe à Manhattan, il n'avait jamais oublié la promesse qu'il avait faite à son grand-père.

Deux années plus tôt, il s'était enfin attelé à sa réalisation.

— Double notre offre initiale, avait-il dit à son avocat, après l'échec des premières négociations.

— Mais c'est beaucoup trop ! Toute cette terre ne vaut pas…

— Non, mais leur fierté le vaut. Propose le double, et fais-leur savoir que, moi aussi, j'ai ma fierté à considérer. Dis-leur qu'ils ne peuvent pas refuser.

Jack avait accueilli la remarque par un silence étonné, puis s'était mis à rire.

— Tu as regardé *Le Parrain*, c'est ça ?

Stefano avait ri en retour.

— Contente-toi de formuler cette proposition et tiens-moi au courant.

A présent, c'était fait. Tout ce qui l'entourait, la terre, les falaises, ce qui restait du *castello* et la vue panoramique, tout cela lui appartenait. Tout comme la maison qu'il avait fait construire juste en dessous du château. Il avait demandé à l'architecte de concevoir une bâtisse qui se fondait dans le paysage et utilisait des pierres du château original. Le résultat était une demeure splendide, dont les baies vitrées donnaient sur le volcan et sur la mer.

Stefano sourit. Son grand-père, il en était sûr, aurait été fier de lui.

Ce soir, lorsque la lune se lèverait, il reviendrait ici avec une bouteille de *moscato* et un verre. Il se servirait et porterait un toast à la lune, aux étoiles et à l'esprit de tous ceux qui l'avaient précédé.

Et il essaierait de conserver ce lieu magique secret. Si les tabloïds avaient vent de son existence, ils s'en donneraient à cœur joie, eux qui l'avaient appelé *il lupo solo*, le loup solitaire.

Ils avaient raison. Ses affaires avaient fait de lui un personnage public, et il tenait à préserver sa vie privée et son intimité. Aussi avait-il fait signer une clause de confidentialité à tous ceux qui avaient travaillé, d'une façon ou d'une autre, sur le chantier de la maison. Ses avocats, avait-il promis, poursuivraient impitoyablement quiconque trahirait cet engagement.

Oh, il ne se faisait pas d'illusions. Un jour ou l'autre, le secret serait éventé. Mais, en attendant, il gagnait du temps.

Une heure plus tôt, un hélicoptère s'était fait entendre. Il avait levé les yeux pour voir s'il s'agissait de paparazzis, mais l'appareil s'était éloigné rapidement.

— Ste-fa-nooo !

Il retint son souffle. Etait-ce un effet du vent dans les ruines ? Il avait l'impression d'avoir entendu son nom. Sans doute une illusion de…

— Ste-fa-noo ! You-hou ! Tu m'entends ?

Il cligna des yeux. Le vent n'était pas capable de faire des phrases. Et moins encore de peindre la silhouette de la femme qui se trouvait au pied de la colline, une main dans ses cheveux blonds, l'autre en porte-voix.

Carla ?

Son cœur bondit dans sa poitrine. C'était impossible. Elle se trouvait à New York. Il l'avait laissée là-bas, en larmes, le couvrant d'injures tandis qu'il partait.

Les ennuis avaient commencé lorsqu'elle avait fait irruption chez lui sans crier gare et l'avait trouvé à la table de la salle à manger, occupé à étudier des photos de l'île et de sa nouvelle maison.

— Oh mon Dieu, avait-elle murmuré. Qu'est-ce que c'est que ça ?

Il n'avait eu d'autre choix que de lui dire la vérité. L'architecte avait bien fait son travail, et chaque photo portait la mention : « Castello Lucchesi, Sicile. »

— Une maison, avait-il répondu de son ton le plus dégagé.

— *Ta* maison, avait-elle dit de cette voix maniérée qu'il avait trouvée sensuelle au début, et qu'il avait de plus en plus de mal à supporter. C'est exactement ce qu'il faut pour la couverture du premier numéro de *Rêves de mariée* !

— Non.

— Voyons, Stefano, avait-elle minaudé, se glissant sur ses genoux. Tu sais que j'ai été engagée pour faire de ce journal un succès mondial. Tout dépendra de la réussite du premier numéro.

— Non, avait-il répété.

Carla avait alors changé de tactique. Elle s'était tortillée jusqu'à se trouver à califourchon sur lui et avait collé ses lèvres contre les siennes.

Il avait regretté de ne pas lui avoir annoncé plus tôt que tout était fini entre eux. Il avait perdu tout intérêt pour Carla, qui s'était avérée terriblement creuse et superficielle. Il n'avait pas de place pour elle dans sa vie.

Il l'avait donc repoussée, s'était levé et avait dit une nouvelle fois :

— Non.

Elle s'était mise à pleurer. Au même moment, le téléphone de Stefano avait sonné. C'était son pilote, qui l'appelait pour lui annoncer que son jet était prêt à décoller.

— Où vas-tu ? avait geint Carla comme il se dirigeait vers la porte. Tu dois faire ça pour moi, Stefano !

Il n'avait rien répondu, et elle était passée des larmes aux insultes.

Et maintenant, elle était là. Sur ses terres. Sur son île. Montant l'escalier en trébuchant à moitié, comme une vision sortie d'un mauvais film.

Une boule de colère lui étreignit la gorge. Comment osait-elle profaner cet endroit ?

Puis Stefano se répéta que c'était ridicule, qu'il ne s'agissait pas d'un sanctuaire. La seule chose pour laquelle il avait le droit de lui en vouloir, c'était de l'avoir suivi sans y être invitée.

Il serra les poings, dans ses poches, et attendit sans bouger.

— Mon chéri ! fit-elle de sa voix haut perchée, en arrivant enfin à sa hauteur. Tu n'es pas surpris de me voir ?

— Comment m'as-tu trouvé ? demanda-t-il sèchement.

— Quel accueil ! Tu ne pourrais pas dire bonjour ?

— Non. Réponds à ma question.

Carla sourit et, se dressant sur la pointe des pieds, déposa un baiser sur ses lèvres. Il ne fit pas le moindre mouvement.

— Ce n'était pas si difficile. Tu t'imagines certainement que j'ai de l'air à la place du cerveau, mais c'était un jeu d'enfant que de…

— Je suis désolé que tu aies fait le déplacement pour rien, Carla.

— C'est tout ce que tu as à me dire alors que je viens de si loin pour toi ?

Il eut un rictus narquois. Ce n'était pas pour lui qu'elle était venue. Il le savait, et elle savait qu'il le savait.

— … un si merveilleux endroit, chéri, et quand je pense que tu ne veux pas le partager avec…

— C'était toi dans l'hélicoptère ?

— Oui. Oui, c'était moi. Nous avons atterri dans un champ tout en bas, puis pris un taxi qui…

— Retournes-y et dis au pilote de te ramener à l'aéroport.

Carla ouvrit de grands yeux.

— Quoi ?

— J'ai dit…

— J'ai entendu. Je n'arrive pas à croire que tu veuilles me renvoyer.

Stefano sentait la colère monter en lui, et approcher du point de rupture. Il inspira profondément et se força à parler le plus calmement possible. Il se targuait d'être un homme qui savait garder son sang-froid.

— Carla. Tu ne restes pas une minute de plus.

— Tu veux dire… Tu veux dire que je ne suis pas la bienvenue ? demanda-t-elle, la bouche tremblante.

Stefano faillit éclater de rire. Croyait-elle vraiment pouvoir l'apitoyer ?

— C'est exactement ce que je veux dire. Je ne t'ai pas invitée.

— Mais ce n'était pas nécessaire. Nous avons été ensemble assez longtemps.

— Quatre mois seulement, corrigea-t-il.

— Quatre mois, répéta-t-elle comme s'il s'agissait d'une éternité. Et maintenant, juste parce que je t'ai demandé une toute petite faveur…

— Je t'ai donné une réponse simple et définitive. Personne ne mettra ma maison en couverture d'un magazine.

— C'est donc bien ta maison, alors ?

Stefano se serait tapé la tête contre les murs pour lui avoir révélé ce détail.

— Au revoir, Carla, dit-il simplement, la dépassant pour descendre les marches taillées dans le roc.

Mais elle le retint par la manche.

— Je ne la veux pas pour la couverture, Stefano. Je la veux pour tout le magazine !

Cette fois, il éclata de rire. D'un geste, il se dégagea et commença à descendre.

— Attends ! Ecoute-moi, au moins ! Ce sera le plus beau magazine qu'on ait jamais vu !

Carla lui emboîta le pas, ralentie par ses talons hauts. Elle seule pouvait s'habiller ainsi pour venir dans un endroit pareil, songea-t-il.

— J'ai tout prévu. Ta vie privée sera complètement protégée !

Ils atteignirent le bas de la colline, et Stefano regarda autour de lui, à la recherche du taxi qui avait amené Carla. Il n'était nulle part en vue.

La jeune femme le dépassa et se planta devant lui, sous les lumières qui venaient de s'allumer automatiquement autour de la maison.

— Voici mon plan, Stefano. Nous prenons les meilleurs.

Le meilleur photographe, le meilleur maquilleur, un mannequin célèbre…

Elle poussa un cri lorsqu'il la saisit par les coudes, la soulevant presque du sol.

— Non ! Tu es sourde ? Il n'y aura ni photographe, ni mannequin, ni rien du tout !

— Tu me fais mal !

Il hésita puis, réalisant qu'elle disait sans doute vrai, la relâcha.

— Où est ton taxi ?

— Je l'ai renvoyé. Et j'ai renvoyé l'hélicoptère, ajouta-t-elle avec un sourire.

— Attends-moi ici. Quelqu'un va te raccompagner à l'aéroport.

Et il tourna les talons, espérant qu'il la voyait pour la dernière fois.

— Stefano.

Sa voix était douce. Son sixième sens souffla à Stefano qu'une menace planait dans l'air, mais il continua d'avancer.

— Tu préfères voir ta maison dans *Rêves de mariée* ou dans *Indiscrétions* ?

Il s'arrêta brusquement.

— Tu as une minute pour reconsidérer cette menace, dit-il d'un ton sourd, pivotant vers elle. Après quoi je t'expulse de mes terres.

Carla pâlit visiblement. Elle avait peur, mais elle était également déterminée. Il le vit à la façon dont elle avait redressé le menton.

— J'ai déjà pris toutes les dispositions. Le mannequin, le maquilleur, le photographe. Ils seront tous là demain.

Il l'étudia avec ahurissement. Une partie de son esprit qui étudiait la scène avec détachement lui murmura qu'il était heureux que personne d'autre ne soit là pour voir la tête qu'il tirait.

— Pardon ?

— J'ai dit…

Il fut sur elle en un instant, l'agrippa par les épaules et la secoua sans ménagement.

— Mais qu'est-ce que tu racontes ?

— Lâche-moi !

— Alors explique-toi !

— Je te ferai un procès pour agression si tu ne me lâches pas !

Stefano recouvra ses esprits en se rendant compte que s'il ne s'arrêtait pas, il allait commettre un meurtre. Il la libéra brutalement.

— Explique-toi.

— C'est ce que je fais, mais tu ne m'as pas écoutée. Tu crois que tu connais tout, n'est-ce pas ? Eh bien, tu ne sais rien du monde des médias. Quand on lance un nouveau magazine, tout dépend du premier numéro. S'il est réussi, si tout le monde en parle, bingo ! Tu as gagné. Et c'est bien ce que je compte faire.

— Eh bien trouve un autre moyen. Nul ne mettra les pieds ici sans ma permission expresse.

— Nous ne serons là que trois jours. Je ne t'insulterai pas en te proposant de payer pour ça.

Il se mit à rire, et elle s'empourpra.

— Je ne voudrais pas te forcer la main, chéri.

— Me forcer la main ?

— Tu tiens à ta sacro-sainte intimité, n'est-ce pas ? Sans même avoir besoin de réfléchir, je connais une demi-douzaine de tabloïds qui seraient ravis d'avoir une interview avec l'ancienne maîtresse de Stefano Lucchesi. Avec des photos aériennes de sa nouvelle garçonnière en prime.

Dans le silence qui s'ensuivit, Stefano eut l'impression que son acuité auditive s'était décuplée. Il entendait les battements de son cœur, le grondement distant du ressac, le cri lointain d'une mouette. Il lui semblait même que, dans son dos, s'assemblaient les ombres des guerriers qui avaient autrefois versé leur sang pour protéger cet endroit.

— Je pourrais te tuer, gronda-t-il d'une voix sourde. Personne ne le saurait. Tout ce que j'ai à faire, c'est t'emmener en haut de la colline et te précipiter dans le vide. Les crabes se chargeront du reste.

Le sourire de Carla vacilla mais elle s'avança vers lui.

— Tu es un beau salaud quand tu le veux, Stefano Lucchesi. Mais tuer une femme ? Non, tu ne ferais jamais ça.

Pendant un long moment, il dévisagea son ancienne amante. Puis il cracha à ses pieds, la dépassa et se dirigea vers la maison.

C'en était fait de son rêve.

Elle avait désacralisé cet endroit.

Peut-être son grand-père avait-il bien fait de quitter cette île, après tout…

# 2.

A dix mille mètres d'altitude, tous les océans du monde se ressemblaient. Quel dommage de n'être capable de penser qu'à cela lorsque l'on survolait l'Atlantique !

Fallon O'Connell s'adossa à son siège et appuya sur le bouton qui inclinait le dossier. Quand donc était-elle devenue si cynique ?

De l'autre côté du couloir, un petit garçon qui voyageait avec sa mère avait le nez collé au hublot, émerveillé par la vue. A l'évidence, il n'avait pas fait ce trajet un million de fois.

Fallon avait été aussi excitée que lui, lors de son premier voyage en Europe, dix ans plus tôt…

Elle ferma les yeux. Elle était en route pour la Sicile, pour une séance de photos d'une semaine. Une suite l'attendait dans une magnifique demeure, ainsi que le meilleur maquilleur et le meilleur photographe du moment.

Un sourire glissa sur ses lèvres. Un peu d'enthousiasme serait sans doute bienvenu.

Avec un soupir, elle se redressa et regarda de nouveau à travers le hublot.

Ce n'était pas que ce travail l'ennuyait. N'importe quel mannequin se damnerait pour faire la première couverture de *Rêves de mariée*, et voir sa photo s'étaler sur des dizaines de pages de papier glacé.

Quel était le problème, alors ? C'était ce que son frère

Cameron lui avait demandé la nuit dernière, après le mariage de Keir et de Cassie.

Les jeunes mariés s'étaient éclipsés en fin de soirée, mais le clan O'Connell avait continué de festoyer. Tous s'étaient simplement déplacés du cadre accueillant du restaurant La Vigne Vierge au bâtiment principal, la vieille maison de pierre qui dominait le Vignoble du Cerf.

Sean alluma un feu dans l'âtre, Cameron ouvrit une bouteille de chardonnay. Ils mirent un CD de musique classique, et Megan, Brianna et Fallon ôtèrent leurs escarpins avec un soupir de soulagement.

— Et si nous faisions le tour du propriétaire ? proposa Brianna.

— Bonne idée ! s'exclama Megan, glissant un bras sous le sien. Nous allons enfin savoir combien cette maison a de pièces !

Elle tendit une main vers Fallon, mais cette dernière sourit et secoua la tête.

— Non, allez-y sans moi. Je vais sortir respirer un peu d'air frais.

Ses sœurs s'éloignèrent, et Cameron lui jeta un regard curieux.

— Tout va bien ?

— Très bien, répondit-elle avec un nouveau sourire. J'ai juste envie d'aller regarder les étoiles. Je ne suis pas habituée à en voir autant.

— Moi non plus ! A force de vivre en ville, on a tendance à oublier qu'elles existent.

Fallon acquiesça, fit coulisser la baie vitrée et sortit sur la terrasse. Les étoiles brillaient comme des éclats de cristal sur fond de ciel noir et velouté. La lune semblait empêtrée dans les branches d'un bosquet. L'air chaud de cette nuit de printemps la caressa.

Un verre de vin en main, elle descendit les marches, puis

la pente douce qui menait aux premiers rangs de vigne. Là, la terre était fraîche et moite contre ses pieds nus. La brise charriait une odeur végétale lourde et entêtante.

La journée avait été merveilleuse. Le week-end entier, d'ailleurs. Sa mère était incroyablement heureuse avec Dan, qui s'était avéré un beau-père charmant. Fallon adorait passer du temps avec ses frères et sœurs, et Keir était si épris de sa femme qu'à les voir elle croyait presque en l'amour.

Pour les autres, en tout cas. Pas pour elle.

Fallon s'arrêta, prit une gorgée de vin et passa la main sur une feuille.

Si tout allait bien, pourquoi se sentait-elle si… si…

Quoi, au juste ? Fatiguée ? Pas dans son assiette ? Peut-être même un peu déprimée ? Il n'y avait aucune raison pour cela. Pas la moindre…

— Salut.

Elle cria et fit un bond lorsque Cameron lui mit une main sur l'épaule.

— Bon sang, tu m'as fichu une de ces trouilles ! dit-elle en riant.

— Désolé, je pensais que tu m'avais entendu venir. Je suppose que j'ai une démarche délicate.

Fallon ne put retenir un sourire. « Délicat » n'était certainement pas l'adjectif qu'elle aurait appliqué à ses frères, en tout cas d'un point de vue physique. Les trois étaient en effet de grands gaillards.

— Hmm-hmm. Aussi délicat qu'un ours. Qu'est-ce que tu fais là ?

Cameron haussa les épaules.

— La même chose que toi, sœurette. Je viens observer les étoiles, me dégourdir les jambes, respirer un peu d'air frais. La journée a été longue.

— Tu veux dire, le week-end. Mais nous nous sommes bien amusés.

— On s'amuse toujours ensemble. Encore que, cette

fois, il y a eu moins de feux d'artifice que lors des réunions habituelles du clan.

Fallon éclata de rire

— Sans doute par respect pour Cassie. Aucun d'entre nous ne voulait l'effrayer. Elle nous a déjà admirablement supportés sans que nous ayons besoin d'en rajouter.

— Oui, elle a l'air formidable.

— Je suis d'accord.

Tous deux burent un instant leur vin en silence. Puis Cameron reprit :

— C'est dingue, quand même. Je veux dire, que Keir se soit marié.

— Ça arrive, dit Fallon avec un clin d'œil.

— Mais pas à nous ! C'était une belle cérémonie, en tout cas.

— Hmm.

— Les vœux qu'ils ont écrits étaient émouvants.

— Emouvants ? Pff !

— Parce qu'un homme n'a pas le droit d'employer ce mot, peut-être ? Tu étais émue, toi aussi.

— Moi ? Pas du tout.

— Tu as pleuré à la fin. Je t'ai vue.

Fallon arbora une expression outragée et planta un doigt sur le torse de son frère.

— Pleurer à un mariage, moi ? Tu plaisantes ? Sache que je ne pleure pas pendant les mariages. J'ai d'ailleurs moi-même été en mariée dix millions de fois.

— Une *fausse* mariée, pour des couvertures de magazines. Et pas dix millions de fois, six. Ne fais pas cette tête. Maman compte.

— Elle fait ça ?

— Evidemment ! Et si tu veux tout savoir, elle nous envoie à chacun une copie du magazine dont tu fais la couverture. Comme si nous ne l'avions pas déjà acheté !

Fallon ne put s'empêcher de rougir de plaisir.

— C'est gentil.

— Gentil ? Si nous ne les achetions pas, qui le ferait ?

Il évita en riant une bourrade de sa sœur et ajouta :

— Quoi qu'il en soit, jouer les mariées n'a rien à voir avec le fait d'en être une pour de vrai. Et nous le savons tous les deux.

Fallon plissa les yeux, curieuse.

— Qu'est-ce que tu essaies de me dire ? Que maintenant que Keir est marié, nous devrions l'imiter ?

Cameron frissonna.

— Seigneur, non !

— Parfait. Parce que je ne suis pas le moins du monde intéressée par le mariage.

— Et c'est pour ça que je me demandais pourquoi tu pleurais. Tout va bien ?

— Bien sûr que tout va bien ! Qu'est-ce que tu crois ?

— Je ne sais pas, sinon je ne poserais pas la question. Mais si un type t'a fait souffrir…

— Oh Cameron…

Emue, Fallon prit le bras de son frère et se hissa sur la pointe des pieds pour déposer un baiser sur sa joue.

— Merci.

— Eh, est-ce que je n'ai pas cassé la figure à Billy Buchanan pour toi, en seconde, parce qu'il avait écrit « J'aime Amy » sur un arbre alors qu'il t'avait juré fidélité ?

— C'était sûrement parce qu'il ne savait pas épeler Fallon, dit-elle en gloussant.

— Si quelqu'un d'autre t'ennuie, tu me le dis, d'accord ?

Elle fixa son frère, se demandant ce qu'il penserait s'il savait qu'elle n'avait pas eu de petit ami depuis longtemps. Elle en avait assez d'être considérée comme un trophée. Elle voulait être aimée pour elle-même, pour ce qu'elle était et non pour ce qu'elle représentait.

— Fallon ?

Elle sourit et lui tapota affectueusement l'avant-bras.

— C'est promis, Cameron.

Puis ils se dirigèrent vers la maison, baignée par le clair de lune.

— C'est juste que… tout semblait si parfait, murmura

Fallon après quelques instants. Les fleurs. La musique. Cette façon qu'ils avaient de se regarder… Je crois que tu as raison. C'était émouvant.

— Exactement.

— Même si je ne me vois pas à leur place.

— Non, tu as ta carrière.

— C'est vrai.

Et pourtant… Comment expliquer, alors que sa carrière était à son sommet, qu'elle ne s'amusait pas davantage ? Qu'elle n'en jouissait pas ?

Elle avait connu le succès à dix-sept ans, et par le plus grand des hasards. Elle marchait dans New York, où elle venait de s'inscrire à l'université, lorsqu'un inconnu l'avait abordée et, après l'avoir rassurée sur ses intentions, lui avait donné la carte de son agence de mannequins et lui avait proposé d'y passer.

Après avoir fait quelques vérifications, Fallon s'était rendue à l'agence en question et avait fait plus ample connaissance avec l'homme qui était maintenant connu pour l'avoir découverte.

A dix-huit ans, son visage était partout, et elle aussi. Une semaine en Espagne, une autre à Paris, de longs week-ends dans les Caraïbes et en Floride…

Peut-être était-ce pour cela qu'elle avait été si émue, lors du mariage. Parce qu'elle s'était rendu compte que Cassie et Keir allaient se créer des racines. Et c'était sans doute parce qu'elle n'en avait pas elle-même qu'elle regardait l'océan qui défilait sous le ventre de l'appareil en songeant que…

— Mademoiselle O'Connell ?

Fallon redressa la tête. Une hôtesse lui tendait le menu du petit déjeuner, souriante. Mais elle secoua la tête et indiqua qu'elle voulait seulement une tasse de café. Sa profession l'obligeait en effet à surveiller son poids, de plus en plus attentivement au fur et à mesure que les années passaient. On n'avait pas la même silhouette à vingt-huit ans qu'à dix-huit.

Vingt-huit ans, songea-t-elle en sirotant son café. Presque trente. Ce n'était pas mal dans ce métier. Son corps était encore parfait, grâce à des séances régulières de gymnastique.

Mais si elle voulait imiter ses collègues, il lui faudrait bientôt songer à faire rectifier de petites choses sur son visage. Les paupières, peut-être, ou les lèvres.

Elle eut un sourire triste. Non, ce n'était pas son genre. Elle détestait tout ce qui était artificiel. Parfois, quand elle se regardait dans le miroir après avoir été maquillée et coiffée pour une séance de pose, elle avait déjà de la peine à se reconnaître. La chirurgie esthétique ne ferait que lui compliquer la tâche lorsqu'elle voudrait retrouver la véritable Fallon.

Avec une grimace, elle reposa sa tasse. Mais que lui arrivait-il ?

Elle était Fallon O'Connell, le mannequin réputé. Des milliers de femmes se seraient damnées pour pouvoir prendre sa place, et toutes lui auraient dit qu'elle était folle de ne pas être heureuse.

Elle avait une vie merveilleuse et excitante, après tout. Et elle était davantage qu'un joli visage — même si elle était la seule avec les membres de sa famille à le savoir.

Elle sourit, se rappelant l'accueil de Sean et Cameron lorsqu'elle était arrivée à l'aéroport de Hartford quelques jours plus tôt. Ses frères l'avaient serrée dans leurs bras à lui en couper le souffle. Sean avait déclaré qu'elle était toujours aussi laide, et Cameron qu'elle ne s'améliorait pas avec le temps.

Fallon gloussa. Sa famille savait comment l'aider à garder les pieds sur terre !

Mais assez de ces réflexions, décréta-t-elle. Un travail passionnant l'attendait. Elle se réjouissait de revoir Maurice, son photographe favori, et Andy, un génie du maquillage.

Carla, la rédactrice en chef de *Rêves de mariée*, serait là elle aussi. Mais c'était tout. Juste leur petit groupe, et personne d'autre. C'était un soulagement. Elle avait déjà posé dans des demeures privées et, en général, les propriétaires gênaient l'équipe plus qu'autre chose.

Mais le propriétaire, avait expliqué Carla, était un vieil homme irascible, qu'elle avait par miracle réussi à persuader de prêter sa maison. Lorsque Fallon avait demandé à Carla comment elle s'y était prise, cette dernière lui avait fait un clin d'œil et répondu que c'était un secret. En tout cas, elle avait dû se montrer convaincante pour se débarrasser du vieillard.

Il n'y aurait donc qu'elle-même et un groupe de gens qu'elle connaissait, les ruines d'un vieux château, la plage, le soleil, la mer à perte de vue. Et l'Etna.

Elle se sentait mieux du seul fait d'imaginer le paysage. Elle était déjà venue en Sicile pour deux jours. C'était également pour raisons professionnelles, mais cette fois avec deux autres mannequins qui avaient détesté l'île. « Trop sauvage », avaient-elles clamé.

Mais Fallon avait adoré ce séjour. La Sicile, c'était la réalité. Cette terre aride, aux vents brûlants et aux rocs saillants, ne se donnait pas facilement. Et Fallon, qui vivait dans un monde d'artifices et d'illusions, avait apprécié cela.

Un changement de régime se fit entendre dans les réacteurs. C'était subtil, mais elle avait pris l'avion assez souvent pour comprendre qu'ils venaient d'entamer leur descente. Au loin, la promesse de l'aube éclaircissait l'horizon. Ils atterriraient bientôt à Paris, d'où elle prendrait sa correspondance pour la Sicile.

Peut-être serait-ce là-bas qu'elle trouverait enfin qui elle était vraiment, et ce qu'elle voulait faire du reste de sa vie, songea-t-elle avec une soudaine bouffée d'excitation. Il fallait reconnaître qu'elle était très préoccupée par son avenir, depuis peu. Il était grand temps de résoudre toutes ces questions qu'elle se posait.

Fallon ferma les yeux, ignora le bruit des réacteurs et les cris excités du petit garçon de l'autre côté du couloir. Elle gonfla ses poumons, retint son souffle, exhala lentement.

Encore quelques petits exercices de relaxation et elle se sentirait merveilleusement bien.

Quelques heures plus tard, une journée entière de relaxation n'aurait pas suffi à la calmer.

Mais où avait-elle mis les pieds ?

Etait-il supposé pleuvoir des cordes à Catane à cette période de l'année ? Etait-il normal qu'elle soit trempée jusqu'aux os, et grelottante ?

Personne, de plus, ne comprenait l'anglais. En tout cas pas à la station de taxis. Personne ne semblait davantage parler italien. Fallon, elle, en savait assez pour se débrouiller dans cette langue, après avoir passé six semaines à Milan au début de sa carrière.

Mais le dialecte des gens du cru, s'il ressemblait superficiellement à de l'italien, n'en était pas. Certes, elle en saisissait quelques mots assez voisins, mais pas assez pour demander si c'était l'endroit où elle était supposée attendre le chauffeur censé venir la chercher.

D'une main, elle repoussa une mèche de cheveux lourde et humide qui lui tombait dans les yeux. Où diable était ce chauffeur ? Son vol était pourtant arrivé à l'heure. Elle avait récupéré ses bagages, avait franchi la douane, était sortie là où Carla le lui avait indiqué…

Et avait attendu. Et attendu.

Et attendu encore, sans la protection d'un parapluie ou même d'un imperméable. Elle ne portait en effet qu'une légère veste de coton sur un T-shirt plus léger encore.

Où était cette maudite voiture ?

Elle quitta l'abri quelque peu illusoire qu'offrait un auvent pour vérifier de nouveau si personne ne l'attendait, ou ne la cherchait. Des Fiat et des Alfa Romeo défilaient. Et des taxis, encore des taxis, toujours plus de taxis. Elle en aurait volontiers pris un si seulement elle avait eu l'adresse de sa destination ! Mais, évidemment, elle n'avait pas songé à la demander, puisque l'on devait venir la prendre !

Trempée jusqu'aux os, Fallon courut de nouveau s'abriter sous l'auvent, ses vêtements collés à son corps. Maurice, le photographe, et Andy, le maquilleur, étaient arrivés la veille avec Carla. Tous devaient être assis dans cette luxueuse maison, à siroter du vin pendant qu'elle gelait sur pied.

Bon, décida-t-elle. Inutile d'attendre un type qui ne viendrait sans doute jamais. Elle n'avait qu'à retourner dans l'aéroport, appeler la rédaction de *Rêves* et… écouter le téléphone sonner dans le vide. Car si la journée commençait ici, c'était le milieu de la nuit à New York.

— Bon sang, marmonna-t-elle. Bon sang, bon sang, bon sang !

Une grosse voiture noire émergea soudain de la circulation pour glisser le long du trottoir. Fallon retint son souffle. Le chauffeur la cherchait-il ? Avec toute cette pluie, elle ne pouvait le voir, et les vitres teintées du véhicule n'aidaient guère.

En tout cas, l'auto s'arrêta. Le conducteur descendit, fit un signe dont Fallon déduisit qu'il s'adressait à elle et ouvrit la porte. Sans hésiter, elle se précipita et fourra sa valise à l'intérieur avant de rentrer à son tour.

— *Un momento, signorina!* s'exclama le chauffeur, sans doute surpris de la voir débouler.

— C'est bon, c'est moi que vous venez chercher. Inutile de mettre ma valise dans le coffre.

— Eh bien, fit une voix amusée. Je suppose qu'avec cette tempête vous avez choisi le premier port venu.

Fallon sursauta et, pour la première fois, remarqua l'homme assis dans un coin de la banquette, dans l'ombre. Sa première pensée fut qu'il était incroyablement séduisant. Cheveux noirs, peau mate, nez aquilin, regard flamboyant… La seconde fut que ce n'était certainement pas la voiture censée venir la prendre, s'il y avait déjà quelqu'un à l'intérieur. La troisième fut qu'elle était enfin au sec, et que c'était extrêmement agréable.

— Je… Je suppose que vous n'êtes pas venu chercher quelqu'un ? demanda-t-elle après s'être éclairci la gorge. Moi, en l'occurrence ?

— J'aimerais vous obliger mais malheureusement non, je ne suis pas venu vous chercher.

— Ah.

Avec un soupir, Fallon chassa ses cheveux détrempés de son visage et déclara :

— Dans ce cas, je suis désolée de vous avoir importuné. Je veux dire, j'attendais une voiture et j'ai cru que c'était celle-ci.

— C'est peut-être le destin.

— Pardon ?

— C'est peut-être le destin qui m'a envoyé au moment où vous attendiez quelqu'un ?

Fallon se surprit à aimer cette idée, mais se mit à rire.

— Malheureusement, ce n'est pas le destin qui va m'amener à ma destination, dit-elle en s'apprêtant à redescendre. Encore toutes mes excuses pour…

— Mon chauffeur vous emmènera où vous voudrez.

Elle se figea, stupéfaite. Stefano savait qu'il l'avait prise de court. Il était d'ailleurs le premier surpris de ce qu'il venait de dire.

Qu'est-ce qui lui prenait, d'inviter une parfaite inconnue à utiliser les services de son chauffeur ? Certes, il devait bien admettre que c'était une délicieuse inconnue, même trempée comme elle l'était.

« Même trempée ? songea Stefano. *Surtout* trempée, oui ! » Il baissa les yeux sur ses seins, sur leur galbe parfait moulé par ses vêtements. La pluie paraissait rehausser sa beauté, si c'était possible.

Il sentit un tiraillement familier dans la partie inférieure de son anatomie, une bouffée de désir aussi violente qu'inattendue. Cela ne lui était presque jamais arrivé. Et certainement pas avec Carla…

— C'est très généreux de votre part, *signore*, mais je ne peux pas accepter.

Les yeux de Stefano remontèrent vers son visage. Elle semblait avoir rosi, comme si elle avait surpris son regard. Elle tremblait, ce qui n'était guère étonnant vu son état, et il se morigéna de penser à elle en ces termes.

— Bien sûr que si, vous pouvez. Je descends ici, et mon chauffeur n'a pas d'obligation immédiate. Il vous conduira à votre hôtel.

Mais Fallon secoua la tête.

— Justement, c'est bien là le problème. Je ne vais pas à l'hôtel. Je…

— Ecoutez, la pluie rentre dans la voiture. Pourquoi ne vous asseyez-vous pas bien tranquillement pour vous réchauffer ? Luigi va fermer la porte.

Elle hésita, et il comprit qu'elle pesait le pour et le contre. Une femme était-elle censée monter dans la voiture d'un parfait étranger ?

— Vous êtes américaine ? fit-il en souriant.

— Oui.

— Eh bien moi aussi. Nous sommes donc concitoyens. Il faut nous entraider. Comme dans ce bouquin… Comment s'appelait-il déjà ? Ah oui, *En terre étrangère*.

— De Heinlein, dit-elle en souriant.

Puis elle s'installa plus confortablement sur la banquette et lui tendit la main.

— Fallon O'Connell.

Au moment où il allait lui serrer la main, elle la retira, se mit à rire et tenta de l'essuyer sur son pantalon.

— Je suis désolée, je suis trempée.

— Je vois ça.

Stefano sourit et prit sa main dans la sienne. Cette fille était vraiment magnifique. Qui venait-elle voir, en Sicile ? Un homme ? Il ressentit, à cette idée, un pincement de jalousie parfaitement déplacé. Et puis, peut-être qu'elle ne venait pas voir un homme. Et peut-être que, pour sa part, il ferait bien de rester un peu plus longtemps au lieu de repartir à New York. Histoire de lui faire visiter les environs…

— Et vous vous appelez… ?

— Oh, désolé, dit-il en riant. Stefano Lucchesi. Je suis ravi de vous rencontrer, mademoiselle O'Connell.

— Appelez-moi Fallon.

— Dans ce cas, appelez-moi Stefano.

Il lui lâcha la main, encore qu'à contrecœur, et se rencogna sur la banquette, les bras croisés.

— A présent que nous nous sommes présentés selon les

règles, si vous me disiez ce qui vous empêche d'utiliser les services de mon chauffeur ?

— Vous allez trouver ça ridicule.

— Dites toujours.

— Eh bien, voyez-vous, j'ignore l'adresse de ma destination.

Stefano sourit.

— Ce sont des vacances mystères ?

Elle se mit à rire. Un rire cristallin, chantant, merveilleux.

— J'aimerais bien. Mais non, je ne suis pas en vacances.

— Ah. Ne me dites rien. Vous êtes la représentante américaine de Lamborghini.

Elle se mit de nouveau à rire, et Stefano en conçut un plaisir infini.

— Non, je suis là pour un magazine. Mais la rédactrice en chef, qui m'a engagée, ne m'a pas donné l'adresse. Elle a dit que ce ne serait pas nécessaire parce que…

— Vous avez dit, *rédactrice en chef* ? coupa Stefano, dont le sourire se figea.

— Oui.

— Vous ne seriez pas mannequin par hasard, mademoiselle O'Connell ?

— Fallon. Si, je suis mannequin. Comment le savez-vous ? Vous m'avez reconnue ?

Elle souriait, mais il lut une lueur de déception dans son regard. Sans doute parce qu'il ne l'avait pas reconnue plus tôt, en déduisit-il. Ce genre de femme devait s'imaginer qu'aucun homme ne pouvait lui résister. Et de fait, imbécile qu'il était, il lui avait donné raison.

Jusqu'à maintenant, en tout cas.

Elle était donc liée à Carla, et au projet qui consistait à violer son sanctuaire. Il ne voulait rien avoir à faire avec elle !

— Non, dit-il sèchement. Je ne vous ai pas reconnue.

— Oh. Dans ce cas, comment…

— Toute l'île ne parle que des idiots qui viennent prendre des photos stupides pour un magazine ridicule.

C'était un mensonge. Personne n'en parlait. Carla avait

respecté sa part du contrat et était restée discrète sur le sujet. Mais il était furieux contre cette Fallon O'Connell, même si sa raison lui soufflait qu'elle n'était responsable de rien.

Son beau visage se ferma aussitôt et elle lui jeta un regard glacial.

— Je ne considère pas mon métier comme « stupide », monsieur Lucchesi.

— Oh, toutes mes excuses ! répliqua-t-il d'un ton lourd de sarcasmes.

— Ecoutez, vous ne connaissez rien de ma profession ! Les photos seront superbes, et des milliers de lecteurs pourraient vous dire à quel point ce qu'ils lisent dans les magazines…

— J'en suis sûr, l'interrompit Stefano. Le mauvais goût, ça ne se discute pas.

L'espace d'une seconde, il crut qu'elle allait le gifler. L'idée avait même un certain attrait. Il se voyait intercepter sa main, l'attirer contre lui et l'embrasser jusqu'à ce que sa colère se transforme en…

Avait-il perdu la tête ?

— Très bien, dit Fallon d'une voix sourde, vibrante de colère. Ça suffit.

Elle tendit la main vers la porte, mais il la retint. Un picotement d'électricité statique les fit tressaillir lorsqu'ils se touchèrent, et la jeune femme eut un vif mouvement de recul.

— Ce que vous faites pour gagner votre vie ne regarde que vous, grommela Stefano. Il se trouve que mon chauffeur sait où vous allez.

Puis il se pencha en avant et tapota l'épaule de Luigi, qui venait de reprendre sa place au volant.

— Cette jeune femme veut aller au *castello.* Vous allez l'y conduire.

— Plutôt y aller à pied que d'accepter un service de votre part !

— Ne soyez pas ridicule. Vous ne savez pas où c'est.

— Dites-le-moi et nous serons quittes.

— Mon chauffeur va vous y emmener.

— Vous êtes sourd, bon sang ? Je ne veux pas passer une minute de plus dans cette voiture.

— Ce n'est pas la voiture qui vous dérange, c'est moi.

La jeune femme le fusilla du regard. Même trempée jusqu'aux os, elle avait une présence et un caractère impressionnants.

— Vous avez tout compris !

— Dans ce cas, ne vous en faites pas. Je pars à New York. Au revoir, mademoiselle O'Connell.

Sans attendre sa réponse, Stefano sortit, claqua la portière et tapa sur la carrosserie.

— *Andante, Luigi.*

Fallon lui dit quelque chose qu'il n'entendit pas, à travers la vitre teintée, mais son visage exprimait la plus vive indignation. Elle tendit la main vers la poignée mais il fit un signe à Luigi, qui enclencha la fermeture automatique des portes et démarra en trombe.

La voiture se faufila dans le flot de la circulation et disparut. Stefano s'approcha de l'entrée du terminal, puis se figea. Mais que faisait-il ?

Il lâcha une série de jurons en sicilien qui auraient fait la fierté de son grand-père, avant de décrocher son téléphone portable et d'appeler son pilote.

— Changement de programme, annonça-t-il laconiquement. Nous ne partons plus. Vous pouvez même prendre quelques jours de vacances. Je compte rester encore un peu en Sicile.

Bien sûr qu'il resterait, songea-t-il en se précipitant vers la station de taxis. Qu'est-ce qui lui avait pris d'abandonner le *castello* à Carla et à tous ces imbéciles ?

Certes, il avait laissé des instructions. Personne n'avait le droit de pénétrer dans la maison. Carla avait d'ailleurs fort mal pris la chose. Où allait-elle loger son équipe ? avait-elle geint. Elle leur avait déjà promis qu'ils résideraient sur place.

« Tu as menti », avait-il répondu.

Il se moquait bien de l'endroit où elle logerait son équipe. Si tous ces gens devaient dormir dans des sacs de couchage à même la plage, parfait. De toute façon, il y avait une auberge à quelques kilomètres — certes un peu spartiate — qui leur offrirait tout le confort dont ils avaient besoin.

Et pour s'assurer que ses ordres ne seraient pas transgressés, il avait hâté l'installation d'un système d'alarme dont la pose était initialement prévue pour le mois prochain. Il avait même engagé une équipe de surveillance pour patrouiller autour de la résidence.

— *Taxi, signore ?*

Il acquiesça.

— *Il Castello Lucchesi*, annonça-t-il.

Comment être vraiment sûr que ses ordres seraient respectés ? En ne partant pas, tout simplement. Il avait été stupide de songer à rentrer à New York en laissant des étrangers sur ses terres. Il était le seul à même de protéger son intimité, son territoire.

Une image passa brièvement devant ses yeux : celle de la femme qu'il venait de rencontrer, mystérieuse, sexy. L'espace d'un instant, il crut même sentir son parfum, une note vanillée et incroyablement sensuelle qui lui seyait à merveille.

Stefano pinça les lèvres.

Non, ce n'était pas à cause de Fallon O'Connell qu'il annulait son vol. C'était parce que la logique le voulait.

Il n'y avait pas d'autre raison.

Pas la moindre.

# 3.

Un magazine de décoration aurait sans doute qualifié le *castello* de demeure de rêve.

Le cadre, à lui seul, était spectaculaire. De hauts cyprès flanquaient les ruines de ce qui avait été un château médiéval. Il se situait sur une falaise qui tombait droit dans le bleu profond de la mer et faisait face à l'Etna.

Sur le même plateau, mêlant ses surfaces vitrées à la pierre ancienne, une résidence contemporaine avait été construite. Il y avait une terrasse derrière, un jardin tout autour et, un peu plus loin, une piscine qui semblait se déverser tout droit dans la mer, en contrebas.

Oui, c'était un endroit merveilleux. Mais Fallon, après y avoir passé une semaine, aspirait à le quitter au plus vite !

Le soleil, au-dessus de sa tête, était impitoyable. Le ciel était d'un bleu tel qu'il en paraissait presque artificiel. Plusieurs séances de pose avaient eu lieu sur la terrasse, et Fallon n'aimait pas regarder les impénétrables baies vitrées de la maison. Un traitement réfléchissant empêchait en effet de voir à l'intérieur, et c'était comme de regarder quelqu'un qui portait des lunettes miroir.

Il avait été bien plus agréable de prendre des photos dans la piscine. Malheureusement, Maurice trouvait cela « trop sage » et préférait la plage. Et là, c'était l'enfer.

Car ce que l'on appelait « plage » était en fait un bord de mer rocheux et austère. Les cailloux lui faisaient mal aux pieds, et même le fait d'aller dans l'eau n'était d'aucune consolation. La mer était en effet tiède et lui donnait l'impression de la réchauffer au lieu de la rafraîchir.

Le dernier jour de tournage semblait ne jamais devoir se terminer. Maurice, comme à son habitude, aboyait ses ordres.

— Tourne-toi vers moi ! Le bras en arrière ! Pense « sexy » !

Pense « sexy » ? Elle pensait plutôt « assoiffée ». Mais elle s'humecta les lèvres, adressa un demi-sourire à l'objectif et s'accrocha à l'idée que son calvaire était bientôt terminé.

Elle avait chaud. Ses pieds étaient écorchés, et sa peau la grattait sous sa couche de crème solaire. Andy avait utilisé un maquillage waterproof pour son visage et elle avait l'impression de porter un masque. Le coiffeur — car elle avait trouvé plus de monde en arrivant que ce que Carla avait annoncé — lui avait mis pour sa part tellement de gel dans les cheveux qu'elle semblait porter une perruque.

— Laisse-toi aller, O'Connell ! Cette fois, cours dans l'écume. Donne-moi l'impression que tu t'amuses. Donne-moi plein d'éclaboussures !

La seule chose qu'elle aurait voulu lui donner, c'était une bonne gifle. Mais elle était professionnelle. Elle faisait son travail, et elle le faisait bien. C'était juste qu'elle s'était attendue, en arrivant, à aimer cet endroit.

Et elle l'avait détesté.

— Souris ! Oui, c'est ça. Continue, regarde par-dessus ton épaule, cette fois.

Le soleil, qui se réfléchissait sur la mer par éclats intermittents et aveuglants, était presque insupportable. Elle avait un début de migraine.

— Là, ma chérie ! Allonge-toi sur ce gros rocher, maintenant. Appuie-toi sur les mains, comme ça ! Oui ! Très bien… Plus grand, le sourire. Voilà, parfait. Tourne la tête maintenant. Fais-moi ton regard. Tu sais lequel. Superbe, on y est presque, on chauffe !

On se consumait, oui ! Cet endroit aurait pu être l'antichambre de l'enfer. Avait-il fait si chaud la dernière fois qu'elle était venue en Sicile ?

— Maintenant, avance-toi un peu plus dans l'eau. Parfait. Rejette tes cheveux en arrière. Là. Utilise tes deux mains. Cambre le torse ! Montre-moi ces seins ! Superbe ! Parfait. Maintenant, humecte-toi les lèvres et prends un air boudeur. Regarde-moi par en dessous. Tu es en lune de miel et tu regardes ton mari, tu penses à remonter à la maison pour te l'envoyer dans le salon… Voilà… C'est mieux. Encore un peu.

Remonter à la maison ? Ça ne risquait pas. Il était impossible de s'en approcher. Même le jour de son arrivée, ils n'avaient pas franchi les imposantes grilles de fer forgé. Non, le chauffeur l'avait déposée avant la propriété, devant ce qui ressemblait à…

Une tente ?

— Vous êtes arrivée, *signorina.*

— Vous êtes sûr qu'il n'y a pas d'erreur ?

L'autre n'avait rien répondu, et elle avait mis pied à terre. Il s'agissait bien d'une tente. Pas d'un modèle de camping, certes, plutôt du genre de celles que l'on utilisait dans les mariages. Mais cela restait une tente.

Le chauffeur avait sorti sa valise de la voiture et, au même moment, l'équipe de *Rêves de mariée* avait jailli de la tente et l'avait accueillie avec force étreintes. Carla avait affirmé que le chauffeur qu'elle avait envoyé pour la chercher était tombé en panne, arrivé avec une heure de retard à l'aéroport et qu'il avait paniqué en ne la voyant pas.

Mais tout était bien qui finissait bien. Fallon, cependant, n'avait pu s'empêcher de poser la question qui lui brûlait les lèvres. Que faisaient-ils dans cette tente alors que la propriété était si proche ?

Avec un sourire crispé, Carla lui avait expliqué que l'accès à la demeure était interdit.

— Le propriétaire est un peu excentrique. Il ne veut pas que nous l'utilisions.

La tente devait donc servir de vestiaire et de bureau. Un

restaurateur voisin leur livrerait le déjeuner, et des toilettes mobiles avaient été installées un peu plus bas, dans une crique.

— C'est un petit peu comme si nous campions ! s'était exclamée Carla avec une gaieté dont tous avaient vu qu'elle était feinte.

— Ne me dis pas que nous allons aussi dormir ici, avait maugréé Fallon.

L'autre était partie d'un grand éclat de rire forcé.

— Bien sûr que non, chérie. Nous avons des chambres dans une charmante petite auberge du bord de mer.

Les autres, qui avaient déjà vu l'auberge en question, tirèrent une telle mine que Fallon comprit ce que « charmante » signifiait : eau chaude rationnée, trous dans le matelas et draps usés.

Carla, elle, était maligne. Elle s'était envolée pour New York dès le deuxième jour. Evidemment, cela posait des problèmes. Quelqu'un était toujours accroché à son portable pour essayer d'obtenir *Rêves* et les réponses aux multiples questions de dernière minute qui se posaient sur le plateau.

Personne ne savait vraiment pourquoi elle était partie. Le deuxième jour, le téléphone de Carla avait sonné. Elle avait répondu, pâli, avait jeté un regard blême en direction de la magnifique bâtisse, au-dessus d'eux, et avait annoncé à la cantonade, tout de go, qu'elle devait partir. « Une affaire urgente à New York », avait-elle dit.

Fallon n'en avait pas cru un mot. Cela sonnait comme une mauvaise excuse.

Dieu merci, la semaine touchait à sa fin. Dès le lendemain, ils repartiraient tous aux Etats-Unis. Ce n'était pas trop tôt. Comment avait-elle pu croire un seul instant qu'elle se plairait ici ? Elle n'en pouvait plus de la chaleur, des rochers, de la demeure, ou propriété, ou *castello*… ou quel que soit le nom de ce truc bâti en haut de la falaise.

Non, elle n'aimait pas cet endroit. Quelque chose n'allait pas. Cette drôle d'impression la tenaillait depuis son arrivée à l'aéroport, depuis le jour où elle avait pris la voiture noire pour celle venue la chercher.

Elle n'arrivait pas à se sortir le mystérieux Stefano Lucchesi de la tête. Mais elle savait pourquoi : elle ne supportait tout simplement pas ces types qui se comportaient comme si le monde leur appartenait. Elle en avait rencontré tellement qu'elle avait cessé de faire le compte. Ils pullulaient dans toutes les capitales, sur tous les continents.

— O'Connell, tu es sourde ? Je t'ai dit de te tourner. Merci. Ça fait plaisir de voir que tu es toujours parmi nous.

Le métier de mannequin, songea-t-elle tout en obéissant distraitement aux injonctions du photographe, était étrange. On y côtoyait des hommes tels que Maurice, irascible et égotiste, ou Andy, qui était la douceur et la gentillesse incarnées.

Et à la périphérie rôdaient les prédateurs.

Des hommes séduisants. Riches et puissants. Ils écumaient les clubs que fréquentaient les mannequins après le travail, dans l'espoir d'en séduire une et de l'afficher à leur bras.

C'était, bien entendu, un arrangement réciproque. Les prédateurs gagnaient un trophée, les filles obtenaient publicité gratuite et bijoux divers.

Mais Fallon refusait d'entrer dans ce système. Du moins, plus depuis qu'elle s'était laissé séduire par un soi-disant capitaine d'industrie à qui elle avait donné son cœur et sa virginité. Il lui avait offert un bracelet de diamants et fait de grandes promesses.

Seuls les diamants avaient résisté au temps.

Elle s'était tenue sur ses gardes, dès lors, mais quatre ans plus tard, elle était de nouveau tombée dans le même piège. Son amant avait été riche, célèbre, sexy… et l'avait plaquée pour une nouvelle fille peu après.

— O'Connell, ma jolie ! Mets tes mains sur tes hanches, d'accord ? Super. Ne bouge pas…

Les rares hommes qu'elle avait fréquentés, après cela, avaient été des types simples, terre à terre. Pas d'ego surdimensionné, de comptes en banque bien fournis, de voitures rutilantes. Et pas de physique de rêve, comme ce Stefano Lucchesi…

Un frisson remonta le long de son dos. Elle était vraiment

heureuse d'en avoir presque terminé. Ce qu'il lui fallait, c'était l'énergie et l'agitation de New York. Le bruit, la circulation et le temps toujours trop froid ou trop chaud lui convenaient mieux que cet endroit.

La chaleur, ici, lui jouait des tours. De drôles d'idées lui venaient à l'esprit. Et elle avait l'impression d'être observée.

Elle savait que certaines personnes harcelaient les célébrités. Une amie à elle avait souffert de ce genre d'attention. C'était effrayant.

Mais, là, c'était différent. La première fois qu'elle avait remarqué quelque chose, elle posait pour Maurice au sommet de la falaise, dos à la mer. Soudain, une porte de la maison s'était ouverte et un homme était sorti dans le jardin.

Il n'y avait rien de remarquable à cela. Un tel endroit devait nécessiter les services d'un jardinier. De plusieurs, même.

Il s'était dirigé à pas lents vers le muret qui bordait la pelouse, les mains dans les poches, et l'avait regardée. Ou peut-être s'intéressait-il à la séance de pose en général, qui avait tendance à attirer curieux et badauds.

Plus tard cet après-midi-là, l'équipe s'était déplacée sur la plage. Maurice la prenait en photo en robe de mariée, l'ourlet traînant dans l'eau, pour une série de clichés noir et blanc. Elle posait, tour à tour souriante, boudeuse, pensive, en fonction de l'humeur de Maurice.

Et de nouveau, elle s'était sentie observée.

Une silhouette se tenait en haut de la falaise, à l'endroit qu'elle avait occupé le matin même. Malgré la distance, elle devinait qu'il était grand, athlétique. Ses cheveux noirs étaient agités par le vent, mais elle ne pouvait distinguer son visage. Il portait un jean, un T-shirt noir, des lunettes de soleil.

Qui était-il ? Et pourquoi son cœur battait-il plus vite à sa vue ?

Elle savait que l'homme l'observait, aussi sûrement qu'elle savait que ce n'était pas un fou ou un quelconque psychopathe tombé amoureux d'elle après avoir vu sa photo dans un magazine. Elle le savait de la façon la plus scientifique possible : son instinct le lui disait !

La voix de Maurice la ramena à la dure réalité.

— Ne fais pas la moue, sois pensive ! cria-t-il.

Elle acquiesça, prit quelques inspirations et lui offrit sa plus belle mine pensive.

Fallon souffla sur une mèche de cheveux. A l'évidence, la chaleur lui jouait des tours. Son esprit était au bord de la surchauffe.

— Maurice ?

Elle se tourna vers le photographe, les mains sur les hanches, et l'interpella.

— Ecoute, Maurice, j'en ai plus qu'assez. Je suis en train de fondre, mon maquillage coule, je dois être toute rouge et…

— Tu veux que je te dise que tu es toujours belle ? Tu l'es.

— C'est ça. J'en ai quand même assez.

— Allez, plus que dix minutes. Redresse le menton.

— Tu m'as déjà dit « plus que dix minutes » il y a une heure ! Tout le monde est parti et nous attend dans la tente, à l'ombre, en sirotant des boissons fraîches.

— Qu'ils attendent. Je n'ai pas fini. Regarde-moi, O'Connell. Allume-moi. Imagine que je suis le marié. Fais-moi comprendre ce qui m'attend ce soir.

Fallon soupira et obéit, et ne put s'empêcher de se demander, ce faisant, si l'homme qui l'avait observée depuis la falaise ressemblait à celui de l'aéroport.

Ses cheveux se hérissèrent soudain sur sa nuque. Il était revenu.

Elle le savait.

Elle pivota, la main en visière, sans essayer le moins du monde d'être discrète. Effectivement, l'homme avait repris son poste d'observation. Il restait à distance, mais l'observait aussi intensément que s'il voulait s'imprégner d'elle. Il se tenait les bras croisés, ses éternelles lunettes de soleil sur le nez.

Le désir la transperça telle une flèche brûlante, si inattendue que ses jambes vacillèrent. Elle voulait… elle voulait…

Elle voulait partir d'ici, et vite. Voilà ce qu'elle voulait. Tournant les talons, elle regagna en hâte le rivage.

— O'Connell ?

Ses lunettes de soleil l'attendaient sur une chaise pliante. Elle les mit et passa une paire de tongs.

— Mais qu'est-ce qui te prend ? s'enquit Maurice.

— La séance est finie, voilà ce qui me prend.

— Mais non ! s'écria le photographe, courant après elle. Regarde, la lumière change. Le ciel tourne à l'orage. Et regarde les vagues. Ça va donner un côté plus sombre aux photos. Je pensais qu'on pourrait essayer quelque chose de différent et…

— A tout à l'heure, dit Fallon en s'engageant sur le chemin qui remontait le long de la falaise.

Maurice était un grand photographe, mais ne savait jamais quand s'arrêter. Et elle n'en pouvait plus.

Elle était hors d'haleine lorsqu'elle atteignit enfin le sommet. L'inconnu avait disparu, ce qui l'irrita. Quel genre d'homme observait une femme sans essayer de la rencontrer ?

A pas rapides, elle se dirigea vers la tente. Les membres de l'équipe l'attendaient sur des chaises disposées en demi-cercle, le visage levé vers le soleil. Andy lui fit un signe.

— Ça y est, c'est fini ?

Elle acquiesça. Il lui sourit et leva un pouce. Elle lui retourna le geste et se dirigea vers la petite Fiat rouge qu'elle avait louée en se rendant compte de l'isolement de l'auberge où elle se trouvait.

Son jean et son T-shirt se trouvaient sur le siège arrière. Fallon les enfila sur son Bikini, grimaça au contact du coton chaud contre sa peau moite.

Elle rêvait d'une bonne douche et d'une boisson fraîche. Et elle voulait préparer ses affaires pour le lendemain. Après quoi elle prendrait peut-être la voiture pour aller admirer la vue une dernière fois, depuis les collines.

Une chose était sûre, songea-t-elle en démarrant : elle ne voulait plus jamais revoir cette fichue falaise et son *castello*.

*
* *

Stefano regarda Fallon O'Connell gagner la tente qu'il avait permis à l'équipe de *Rêves de mariée* de dresser sur ses terres. Elle semblait pressée de partir.

Etait-ce à cause de lui ? Oui, sans doute.

Il ouvrit le minibar enchâssé dans le mur, juste derrière son bureau, et en tira une bouteille d'eau qu'il porta à ses lèvres. Fallon l'avait repéré et n'appréciait pas, il le savait. Cette façon qu'elle avait de se crisper et de lever les yeux vers lui lorsqu'il apparaissait sur la falaise ne trompait pas.

Elle devait certainement s'imaginer qu'il la désirait, que c'était là la raison pour laquelle il l'étudiait.

Mais elle se trompait. Il ne faisait que surveiller son domaine, pas Fallon O'Connell. Carla avait en effet violé leur accord dès qu'il avait tourné le dos pour prendre l'avion. Elle avait notamment amené une équipe bien plus nombreuse qu'annoncée, et Stefano avait appris de la bouche de sa gouvernante qu'elle avait tenté à plusieurs reprises d'avoir accès à la maison.

Songeur, il reprit place dans son profond fauteuil de cuir et croisa ses pieds sur son bureau. Il aurait volontiers renvoyé Carla et sa bande d'imbéciles dans leurs pénates, mais il redoutait qu'elle ne mette ses menaces à exécution. Il avait cependant réussi à la convaincre de partir et de laisser son équipe faire le travail sans elle. C'était déjà ça.

Par la baie vitrée, il vit Fallon s'approcher d'une petite voiture rouge qu'elle avait dû louer et en tirer un jean et un T-shirt qu'elle enfila. Sans raison particulière, il en éprouva un vif émoi. Il n'y avait pourtant rien de particulièrement érotique dans le fait de voir une femme s'habiller. C'était en général le contraire qui l'intéressait.

Mais Fallon O'Connell était aussi séduisante vêtue qu'en simple Bikini.

Bon, d'accord, il l'avait peut-être davantage étudiée que les autres. Mais quel homme n'aurait pas fait de même ? Elle était absolument époustouflante. Le genre de femme qui faisait le silence autour d'elle rien qu'en pénétrant dans une pièce.

Demain, elle ne serait plus là. C'était, songea-t-il en regardant sa petite Fiat s'éloigner en brinquebalant, la dernière fois qu'il la voyait.

Elle conduisait vite, remarqua-t-il distraitement.

Pendant ce temps, le reste de l'équipe s'activait à charger une camionnette. Quelques minutes plus tard à peine, ils empruntèrent la même route que la Fiat et disparurent enfin derrière un épaulement rocheux.

Avec un rictus narquois, Stefano leva sa bouteille à demi vide en un toast moqueur. Bon débarras. Son domaine lui appartenait de nouveau. Plus d'éclats de voix en provenance de la plage. Plus de gens courant dans les ruines ou occupant son poste d'observation favori, en haut de la falaise, face à la mer et au volcan.

Plus de Fallon O'Connell, dont il rêvait de goûter les lèvres pulpeuses, de caresser les seins parfaits, les jambes interminables…

Avec un froncement de sourcils, il repoussa sa bouteille.

Bon, d'accord. Elle ne le laissait pas indifférent. C'était elle et elle seule qu'il avait étudiée, sentant son corps se durcir chaque fois qu'elle prenait des poses provocantes, lascives, sensuelles… Il s'imaginait la prendre dans ses bras, lui arracher ce Bikini ridicule et lui faire l'amour jusqu'à…

Bon sang, il devait perdre la tête !

D'un pas vif, il sortit de son bureau et gagna la cuisine. Sa gouvernante redressa la tête d'un air surpris.

— *Signore ? Avete desiderato qualcosa ?*

— Non, répondit-il en se forçant à être aimable. Merci, Anna, je n'ai besoin de rien. Je vais faire un tour. Inutile de préparer à dîner, je me débrouillerai.

Anna pinça les lèvres. C'était une petite femme sèche, sicilienne jusqu'à la moelle, qui s'était mis en tête qu'il était trop maigre.

— Une tempête se prépare, annonça-t-elle d'un air réprobateur. Vous ne devriez pas sortir.

— Tout ira bien.

— Les routes sont dangereuses, la nuit.

Juste ce dont il avait besoin, songea Stefano avec amusement. Une seconde grand-mère italienne !

— Je serai de retour avant la nuit.

Anna soupira, puis haussa les épaules.

— Vous faites ce que vous voulez, *padrone.*

Ce qu'il voulait ? Stefano faillit éclater de rire comme il se dirigeait vers le garage et, ignorant sa voiture, il s'approcha d'une Harley Davidson noire flamboyante.

Si vraiment il pouvait faire ce qu'il voulait, il serait en train de faire l'amour à Fallon O'Connell !

Il mit son casque, enfila une veste de cuir noir et, enfourchant la moto, attendit que la porte du garage s'ouvre. Puis il tourna la clé et lança le moteur.

Il savait où Fallon logeait. Il pouvait aller la trouver, lui dire qu'il la désirait et qu'il savait qu'elle le désirait tout autant, parce qu'il l'avait lu dans ses yeux le jour de leur rencontre.

Mais il n'en ferait rien. Elle était une amie de Carla, une complice de son insupportable superficialité. Et puis, Carla lui avait laissé un goût amer. Il était bien résolu à rester quelque temps célibataire.

Stefano rabaissa la visière de son casque et sortit en trombe du garage. Une longue virée en moto lui ferait le plus grand bien.

Une heure plus tard, la tempête annoncée par Anna avait recouvert l'île d'un voile de ténèbres, et hurlait sur ses étendues arides. Stefano sentait le vent le déporter, virage après virage, et le pilotage de la moto requérait toute sa concentration. Plus que quelques kilomètres et il…

La lueur de phares perça soudain l'obscurité, en face de lui, et une petite voiture apparut, fonçant droit sur lui.

— Nom de…

Stefano freina, mais il était trop tard. Le conducteur du véhicule dut également l'apercevoir car il freina lui aussi.

Trop violemment. Les pneus se bloquèrent, la voiture dérapa et glissa vers un arbre tordu planté au bord de la route.

Mais ce ne fut pas ça qui arracha un cri d'horreur à Stefano.

La voiture était une petite Fiat rouge. Et le visage effrayé de la conductrice, derrière le volant, la bouche ouverte en un cri qu'il n'entendit pas, était celui de Fallon.

# 4.

Les pneus crissèrent de façon abominable tandis qu'ils essayaient d'accrocher le goudron mouillé, mais rien ne pouvait arrêter l'élan de la Fiat. Elle percuta l'arbre.

Stefano bondit de sa moto et courut vers le véhicule.

— Fallon ! cria-t-il. Fallon !

Le silence était retombé, seulement troublé par le crépitement de la pluie sur la tôle du toit, et les battements de son propre cœur.

D'abord, il crut que la jeune femme s'en était tirée. Elle avait en effet réussi à ralentir considérablement la voiture avant de s'encastrer dans l'arbre, et la Fiat n'arborait qu'un pare-chocs plié. Mais, lorsqu'il arriva à sa hauteur, Stefano sentit son cœur se serrer.

C'était une vieille voiture, sans airbag pour protéger le conducteur du choc. Le pare-brise avait éclaté, et la jeune femme était penchée en avant sur le volant, inconsciente, des éclats de verre brillant dans les cheveux.

Stefano tira sur la poignée, mais la porte refusa de s'ouvrir.

— Allez, gronda-t-il, ouvre-toi ! Ouvre-toi, bon sang !

Luttant contre la panique, il tira de nouveau. En vain. La porte était soit fermée de l'intérieur, soit coincée.

Avec un juron, il contourna la Fiat et, glissant dans la boue, parvint à ouvrir la porte du côté passager.

— Fallon ?

Elle ne répondit pas. Stefano ôta l'un de ses gants et glissa les doigts sur son pouls. Dieu merci, il battait.

Elle était vivante.

Son cœur bondit dans sa poitrine lorsqu'il constata qu'elle n'avait pas mis sa ceinture. Si seulement elle l'avait attachée… Si seulement il n'avait pas plu… Si seulement elle avait roulé moins vite…

Stefano mit fin à ces « si seulement » inutiles. La seule chose qui importait, c'était ce qu'il devait faire maintenant. L'accident et les événements qui y avaient mené appartenaient au passé.

Il voulut déplacer Fallon, mais se figea comme son esprit lui rejouait tous les avertissements qu'il avait lus ou entendus concernant ce genre de cas. Bouger un blessé était susceptible d'aggraver son état, de provoquer la paralysie ou la mort.

Mais ces avertissements s'appliquaient-ils lorsque l'on se trouvait au beau milieu de nulle part, sous la pluie, en pleine nuit ? Stefano connaissait la région. Il savait que les chances que quelqu'un arrive étaient proches de zéro.

La première maison était à une quinzaine de kilomètres de là. Avec un peu de chance, il y aurait un téléphone.

Pour la première fois de sa vie, Stefano se trouva paralysé par l'indécision. Devait-il déplacer Fallon ? Ou la laisser là et prendre sa moto pour aller chercher du secours ?

Serrant les dents, priant pour ne pas faire une erreur, il prit la jeune femme dans ses bras et l'attira doucement vers lui. Elle gémit, puis se tut.

Avec d'infinies précautions, il la relâcha lorsqu'elle fut sur le siège passager. Puis il ôta sa veste et s'en servit pour la couvrir. Sa tête était toujours ballante, mais sa respiration semblait régulière.

— Tout ira bien, murmura-t-il. Je suis là.

Elle ne répondit pas. Tout doucement, d'une main tremblante, il lui redressa la tête.

Dieu du ciel !

Son visage…

Du sang s'écoulait d'une coupure qui lui barrait le front et disparaissait dans ses cheveux. Une autre lui zébrait la joue, une troisième le menton. Elle n'avait pas d'autres blessures visibles, mais connaissant son métier, Stefano en mesurait la gravité. Il savait que ce qui venait de se passer allait à jamais changer la vie de Fallon O'Connell.

— Fallon, dit-il doucement. Vous m'entendez ?

Elle gémit de nouveau. Ses cils frémirent.

— Fallon ? répéta-t-il.

Cette fois, elle ouvrit les yeux. Mais elle le fixa sans paraître le voir.

— Que… Qu'est-ce qui s'est passé ?

— Vous avez eu un accident.

— Un accident ?

— Oui. Tout ira bien.

— Je… je ne me souviens pas…

— Tout va bien. Vous n'avez pas à vous souvenir. Pas maintenant. Fallon ?

— Hmm ?

Elle sombrait de nouveau dans l'inconscience. Devait-il la laisser faire ou l'en empêcher ? Il n'en savait rien. Il avait pourtant eu des cours de secourisme, à l'école. Il se maudit de n'avoir pas été plus attentif.

Stefano tourna son visage vers le ciel, laissant la pluie l'inonder. Que faisait-on en cas de blessures à la tête ?

— Fallon, écoutez-moi.

— J'écoute…, fit-elle d'une voix à peine audible.

— Dites-moi où vous avez mal.

— J'ai sommeil…

— Je sais. Mais, d'abord, dites-moi si vous avez mal quelque part. Aux jambes ? Aux bras ? Au dos ?

— La tête, souffla-t-elle. Mal à la tête.

Elle leva les mains vers son front mais Stefano l'arrêta, redoutant qu'elle n'aggrave ses blessures ou pire, qu'elle réalise ce qui lui arrivait.

— Ecoutez, Fallon, il faut que j'aille chercher du secours.

— Non, ne me laissez pas…

— Ce sera rapide, lui promit-il en glissant ses doigts entre les siens.

Elle ne répondit pas. Ses yeux se refermèrent, mais il était évident à sa pâleur qu'elle ne dormait pas.

Stefano porta sa main à ses lèvres, l'embrassa, puis se redressa. Ce fut alors qu'il sentit la douleur pulser dans son bras.

Dans son bras ? Etait-il blessé ? Il baissa les yeux et vit qu'il saignait. Il avait dû se couper sur quelque chose. Cela signifiait qu'il ne pourrait sûrement pas porter Fallon très loin.

De toute façon, où pourrait-il bien l'emmener ? Il pleuvait des trombes.

Bon, il ne se rappelait peut-être pas ses cours de secourisme, mais il semblait évident qu'il ne fallait pas exposer un blessé à une pluie glaciale. Que faire, alors ? La laisser là ? C'était hors de question.

Il embrassa la Fiat d'un rapide coup d'œil. Un pare-chocs plié et un pare-brise cassé, ça ne voulait pas dire que le moteur était touché.

Il n'y avait qu'un moyen d'en avoir le cœur net.

Les mains tremblantes, il attacha Fallon, l'enjamba, chassa les débris de verre du siège et prit place au volant. Puis il tourna la clé.

Le moteur grinça, toussa puis, avec un frémissement et un crissement métallique, démarra enfin. A en juger par le son, il ne durerait pas longtemps. Mais Stefano n'avait besoin que d'une quinzaine de kilomètres…

Il enclencha une vitesse, recula doucement, fit demi-tour et s'arrêta. La blessure, sur son bras, pulsait douloureusement. Une sueur froide perlait sur son front, des frissons le parcouraient. Le choc, sans doute. Mais il n'avait pas le temps de penser à lui.

De nouveau, il regarda Fallon. Sa tête reposait sur son épaule. Sur son visage toujours blême, le sang commençait de coaguler.

La gorge serrée, il se pencha et effleura ses lèvres des

siennes. Puis il prit une profonde inspiration et démarra, pour ce qu'il soupçonnait être le plus important voyage de sa vie.

La douleur. Aiguë, palpitante. Une violente lumière blanche. Une odeur d'antiseptique.

Et des voix. Celle d'une femme, vive et autoritaire, qui s'exprimait en italien, suivie d'une voix d'homme, grave et pressante, en anglais.

— *Signora O'Connell. Apri i vostri occhi.*

— Fallon ? Allez, ouvrez les yeux.

Ouvrir les yeux ? En était-elle capable ? Elle ne demandait pas mieux. Elle détestait cette sensation d'être prisonnière de son propre corps. Dormait-elle ? Rêvait-elle ? Peut-être qu'en se concentrant, elle parviendrait à soulever une paupière.

— Fallon. Regardez-moi.

Mais ses paupières pesaient des tonnes.

Elle sentit qu'elle s'enfonçait.

Puis toute sensation disparut.

— Fallon.

Fallon soupira. C'était de nouveau cette voix grave un peu rauque qui l'appelait.

— Je sais que vous m'entendez, Fallon. Je veux que vous ouvriez les yeux.

Qui que ce soit, il avait en partie raison. Elle l'entendait. Ouvrir les yeux, en revanche, était une autre paire de manches.

— Vous pouvez le faire, allez.

Une main, large et chaude, se referma sur la sienne.

— Je sais que vous pouvez le faire, répéta la voix.

Mais il avait tort. Elle ne pouvait rien faire d'autre que de dormir.

— Bon sang, vous ne voulez pas aller mieux ? Vous devez ouvrir les yeux ! Réveillez-vous !

— *Signore*, fit une femme. Je sais que vous êtes inquiet

mais vous devez la laisser se reposer. *Il dottore* aimerait regarder de nouveau votre bras. Je sais que vous avez refusé les points de suture mais…

— Je ne partirai pas tant qu'elle ne se réveillera pas.

— J'ai bien compris, mais ça pourrait prendre des heures. Peut-être même des jours.

— Alors je resterai des jours. Je resterai aussi longtemps que nécessaire.

— Vous devez soigner votre blessure, *signore*.

— Elle a raison, dit Fallon en ouvrant les yeux. Vous devez soigner votre blessure.

L'homme et la femme se tournèrent vers elle, stupéfaits.

— *Signora O'Connell !*

— Fallon ! Fallon, Dieu merci…

Le regard de Fallon alla de l'un à l'autre. La femme habillée en blanc était à l'évidence une infirmière. L'homme lui paraissait familier. Cheveux noirs. Yeux noirs. Un sourire adoucissait un visage infiniment séduisant mais sévère, d'une beauté presque hautaine.

Qui était-il ? Pourquoi ne se rappelait-elle pas son nom ? Elle l'avait sur le bout de la langue.

— Comment vous sentez-vous, *signorina* ? s'enquit l'infirmière.

C'était une bonne question. Comment se sentait-elle ? Epuisée. Perdue. Et endolorie. Elle avait mal partout. Surtout à la tête.

— Qu'est-ce qui s'est passé ? marmonna-t-elle d'une voix pâteuse, presque inaudible.

— *Scusi ?*

— Elle veut savoir ce qui s'est passé.

L'homme lui prit la main. Cela lui fit du bien, et elle le laissa faire. Il lui semblait presque qu'il lui donnait ainsi de sa force.

— Vous avez eu un accident, dit-il.

— Un accident ?

— Oui. De voiture.

Fallon ferma les yeux. Elle se revit au volant, sur une route humide, puis il y avait eu une lumière, un arbre…

Puis plus rien.

— Fallon ?

Elle commit l'erreur de secouer la tête pour lui faire signe qu'elle ne se souvenait de rien. Des milliers de cloches se mirent à sonner dans sa tête, tandis qu'une affreuse douleur éclatait juste derrière son front. Elle poussa un gémissement.

— Je vais chercher *il dottore*, dit aussitôt l'infirmière.

Restée seule avec l'homme, Fallon le regarda dans les yeux.

— C'est un hôpital ?

— Oui.

Un hôpital, bien sûr. Voilà qui expliquait cette lumière blanche aveuglante qui lui faisait si mal aux yeux.

— Le médecin arrive tout de suite.

L'infirmière venait de revenir dans la chambre. Elle essaya de prendre la place de l'homme à son chevet, mais il ne bougea pas.

— *Signore*, si vous voulez bien me laisser prendre la main de mademoiselle, je vous promets de vous la rendre.

Il rougit et la relâcha. Fallon en ressentit un frisson d'alarme. Il était le seul élément familier — vaguement familier, plus exactement — dans ce monde étrange.

— Ne partez pas, murmura-t-elle.

L'expression de son compagnon s'adoucit.

— Ne vous en faites pas, *cara*. Je ne vais nulle part.

Les doigts de l'infirmière se posèrent sur son poignet.

— Son pouls est bon ? demanda l'homme.

— Normal.

— Et sa température ?

— Je ne le saurai qu'après l'avoir prise, *signore*. Un peu de patience.

L'infirmière continua son examen, écouta sa respiration avec un stéthoscope, puis sourit.

— Vos signes vitaux sont excellents, *signorina*. Je vais aller en informer le médecin.

Sitôt que l'infirmière recula, l'homme prit sa place et saisit de nouveau la main de Fallon. Elle l'agrippa avec gratitude.

— Que puis-je faire pour elle ? demanda-t-il à l'infirmière d'une voix basse.

— Vous en avez déjà fait assez. Le simple fait de l'amener si rapidement…

— Je sais. Je parle du reste.

— Eh bien, vous pouvez rester là. Ça semble être important pour la demoiselle.

L'infirmière disait vrai. Il était son seul réconfort. Pourtant, elle n'arrivait pas à se souvenir de lui…

— Je ne sais pas qui vous êtes, dit-elle d'une voix cotonneuse. Mais j'ai l'impression de vous connaître.

— C'est le monsieur qui vous a conduite ici après l'accident, annonça l'infirmière avant que Stefano puisse parler. C'est votre bon Samaritain, comme on dit.

Fallon eut la prudence de ne pas hocher la tête, et de ne pas sourire.

— Vous m'avez trouvée sur la route ? interrogea-t-elle.

— Pas exactement.

Stefano se mordit la lèvre, tandis que l'infirmière quittait de nouveau la chambre. La situation n'était pas simple. Devait-il rappeler à Fallon leur premier entretien, et la façon dont il s'était terminé ? Devait-il lui dire qu'il avait passé la semaine à l'observer ?

Non, décida-t-il. Elle était en état de choc, et ce n'était encore rien en comparaison de ce qu'elle éprouverait en apprenant qu'elle était blessée au visage. Il ne voulait pas ajouter à son trouble.

Mais il pouvait lui dire ce qui s'était passé sur cette route.

— Vous étiez au volant de votre voiture… Moi, j'étais à moto et j'arrivais en sens inverse. Il pleuvait. Vous avez déboulé d'un tournant et vous avez dérapé. Je suppose que vous vous attendiez à être seule sur la route… Vous êtes rentrée dans un arbre.

— Et vous ? Vous avez été blessé ?

— Moi ? Non, je vais bien. Vous voulez un peu d'eau ?

Elle acquiesça. Stefano prit un verre sur la table et l'approcha de ses lèvres. Elle voulut se redresser mais il la retint.

— Non, ne bougez pas. Je vais vous aider.

Glissant un bras autour de ses épaules, il la souleva légèrement et lui mit la paille entre les lèvres.

— Allez-y, doucement. Ça va ?

Fallon acquiesça et se rallongea.

— Comment vous sentez-vous ?

— Très mal, soupira-t-elle.

Elle voulut sourire, mais les muscles de son visage refusèrent de lui obéir. Fallon leva la main, et fut aussitôt arrêtée par son compagnon.

— Vous avez des pansements, dit-il aussitôt. Il vaut mieux ne pas toucher.

— Des pansements ?

— Oui.

— Des pansements sur mon visage ? Je suis blessée ?

Il perçut la note effrayée dans sa voix. Il aurait donné cher pour pouvoir apaiser cette peur. Que devait-il lui révéler ?

— Oui, concéda-t-il enfin. Mais tout ira bien.

Elle chercha son regard, et Stefano la vit déglutir convulsivement. Il comprit qu'elle avait décidé de ne pas poser davantage de questions pour le moment.

— Dites-m'en plus sur l'accident.

— Il n'y a rien de plus à dire. Tout ce qui compte, c'est que vous soyez vivante. Vous sortirez d'ici en un rien de temps.

Si tout allait si bien, pourquoi son bon Samaritain refusait-il de la laisser toucher son visage ? Avant qu'il puisse l'arrêter, Fallon sortit son autre main de sous les draps et la porta à sa tête. Ses doigts effleurèrent de la gaze, sous laquelle elle devina de minuscules points de suture.

Elle sentit sa gorge se nouer.

— Ce ne sont pas de simples pansements, murmura-t-elle d'une voix tremblante.

La porte s'ouvrit à cet instant pour laisser passage à l'infirmière, accompagnée d'un petit homme rondouillard en blouse blanche.

— Ah, *signora* O'Connell ! Je suis le docteur Scalfani. Comment vous sentez-vous ? dit-il d'un ton affable, dans un anglais à peine nuancé d'un accent italien. Pas très bien, j'imagine. Mais vous n'avez pas à vous en faire. Vous serez très bientôt sur pied. *Signore*, si vous voulez bien aller attendre dans le couloir ?

— Bien sûr. Je serai juste dehors, dit l'homme en souriant à Fallon.

Mais elle le retint un instant, refusant de lâcher sa main.

— Dites-moi votre nom.

— Je m'appelle Stefano. Stefano Lucchesi.

Il attendit sa réaction, une quelconque lueur de reconnaissance dans son regard, mais rien ne vint. Après tout, pourquoi se serait-elle souvenue de lui alors qu'elle ne l'avait rencontré qu'une fois ? Certes, lui ne l'avait pas oubliée. Mais cela ne signifiait pas que c'était réciproque.

— *Signore*, s'il vous plaît ? fit l'infirmière.

— Bien sûr. Pardon. Je vais attendre dehors.

Le médecin examina à son tour Fallon, échangeant quelques commentaires en italien avec l'infirmière. Puis il sourit et dit avec douceur :

— Je suis désolé, je vais peut-être vous faire un peu mal, mais ce sera rapide.

Et il toucha son visage. Elle serra les dents. Cela faisait mal. Très mal.

— Je sais, *signorina*. C'est douloureux, n'est-ce pas ?

— Mon visage…

Elle humecta ses lèvres parcheminées, tentant de trouver les mots justes, redoutant dans le même temps de les prononcer.

— Est-ce que mon visage est très abîmé ?

— Il est encore trop tôt pour dire ce qui cicatrisera et ce qui disparaîtra. J'aimerais vous donner une réponse plus précise mais je ne peux pas.

Fallon laissa son regard dériver vers le plafond immaculé.

— C'est que je suis mannequin…, murmura-t-elle.

— Oui. Je comprends. Mais vous êtes en vie, et c'est tout ce qui compte. Sans le monsieur qui vous a amenée, qui sait ce qui serait arrivé ?

— Oui, bien sûr… Qui sait ce qui serait arrivé ? répéta Fallon.

Puis, sans crier gare, elle se mit à pleurer. Le médecin lui tapota l'épaule et échangea quelques mots avec l'infirmière. Fallon sentit quelque chose de chaud glisser dans ses veines.

Juste avant qu'elle ne sombre dans l'inconscience, elle vit Stefano se rasseoir près d'elle. Ce fut comme si un voile se déchirait.

— Je me rappelle de vous, dit-elle clairement.

Puis elle s'endormit.

Un nouveau jour passa. Fallon s'éveilla, se rendormit, se réveilla de nouveau.

Elle se sentait un peu mieux. La douleur était moins forte, elle n'était plus groggy. Le médecin l'examina, eut un claquement de langue satisfait et décréta qu'elle était en voie de guérison.

Cette fois, elle s'endormit naturellement. Quand elle rouvrit les yeux, un grand soleil baignait sa chambre.

— Fallon. Comment vous sentez-vous ?

Elle tourna la tête et vit Stefano Lucchesi. Oh, oui, elle se souvenait de lui ! Il était aussi séduisant que lors de leur première rencontre, à ceci près qu'il avait l'air épuisé, et qu'une barbe de deux jours lui couvrait les joues. Elle supposait qu'il n'avait pas quitté son chevet, mais ne put penser à autre chose qu'à ce qu'il lui avait dit sur le métier de mannequin.

— Qu'est-ce que vous faites ici ?

— Je vous avais dit que je ne vous laisserais pas.

— Je n'ai pas besoin de vous.

Le sourire de Stefano se figea. Il comprit à cet instant qu'elle l'avait vraiment reconnu. Jusqu'à présent, il en avait douté.

— Vous vous rappelez notre première rencontre, dit-il.

— Oui. Ainsi donc, nos chemins se croisent pour la seconde fois, *signor* Lucchesi.

— Davantage que ça. Vous avez passé la semaine chez moi.

— Chez… Ah, je comprends mieux pourquoi vous connaissiez ma destination, ce jour-là, quand vous m'avez dit qu'il était ridicule qu'on me paie pour me photographier.

— Je n'ai jamais dit ça.

— Incroyable. D'abord, vous m'insultez. Ensuite, vous me donnez le choix entre vous tuer et rentrer dans un arbre.

— Ce n'est pas ce qui s'est passé.

Il disait vrai. Fallon ne se rappelait pas encore l'intégralité de l'accident, mais elle savait qu'il n'en était pas responsable. Il méritait cependant de se sentir coupable. Pourquoi serait-elle la seule à souffrir ?

— Votre petit déjeuner est là. Vous voulez manger quelque chose ?

Fallon lui était malgré tout reconnaissante de ne pas l'avoir abandonnée. Elle ne préférait pas imaginer ce que ce serait de se retrouver seule.

Elle se tourna vers le plateau posé sur sa table coulissante. Il contenait trois récipients de plastique blanc.

— Du jus de fruits, du café et ce qui ressemble à de la gelée. Qu'est-ce que vous voulez ?

— Rien.

— Vous devez manger pour vous rétablir.

— Vous auriez dû me dire que ce château vous appartenait.

— D'accord, j'aurais dû vous le dire. Nous comptons les points ? Un pour Lucchesi, un pour O'Connell. Allez, arrêtez de faire l'idiote et mangez de cette bouillie infâme.

Fallon se mit à rire. C'était une mauvaise idée, étant donné que la chose était douloureuse, mais elle n'avait pu s'en empêcher. Son compagnon était d'une bonne humeur communicative.

— Je vais… je vais peut-être essayer le café, dit-elle après quelques instants. Si vous voulez bien appeler l'infirmière pour qu'elle redresse le lit…

Au lieu de cela, il passa le bras sous son épaule et porta le gobelet à ses lèvres.

— Doucement. Ne buvez pas trop vite. Comment trouvez-vous le café ?

— Infect, soupira-t-elle après en avoir bu la moitié. Mais je vous remercie.

— Je vous en prie.

Un silence gênant retomba entre eux, jusqu'au moment où Fallon s'éclaircit la gorge.

— Ça fait combien de temps ?

— Depuis l'accident ? Deux jours.

— Deux jours… Eh bien, monsieur Lucchesi…

— Stefano.

— C'était très généreux à vous de passer tout ce temps ici mais je vais mieux et…

— Tout ira bien, vous verrez.

— Bien sûr.

— Les perspectives vous paraissent peut-être sombres, mais tout ira pour le mieux, reprit son compagnon en lui prenant la main. Je vous le jure.

Il avait parlé avec une telle conviction qu'elle se tourna vers lui. Avait-elle déjà vu expression plus déterminée, regard plus décidé ?

— Je veux voir mon visage, dit-elle après avoir pris une profonde inspiration.

Il pâlit visiblement.

— Je ne crois pas que…

— Je vous en prie.

Ce fut ce « je vous en prie », à peine murmuré, qui le persuada. Il y avait un miroir sur la commode, l'infirmière le lui avait montré. « Si la *signorina* le demande », avait-elle dit. Et il se rappelait avoir prié pour ne pas être là au moment où cela arriverait.

Il prit donc le miroir et le lui apporta. Elle hésita, puis le leva devant son visage.

Stefano attendit, le cœur serré. Allait-elle pleurer ? Crier ?

S'évanouir, même ? Ce qui n'était pas couvert par la gaze était un mélange de pourpre, de noir et de rouge assez impressionnant.

Fallon ne fit rien de ce qu'il avait redouté. Elle se regarda longuement, avec pour seule manifestation de ce qu'elle éprouvait un tremblement dans la main qui tenait la glace. Enfin, le miroir lui échappa et tomba sur les draps.

Renversant la tête en arrière, la jeune femme ferma les yeux. Des larmes apparurent sous ses paupières et glissèrent sur ses joues comme de minuscules diamants.

Stefano lâcha un juron et s'approcha d'elle pour la réconforter. Mais elle repoussa ses mains et détourna son visage.

— Allez-vous-en.

— Fallon…

— Vous êtes sourd ? Je vous ai demandé de partir.

— Pour que vous puissiez vous apitoyer bien tranquillement sur votre sort ?

Elle rouvrit brusquement les yeux. C'était cruel, il le savait. Elle s'était montrée très courageuse jusqu'à présent, et avait bien le droit de s'apitoyer sur son sort si elle en avait envie. Mais ce n'était pas ainsi qu'elle se tirerait d'affaire, qu'elle trouverait la force d'affronter les semaines, peut-être même les mois, nécessaires à sa guérison.

— Mais pour qui vous prenez-vous ? demanda-t-elle d'une voix vibrante de colère. Vous n'avez pas le droit…

— Les Chinois disent que si vous sauvez la vie d'une personne, vous en devenez responsable.

Les yeux de Fallon jetèrent des éclairs.

— Dans ce cas, heureusement que nous ne sommes pas en Chine !

— Vous avez survécu à un grave accident. Vous allez jeter l'éponge maintenant ?

— Ça me regarde.

— Et ça me regarde aussi. Il y a du vrai dans ce que vous avez dit. Vous n'auriez peut-être pas eu cet accident sans moi.

— Ah. Je comprends, maintenant. Vous vous sentez

coupable ? Rassurez-vous, alors. Tout est ma faute. A présent, sortez d'ici et laissez-moi tranquille…

Stefano la fit taire en se penchant et en posant ses lèvres sur les siennes. Elle eut un hoquet de surprise.

— Je ne partirai pas, dit-il d'une voix sourde. Autant vous faire à cette idée.

Fallon le fixa avec ébahissement. Bien sûr qu'il allait partir. Elle ne voulait pas de lui ici, ne voulait pas qu'il la voie ainsi, qu'il se montre gentil et attentionné avec elle, parce qu'elle savait qu'elle finirait par craquer, par révéler toute l'étendue de sa peur…

Mais il était toujours là lorsqu'elle se réveilla quelques heures plus tard. Et le jour suivant, lorsqu'elle fit ses premiers pas hors du lit, ce fut sur lui qu'elle s'appuya.

Il resta à ses côtés, en tout cas jusqu'au jour où elle fut enfin autorisée à sortir, et où il ne se montra pas. Elle fit de son mieux pour ne pas le chercher, ce matin-là, tandis qu'elle appelait un taxi, réservait une chambre dans un hôtel de Catane, où elle comptait rester en attendant d'être assez forte pour affronter la compassion de sa mère, de ses frères et de ses sœurs, lorsque tous verraient ce qu'elle voyait chaque fois qu'elle regardait dans un miroir.

A sa demande, une aide-soignante lui procura des lunettes noires et un chapeau à large bord. Elle les passa avant de sortir et émergea enfin de l'hôpital, pour la première fois depuis cinq jours.

Comme le ciel était bleu. Comme l'air était doux. Elle renversa la tête en arrière, inspirant à pleins poumons.

— Fallon.

Surprise, elle se retourna. Une longue Mercedes noire venait de glisser le long du trottoir. Stefano en descendit pour lui ouvrir la porte côté passager, puis lui sourit.

Il lui ouvrit ses bras, et elle se jeta dedans.

# 5.

Fallon était assise près d'une fenêtre du *Castello Lucchesi,* les genoux remontés sous le menton, le regard fixé sur l'océan.

Cela faisait trois jours qu'elle était chez Stefano et elle avait passé tout son temps ici, dans cette suite réservée aux invités.

Un sourire amer se peignit sur ses lèvres quand elle songea à ce que lui avait dit Carla deux semaines plus tôt, lorsqu'elle était arrivée en Sicile.

« Le propriétaire de la maison est un vieil homme revêche. Il ne veut pas que nous utilisions sa demeure. »

Fallon soupira et posa sa joue sur son genou. Carla avait menti. Le propriétaire n'était ni vieux, ni revêche. Non seulement il l'avait invitée chez lui, mais il avait insisté pour qu'elle reste. Il était jeune, trente-cinq ans maximum, et terriblement séduisant. Aucune femme normale ne devait lui résister.

Mais voilà : Fallon n'était pas une femme normale. Elle n'était plus qu'un amas de bleus et de bosses. Et il lui faudrait du temps avant de pouvoir s'intéresser de nouveau aux hommes. Ou plutôt, il faudrait du temps aux hommes pour s'intéresser de nouveau à elle…

Certes, Stefano s'était occupé d'elle. Il l'avait prise dans ses bras, l'avait même embrassée. Mais ce n'était que par compassion. Et elle lui en était reconnaissante. Grâce à lui, elle se sentait moins seule, moins grotesque.

Elle rougit en se rappelant la façon dont elle était entrée dans cette pièce, trois jours plus tôt. Son compagnon l'avait portée depuis le rez-de-chaussée et ne l'avait déposée qu'une fois dans la chambre.

— Je peux marcher, avait-elle protesté.

Mais il s'était contenté de la serrer davantage contre lui. Elle avait senti les battements de son cœur, la chaleur de son corps, et quelque chose s'était éveillé en elle.

Mais il ne pouvait rien y avoir de sexuel entre eux. Pas dans son état. Elle ne s'imaginait pas un instant que l'on pouvait la désirer.

Lorsqu'il l'avait enfin déposée sur le lit, elle avait éprouvé comme une sensation de vide, d'arrachement. Mais elle avait fait de son mieux pour sourire avec décontraction.

— Merci, avait-elle dit poliment. Vous êtes très gentil.

— Mes motivations ne sont pas si altruistes, avait-il répondu en souriant. Une nouvelle maison a besoin d'un invité. Ça porte bonheur. C'est une vieille tradition sicilienne.

— Vous êtes américain, avait fait valoir Fallon. Et vous venez d'inventer cette tradition.

Stefano s'était mis à rire.

— Peut-être. Allez, reposez-vous avant de descendre pour le déjeuner. Anna, ma gouvernante, est ravie d'avoir à cuisiner pour quelqu'un d'autre que moi.

— Le déjeuner ?

Etait-elle prête à affronter un repas à table ? A l'hôpital, tout avait été facile. Elle mangeait dans son lit, vêtue d'une blouse informe. Elle était une patiente, Stefano un visiteur. A présent, elle était son invitée, et le contraste entre son visage abîmé et la perfection de l'endroit la bouleversait.

— Oui. Il sera servi à 13 heures. Après quoi vous pourrez vous reposer dehors, sur la terrasse, ou remonter dans votre chambre pour faire la sieste. Le dîner ne sera pas servi avant…

— Je ne me sens pas prête à descendre, avait-elle coupé. Est-ce que… est-ce que je pourrais déjeuner dans la chambre ?

— Bien sûr. J'aurais dû y penser. Je vais vous faire monter une table sur le balcon, et je vous rejoindrai pour les repas jusqu'à ce que vous vous sentiez assez forte pour…

— Non... Je veux dire, merci mais... je ne suis pas prête à avoir de la compagnie. Je préférerais rester seule. Je suis sûre que vous comprenez.

— Oh. Oui. Oui, évidemment. Vous êtes sans doute fatiguée.

— Un peu, oui.

— Demain, alors ?

— Ecoutez, le mieux serait encore que je le dise à Anna quand je me sentirai mieux.

Le regard de Stefano s'était assombri, mais il avait acquiescé et répondu que bien sûr, si c'était ce qu'elle préférait... Trois jours s'étaient écoulés et, fidèle à sa promesse, il l'avait laissée en paix.

Avec un soupir, Fallon se redressa sur son siège. A dire le vrai, cet isolement la rendait folle. La suite était pourtant luxueuse, spacieuse, équipée d'une télévision, d'une chaîne hi-fi, d'une bibliothèque... Mais elle n'avait pas envie de lire ou de regarder une quelconque émission. Ce qu'elle voulait, c'était marcher le long de la falaise, explorer les ruines, courir sur la plage.

Et, plus que tout, elle voulait voir Stefano.

Mais il était évident que lui n'en avait pas envie. Sans quoi il serait déjà monté pour essayer de la persuader de sortir de son confinement.

Le rugissement fauve d'un moteur, à l'extérieur, l'arracha à ses ruminations. Elle se pencha et vit une moto noire et son conducteur sortir de ce qu'elle supposa être le garage. Le conducteur s'arrêta pour mettre son casque et, ce faisant, leva les yeux.

C'était Stefano.

Leurs regards se croisèrent. Il ne tiqua pas, ne sourit pas, ne lui fit pas signe. Il se contenta de l'étudier avec intensité, puis il rabattit sa visière, accéléra et disparut.

Seigneur...

Il revoyait son visage pour la première fois en trois jours, et voilà quelle était sa réaction. Malgré toute sa gentillesse, il n'avait pu dissimuler ses sentiments. Et c'était sans doute ainsi que les gens réagiraient, désormais, en la voyant, avec des expressions d'horreur et de pitié mêlées…

Fallon se redressa brusquement. Elle allait devenir folle si elle ne quittait pas cette prison dorée et ne trouvait pas refuge dans un endroit où personne ne la connaissait. C'était ce qu'elle aurait dû faire dès le départ.

Il lui fallut un petit moment pour comprendre comment appeler un taxi et parvenir à faire les arrangements nécessaires. Combien de temps Stefano serait-il absent ? Elle n'en avait pas la moindre idée. Elle savait juste qu'elle devait être loin lorsqu'il rentrerait.

En tremblant, elle entreprit de fourrer ses affaires, soigneusement rangées par Anna, dans sa valise. Elle portait une robe de coton légère et des sandales, et décida que cela suffirait amplement pour aller jusqu'à l'hôtel. N'importe quel hôtel ferait l'affaire. Elle demanderait conseil au chauffeur.

Lorsqu'elle fut prête, elle ouvrit discrètement la porte et tendit l'oreille. Seuls montaient quelques bruits étouffés de la cuisine.

Il était ridicule de s'éclipser comme une adolescente qui faisait le mur, mais elle préférait éviter toute question. Une fois à l'hôtel, elle appellerait Stefano pour le remercier, et lui expliquerait qu'elle ne voulait pas lui imposer sa présence.

Descendre sa valise fut plus difficile qu'elle ne l'avait supposé. Elle était encore faible et, lorsqu'elle atteignit le jardin, la tête lui tournait et de petites lumières dansaient devant ses yeux.

Malgré cela, elle s'arrêta pour admirer la beauté du jardin et de la maison. Elle en profita pour inspirer profondément et essayer de recouvrer ses moyens physiques. Stefano était susceptible de revenir à n'importe quel moment.

Il lui restait trente minutes avant l'arrivée du taxi. Au-dessus d'elle, un goéland cria et plongea vers la Méditerranée.

Elle le suivit d'un regard envieux. C'était ce qu'elle avait envie de faire. Aller jusqu'au rivage, laisser l'eau s'enrouler autour de ses chevilles, sentir le sable sous ses pieds…

En y allant maintenant, elle en aurait sans doute le temps…

Après une hésitation, elle se dirigea vers le sentier et descendit vers la plage. Le soleil était à son zénith et cognait impitoyablement sur ses épaules. Elle se sentait toujours faible, mais l'impression de liberté était enivrante.

Lorsqu'elle atteignit la plage, elle ouvrit les bras en grand, leva son visage vers le ciel et inspira aussi profondément qu'elle le pouvait, comme si l'air marin avait le pouvoir de guérir ses blessures, aussi bien extérieures que…

— *Ma e pazza!* Vous êtes folle !

La voix, masculine et familière, la tira de sa transe. Pivotant, elle vit Stefano qui courait vers elle, visiblement en colère. Elle voulut faire un pas en arrière, trébucha, et cria comme il la rattrapait juste à temps.

— Qu'est-ce que vous fichez ? s'exclama-t-il en la prenant dans ses bras.

— Reposez-moi !

— Vous reposer ? répéta-t-il en se dirigeant vers le sentier. Sur mon genou pour une bonne fessée, oui ! *Il sole siciliano ha cucinato la tua cervella!*

— Je ne comprends pas ce que vous dites !

— Je dis que le soleil sicilien vous a cuit la cervelle !

— Oh. C'est charmant. A présent, lâchez-moi !

— Où ça ? Dans la mer ? Pour que vous puissiez noyer vos soucis ?

— C'est ce que vous vous imaginez ? Que j'allais…

— Ou peut-être que je pourrais vous reposer ici, sur le sentier, histoire que vous trébuchiez et que vous tombiez en contrebas sur les rochers ?

— C'est ridicule ! Le fait de posséder un château vous est monté à la tête. Vous vous prenez pour un seigneur féodal qui a le droit de vie et de mort sur ses vassaux ?

Il ne répondit rien et, de frustration, Fallon lui décocha plusieurs coups de poing dans l'épaule.

— Je vous ai dit de me reposer !

— Arrêtez de me frapper.

— J'arrêterai quand vous m'aurez… Eh, qu'est-ce que vous faites ?

— Je me protège, répondit-il en modifiant sa prise, et en la couchant en travers de son épaule comme un vulgaire sac de pommes de terre.

— Espèce de sagouin ! Lâchez-moi !

Stefano obéit, mais seulement lorsqu'ils eurent atteint le sommet de la falaise.

— Qu'est-ce que vous faisiez, au juste ? demanda-t-il en l'agrippant par les épaules. Qu'est-ce qui vous est passé par la tête ? Tête que vous avez peut-être jolie, mais vide !

— Elle n'est pas vide !

— C'est ce que je croyais jusqu'à maintenant.

— Et je ne suis pas jolie. Il faut être aveugle pour dire une chose pareille.

— C'est donc ça ? Vous vous imaginez que votre vie est finie juste parce que vous avez trois cicatrices sur le visage ?

— Trois… Vous savez quoi, Stefano ? Vous êtes un imbécile !

Tournant les talons, elle se dirigea vers le *castello*. Mais elle avait à peine fait quelques pas que son compagnon la rattrapa et la força à pivoter vers lui.

— Vous auriez pu vous tuer. Vous vous en rendez compte ?

— Pour votre information, j'ai pris ce sentier des dizaines de fois pendant les séances de pose. A moins que vous n'ayez déjà oublié que j'ai souillé votre précieux sanctuaire de ma présence, pendant que vous étiez Dieu sait où ?

— J'étais là, et je me moque du nombre de fois que vous avez pris ce sentier. Vous ne sortiez pas de l'hôpital, à l'époque.

— Je suis parfaitement remise. Et comment ça, vous étiez là ? Vous deviez prendre l'avion, quand nous nous sommes rencontrés.

Un muscle se crispa sur la mâchoire de Stefano, et il croisa les bras sur sa poitrine.

— Il y a eu un changement de programme.

— Quoi ? Vous voulez dire que pendant que nous cuisions en pleine fournaise, vous vous prélassiez dans votre château ?

— J'ai été clair dès le début : je ne voulais personne dans la maison.

— Surtout pas des gens comme nous, c'est ça ? Vous avez été très clair quant à l'opinion que vous aviez sur mon métier.

— Ne changez pas de sujet, d'accord ? Je vous laisse pendant une demi-heure, et qu'est-ce que je découvre en revenant ? Que vous jouez les funambules en bord de falaise alors qu'il y a trois jours à peine, vous étiez à l'hôpital !

— Je ne jouais pas les funambules, j'étais sur la plage !

— C'est vrai. Dans l'eau jusqu'aux genoux.

— A peine jusqu'aux chevilles, et je ne vois même pas pourquoi j'éprouve le besoin de me justifier.

— Et si vous étiez tombée en descendant ? Et si une vague vous avait renversée ?

— Oh, au nom du ciel ! Ne soyez pas ridicule ! Je vais bien, vous voyez ?

Ecartant les bras, Fallon fit un tour sur elle-même.

— Là. Je ne me suis pas noyée, je ne suis pas tombée, je ne me suis même pas abîmé un orteil !

— Parce que vous avez eu de la chance. On ne part pas en randonnée après avoir été alitée trois jours.

— Je n'étais pas alitée ! J'errais comme une âme en peine dans votre fichue suite.

— La faute à qui ? C'est vous qui avez choisi de rester enfermée, pas moi !

— *Signor Lucchesi*…

— Ne m'appelez pas comme ça. Je suis aussi américain que vous.

— Vraiment ? Aucun Américain que je connaisse ne se comporterait comme vous.

— Dans ce cas, il faut croire que vous ne fréquentez pas les bons.

— Ecoutez, ce n'est pas parce que vous avez ce complexe féodal que…

— Vous jouez avec le feu…

— Vous aussi. Qu'est-ce qui vous fait croire que vous pouvez me dire ce que je peux faire ou ne pas faire ?

— Vous voulez que je vous montre ?

Sa voix était soyeuse et menaçante à la fois. Stefano avait fait preuve d'une telle tendresse, à l'hôpital, qu'elle avait presque oublié l'homme qu'il était vraiment, celui qui l'avait insultée dès leur première rencontre et avait refusé à Carla l'accès à sa maison.

— Fallon ?

Elle cligna des yeux. Il s'était approché d'elle, et seuls quelques centimètres les séparaient encore.

Une bouffée de chaleur explosa en elle.

Comment allait-il lui prouver qu'il faisait d'elle ce qu'il voulait ? En l'embrassant ? L'idée la fit tressaillir en même temps qu'elle l'excita, et Fallon se sentit rougir. Elle recula d'un pas et plongea son regard dans ses yeux noirs.

— Vous avez été très aimable, dit-elle d'un ton égal alors que son cœur battait la chamade. Mais si vous pensez que ça vous donne le droit de prendre des décisions pour moi, vous vous trompez.

— Toutes mes excuses, dit-il avec raideur. Vous êtes évidemment libre de faire ce que bon vous semble.

— Ce n'est pas que je ne vous sois pas reconnaissante…

— Je ne veux pas de votre reconnaissance.

— Vous l'avez quand même. Mais j'ai… j'ai réfléchi…

— Et ?

— Et je pense qu'il est préférable que je parte.

— Ah. Voilà qui explique la valise habilement dissimulée dans les massifs de fleurs.

Fallon s'empourpra légèrement.

— J'ai pensé qu'il était préférable que je m'en aille en votre absence.

— Parce que vous vous imaginiez que je fermerais les portes et que je lèverais le pont-levis si vous m'aviez annoncé votre intention de partir ?

— Bien sûr que non. C'est juste que… ça m'a paru plus simple comme ça.

Elle le regarda, nota l'expression narquoise peinte sur ses traits, et s'enflamma.

— Inutile de vous moquer de moi. J'avais peur que vous n'essayiez de me retenir, vous êtes content ?

— Comment ? En vous enchaînant dans mon donjon ?

— Je voulais éviter une scène, c'est tout. Je suis sûre que vous auriez essayé de me persuader que j'étais mieux ici.

Il acquiesça, se balança sur ses talons et lui décocha un regard empreint d'un profond ennui.

— Et quels arguments aurais-je utilisés pour cela ?

— Eh bien, vous auriez sans doute dit que c'est l'endroit parfait pour une convalescence.

— Parce qu'il est tranquille ? Ou parce que, ici, vous êtes à l'abri des regards ?

Fallon sentit ses joues la brûler de nouveau.

— Vous ne mâchez pas vos mots.

— Je suis honnête. Et n'essayez pas de me faire croire que ce n'est pas une de vos préoccupations.

— Vous semblez tout savoir à mon sujet, on dirait.

— Je le croyais.

— Ce qui ne fait que prouver que vous avez un ego démesuré. Vous ne me connaissez que depuis quelques jours…

— Je vous ai observée.

— Pardon ?

Ce fut au tour de Stefano de rougir.

— Je vous ai observée.

— C'était vous ? Mais…

— Je n'avais jamais vu de séance photo auparavant. C'était… intéressant.

Fallon se mit à rire. Il n'y avait rien de moins intéressant qu'une séance de pose.

— Essayez autre chose.

— D'accord. Je me fichais bien de la séance. Je ne regardais que vous.

Un petit frisson, à ces mots, lui courut le long de la nuque. Elle acquiesça.

— Je me sentais observée. J'ai cru que c'était l'un des gardes.

— Eh bien non. C'était moi.

— Et… pourquoi m'avez-vous regardée ?

— Parce que vous étiez magnifique. Resplendissante, pleine de vie. Et, en même temps, j'avais l'impression que vous recherchiez quelque chose…

Fallon en eut le souffle coupé. Comment avait-il pu se former d'elle une image si juste sans même lui parler ? Sa vitalité était en effet l'une des qualités que les photographes appréciaient. Quant au reste, il avait raison. Elle cherchait un sens à sa vie.

Mais tout cela n'avait plus d'intérêt. Il décrivait une femme qui n'existait plus.

— Vous avez une imagination débordante, dit-elle avec un haussement d'épaules. Et quand bien même j'étais tout ce que vous décrivez, c'est du passé. Merci pour tout ce que vous avez fait, mais il est temps que je parte.

Comme elle tentait de le dépasser, il la retint par le poignet.

— Fallon, regardez-moi.

Des larmes brillaient dans les yeux de la jeune femme lorsqu'elle redressa la tête, et il dut résister au désir de l'embrasser.

— Ce qui est en vous, ces qualités qui font ce que vous êtes vraiment, dans votre cœur et dans votre âme, n'ont pas changé.

Puis il contempla son visage, s'arrêtant sur ses lèvres entrouvertes.

— Et vous êtes toujours aussi belle.

— Non ! Je me suis vue dans le miroir. Inutile de mentir : je sais à quoi je ressemble.

— Vous avez besoin d'un peu de temps. Vous savez ce qu'a dit le docteur. Vous ne pouvez pas prononcer de jugement tant que les hématomes ne se seront pas résorbés.

— Regardez-moi, gronda-t-elle. Regardez-moi une bonne fois pour toutes. Vous croyez que tout ça va disparaître un jour ?

— Et vous, vous imaginez que de malheureuses cicatrices changeront quoi que ce soit à la douceur de votre sourire, à la force de votre regard ? Tout ce qu'il vous faut, c'est un peu de temps pour vous accepter vous-même.

— Comment puis-je accepter quelqu'un que je ne connais pas ?

Cet aveu libéra les larmes qu'elle retenait, et elle ajouta dans un hoquet :

— Vous ne comprenez pas ? Je ne suis plus moi-même !

— Si, plus que jamais, murmura Stefano en lui prenant les mains. Et vous êtes trop intelligente pour croire que la surface est davantage que cela.

— Il y a deux semaines, j'aurais été d'accord avec vous. C'est facile de dire ça quand vous regardez dans le miroir et que vous y voyez une personne que vous avez toujours connue. Moi, je vois… je vois…

Sa voix se brisa. Stefano jura en sicilien et l'attira dans ses bras.

— Je me regarde, et je vois une inconnue, acheva-t-elle dans un souffle.

Stefano appuya son menton sur sa tête. Ses cheveux sentaient les fleurs et l'air marin. Il aurait voulu l'embrasser. Ou la secouer. Mais il se contenta de la bercer doucement.

— Je sais que ça peut être difficile de voir par-delà les apparences. La première fois que je suis arrivé ici, je n'y ai vu que des ruines, des rêves brisés, des illusions. Je ne comprenais pas comment mon grand-père pouvait parler du *castello* comme si les siècles l'avaient épargné. Je me suis dit qu'il s'agissait des rêves d'un vieillard. Puis j'ai arpenté ces falaises, écouté le vent murmurer dans les pierres écroulées. Alors j'ai compris que la grandeur de cet endroit était intacte, et que rien ne pourrait jamais l'altérer. Il fallait juste que je le voie autrement.

Fallon prit une inspiration tremblante et demanda :

— Et si vous n'aviez rien trouvé, malgré vos recherches. Si ça n'avait été, effectivement, qu'une illusion ?

Stefano baissa les yeux vers ses lèvres. Il l'embrassa, avec tant de tendresse qu'elle crut que son cœur allait s'arrêter.

— J'ai vu beaucoup de choses, dans ma vie. Je sais ce qui est vérité et ce qui est illusion. La maison que j'ai construite ici est une illusion. Sa véritable beauté vient du pouvoir des pierres qui appartenaient autrefois au *castello*. Votre véritable beauté vient du plus profond de vous, et rien ne pourra jamais l'altérer.

Fallon déglutit pour avaler l'énorme boule qui s'était formée dans sa gorge. Comme elle aurait voulu le croire ! Comme elle aurait voulu croire que son visage n'était rien de plus qu'un masque !

— Restez là, reprit doucement son compagnon. Laissez-moi vous aider.

— Votre vie vous attend. Des gens ont besoin de vous.

— J'ai des employés prêts à se mettre au garde-à-vous au moindre de mes ordres. Je peux les diriger à des milliers de kilomètres.

Elle se mit à rire, à rire vraiment pour la première fois depuis l'accident qui l'avait dérobée à elle-même.

— Voilà des paroles dignes d'un vrai seigneur féodal.

— Etes-vous attendue quelque part ? Va-t-on s'inquiéter de votre absence ?

Fallon secoua la tête. Elle avait délibérément évité de prévenir sa famille. Sa mère avait le cœur fragile et ses frères et sœurs avaient leur propre vie. Elle ne voulait pas les voir accourir et l'étouffer de leur compassion.

— Un homme ?

Elle redressa la tête. Le regard de Stefano était indéchiffrable.

— Non, dit-elle enfin. Non, il n'y a personne.

— Maintenant, il y a quelqu'un.

Cette fois, lorsqu'il baissa les yeux sur ses lèvres, elle glissa une main derrière sa nuque et attira son visage vers le sien.

# 6.

Pouvait-on se noyer dans un baiser ?

« Oui, songea Fallon. Mille fois oui. »

Elle aurait voulu se perdre dans les bras de Stefano, fusionner avec lui. Elle brûlait de sentir ses mains sur ses seins, ses lèvres sur sa peau, ses cuisses contre les siennes.

Et elle voulait tout cela maintenant, là, sur cette falaise qui dominait la mer, dans la caresse du vent chargé d'odeurs marines. Cet homme, cet inconnu, était devenu son ami. Son protecteur.

Et il allait être son amant. Elle se consumerait entre ses bras.

Il émit un soupir rauque, tout contre sa bouche, un soupir de passion pure. Son corps était dur comme du marbre, ses lèvres d'une douceur infinie. Elle savait qu'il la désirait autant qu'elle le désirait. Comme si tout, depuis leur rencontre, n'avait conduit qu'à ce moment.

Ses mains couvrirent ses seins, et un frisson de plaisir la fit se cambrer contre lui.

— Stefano, murmura-t-elle.

Il approfondit leur baiser, comme s'il n'avait attendu que cet instant, et glissa une main sous le coton de sa robe. Une décharge électrique la tétanisa lorsqu'il effleura la dentelle déjà moite de son string.

Fallon gémit, leva une jambe et la remonta contre la sienne. Elle avait envie de lui comme elle n'avait jamais eu envie d'un homme.

— Stefano, soupira-t-elle de nouveau. Je vous en prie.

— Oui, gronda-t-il, dardant une langue sensuelle contre la sienne. Je sais…

C'était ce à quoi elle avait toujours aspiré. Pas seulement au cours des dernières semaines, mais toute sa vie, depuis le début des temps, depuis les premiers instants de l'univers…

Soudain, sans avertissement, il la relâcha. Elle cligna un instant des yeux, muette de surprise et déroutée, et le fixa comme si elle le voyait pour la première fois.

— Bon sang ! dit-il en secouant la tête. Qu'est-ce que nous sommes en train de faire ?

Fallon sentit sa gorge se nouer. Son compagnon posait sur elle un regard sombre, d'où toute passion avait disparu. Il était en état de choc. Il venait de se rendre compte de ce qu'il faisait… et avec qui.

Et c'était désormais ainsi que les hommes la regarderaient. Elle aurait voulu pleurer. Crier. Le maudire, le frapper, le détester. Mais comment aurait-elle pu faire une chose pareille alors qu'elle le comprenait ?

Elle était grotesque. Et à présent qu'elle s'était jetée dans les bras de Stefano, elle était également pathétique.

— Pardonnez-moi, dit-il d'une voix rauque. Je ne voulais pas…

— Non.

Fallon tremblait. Elle serra ses bras autour d'elle et prit une profonde inspiration.

— Non, répéta-t-elle, bien sûr.

— Fallon…

Il tendit la main mais elle refusa de la prendre et fit au lieu de cela un pas en arrière.

— Tout va bien, Stefano, je comprends.

— Je suis désolé.

— Oui. Moi aussi.

Elle se força à redresser la tête, à affronter son regard, cherchant désespérément quelque chose à dire.

— C'est arrivé, c'est tout. Je veux dire… je n'avais pas

l'intention de… de… Ces dernières semaines ont été un peu étranges pour moi et…

— Pour moi aussi, intervint Stefano, saisissant à deux mains la perche qu'elle lui tendait. Sans quoi je n'aurais jamais…

— Je sais, moi non plus.

— Je n'aurais jamais tiré avantage de la situation.

Elle acquiesça. Il se comportait en gentleman, assumant l'entière responsabilité d'un baiser dont ils étaient tous les deux responsables. C'était même elle qui l'avait provoqué, pour être honnête.

— Eh bien, oublions tout ça, renchérit Fallon en se forçant à sourire.

Il hocha la tête, le regard rivé au sien, une telle expression de compassion au fond des yeux qu'elle en aurait pleuré.

— Eh bien, reprit-elle après s'être éclairci la gorge, je vous remercie pour cette discussion.

— Cette… ? Ah, oui, bien sûr.

— Vous avez raison. Je crois qu'il est grand temps que j'affronte le monde de nouveau.

Stefano acquiesça. Il semblait incapable de parler, et avait l'impression d'être l'un de ces jouets en plastique qui ne peuvent que hocher la tête.

Comment avait-il pu faire une chose pareille ? Perdre le contrôle de lui-même et embrasser une femme encore affaiblie par un accident qui avait changé le cours de sa vie ? Il avait seulement voulu la rassurer, lui faire comprendre qu'elle comptait pour lui. Au lieu de cela, il avait agi avec toute la subtilité d'un taureau en rut.

Quel genre d'homme était-il donc pour profiter de sa faiblesse ? Pour ajouter à sa confusion ? Lorsqu'elle serait guérie, alors oui, il la prendrait dans ses bras et lui dirait qu'il voulait faire l'amour avec elle, changer cette expression de gratitude qu'il lisait sur ses traits en passion pure, incontrôlée…

— … pas ce soir.

Clignant des yeux, il se concentra sur Fallon et vit qu'elle battait lentement en retraite vers la maison.

— Pardon ?

— J'ai dit que je réfléchirais à ce dont nous avons discuté. Et… nous en reparlerons, mais pas…

— Très bien. Nous en rediscuterons demain. Pourquoi ne pas prendre notre petit déjeuner ensemble ?

— Oh non ! Je veux dire, Anna le montera dans ma chambre, comme d'habitude

— Non.

— Pardon ?

Il avait parlé sans réfléchir, et il n'avait d'autre choix que de continuer sur sa lancée.

— Je vais dire à Anna que vous prendrez désormais vos repas en bas. Avec moi.

L'expression d'horreur qui s'afficha sur le visage de Fallon faillit le faire rire.

— Ce n'est pas possible, fit-elle enfin. Je veux dire, je ne suis pas encore prête à…

— 8 heures, ça vous convient ?

— Ça me conviendrait si j'avais dit oui, mais je ne…

— Anna m'a dit ce que vous preniez. Café noir, c'est ça ?

— Oui. Anna vous l'a dit ?

— Et une feuille de salade au déjeuner ?

— Anna vous a fait un rapport, c'est ça ? demanda Fallon d'un ton soudain glacial.

— Je ne formulerais pas les choses de cette façon.

— Ah non ?

Fallon croisa les bras d'un air de défi. La colère était un sentiment bien plus sûr que tous ceux qu'elle avait ressentis jusqu'à présent.

— Je vous répète que je prendrai mes repas dans ma chambre.

— Et moi, je vous répète que vous les prendrez avec moi.

Fallon plissa les yeux.

— Je n'aime pas qu'on me donne des ordres. Peut-être que je ferais bien d'aller prendre mon taxi, après tout.

— Vous avez vu un taxi quelque part ? ironisa son compagnon.

Elle fronça les sourcils. Le taxi aurait en effet dû être là depuis une demi-heure.

— Vos gardes l'ont renvoyé ! dit-elle d'un ton accusateur.

— Ils ont leurs ordres. Personne n'entre sans mon autorisation.

— Ni ne sort, c'est ça ?

Stefano haussa les épaules avec une telle nonchalance qu'elle aurait voulu le gifler.

— C'est le seul moyen de protéger ma vie privée. Et la vôtre. Vous voudriez vraiment que la nouvelle de votre accident s'ébruite ?

— Vous faites allusion… aux paparazzis ? dit la jeune femme en pâlissant.

— La Sicile est une terre de rumeurs. Vous ne voudriez pas en faire l'expérience, n'est-ce pas ?

— Non. Non, surtout pas. Je n'ai même pas prévenu ma famille.

— Voulez-vous que je le fasse pour vous ?

— Je le ferai. Quand je serai prête.

— Dans ce cas, dit Stefano d'un ton radouci, mieux vaut que je ne change pas mes instructions aux gardes, non ?

— Non, concéda-t-elle dans un soupir.

Ce ne fut que quelques heures plus tard, alors qu'elle se tournait et se retournait dans son lit, incapable de trouver le sommeil, que Fallon se demanda si elle n'avait pas été une nouvelle fois manipulée par un homme qui était expert à ce jeu.

Puisque Anna rapportait ses habitudes au maître des lieux, Fallon décida qu'elle ferait aussi bien d'accepter de déjeuner avec lui. Elle soupçonnait de toute façon que si elle refusait, il serait capable de monter la chercher et de la jeter en travers de son épaule pour redescendre avec elle. Et elle ne voulait pas risquer de se retrouver une nouvelle fois dans ses bras.

*
* *

Ils prenaient le petit déjeuner à 8 heures, le déjeuner à 13 heures, le dîner à 20. Une conversation rare et tendue accompagnait chaque repas. Durant la journée, Stefano se retirait dans son bureau pendant qu'elle allait se promener sur la plage. Elle passait ses soirées dans sa chambre, tandis que Stefano partait à moto pour de longues sorties dont il ne revenait que quelques heures plus tard. Il était fort probable qu'il avait une maîtresse dans l'un des villages voisins. Un homme comme lui ne pouvait rester longtemps célibataire.

Elle profita de l'une de ses escapades pour explorer son bureau, dans l'espoir d'en apprendre un peu plus sur lui. Stefano ne l'avait jamais invitée à entrer, et il semblait que même Anna ne franchissait jamais les doubles portes d'acajou massif.

Sachant qu'elle pénétrait dans le saint des saints, elle avait le cœur qui battait la chamade. Mais la pièce n'était pas ce à quoi elle s'était attendue. Ce n'était pas le repaire de Barbe Bleue. Ce n'était pas un nid d'amour façon playboy. C'était un élégant bureau lambrissé de bois, au sol couvert de dalles de terre cuite et de tapis, meublé de fauteuils confortables et équipé d'un ordinateur, d'un fax et de deux imprimantes.

Il y avait également des photos aux murs. On y voyait un Stefano adolescent et souriant en compagnie d'un vieil homme aux cheveux blancs qui lui ressemblait. Le grand-père dont il lui avait parlé, en déduisit-elle.

D'autres le représentaient tel qu'elle le connaissait, portant un casque de chantier au milieu d'ouvriers. L'arrière-plan marin indiquait que ces clichés dataient de la construction de la maison.

Il y avait également des magazines et des journaux qui lui confirmèrent, lorsqu'elle les feuilleta, ce qu'elle soupçonnait déjà : qu'il était *le* Stefano Lucchesi, le célèbre homme d'affaires qui avait bâti un empire à faire pâlir d'envie tous ses concurrents.

Fallon fit un dernier tour, puis éteignit la lumière et quitta la pièce. Oui, elle devait se méfier de Stefano. Elle ne doutait pas de sa générosité, mais c'était aussi un séducteur qui devait faire souffrir toutes les femmes qu'il approchait.

Elle regagna sa chambre et se posta sur son balcon, laissant son regard se perdre dans la nuit étoilée. De toute façon, il n'y avait que peu de chances qu'une femme comme elle intéresse Stefano. Elle était en sécurité.

Alors pourquoi en éprouvait-elle un tel désespoir ?

Quatre jours après le début de ce *statu quo*, Stefano lui jeta un regard interrogateur par-dessus sa tasse de café.

— Vous êtes prête ?

— Prête à quoi ?

— Vous avez rendez-vous avec le médecin.

Le cœur de Fallon s'emballa. Elle avait réussi à oublier ce rendez-vous. Il lui arrivait presque, parfois, de ne plus penser à son état, car elle ne se regardait plus dans les glaces et portait ses lunettes noires même à l'intérieur.

En tout cas, elle n'était pas prête à quitter en plein jour les murs rassurants du *castello* pour affronter les lumières crues de l'hôpital.

— Vous aviez oublié ?

— Oui, reconnut-elle. Vous avez son numéro ? Je vais appeler pour annuler.

— Pourquoi ?

— Eh bien, parce que je me sens bien. Il est inutile de…

— On vous enlève vos points aujourd'hui.

— Mes points…

— Oui, dit-il d'une voix douce. C'est un grand jour pour vous.

Sous la table, Fallon se tordit les mains.

— J'irai une autre fois.

— Ne soyez pas ridicule. Tenez, après avoir vu le médecin, nous irons célébrer ça dans un petit restaurant de fruits de mer qui…

— Je ne suis pas prête, coupa-t-elle d'un filet de voix.

Stefano faillit la prendre dans ses bras, l'embrasser et lui souffler qu'il n'était pas prêt non plus. Oh, pas pour les points. Non, il n'était pas prêt à la laisser partir lorsque le médecin lui annoncerait que tout irait bien.

— Je serai avec vous, lui assura-t-il.

Elle leva la tête et lui sourit. Elle ne lui avait pas souri depuis plusieurs jours, depuis qu'il l'avait embrassée, plus exactement.

— Je serai avec vous à chaque étape, lui promit-il.

Puis il se leva et lui tendit la main.

Un étrange bonheur l'envahit lorsqu'elle y glissa la sienne.

Malheureusement, le médecin s'opposa à Stefano.

— Non, dit le praticien fermement, quand Stefano exprima son intention de rester dans la salle pendant qu'il retirait les points. Allez faire un tour et prendre un café. La *signorina* et moi devons parler.

Quel qu'ait été l'objet de la conversation, le résultat fut désastreux. Stefano le sut dès l'instant où l'infirmière l'autorisa à rentrer dans le cabinet. Fallon était perchée sur un haut tabouret, raide comme la justice, et détourna la tête en le voyant.

Le médecin le prit par le bras et le reconduisit dans l'entrée.

— Tout va bien, dit-il. Il n'y a pas d'infection, et les bords de plaie ont un très bel aspect.

— Mais ?

Le praticien soupira, retira ses lunettes et les nettoya avec le revers de sa blouse.

— Mais elle refuse d'affronter la réalité.

— On ne peut pas lui en vouloir. Vous saviez qu'elle était mannequin ? Son visage, c'est sa carrière.

— Vous voulez la voir guérir, *signor* Lucchesi ? Ou la rendre dépendante de vous ?

— Attention à ce que vous dites, gronda Stefano.

Mais le médecin ne parut pas le moins du monde impressionné.

— Parce que c'est ce que vous êtes en train de faire, même si c'est involontaire. La *signorina* est forte, mais la tentation pourrait être grande de se cacher dans le cocon que vous tissez autour d'elle.

— Ce n'est pas ce que j'ai fait ! protesta-t-il. Elle vous a dit qu'elle s'enfermait dans sa chambre ? Que j'ai dû la forcer à prendre ses repas avec nous ?

— Est-ce qu'elle est sortie de chez vous ? Allée en ville ? Ou a-t-elle fait ne serait-ce qu'une promenade en voiture ?

Stefano s'adossa au mur, désarmé.

— Qu'est-ce que vous suggérez ? Que je la force à sortir, à montrer son visage à tout le monde alors qu'elle a du mal à le regarder elle-même ?

— Ce que je suggère, fit doucement le médecin, c'est que vous l'aidiez à aller de l'avant. Extérieurement, elle est en voie de guérison. A présent, elle doit guérir de l'intérieur. C'est là qu'elle souffre le plus.

Sur le chemin du retour, Fallon resta silencieuse, cachée derrière ses lunettes noires et son grand chapeau.

— Tout s'est bien passé, dit Stefano après quelques instants.

Elle ne répondit pas.

— Le médecin dit que…

— Je ne veux pas en parler.

Elle observa un temps de silence, puis se mit à rire.

— L'ironie de tout ça, c'est qu'au cours des derniers mois je me demandais ce que j'aimerais faire d'autre dans la vie.

— Et ?

— Comment ça, « et » ? Je ne pensais pas qu'il me faudrait trouver une réponse si vite !

— Mais vous avez bien dû y réfléchir…

— Comment aurais-je pu ? Vous ne comprenez donc pas ? Tout a changé.

La voiture franchit les portes du *castello* et s'arrêta devant l'entrée. Stefano échangea quelques mots avec le chauffeur, puis descendit et ouvrit lui-même la porte de Fallon.

Elle entra dans la maison et voulut monter directement à l'étage. D'une main douce mais ferme, il la retint.

— D'après ce que dit le médecin, vous n'irez pas mieux tant que vous n'accepterez pas ce qui vous est arrivé.

Fallon le regarda comme s'il était devenu fou.

— Parce que vous croyez que j'ai le choix ?

— *Cara*. Il y a une différence entre encaisser et accepter.

— Merci pour cette philosophie de bas étage. C'est incroyablement utile. C'est sicilien ?

— Je vous ai déjà dit que je n'étais pas sicilien.

— Oh si, vous l'êtes ! Ça s'entend dans votre façon de prononcer les mots, dans votre débit, dans votre manière de me donner des leçons comme si vous étiez un puits de sagesse millénaire.

Ce n'était pas vrai. Il essayait simplement de l'aider, elle le savait, mais il ne le ferait vraiment qu'en lui disant : « Vous n'avez pas besoin de ces lunettes et de ce chapeau. Oui, vous avez des cicatrices, mais je ne les vois pas. J'ai envie de vous. J'ai toujours eu envie de vous… »

Elle déglutit, agitée.

Ne lui avait-on pas dit qu'elle souffrait d'un léger traumatisme crânien ? Cela expliquait sans doute ces idées étranges.

— Ça n'a aucune importance, de toute façon.

— Ecoutez, Fallon, je ne veux pas me disputer avec vous…

— Alors ne dites rien.

— Nous ne pouvons même pas avoir une conversation normale ?

— Non.

Elle était impossible ! Le feu, l'acier, la soie mélangés.

Stefano ne voulait pas se disputer avec elle, il désirait simplement parler. Non, il voulait davantage. Il voulait la prendre dans ses bras, l'embrasser, lui dire qu'il avait trouvé ce qu'elle pouvait faire de sa vie : la passer près de lui.

Il avala nerveusement sa salive.

Il devait rester calme. Rationnel. C'était juste qu'il n'était pas très à l'aise pour déchiffrer les messages cachés que les femmes envoyaient. A moins qu'il ne s'agisse de choses simples, comme lorsqu'elles vous demandaient : « Est-ce que tu me trouves grosse avec cette robe ? » Non. Ou : « Est-ce que tu aimes ma nouvelle coiffure ? » Oui. Ou encore : « Tu peux laisser ton rasoir et quelques affaires de rechange ici, si tu veux. » Auquel cas il savait quels mots utiliser pour se tirer de ce mauvais pas avec un minimum de dégâts.

Cependant le cas de Fallon était nouveau pour lui. Il devait l'aider, mais ne savait pas comment s'y prendre.

— J'essaie juste de vous faire comprendre quelque chose.

La jeune femme lui décocha un regard dont le sens, pour une fois, était clair : « Vous êtes en terrain miné. »

— Vraiment ? Quoi donc ?

— Que vous lamenter sur votre sort ne vous servira à rien.

Oh non… Il se serait tapé la tête contre les murs pour avoir dit une bêtise pareille. Il vit Fallon se raidir de colère.

— Je ne voulais pas dire…

— Oh, si ! se récria-t-elle en se dégageant de son étreinte. Ainsi donc, vous pensez que je me complais dans mon malheur ?

— Vous m'avez mal compris.

— Je ne crois pas, non. Il est évident que c'est ce que vous pensez.

— Non. Et même si c'était le cas, ajouta-t-il, choisissant ses mots avec soin, il serait parfaitement normal pour quelqu'un dans votre situation de réagir ainsi.

— Sauf que je ne suis pas quelqu'un, je suis moi, et c'est moi qui ai à vivre avec ça !

— Fallon, *cara*…

— Et arrêtez de m'appeler « *cara* » !

Elle fit quelques pas vers l'intérieur de la maison, s'immobilisa, se retourna.

— Vous voulez entendre une histoire drôle, Stefano ? J'en ai une bien bonne. Le médecin a été appelé deux minutes avant de m'enlever les points. L'infirmière m'a apporté quelques magazines pour patienter. J'en ouvre un et vous savez sur quoi je tombe ? Sur moi. Sur moi à l'époque où je ne ressemblais pas à un monstre.

Réprimant l'envie de retourner à l'hôpital et d'étrangler l'infirmière, Stefano répondit d'une voix douce :

— Je suis désolé mais…

— Puis le Dr Frankenstein revient, et s'attend à ce que je m'extasie devant ses travaux de couture !

— Fallon, je vous en prie…

— Je rentre demain.

— Pour faire quoi ? Vous enfermer dans votre appartement ?

— Ce sont mes affaires.

Fallon tourna le dos. Stefano lui saisit le bras et la fit pivoter, sans douceur, vers lui.

— *Basta !* gronda-t-il. Ça suffit.

— Au moins, nous sommes d'accord sur quelque chose. *Basta*, en effet. Vous n'êtes pas mon geôlier ni mon tuteur. Alors épargnez-moi vos discours et vos proverbes chinois !

— Vous vous êtes regardée dans un miroir ? Répondez-moi ! Vous êtes-vous vraiment regardée ?

— C'est inutile. Je vois tout ce dont j'ai besoin dans vos yeux.

— Quoi ?

Mais avant qu'il puisse se ressaisir, Fallon s'arracha à son emprise et monta quatre à quatre les escaliers.

# 7.

Fallon lança sa valise sur le lit, ouvrit le placard et en tira toutes ses affaires, vidant cintres et étagères. Elle aurait dû partir la première fois au lieu de laisser Stefano la persuader de rester. Sa place n'était pas ici.

Quel culot il avait ! Oser lui dire comment elle devait mener sa vie, ce qu'elle était supposée ressentir !

Stefano Lucchesi vivait selon ses propres règles dans un univers clos. Les gens exécutaient ses ordres en un clin d'œil, il l'avait dit lui-même. Il n'avait sans doute jamais versé une goutte de sueur de sa vie.

Comment pouvait-il comprendre ce que c'était que d'avoir l'un des visages les plus recherchés du monde, et l'instant d'après…

Fallon lâcha une brassée de chaussures dans la valise. Oui, il vivait dans un monde sûr, protégé. Le sien était flou, inquiétant. Il avait été bouleversé par un dieu doté d'un penchant pour l'humour noir.

Elle passa dans la salle de bains, avisa ses produits de beauté et, du bras, les rassembla pour les faire glisser dans la poubelle d'osier qui se trouvait sous le lavabo. Certains atterrirent dedans, d'autres s'écrasèrent au sol, s'ouvrant et répandant leur contenu.

Jasper Johns aurait qualifié le résultat d'œuvre d'art.

En tout cas, elle n'aurait plus besoin de tous ces artifices. Qui se soucierait désormais de la couleur de son rouge à lèvres ? Qui se préoccuperait de savoir quel mascara elle utilisait ?

Elle abattit le poing sur le rebord de marbre du lavabo.

— Stefano Lucchesi, marmonna-t-elle, vous n'êtes qu'un salaud, un sagouin, un sale…

— Belle allitération, fit une voix dans son dos. Mais je crains de devoir protester.

Fallon pivota vivement. Stefano était adossé au chambranle, les mains fourrées dans ses poches.

— Qu'est-ce que vous faites dans ma chambre ? Qui vous a permis d'entrer sans frapper ?

— J'ai frappé.

— Avec quoi ? Une plume ? Je n'ai rien entendu !

— Evidemment. Vous faisiez bien trop de bruit, à taper du pied et à tout casser.

Fallon s'empourpra.

— Je n'ai jamais tapé du pied de toute ma vie. Vous avez trop d'imagination.

Stefano leva un sourcil moqueur et baissa les yeux vers le sol. La jeune femme fit de même et rougit davantage.

— J'étais pressée. J'ai lâché quelques petites choses.

— Je vois. Tous ces élixirs magiques doivent coûter une fortune. Et vous les jetez ?

— Je fais ce que je veux de mes affaires.

— Je croyais que les femmes adoraient ces trucs ridicules ?

— Ils n'ont rien de ridicule.

— Dans ce cas, pourquoi les jetez-vous ?

— Parce que je n'en aurai plus besoin.

Stefano coula vers elle un regard songeur. « Allez-y », le défia-t-elle en silence. Encore un sermon sur « Affronter la Réalité » et elle le cognait. Ou fondait en larmes.

Oh non… Etait-elle si proche des larmes ? En hâte, elle s'accroupit et entreprit de ramasser ses affaires éparpillées. Mais Stefano l'imita et lui prit la main.

— Laissez-moi faire.

— Je suis parfaitement capable de réparer mes bêtises toute seule.

— J'en suis sûr. Mais il n'y a rien de mal à accepter un peu d'aide.

Ce n'était pas un sujet qu'elle souhaitait aborder, et elle lui décocha un regard noir avant de se remettre à la tâche. Stefano ramassa une petite boîte de fard à paupières et lut sur l'emballage :

— « Sundae Caramel » ?

— Si vous pensez que ça vous ira, ironisa Fallon, servez-vous.

— Et « Mousse de Miel Sauvage », lut-il sur un tube de gloss. Pourquoi ces machins ont-ils tous des noms aussi… alimentaires ?

— Donnez-moi ça, marmonna-t-elle en lui arrachant le gloss pour le mettre à la poubelle. Et allez-vous-en. Je vous l'ai dit : je n'ai pas besoin de votre aide.

— Vous avez besoin de quelqu'un, pourtant.

Elle secoua la tête, mais se redressa tandis qu'il achevait en silence de tout ramasser. Quand il eut fini, elle lui décocha un sourire figé.

— Merci.

— Je vous en prie.

— Et je suis désolée si le bruit vous a dérangé.

— Je n'ai rien entendu.

— Dans ce cas, pourquoi…

— Je suis venu m'excuser.

Fallon cligna des yeux, stupéfaite.

— Vous excuser ?

— Exactement.

Stefano se frotta les mains, puis les essuya sur son jean. C'était idiot, mais la simplicité de ce geste évoquait un petit garçon, et Fallon en fut touchée.

— Je me suis comporté comme un imbécile.

— Je vous demande pardon ?

— Vous m'avez entendu. Je n'aurais pas dû vous dire comment gérer votre vie.

Fallon le fixa avec méfiance. S'imaginait-il que quelques excuses allaient arranger les choses et lui faire oublier son arrogance ?

— En fait, vous aviez raison en m'insultant. Je suis tout ce que vous avez dit. Pire encore !

Fallon aurait voulu rester de marbre, mais elle ne put retenir un sourire.

— Sérieusement, reprit son compagnon, j'avais tort. Ce que vous vivez n'est pas facile, et personne ne peut se mettre à votre place.

Il semblait vraiment sincère. Et après tout ce qu'il avait fait pour elle, Fallon supposait qu'elle pouvait faire preuve d'un peu de souplesse et accepter ses excuses. D'autant qu'elle allait quitter le *castello*.

— Je ne voulais pas vous blesser, dit-il d'une voix douce. Vous devez savoir que je ne ferais jamais une chose pareille.

Leurs regards se croisèrent.

Non, songea Fallon. Il ne ferait pas cela. Il avait voulu l'aider et, pour être honnête, elle savait qu'il avait raison. Que le fait de se complaire dans son malheur et de se lamenter sur le passé ne l'aiderait pas.

Stefano tendit la main, comme pour la toucher. Mais il la retira aussitôt et s'éclaircit la gorge.

— Je vais vous laisser, maintenant. Mais si vous changez d'avis, si vous voulez quelqu'un à qui parler… Ou même une cible sur laquelle lancer des choses, ajouta-t-il en souriant, vous n'aurez qu'à…

— Vous aviez raison.

— Quoi ?

— J'ai dit, vous aviez raison, répéta Fallon en se tordant nerveusement les mains. Je me suis abandonnée à une certaine complaisance.

— Non, dit-il en hâte. Ce n'est pas vrai. Je voulais seulement dire que…

— A la complaisance et au refus d'affronter la réalité, le coupa-t-elle de nouveau, levant les yeux pour affronter son regard après l'avoir esquivé. Je n'arrête pas de penser : Si je n'avais pas été sur cette route… S'il n'avait pas plu… Et je sais que ce genre de raisonnement ne mène à rien.

— Pas forcément. Il peut faire partie du processus naturel de guérison. C'est ce que j'ai négligé.

La jeune femme eut un pâle sourire.

— Quand j'étais petite, je me suis cassé le bras en tombant du vélo de mon frère. C'était ridicule de vouloir le prendre, je le savais, parce qu'il était bien trop grand pour moi. Après ça, quand j'ai découvert que je devrais porter un plâtre pendant tout l'été, j'ai geint et je me suis plainte, jusqu'à ce que ma mère me dise : « Fallon, si tu mettais autant d'énergie à guérir qu'à te lamenter, tu serais bien plus heureuse ! »

Stefano sourit à son tour.

— Vous êtes sûre que votre mère n'est pas italienne ? On dirait le même discours que celui que ma mère m'a servi quand je suis rentré en pleurant parce que M. Rienzi m'avait surpris en train de voler un pistolet à eau et m'avait tiré les oreilles.

— Vous ? Un voleur ? Je n'aurais jamais cru ça.

— C'était pourtant le prix à payer pour intégrer la bande des Mohicans de Mott Street.

— La bande des…

Fallon se mit à rire, et ce son le traversa comme une onde bienfaisante. Il pouvait compter sur les doigts de la main les fois où il l'avait vue rire. C'était merveilleux, la plus douce des musiques. Il aurait voulu l'entendre plus souvent.

— Eh oui, que voulez-vous ? C'était l'été, nous jouions au gendarme et au voleur et j'avais déjà dépensé tout mon argent de poche en bonbons et en bandes dessinées. Comment étais-je censé attraper un voleur sans revolver ?

— Et je suppose que voler ce jouet était un rite de passage ?

— Je crois que c'était plutôt la fessée qui s'est ensuivie, le rite de passage.

Ils sourirent, puis Fallon reprit son sérieux.

— En tout cas, je sais que ma mère m'aurait sans doute

tenu le même discours que vous cet après-midi. Il faut que j'aille de l'avant.

— Je suis ravi de vous entendre dire ça, murmura Stefano, s'approchant pour caler une mèche folle derrière l'oreille de la jeune femme.

— Je n'étais pas en colère contre vous. C'est à moi que j'en voulais. Vous… vous avez été merveilleux. Généreux, attentionné, compatissant… Ce n'est pas une allitération mais c'est vrai !

— Vous êtes une femme remarquable, Fallon O'Connell.

Les yeux de l'intéressée s'emplirent de larmes.

— Oh non ! Je suis une vraie mauviette.

— Dans ce cas, vous êtes la plus jolie mauviette que je connaisse.

Stefano se pencha et pressa un baiser tendre contre ses cheveux noirs.

— Inutile de mentir, reprit-elle. Je sais à quoi je ressemble.

— Dans ce cas, vous savez que vos yeux sont couleur de mer, que vos lèvres ressemblent à des pétales de rose. Et vous savez que celle que vous êtes vraiment n'a pas été affectée par l'accident, et que vous êtes si belle qu'aucun homme ne vous mérite.

Ces mots firent à Fallon l'effet d'un souffle d'air chaud. Elle leva la tête vers Stefano et, lorsqu'elle vit ses yeux se poser sur sa bouche, murmura son nom et s'abandonna à lui.

Comme s'il n'avait attendu que ce signe, ses bras se refermèrent autour d'elle. Fallon frémit en sentant la violence de son érection.

— *Bellissima…*, soupira-t-il tout contre ses lèvres.

Il l'embrassa de nouveau et elle se mit à trembler, étonnée de la violence de son propre désir. Elle n'avait jamais ressenti cela dans les bras d'aucun homme, n'avait jamais voulu donner autant d'elle-même. Cela la terrifia, et elle eut un mouvement de recul.

— Je ne peux pas, Stefano. Je suis désolée, je… je…

Elle le vit lutter pour reprendre le contrôle de lui-même, puis sourire.

— Vous savez que nous ne sommes jamais sortis, tous les deux ?

— Sortis ?

— Oui. Je vous offre des fleurs, nous buvons un peu de champagne, nous dansons au clair de lune… Un rendez-vous galant, quoi.

Fallon sentit son cœur tressaillir. Elle n'était pas prête à affronter le monde extérieur. Pas encore.

— Stefano, dit-elle après s'être humecté les lèvres, je comprends votre intention, et je sais qu'il faut que je sorte, mais…

Il lui prit les mains, les porta à sa bouche et les embrassa tour à tour, ce qui eut pour effet de lui couper la parole.

— Je connais l'endroit parfait. Une terrasse dans un merveilleux jardin, avec vue sur la mer.

— Vous voulez dire… ici, au *castello* ?

Il l'embrassa, légèrement, tendrement.

— Le volcan a grondé toute la semaine. Si nous sommes chanceux, il nous offrira peut-être un son et lumière.

— Dans ce cas, je serai heureuse de dîner avec vous, *signore*.

— 19 heures. Je vous attendrai.

Il l'embrassa une dernière fois et, lorsqu'il la relâcha, Fallon aurait juré avoir senti la terre trembler sous ses pieds.

A 18 heures, Fallon était plantée devant son lit, les poings sur les hanches, et fixait avec irritation les vêtements qu'elle y avait déposés.

Elle avait rangé tout ce qu'elle avait mis dans sa valise, puis avait sorti de nouveau ses tenues, une par une, pour les essayer à tour de rôle.

En vain. Elle ne trouvait pas ce qu'elle devait porter ce soir. C'était bien la première fois que pareille chose lui arrivait.

Elle savait quoi mettre pour aller dîner dans un restaurant de Greenwich Village ou dans la dernière boîte à la mode.

Alors pourquoi un simple dîner à la maison lui posait-il autant de problèmes ?

Parce que ce n'était pas un simple dîner, voilà pourquoi. Parce qu'elle serait en compagnie d'un homme qui lui faisait ressentir des choses inédites, incompréhensibles.

Comment s'habillait-on dans ce genre de situation ? Robe d'été et talons hauts ? Jupe longue et dos-nu ? Jean et tennis ? Elle voulait voir le regard de Stefano s'illuminer lorsqu'il l'apercevrait. Elle voulait lui paraître belle, malgré tout…

Quelques coups légers contre la porte la tirèrent de ses réflexions. Elle alla ouvrir et découvrit Anna qui se tenait sur le seuil.

— *Scusi*, fit la gouvernante en la dépassant, deux vases dans les bras.

— *Scusi*, ajouta Luigi, apparu à sa suite, plus impassible que jamais.

Il portait de longues boîtes venant à l'évidence de chez un fleuriste. Fallon les regarda s'affairer un instant, médusée, avant de demander :

— Qu'est-ce que c'est que ça ?

— *Fiori*, dit Anna. *Fiori, tutti per voi.*

Des fleurs ? Pour elle ?

— Toutes ? demanda-t-elle avec un geste circulaire.

Luigi avait déposé les boîtes et en sortait le contenu, qu'Anna disposait dans les vases. Des roses jaunes. Des roses rouges. Des tulipes noires, des orchidées couleur lavande, des jacinthes, des violettes, des fleurs sauvages. Lorsque toutes furent en place, Anna sourit à Fallon, lui donna une enveloppe ivoire et fit un signe à Luigi.

— *Signorina*, dit ce dernier.

Puis la porte se referma derrière eux, et Fallon se retrouva seule. Elle pivota lentement, incrédule, pour étudier les fleurs qui emplissaient la pièce.

Elle se rappela enfin l'enveloppe qu'elle tenait et l'ouvrit. Elle contenait une simple carte.

« Je voulais vous envoyer des fleurs, mais je ne savais pas lesquelles vous préfériez. »

La signature de Stefano avait été griffonnée sous le message.

Fallon prit une rose jaune et enfouit son nez dans ses pétales. Elle n'avait jamais eu de fleurs préférées, mais elle savait que toutes celles qui étaient là en feraient désormais partie.

Souriant malgré les larmes qui lui montaient aux yeux, elle se dirigea vers le placard et en tira la seule tenue qu'elle n'avait pas sortie. Son cœur lui soufflait que c'était celle qu'elle devrait porter ce soir…

# 8.

A 18 h 40, Stefano avait tellement arpenté son bureau qu'il se demanda comment il n'avait pas fait de trou dans le tapis.

A 18 h 45, il songea que s'il regardait encore une fois sa montre, il l'arracherait probablement de son poignet pour la lancer contre le mur.

*Basta!*

Il se comportait comme un adolescent. Irrité, il éteignit la lumière, descendit et sortit sur la terrasse.

Oui, c'était mieux. A l'extérieur, il respirait plus librement. Le ciel avait pris une teinte translucide, comme le soleil se couchait, et l'océan ondulait comme de l'or pur.

Anna avait dressé le couvert avec ce que le *castello* comptait de plus précieux : argenterie, cristal, porcelaine fine. Une bouteille de champagne attendait dans un seau à glace. Tout était prêt pour la soirée.

Tout sauf lui.

Voilà qu'il recommençait à faire les cent pas. Il ne se souvenait pas avoir déjà été si nerveux. En général, ses relations avec les femmes étaient aisées, presque routinières.

Pas ce soir, apparemment. Et si Fallon avait changé d'avis ? Si elle n'acceptait plus ses excuses ? Si elle avait décidé de ne pas descendre ?

Peut-être était-elle en train de se moquer des fleurs… Il n'avait pas eu l'intention d'en faire envoyer tant quand il avait appelé le fleuriste.

« Je veux une douzaine de roses jaunes », avait-il dit, pensant que la couleur irait bien avec l'ébène de ses cheveux.

Puis il avait songé qu'elle n'aimait peut-être pas le jaune et en avait aussi commandé des rouges. Et des tulipes noires, pour lui prouver qu'il pouvait y avoir de la beauté dans la noirceur. Et d'autres encore…

Stefano regarda de nouveau sa montre. Il était 19 h 05. Si elle n'apparaissait pas, il monterait les escaliers, irait la trouver dans sa chambre et lui dirait qu'il était en train de devenir fou, et que c'était à cause d'elle, et que…

— Bonsoir.

Il pivota et crut que son cœur allait s'arrêter. Fallon se tenait sur la terrasse, un sourire incertain aux lèvres, vision pure, radieuse, enchanteresse.

Il avait mis un smoking, se souciant peu de la façon dont elle s'habillerait. Mais elle était magnifique. Elle portait une longue robe de soie vert d'eau qui répondait à ses yeux, sur laquelle ses cheveux d'ébène tombaient en une cascade souple et brillante. Elle avait glissé un bouton de rose jaune derrière son oreille.

— Bonsoir, répondit-il d'une voix enrouée, avant de s'éclaircir la gorge.

— Désolée d'être en retard.

Il fit un geste signifiant que ça n'était pas grave, s'approcha d'elle et murmura :

— Vous êtes ravissante.

— Vous aussi.

— C'est la première fois qu'on me dit que je suis ravissante, fit Stefano en riant.

Il lui prit une main, l'embrassa tendrement, puis la posa au creux de son bras.

— Je suis ravi de voir que vous aimez les roses jaunes.

— J'aime toutes les fleurs que j'ai reçues. Ma chambre ressemble à un jardin. Merci.

Il baissa les yeux vers les siens. Il aurait voulu l'embrasser, mais il comprit soudain que, en réalité, il voulait bien plus que cela.

Il désirait Fallon corps et âme. Il la désirait comme jamais il n'avait désiré une femme.

Ce n'était pas pour l'aider à guérir qu'il avait organisé ce dîner. C'était pour l'attirer dans son lit ! Ce qui en faisait le salaud qu'elle l'avait accusé d'être.

— Stefano ?

— Hmm ?

Il tressaillit et lui jeta un regard un peu flou, encore sous le choc de ce qu'il éprouvait.

— Quelque chose ne va pas ?

Oui, quelque chose n'allait pas. Elle lui faisait ressentir des sentiments étranges, qu'il ne comprenait pas. Des sentiments plus forts que le désir.

— Non, répondit-il enfin. Mais ne laissons pas le repas refroidir. Anna nous en voudrait. Elle est ravie que vous dîniez avec moi ce soir.

Une teinte rose colora les joues de Fallon.

— Moi aussi, dit-elle dans un souffle.

Stefano ouvrit le champagne et le versa dans les flûtes en baccarat. Puis ils dînèrent de thon fumé, de *caponata*, et d'une spécialité sicilienne, *les pasta con le sarde*, préparée par Anna.

Fallon fut surprise de constater qu'elle avait faim. Et tout était délicieux. Mais la présence de Stefano lui nouait la gorge, la forçait à n'avaler que de petites bouchées.

La nuit était chaude, et il ôta bientôt sa veste et son nœud papillon, non sans lui en avoir demandé la permission. Cela le rendit plus séduisant encore, si du moins une telle chose était possible.

Ils parlèrent de New York, qu'ils adoraient tous deux, de la Sicile, des endroits qu'ils avaient visités au cours de leurs voyages. Puis Stefano lui raconta comment il avait racheté le terrain de son grand-père, lui décrivit les vieux Siciliens qui le lui avaient vendu, et fit une affreuse imitation de Marlon Brando incarnant Vito Corleone qui se termina en crise de fou rire.

— J'aime vous voir rire, dit Stefano, dont le regard s'était assombri.

Cela faisait longtemps que Fallon ne s'était pas sentie si heureuse. Depuis bien avant l'accident, en fait.

— Parlez-moi du *Castello Lucchesi*, demanda-t-elle. Et de votre grand-père.

Stefano haussa les épaules, se cala dans son siège et sirota son vin.

— Je l'aimais. Il était dur et austère, comme cette île, mais aussi généreux que son peuple.

— Et vous avez construit la maison pour lui.

Elle l'avait dit si simplement qu'il sut qu'elle comprenait.

— Oui, je l'ai construite pour lui. J'aurais juste voulu qu'il vive assez vieux pour la voir.

Impulsivement, elle lui prit la main. Stefano mêla ses doigts aux siens.

— Je vous raconterai son histoire, un jour. Pour le moment, disons simplement que la vengeance peut devenir un mode de vie pour certaines personnes. A votre tour. Parlez-moi de vous.

Fallon lui répondit qu'il n'y avait pas grand-chose à dire mais, un quart d'heure plus tard, elle parlait toujours, lui relatant l'histoire de sa famille et de leurs déménagements successifs au gré des déboires de leur père, joueur invétéré.

Elle lui raconta des choses qu'elle n'avait dites à personne, comme le malaise qu'elle avait éprouvé, à l'école, à dépasser d'une bonne tête tous les autres élèves de sa classe, garçons y compris.

— Heureusement, Meg et Bree ont fini par me rattraper, dit-elle en riant.

Et soudain, elle sut qu'elle ne pourrait plus faire semblant très longtemps. Elle voulait être dans les bras de Stefano, sentir ses lèvres sur les siennes, et s'il ne la touchait pas rapidement, elle allait finir par se ridiculiser en se jetant dans ses bras.

Seigneur, mais que lui arrivait-il ?

— Eh bien, dit-elle, il se fait tard.

« Vraiment ? » songea Stefano, regardant autour de lui avec surprise. Elle avait raison. Les chandelles qu'il avait allumées au début du repas étaient presque consumées. En direction de l'ouest, l'encre de la nuit n'était troublée que par les lumières de quelques maisons éparses.

Fallon se leva, sans doute fatiguée par cette longue soirée. Il ne voulait pas la voir partir, mais le grand air avait dû l'épuiser et…

— Ne partez pas.

Les mots avaient franchi ses lèvres sans qu'il réfléchisse. Elle le regarda avec des yeux ronds, et il ajouta en hâte :

— Vous ne pouvez pas partir avant que nous ayons dansé.

— Vous voulez dire… ici ?

— Exactement. Ici même.

Sa voix avait pris une inflexion autoritaire, mais s'adoucit aussitôt.

— S'il vous plaît…

Il vit sa poitrine se soulever légèrement et comprit qu'elle retenait son souffle. Allait-elle le repousser ? Si c'était le cas, il se comporterait en gentleman et la laisserait partir.

Et puis non. Il n'avait pas fait fortune en jouant les gentlemen. Si elle le repoussait, il la prendrait dans ses bras, l'attirerait contre lui jusqu'à la sentir s'affaisser, lui céder. Puis il l'embrasserait jusqu'à ce qu'elle accepte de faire l'amour avec lui.

Il n'eut pas à aller aussi loin.

— D'accord, dit Fallon.

Ils se mirent à danser. Stefano glissa une main derrière sa taille, une autre derrière sa nuque, sous le rideau soyeux de ses cheveux, et la serra contre lui. Il sentait ses seins appuyer contre son torse, et son souffle s'accéléra. Il la désirait avec une telle force que c'en était presque une souffrance physique.

Il ne voulait cependant pas la brusquer, la forcer à faire une chose pour laquelle elle n'était pas prête. Mais un petit baiser ne coûtait rien, n'est-ce pas ? Juste un seul…

Il cueillit ses lèvres. Fallon laissa échapper un soupir et revint d'elle-même à l'attaque. Alors il cessa de réfléchir, de raisonner.

Ses mains couvrirent les seins de la jeune femme, et il frémit en les sentant bourgeonner contre ses paumes. Elle renversa la tête en arrière, exposant une gorge fine qu'il couvrit de baisers.

— Dites-moi ce que vous voulez, murmura-t-il d'une voix qu'il reconnut à peine.

Elle ne répondit pas et, pendant une longue minute, il crut qu'il avait fait une erreur, qu'il avait perdu tout jugement et qu'il s'était imaginé qu'elle le désirait autant que lui la désirait.

Puis un frisson la parcourut, et elle souffla :

— Vous. C'est vous que je veux.

Ce fut le signal qu'il attendait. Glissant une main sous sa jupe, il effleura le cœur de sa féminité, sentit une moiteur révélatrice contre sa paume. Elle portait un string, et il se la représenta vêtue de cette seule dentelle diaphane…

Il lui fallut avaler une grande goulée d'air pour ne pas perdre le contrôle de lui-même. Conscient que chaque minute comptait, il la souleva dans ses bras, la ramena à l'intérieur, monta les escaliers, ouvrit la porte de sa chambre d'un coup d'épaule et la déposa sur le lit.

— Je ne veux pas vous faire mal, murmura-t-il. Si vous voulez que je m'arrête…

Mais elle plaça une main sur sa bouche.

— Je ne suis pas de verre. Je ne vais pas me casser.

— Je sais mais…

Fallon lui coupa la parole d'un baiser. Ses lèvres étaient chaudes, tentatrices. Puis elle recula et, sans le quitter des yeux, mit la main sur la fermeture de sa robe.

Stefano la prit par les épaules.

— Non. Laissez-moi faire.

Soulevant ses cheveux, elle se retourna. Très lentement, il fit glisser la fermeture, embrassant chaque centimètre carré de peau qu'il découvrait. Enfin, dans un murmure de soie froissée, la robe tomba à ses pieds.

Stefano attira Fallon contre lui, son dos contre son torse. Elle était presque nue, à présent. Elle n'avait pas mis de soutien-gorge, et ne portait plus à présent que son string et ses escarpins.

— Fallon, dit-il d'une voix rauque, en la faisant pivoter vers lui.

Elle était magnifique, plus encore que dans ses rêves les plus fous. Ses seins étaient d'un galbe parfait, ses hanches idéalement marquées, ses jambes interminables. Et son visage lui paraissait plus beau que jamais malgré ses blessures.

— Ne me regardez pas comme ça. Mon visage…

Il la prit par les poignets comme elle levait les mains pour se cacher.

— Je vous veux tout entière, dit-il presque férocement. Vous comprenez ce que ça veut dire ? Et en échange je vous donnerai tout ce que je suis. Dites-moi que vous êtes d'accord, parce que c'est la seule façon dont ça marchera, entre nous.

Il attendit, se demandant s'il était allé trop loin, s'il s'était montré trop exigeant. Les yeux de Fallon s'emplirent de larmes, et il faillit l'attirer contre lui et lui souffler qu'il se moquait bien de sa réponse, qu'il se contenterait d'accepter ce qu'elle voudrait bien lui donner. Mais au moment où il allait parler, elle l'embrassa.

Stefano faillit bien arracher ses vêtements, toutefois il parvint à se contrôler et se força à se déshabiller lentement avant de la rejoindre sur le lit. Là, il lui ôta ses chaussures, embrassant ses pieds, ses chevilles, remontant des lèvres le long de ses jambes pour aller se perdre entre ses cuisses.

Avec un cri de plaisir, Fallon s'arc-bouta sur le lit, agrippant les draps. Puis Stefano fut sur elle, ses lèvres sur les siennes, leurs langues mêlées.

— Stefano, hoqueta-t-elle. Oh…

— Oui, *cara*… Je sais.

Il se glissa entre ses jambes. Le temps parut s'arrêter, et

Fallon se surprit à retenir son souffle. Puis, avec une lenteur calculée, il entra enfin en elle.

Des lumières éclatèrent devant les yeux de la jeune femme. Les sons se firent à la fois distants et étonnamment proches, et un cri d'extase monta de sa gorge. Des convulsions d'une délicieuse violence la secouèrent, l'électrisèrent.

Les dents serrées, Stefano retardait autant qu'il le pouvait le moment fatal. Mais lorsque Fallon posa sur sa joue une main infiniment tendre, ce fut plus qu'il n'en put supporter.

Avec un soupir rauque, il s'abandonna et la rejoignit dans le plaisir.

Fallon se réveilla en sursaut.

Un bras lourd et possessif était posé sur sa taille, une jambe en travers des siennes. Stefano. Elle était dans sa chambre, dans son lit.

Avec un sourire, elle laissa sa tête retomber sur son épaule. Elle avait dû s'endormir dans ses bras.

Le tonnerre, à l'extérieur, fit entendre un grondement sourd. De temps en temps, un éclair dissipait fugitivement les ténèbres. Peut-être allait-il pleuvoir ?

— Hmm, murmura Stefano en la serrant plus étroitement contre lui.

Fallon leva une main et la posa sur sa joue, rendue râpeuse par un début de barbe. Elle poussa un petit rire lorsqu'il captura l'un de ses doigts entre ses dents.

— Eh, ça fait mal !

— Menteuse.

— Ça pourrait faire mal, alors.

— C'est pour t'apprendre à me réveiller. Tu n'as donc aucune pitié pour un homme au bord de l'épuisement ?

Elle s'agita légèrement et frémit en sentant la force de son érection contre sa cuisse. Stefano était insatiable. Cela l'excitait, éveillait en elle des appétits qu'elle ne se connaissait pas.

— Pour un homme au bord de l'épuisement, tu me parais plutôt vigoureux.

— Hmm, fit-il de nouveau, avant de l'embrasser.

Elle soupira et s'abandonna, puis blottit son visage au creux de son épaule.

— Je crois qu'il va pleuvoir, murmura-t-elle.

— Tu n'es pas très douée pour la météo, commenta son compagnon en riant.

— Tu n'entends pas ? Là, le tonnerre ? Et il y a des éclairs.

Stefano gloussa, puis mêla ses doigts à ses cheveux et lui embrassa le bout du nez.

— On voit que tu n'es pas sicilienne, ma chérie.

— Pourquoi ?

— Parce que si tu l'étais, tu saurais que ce n'est pas un orage.

— Bien sûr que si.

— Non. C'est le volcan.

— Quoi ?

Fallon se redressa dans le lit, enveloppant machinalement sa poitrine à l'aide du drap.

— Tu veux dire que c'est une éruption ?

— Ça fait des années que l'Etna est en activité. Reviens.

— Mais qu'est-ce qui frappe contre les vitres ?

— Essentiellement des cendres. Peut-être de petits morceaux de lave solidifiée.

Avec un cri d'excitation, Fallon bondit à bas du lit et courut à la fenêtre.

— Je n'ai jamais vu une éruption volcanique.

Stefano leva les yeux au ciel et se redressa. Il en avait vu des dizaines, et il aurait préféré jouir du spectacle du visage de Fallon comme il lui faisait l'amour.

Elle pivota vers lui, illuminée par l'éruption. Ses cheveux étaient en bataille, ses yeux brillaient. Elle était divinement belle.

— Tu ne veux pas venir voir ? C'est incroyable !

Oui, songea-t-il, le cœur serré. *Elle* était incroyable.

Il prit son pantalon, le passa en hâte, puis saisit la couverture et alla en envelopper Fallon.

— Oh, fit-elle en se rappelant qu'elle était en tenue d'Eve.

— Oh, en effet.

Il la fit se retourner, l'embrassa, puis l'entraîna vers la porte.

— Qu'est-ce que tu fais ? Où allons-nous ?

— On voit mieux le volcan du jardin.

— Il faut que je m'habille, alors. Nous ne pouvons pas…

— Si, nous pouvons parfaitement.

C'était la nuit parfaite pour regarder une éruption. Le ciel étoilé offrait une merveilleuse toile de fond au spectacle de la lave jaillissante.

Assis à deux sur une seule chaise longue, ils observèrent l'Etna un long moment. Le silence de la nuit n'était rompu que par le grondement du volcan et par les « oh » et les « ah » d'émerveillement de Fallon.

— Regarde ! s'exclama-t-elle. Tu ne trouves pas ça merveilleux ?

— Merveilleux, confirma-t-il.

Mais la proximité de Fallon, de son corps nu, de sa peau d'albâtre, le transformait lui-même en volcan. Après quelques instants, cependant, l'enthousiasme de la jeune femme le gagna et il se plongea à son tour dans la contemplation de l'éruption.

— Et si Anna se réveille ? demanda soudain Fallon, se redressant à demi.

— Eh bien ?

— Elle pourrait sortir ? Vouloir venir voir l'éruption, elle aussi. Et elle pourrait…

— … te surprendre nue dans mes bras ?

— Je ne suis pas nue, protesta-t-elle, même si elle n'en était pas très loin.

Les mains de Stefano, sur ses seins, entamèrent un léger va-et-vient. Elle se mordit la lèvre.

— Où vis-tu à New York ? demanda-t-il.

— Où je… ? Sur Greene Street, à SoHo. Pourquoi ?

— Il doit y avoir beaucoup de circulation à SoHo.

— Et alors ?

— Alors, murmura Stefano en lui mordillant le lobe de l'oreille, je suppose que cette circulation ne te dérange pas.

— Eh bien, non mais…

— C'est pareil ici. Le volcan fait partie de la vie des gens. Anna doit être en train de ronfler. Idem pour Luigi.

— Bon. Dans ce cas…

Fallon se retourna, dans ses bras, et l'embrassa longuement. Il gronda et glissa les deux mains sous la couverture, enveloppa ses fesses nues.

— Tu joues avec le feu, *cara*…

Elle le savait, et le danger faisait partie de son excitation. Elle voulait cet homme, ici, maintenant, avec le volcan pour toile de fond, même s'ils couraient le risque d'être découverts…

Stefano la souleva légèrement, puis l'installa à califourchon sur lui et la pénétra. Elle cria et renversa la tête en arrière tandis qu'elle ondulait lascivement des hanches.

Le plaisir les cueillit ensemble, et elle s'effondra enfin dans ses bras, engourdie, ivre de bonheur, encore tremblante.

— Stefano… Je… je n'ai jamais rien connu de tel…

Il la berça doucement, l'embrassa, la caressa. Après quelques instants, les frissons qui la parcouraient cessèrent et elle s'endormit.

Stefano la tint blottie contre lui, le visage tourné vers le volcan. Il savait que l'éruption n'était rien à côté de la révélation qui venait de se faire jour en lui.

Il était tombé amoureux de Fallon O'Connell.

# 9.

Fallon était allongée sur une chaise longue près de la piscine, protégée du soleil par un parasol, se prélassant dans la chaleur de l'après-midi.

Elle avait mis un chapeau à bord mou, des lunettes de soleil, un Bikini et ce qui lui semblait des tonnes de crème solaire. Des abeilles bourdonnaient dans les buissons de fleurs qui séparaient la piscine de la maison, et c'était pour elle la plus délicieuse des musiques.

Avec un soupir de bien-être, elle ouvrit un œil, regarda la position du soleil et décida qu'il était temps de se tourner sur le ventre. C'était sans doute la tâche la plus ardue qu'elle avait accomplie ces deux dernières heures, depuis qu'elle était sortie pour laisser Stefano s'atteler à son travail en retard.

C'était sans doute aussi sa tâche la plus ardue depuis deux semaines, depuis que tous deux étaient devenus amants. Car Stefano la gâtait. Aucun homme ne lui avait donné cette impression d'être aussi précieuse, aussi importante.

Oh, bien sûr, ses précédents amants lui avaient offert des bijoux, des cadeaux hors de prix, l'avaient emmenée dans des clubs où le commun des mortels attendait derrière des cordons de velours, l'avaient exhibée comme un trophée.

Stefano lui avait offert des fleurs, ne l'avait jamais montrée à quiconque, et l'avait aimée dans le secret de son *castello*. Leur relation était une affaire privée, et il comptait bien veiller à ce qu'elle le reste.

Elle l'aimait. Elle l'aimait désespérément, elle l'aimait au point de vouloir l'épouser, se donner à lui pour toujours, avec des fleurs, de la musique, entourée des gens qui lui étaient chers, elle qui n'avait jamais cru à cela. Elle le savait depuis des jours. Des semaines. Mais elle avait préféré se le cacher le plus longtemps possible.

Parce que ça lui faisait peur. Et si lui ne l'aimait pas ?

Mieux valait ne pas y penser. Tous deux étaient coupés de la réalité. Stefano avait même plaisanté sur le sujet en affirmant que ses collaborateurs s'étonnaient de le voir prendre de si longues vacances, lui qui n'était jamais très longtemps absent du bureau.

« Tôt ou tard, avait-il murmuré tandis que son regard s'assombrissait, il nous faudra revenir dans le monde réel. »

Fallon sentit un frisson glacial courir sur sa peau surchauffée. Elle préférait ne pas y penser. Mais elle savait qu'il avait raison. Elle ne pouvait raisonnablement espérer rester ici pour toujours. La nuit de l'accident, Stefano avait appelé le reste de son équipe pour annoncer qu'elle avait décidé de prolonger ses vacances. Mais les gens allaient finir par se poser des questions.

Elle avait fini par appeler sa mère et lui avait servi la même excuse, affirmant qu'elle prenait quelques jours de vacances. Mary Elizabeth l'avait crue sans poser de questions. Son agent, en revanche, s'était montrée plus coriace. Jackie était new-yorkaise, rusée, perspicace. On ne la lui faisait pas.

« Vacances mon œil, avait-elle dit. Tu n'aimes pas les longues vacances et nous le savons toutes deux, O'Connell. Qu'est-ce qui se passe ? »

Fallon avait prétendu qu'il ne se passait rien, que tout allait bien, qu'elle avait seulement besoin de repos. Mentir à Jackie avait été un acte de pure lâcheté. Elle avait beau gagner du temps, ses cicatrices ne disparaîtraient jamais complètement. Même si elles se voyaient déjà moins, la ligne rose qui lui barrait la joue et celle qui lui zébrait le menton ne lui permettraient pas de poursuivre sa carrière de mannequin.

Mais elle n'était pas prête à affronter les réactions d'autrui. L'angoisse de sa mère. La compassion de ses frères et sœurs. Les regards d'horreur de ses collègues. La frénésie des tabloïds.

Ici, elle était à l'abri de tout ça. Et heureuse. Plus heureuse qu'elle ne l'avait jamais été, malgré l'accident. Elle n'avait jamais connu une telle paix, une telle joie qu'avec cet homme qu'elle ne connaissait pourtant que depuis un mois.

Elle comprenait mieux, à présent, ce qu'elle avait lu sur le visage de son frère le jour de son mariage. Keir avait livré son âme à Cassie. C'était cela, être amoureux. On pouvait monter au ciel par la grâce d'un simple baiser, ou plonger en enfer à cause d'un mot malheureux.

Traverser la V$^{e}$ Avenue, à Manhattan, avec un bandeau sur les yeux était moins dangereux que de tomber amoureuse…

Elle avait bien pris garde de ne pas dire « Je t'aime » à Stefano, même si ces mots lui brûlaient les lèvres. Peut-être les prononcerait-il le premier… Peut-être s'éveillerait-elle dans ses bras, un matin, pour s'entendre dire qu'il l'adorait, qu'il la désirait, qu'il avait besoin d'elle…

— Salut.

Elle se retourna et vit Stefano qui lui souriait. Avec un soupir, elle glissa un bras derrière sa nuque et l'embrassa.

— Tu as bien travaillé ?

— Hmm, fit son compagnon en s'asseyant sur le bord de la chaise longue et en l'attirant dans ses bras.

— Et toi, tu t'es bien reposée ?

Sa peau avait gardé la fraîcheur qui régnait à l'intérieur du *castello*. C'était une sensation délicieuse.

— Pas mal. Si je continue, je vais finir par me transformer en limace.

Elle se blottit contre lui et soupira :

— C'est agréable… Tu es mon climatiseur personnel.

— Je suis ravi que tu approuves. Toi, tu es un vrai petit radiateur. Et tu sens divinement bon. C'est quoi, ce parfum ?

— Un parfum très chic, répondit-elle en battant des cils. Eau de Crème Solaire.

Il se mit à rire, puis l'embrassa, faisant courir une main sur ses hanches.

— Tu devrais ôter ce maillot et te faire un bronzage intégral.

— Un bronzage intégral ? répéta-t-elle comme il remontait dans son dos et lui dégrafait son Bikini.

— Oui. Le soleil, c'est excellent pour la santé.

— Bien sûr. Et cette suggestion désintéressée n'est pas un moyen déguisé de me déshabiller ?

Il se pencha sur elle, posa ses lèvres sur son ventre nu, sur son nombril… Poursuivant sa descente, il glissa une main dans son maillot de bain. Fallon se mordit la lèvre pour contenir un gémissement de plaisir.

— Et si c'était le cas ? demanda-t-il d'un ton malicieux.

Quelques secondes plus tard, ils étaient tous deux nus, Stefano en elle, abandonnant au vent complice leurs soupirs de plaisir…

Ils restèrent ensuite un long moment dans les bras l'un de l'autre, ivres de contentement.

— Nous devrions rentrer, murmura Fallon.

— Hmm, soupira son compagnon en raffermissant son étreinte autour de sa taille. Bientôt.

— Je dois aller me doucher.

— Hmm.

Avec un soupir, elle se blottit contre lui.

— Tu veux que nous allions marcher un peu sur la plage ?

— Trop d'efforts, répondit Stefano en la caressant paresseusement.

— Alors que dirais-tu de te faire battre de nouveau au Scrabble ?

— Tu ne me bats que parce que tu refuses de me laisser utiliser des mots.

— « Qac » et « zuz » ne sont pas des mots.

Stefano se mit à rire, roula sur le dos et l'entraîna sur lui.

— Tu es de mauvaise humeur parce que je t'ai battue au poker hier soir. Avoue.

— Tu aurais pu me dire d'où venait ta fortune, répliqua Fallon, tentant de paraître indignée.

Mais il était difficile de jouer les indignées lorsque l'on était allongée nue sur son amant, tout aussi nu, et qu'il vous caressait doucement les fesses.

— Je te l'ai dit.

— Oui. *Après* la partie ! Tu as abusé de moi, Lucchesi.

— Pas tant que ça ! J'aurais pu te proposer un strip-poker.

— Tu crois que j'aurais accepté ?

Fallon leva un sourcil songeur, puis sourit.

— C'est vrai que ça aurait pu être amusant.

— Je pensais essayer quelque chose d'autre ce soir, dit Stefano en plongeant les yeux dans les siens.

— Le strip-Scrabble ?

Il sourit, puis lui captura une mèche de cheveux qu'il enroula autour de son doigt.

— C'est tentant, *cara*. Mais je pensais plutôt que nous pourrions aller dîner à Catane.

Fallon se raidit aussitôt.

— Pourquoi ?

— Pour changer. Et je suis sûr que tu adoreras les magasins. Il y a de petites galeries tout autour du port…

— Je n'ai aucune envie de faire du lèche-vitrine.

— Dans ce cas, nous irons dîner directement. J'ai réservé dans un petit bistrot du port et…

— Non merci.

Elle voulut se dégager. Stefano, qui s'y était attendu, resserra son étreinte.

— N'essaie pas de t'enfuir.

— Je me lève, rien de plus. Le soleil…

— Il n'y aura pas grand monde au restaurant, un jour de semaine.

— Formidable.

— Un bon repas, un peu de vin…

— J'ai dit non.

— Fallon. Il va falloir que tu affrontes le monde extérieur.

— Oh. Merci bien de me le rappeler. C'est très aimable.

Stefano soupira. Il ne voulait pas se disputer avec elle. Il avait déjà passé un assez mauvais après-midi en essayant de régler à distance un problème au bureau, pour finir par admettre qu'il n'avait d'autre choix que de rentrer à New York. Mais il ne voulait pas partir avant d'avoir réglé certaines choses ici.

— Tu peux le faire. Je sais que tu le peux, renchérit-il. Et tu ne seras pas seule. Je serai là.

Elle se redressa et, cette fois, il n'essaya pas de la retenir. Puis elle s'enveloppa dans un peignoir éponge.

— Je ne viendrai pas. Je ne peux pas être plus claire que ça.

— Tu viendras. Je ne peux pas être plus clair que ça.

Fallon le fusilla du regard.

— Je n'ai pas d'ordres à recevoir de toi, ni de qui que ce soit d'autre.

Stefano se leva à son tour, attrapa une serviette et l'enroula autour de sa taille.

— Reprenons depuis le début, dit-il en se forçant à sourire. Je ne veux pas me disputer avec toi.

— Non. Moi non plus, répondit Fallon d'une voix si basse qu'elle en était presque inaudible.

— Bon. Alors écoute, *cara*. Viens avec moi à Catane. Tu vas adorer le restaurant.

— Je n'en doute pas, mais je ne me sens pas d'humeur à sortir. Vas-y toi. Je mangerai ici.

Stefano la fixa avec irritation. Il avait oublié qu'elle pouvait être aussi têtue qu'elle était belle.

— Ne sois pas ridicule.

— J'essaie juste d'arranger les choses. Tu dois devenir fou, à force de rester enfermé au *castello* juste pour moi, sans voir personne et…

— Ça n'a rien à voir avec moi et tu le sais parfaitement.

— Mais rien ne force un hôte à rester enfermé pour obliger une invitée.

Stefano lâcha un juron imagé, que seul un natif de New York pouvait connaître, puis la prit par les épaules.

— Tu n'es pas mon invitée.

— D'accord. C'était peut-être un peu formel.

— Et je ne suis pas ton hôte. Je suis l'homme qui…

Qui quoi, au juste ? Il la fixa, hésitant. Le moment était mal choisi pour lui dire qu'il l'aimait. Une telle déclaration méritait un moment plus romantique, des bougies, des fleurs, un clair de lune. Pas un soleil de plomb et une odeur de chlore.

Et puis, il s'était promis de ne rien dire tant qu'elle ne serait pas prête à l'entendre. Après tout, en trois semaines seulement, Fallon avait déjà dû faire face à assez de bouleversements dans sa vie !

Il redoutait également qu'elle ne mette ses sentiments sur le compte de la gratitude.

Et il avait failli tout lui avouer, ruiner le moment le plus important de sa vie par sa précipitation.

— L'homme qui quoi ? demanda-t-elle comme il ne disait toujours rien.

— L'homme qui ne peut imaginer aller quelque part sans toi, répondit-il. Viens avec moi. Tout ira bien. Je te le promets.

Fallon soupira. Il ne lui avait pas dit qu'il l'aimait, mais ce n'en était pas loin. Comment pouvait-elle le repousser ?

Elle sourit, puis se glissa dans ses bras.

Une nouvelle fois, Stefano l'attendit sur la terrasse. Une nouvelle fois, il se mit à l'arpenter de long en large.

Il connaissait les femmes. Elles avaient leurs petits rituels, leurs points de passage obligés avant de sortir. Visage, cheveux, ongles. Il redoutait juste que Fallon ne soit encore devant son miroir, paralysée par ce qu'elle y voyait, essayant de cacher ce qui n'avait pas besoin de l'être.

Il avait songé à aller frapper à sa porte pour le lui dire. Au final, il avait décidé de lui accorder encore quelques minutes et de…

— Stefano ?

Il se tourna et vit la plus belle femme du monde émerger sur la terrasse. Elle portait une robe courte faite d'un tissu très léger, qui s'arrêtait au-dessus de ses genoux et découvrait ses épaules. Ses cheveux tombaient en partie sur son visage du côté où elle était blessée. Mais si c'était une tentative pour atténuer l'impact de la cicatrice, il était évident qu'elle n'avait pas voulu la cacher complètement.

C'était très courageux de sa part, et il sentit une bouffée d'amour et d'admiration l'envahir, si violente que c'en était presque terrifiant.

— Comment me trouves-tu ? demanda-t-elle d'un ton hésitant. Je me suis dit : quitte à sortir, autant le faire bien…

— Tu es merveilleuse, lui confia-t-il en l'embrassant avec émotion. Et rappelle-toi : nous faisons ça tous les deux. Ensemble.

Il lui prit la main, et sentit qu'elle la serrait fort.

— Je meurs de trouille, confia-t-elle. Je ne le ferais pas sans toi.

Il l'embrassa de nouveau, puis sourit.

— Je ne veux plus que tu fasses quoi que ce soit sans moi.

Puis il passa un bras autour de sa taille et l'entraîna vers la voiture.

Stefano avait raison.

Il y avait de ravissants magasins autour du port. Fallon l'entraîna dans une demi-douzaine d'entre eux, s'émerveillant de tout ce qu'elle voyait.

Passé une timidité initiale, elle avait bien vite cessé de se préoccuper de savoir si on la regardait ou non, pour s'immerger totalement dans le plaisir du shopping.

— Il faut que j'achète des cadeaux pour ma famille, dit-elle à Stefano.

Il connaissait les noms de ses frères et sœurs, à présent,

et la suivit docilement d'échoppe en échoppe, de rayon en rayon, tandis qu'elle faisait ses emplettes : des bijoux pour Meg et Bree, des porte-bonheur taillés dans la lave pour Sean et Cameron, et un bol en terre cuite pour sa mère et son beau-père.

Dans le dernier magasin, un objet retint son attention : une marionnette représentant un chevalier en armure.

— Faite main, déclara le vendeur. Les marionnettes font partie de la tradition sicilienne. Vous voulez en voir d'autres ?

« Juste celle-ci », songea Fallon, coulant un regard rapide à Stefano. Il l'attendait près de l'entrée, les bras chargés de paquets, une expression d'infinie patience sur les traits.

— Stefano ?

Il cligna des yeux, comme tiré d'un rêve, et lui sourit.

— Oui, *cara.* Tu as vu quelque chose qui te plaît ?

— Si tu allais m'attendre dehors ? Je sais qu'il fait chaud, ici.

Il jeta un coup d'œil plein d'espoir vers l'extérieur, mais secoua la tête.

— Non. Je suis bien ici.

— Moi aussi, dit-elle doucement. Vraiment. Va respirer un peu d'air frais.

Il sourit, puis se pencha et l'embrassa longuement. Jusqu'au moment où le vendeur s'éclaircit la gorge.

Fallon rougit, et Stefano se dirigea vers la porte. Dès qu'il fut sorti, elle désigna la marionnette représentant le chevalier.

— C'est celle-là que je veux.

Puis elle la fit emballer pour son propre chevalier en armure, l'homme qui l'avait accueillie dans son château.

Le petit café était aussi charmant que Stefano l'avait promis. Ils s'assirent à une table qui surplombait l'eau et, après avoir jeté un rapide coup d'œil au menu, Fallon capitula.

— Tu commandes, dit-elle à Stefano.

Le repas fut délicieux, le vin puissant et entêtant.

— C'est un peu raide, observa Stefano. C'est un vin du cru.

— C'est excellent. C'est un produit vrai, authentique. Et c'est le plus important.

— Tu es une femme merveilleuse, tu sais…, murmura-t-il en couvrant sa main de la sienne.

— Oh non. Je tire toute ma force de toi. Je suis ravie que tu m'aies obligée à sortir au lieu de me laisser me lamenter sur mon sort à la maison.

— *Cara*, je ne voulais pas…

Il sentit sa main se crisper sous la sienne, et remarqua qu'elle regardait un point situé derrière lui. Il vit également qu'elle avait oublié ses cicatrices et repoussé ses cheveux de son visage.

Il se retourna et vit un couple assis à une table avec une fillette âgée de quatre ou cinq ans. L'enfant fixait Fallon avec fascination. Son père lui tenait la main et lui parlait à voix basse, l'air sévère.

« Oh non ! songea Stefano. Pas ça… »

Trop tard.

— Maman ? fit la fillette dans un anglais parfait. Qu'est-ce qui est arrivé à la figure de la dame ?

La femme pâlit. L'homme pinça les lèvres en une ligne furieuse.

— Chut ! dit-il.

Fallon sentit la main de Stefano se crisper sur la sienne au point de la broyer, mais elle plongea en elle et, y trouvant une force dont elle n'avait pas soupçonné l'existence, répondit que ce n'était pas grave, qu'il était normal qu'une enfant soit si franche.

— J'ai eu un accident, ajouta-t-elle. Mais ça va mieux, maintenant.

Stefano lâcha quelques billets sur la table, puis entraîna Fallon à l'extérieur. Il avait passé un bras autour de ses épaules et sentit qu'elle tremblait. Elle n'était pas aussi indifférente à ce qui venait de se passer qu'elle voulait bien le faire croire.

— Tu as été merveilleuse, souffla-t-il.

Elle eut un rire tremblant.

— C'était une petite fille. Je ne voulais pas l'effrayer.

Ils atteignirent la voiture. Stefano lui ouvrit la porte, puis alla s'installer au volant et lui reprit la main.

— Je répète : tu es une femme merveilleuse, Fallon O'Connell.

Son cœur battait toujours la chamade. Elle venait de traverser une épreuve difficile, mais elle en était heureuse. Elle savait qu'elle le devait à Stefano.

— Tu n'es pas mal non plus, répondit-elle en riant.

Songeant à la marionnette qu'elle avait achetée, elle ajouta :

— Mon chevalier en armure.

— Je ne suis pas un chevalier, *cara*. Juste un homme normal.

Il hésita et ajouta :

— Et, en homme normal, j'ai évité jusque-là de te dire quelque chose de déplaisant.

Le sourire de Fallon se figea.

— Qu'est-ce que c'est ?

Stefano soupira et l'embrassa avant de répondre :

— J'ai passé la journée au téléphone avec New York.

— Et ?

— Nous avons des problèmes sur un gros contrat. J'espérais pouvoir régler les choses à distance mais…

— Mais tu dois rentrer, acheva-t-elle en se forçant à sourire.

— Oui. Il n'y a pas d'autre moyen. J'ai tout essayé.

— Je comprends.

— Je préférerais rester ici. Tu le sais, n'est-ce pas ?

Elle acquiesça, se demandant combien de temps il s'absenterait, s'imaginant marcher le long de la plage comme une femme de marin attendant le retour de son homme.

— Je vais compter les jours en attendant que…

— Non.

— Non ? répéta-t-elle d'un ton hésitant.

— Tu ne peux pas attendre ici. Il se peut que je ne revienne pas avant des mois.

Fallon le dévisagea. On disait que votre vie défilait devant vos yeux quand vous vous noyiez, mais ce n'était pas vrai. Car elle était en train de se noyer, et la seule chose qui la préoccupait, c'était comment passer les quelques minutes qui allaient suivre le plus dignement possible.

— Oh. Je vois. Je crois que tu m'as mal comprise. Ce que je veux dire, c'est que bien sûr tu vas me manquer, mais nous nous reverrons un de ces jours et…

— *Cara*. Tu es folle ?

Il l'embrassa et, lorsqu'elle voulut se dégager, la retint.

— Mais pourquoi est-ce que tu compliques tout ? gronda-t-il. Tu crois vraiment que ces quelques semaines ensemble vont me suffire ? Je veux que tu viennes à New York avec moi. Et arrête de me regarder comme si tu ne comprenais pas ce que je raconte. Je veux vivre avec toi. Mais si ça n'est pas réciproque, dis-le tout de suite.

Que pouvait-elle bien lui répondre sans mettre son âme à nu ? Fallon émit un son qui tenait à la fois du sanglot et du rire, puis leva son visage vers le sien et l'embrassa. Poussant un long soupir, Stefano l'attira contre lui, tandis que ses mains s'égaraient sur son corps.

Fallon eut un gémissement de protestation lorsqu'il interrompit enfin leur baiser et, pantelant, posa son front contre le sien.

— Si nous n'arrêtons pas tout de suite, je vais finir par te faire l'amour ici.

Fallon sentit son souffle s'accélérer plus encore comme des images intensément érotiques lui emplissaient l'esprit. Elle glissa une main sur l'entrejambe de Stefano.

Il tressaillit, et lâcha un juron. Puis, capturant sa main, il la posa avec la sienne sur le levier de vitesse et démarra sur les chapeaux de roues.

Il lui tardait d'arriver au *castello* pour y assouvir cette passion qui menaçait de les consumer tous les deux.

# 10.

Quelque chose changea entre eux cette nuit-là. Leurs étreintes se firent plus intenses encore, prirent une nouvelle dimension, même si Fallon aurait été bien en peine de la définir.

Ils avaient prévu de se lever tôt, Stefano ayant demandé à son pilote d'être prêt pour 8 heures. Mais ils ne pouvaient s'arrêter de faire l'amour, ne s'endormant que par intermittences.

— J'espère que ce n'est pas trop pour toi, murmura Stefano.

— Non… Ce ne sera jamais trop…

Elle ne mentait pas. Il lui semblait qu'elle n'aurait jamais assez de lui. De ses baisers, de ses caresses, de cette façon qu'il avait de s'endormir avec une main sur ses seins…

Elle lui appartenait. Et cela lui convenait à merveille.

Elle en était la première étonnée. Jamais de sa vie elle n'avait voulu être la propriété de quiconque. Elle n'avait que trop vu sa mère souffrir, esclave volontaire de son père. Et, même si ce dernier n'avait pas été un mauvais bougre, on ne pouvait pas dire qu'il l'avait rendue heureuse.

Pourtant, lorsque Stefano lui faisait l'amour, la possédait, la couvrait de baisers et lui murmurait qu'elle était sienne, Fallon n'en concevait aucune appréhension. Au contraire, cela l'excitait.

D'ailleurs, Stefano lui appartenait tout autant. C'était donnant-donnant.

A l'aube, épuisée et délicieusement engourdie, elle se glissa dans ses bras et posa sa tête sur son épaule.

— Tu te rends compte que je ne sais rien de toi ?

Il se mit à rire, mais elle insista :

— Je suis sérieuse !

— Bon. Que veux-tu savoir ?

— Eh bien, parle-moi du *castello* par exemple. Qu'est-il arrivé au vieux château ? Pourquoi avoir construit une maison neuve ?

— C'est une longue histoire. Longue et ennuyeuse.

Fallon roula sur le ventre, posa ses deux mains à plat sur son torse et appuya son menton dessus.

— Raconte-la-moi.

Tout en lui caressant les cheveux, il l'entraîna alors des siècles en arrière, lui décrivit les pirates, les soldats et les rebelles qui avaient tenté de conquérir cette terre. Puis il évoqua son grand-père et la promesse qu'il avait faite au vieil homme de recouvrer son héritage.

— Comment avait-il perdu le *castello* ?

Stefano sourit.

— Ça ressemble à l'intrigue d'un mauvais opéra. Sa famille et celle de ma grand-mère étaient ennemies. Ils sont tombés amoureux et se sont mariés, ce qui a donné lieu à toutes sortes de querelles, assassinats, vendettas… Mon grand-père, pour protéger sa femme et leur fils, a décidé d'émigrer aux Etats-Unis.

— A-t-il jamais regretté sa décision ?

— Jamais. Il l'a fait par amour.

C'était une réponse romantique, mais il fallait avouer que l'histoire l'était aussi. Fallon se lova contre Stefano et lui demanda de lui en dire plus sur lui-même.

Pour lui faire plaisir, il lui révéla des choses qu'il n'avait jamais racontées à personne. La perte de ses parents. Le choc qu'il avait éprouvé en allant vivre avec ses grands-parents. La façon dont la fortune avait enfin frappé à sa porte.

— C'était du génie que d'aller jouer tout cet argent au poker, observa Fallon. La chance n'y est pour rien.

— C'était surtout de la bêtise ! J'aurais pu tout perdre !

— Mais ça n'a pas été le cas.

— Non. J'ai décroché le gros lot. Comme quand je t'ai rencontrée.

— Vilain flatteur, fit-elle en rougissant, et en l'embrassant.

— Est-ce que tu te rends compte que tu as ruiné mon image ?

— Ton image ? Quelle image ?

— Un tabloïd m'a appelé un jour *il lupo solo.* Le loup solitaire. Et le nom est resté. Mais je ne crois pas qu'il s'applique encore…

— Hmm, murmura Fallon, nouant ses bras autour de son cou. J'ai toujours voulu avoir un loup domestique.

— Je suis ravi de l'entendre, répondit Stefano en riant.

— Pourquoi t'appelle-t-on comme ça ?

— Oh ! Ça a commencé parce que j'ai été assez stupide pour donner une interview. Le journaliste a commencé à poser des questions personnelles, et j'ai tout simplement refusé de répondre. Je suis d'une certaine façon une figure publique, et je l'accepte, mais je tiens à ce que ma vie privée le reste.

— Je te comprends. Je n'ai jamais eu de vie privée. Quand j'ai commencé ma carrière de mannequin…

— Non, coupa Stefano. Ne pense pas au passé. Seul compte l'avenir.

Elle acquiesça et ferma les yeux lorsqu'il l'embrassa. Elle pensait justement à l'avenir, mais pourquoi le lui dire ? Il avait déjà l'esprit assez occupé. Elle ne voulait pas le distraire.

Mais elle savait que les gens parleraient en la voyant. Ici, en Sicile, ils vivaient à l'écart du monde. A New York, ce serait différent. On murmurerait dès qu'elle tournerait le dos.

— *Cara.*

Fallon ouvrit les yeux et vit la consternation qui s'était peinte sur le visage de Stefano. Il fit courir une main le long de son corps, en un geste aussi tendre que protecteur.

— Tout ira bien. Je veillerai sur toi.

— Je sais mais… Ils vont s'attaquer à toi à cause de moi ! Je veux dire, la presse. Attaché à ta vie privée comme tu l'es, tu ne vas pas apprécier qu'on te fourre des micros et des caméras sous le nez.

— Ne t'en fais pas. Je suis capable de me défendre tout seul.

Elle acquiesça, mais sans conviction. Pour la première fois depuis qu'il lui avait proposé de vivre avec elle, elle se demanda si elle n'avait pas accepté un peu trop vite. C'était elle qui attirerait les journalistes. Peut-être valait-il mieux qu'elle reste dans son propre appartement, et que Stefano et elle se voient discrètement en attendant de…

— Oublie ça, fit soudain son compagnon. Nous habiterons ensemble.

Fallon eut l'air stupéfaite. Mais Stefano n'avait eu aucun mal à lire dans son esprit. Il savait qu'elle voulait le protéger, mais il se moquait bien des tabloïds.

Il voulait vivre avec elle. L'avoir à tout instant à ses côtés. Lui-même n'en revenait pas, quand il y songeait. Jamais il n'avait eu besoin de quiconque. Mais, après avoir goûté à la vie avec Fallon, il ne voulait plus laisser partir la jeune femme.

Il n'avait jamais compris les gens qui vivaient des commérages et s'en régalaient. Mais il savait que ces gens existaient, et qu'ils risquaient de mener la vie dure à la femme qu'il aimait.

Stefano la serra plus étroitement contre lui.

Il s'occuperait de tout. Quelques coups de fil à ses avocats, et la menace de procès coûteux, dissuaderaient sans doute bien des gratte-papier en mal de sensations fortes.

Et puis, il serait aux côtés de Fallon. Il la protégerait.

Il l'embrassa, la caressa, et oublia bientôt tous ses soucis pour faire de nouveau l'amour à celle qui avait changé sa vie.

Stefano avait dit qu'il avait un appartement sur la V<sup>e</sup> Avenue.

Mais « appartement » était un mot un peu faible pour décrire un duplex de quatre chambres et autant de salles de bains, avec cheminées et terrasse dominant Central Park.

— C'est un endroit merveilleux ! s'exclama Fallon.

— Tu trouves ? demanda-t-il avec un soulagement évident, comme s'il avait douté de sa réaction.

— Evidemment ! C'est incroyable. Et cette vue…

— C'est la raison pour laquelle j'ai acheté cet appartement, lui confia-t-il.

Il abandonna ses clés sur une console près de l'entrée et ajouta :

— Je l'ai fait décorer par un professionnel, mais j'ai parfois l'impression qu'il y manque quelque chose.

Fallon ne le savait que trop. Un rapide coup d'œil lui avait permis d'en juger. Il manquait des fleurs fraîches. De petits tableaux, comme ceux qu'elle avait trouvés chez un antiquaire français, au-dessus de ce grand canapé. Et son tapis chinois serait un ornement parfait sur toute cette étendue de marbre. Oh, et les masques qu'elle avait ramenés de Bali seraient sans doute du plus bel effet…

— J'ai, euh…

Elle se racla la gorge, soudain intimidée. C'était drôle. Elle avait une liaison avec cet homme depuis plusieurs semaines, connaissait son corps aussi intimement qu'il connaissait le sien. Pourtant, la simple perspective d'amener ses propres affaires ici lui semblait presque trop personnelle.

— J'ai des… choses, reprit-elle, essayant de paraître décontractée. Je veux dire, des objets que j'ai rapportés de différents endroits, et je me disais…

Elle hésita de nouveau. Stefano la regardait bizarrement. Elle était sans doute allée trop loin.

— Tu te disais ? demanda-t-il poliment.

— Non, rien. C'était idiot. Cet endroit est parfait.

— Dis-moi ce que tu pensais, insista-t-il en l'attirant dans ses bras.

Elle joua un instant avec sa cravate, puis soupira.

— Eh bien, je pensais que peut-être je pouvais apporter quelques petites choses susceptibles de… de te plaire.

— Ici ?

Elle acquiesça. Stefano l'embrassa et murmura :

— Elles me plaisent déjà.

— Mais tu ne les as pas vues !

— Inutile. Je veux que tu emménages ici avec toutes tes affaires. Quitte ton appartement. Tu n'en as plus besoin.

Fallon en rêvait. Mais la logique l'empêchait de franchir le pas. Stefano réalisait-il à quel point leur vie allait être différente, à New York ?

— Procédons par étapes. Nous ne sommes plus en Sicile. Là-bas, nous étions dans notre monde. Il y avait juste toi et moi et…

Son compagnon la fit taire d'un baiser.

— Rien n'a changé. Personne d'autre ne compte.

— Tu as passé ta vie à éviter la presse, Stefano. Et moi, à faire avec. Ils vont être impitoyables. Ils vont détruire ma vie privée, et la tienne par la même occasion.

— Je m'occuperai de ça, gronda-t-il d'un ton menaçant.

Fallon déposa un baiser léger sur ses lèvres et acquiesça.

— Peut-être. Mais ça n'empêchera pas les gens de parler. De poser des questions.

— Monsieur Lucchesi ?

C'était la gouvernante de Stefano. Elle avait admirablement dissimulé sa réaction en apercevant les cicatrices sur le visage de Fallon, mais cette dernière avait eu le temps de lire une expression de choc, puis de pitié dans ses yeux.

— Mlle Allen vient d'arriver, annonça-t-elle.

Une femme élégante pénétra dans le salon et s'avança vers eux d'un pas vif.

— Stefano. Je suis désolée de vous déranger si tôt après votre arrivée mais…

Elle s'interrompit en avisant Fallon. Et réagit de la même façon que la gouvernante. D'abord, il y eut la stupeur. Puis la pitié. Fallon sentit sa gorge se nouer comme l'autre achevait avec un sourire crispé :

— … mais des documents viennent d'arriver qui requièrent votre attention.

Stefano acquiesça et présenta Fallon à sa secrétaire. Fallon savait qu'il n'avait rien remarqué de sa réaction, préoccupé par le dossier qu'elle lui tendait.

— Tu as du travail, déclara-t-elle. Je vais aller t'attendre sur la terrasse.

— Non, fit aussitôt son compagnon en passant un bras autour de sa taille. Je n'en aurai que pour une minute.

Il l'embrassa et s'éloigna. Sa secrétaire arborait une mine si étonnée que Fallon, en d'autres circonstances, aurait éclaté de rire.

— Nous… nous sommes-nous déjà rencontrées, mademoiselle O'Connell ? lui demanda-t-elle.

— Vous avez peut-être déjà vu ma photo. Je suis… j'étais mannequin.

— Oh ! Bien sûr. D'où l'impression de familiarité. Je… je ne vous avais pas reconnue tout de suite.

Un silence tendu s'ensuivit, durant lequel les deux firent mine de regarder ailleurs. « Oui, aurait voulu dire Fallon, j'ai eu un accident, j'ai des cicatrices, mais votre patron me désire malgré ça… »

Elle n'en dit évidemment rien et, après quelques instants, Stefano les rejoignit.

— Bien, fit sa secrétaire, je pense que vous n'avez plus besoin de moi. Oh ! N'oubliez pas que vous avez un dîner caritatif ce soir.

Stefano jeta un rapide coup d'œil à Fallon, puis secoua la tête.

— Appelez-les et annulez.

— Mais ils doivent vous remettre le trophée de…

— Dites-leur que j'ai un imprévu.

— Non, intervint Fallon. Inutile d'annuler pour moi.

— C'est ta première nuit à la maison, dit-il doucement. Je ne te laisserai pas.

— Mais le dîner ? Le trophée ?

— Ils se débrouilleront sans moi.

Fallon prit une profonde inspiration. A sept ans, elle avait dominé sa peur de l'eau — qui remontait à une quasi-noyade dans un lac des années plus tôt — en sautant à pieds joints dans la piscine du motel où ils vivaient à l'époque.

D'accord, elle avait avalé la moitié du bassin. D'accord,

elle aurait pu se noyer pour de bon. Mais elle avait survécu, appris à nager et retenu une bonne leçon.

Lorsque l'on avait peur de quelque chose, la meilleure solution était de fermer les yeux et de sauter à pieds joints.

— Je t'accompagnerai, dit-elle à Stefano.

— Ce n'est pas nécessaire. Procédons par étapes, tu l'as dit toi-même.

— Je tiens à t'accompagner, dit-elle avec une telle conviction qu'elle faillit presque s'en persuader elle-même.

Les gens étaient civilisés, après tout. Elle pouvait supporter leurs regards, Stefano se chargerait du reste. Ce ne serait sans doute pas si terrible.

Ce ne fut pas si terrible.

Ce fut bien pire.

Un mois plus tard, l'épisode sicilien lui paraissait si lointain qu'elle se demandait si elle ne l'avait pas rêvé.

A la surprise de Fallon, ce ne furent pas les journalistes qui posèrent problème. La nouvelle de son accident se répandit mais ne parut pas exciter leur curiosité outre mesure. Apparemment, Stefano avait œuvré en coulisses. De rares entrefilets parurent dans quelques journaux, mais ce fut tout.

Par précaution, Fallon appela sa mère pour lui annoncer qu'elle avait eu un accident. Elle mentit cependant sur l'étendue de ses blessures pour la dissuader de venir à New York et promit de venir lui rendre visite le week-end de la fête du Travail. Dieu merci, le reste de sa famille était loin, en vacances ou pour raisons professionnelles, et elle n'eut pas à leur mentir à eux aussi.

En surface, ils paraissaient avoir évité la tempête. Mais le problème ne venait pas, comme elle l'avait redouté, de la presse.

Il venait de Stefano, et de ce qu'elle commençait à lire dans ses yeux. De la pitié. Cette même pitié qu'elle voyait dans le regard des autres.

Son amant avait une vie bien remplie. Dîners, galas, conférences en tout genre occupaient la majorité de ses soirées. Chaque fois qu'il recevait une nouvelle invitation, il se tournait vers elle et demandait avec une décontraction étudiée : « Tu veux y aller, ma chérie ? »

A quoi elle répondait « Oui, bien sûr » alors qu'elle pensait le contraire. Mais elle ne voulait pas changer le mode de vie de son amant.

Fallon s'était également habituée aux cicatrices, et des années passées à se maquiller lui permettaient d'en atténuer singulièrement l'effet. Du moins pour quiconque ne la voyait pas de trop près.

Le scénario était invariable. Ils se rendaient main dans la main à un quelconque événement, Stefano la présentait et ne faisait rien pour dissimuler la nature de leur relation. Les gens répondaient qu'ils étaient ravis de la rencontrer, parlaient de la pluie et du beau temps. Mais dans leurs yeux, Fallon lisait une réaction immuable : d'abord le choc, puis la compassion. Et elle savait que tous finissaient par se demander ce que Stefano faisait avec elle…

Puis elle se tournait vers Stefano, et elle lisait sur son visage qu'il savait exactement ce qu'elle pensait. C'était en général à cet instant qu'il lui proposait de partir. Elle souriait et répondait que non, elle s'amusait bien et qu'elle souhaitait rester.

Il avait pitié d'elle. C'était la seule explication à la noirceur qu'elle lisait dans son regard. Et si une femme attendait beaucoup de choses de l'homme qu'elle aimait — passion, tendresse, fidélité —, la compassion n'en faisait pas partie !

Le pire, c'était qu'elle le comprenait. En Sicile, il n'avait qu'elle et personne à qui la comparer, ce qui l'aidait à voir par-delà les cicatrices. Ici, ils étaient entourés de femmes au physique parfait. Et peu importait que nombre de ces visages soient l'œuvre de chirurgiens esthétiques plutôt que de la nature.

Elle avait songé à consulter un spécialiste, elle aussi, mais elle n'y était pas encore prête. Elle voulait s'habituer à son nouveau visage avant de prendre la décision de le changer.

Si seulement Stefano pouvait lui dire qu'il l'aimait telle

qu'elle était… Qu'il ne voulait rien changer… Tout aurait été plus facile.

La nuit, allongée dans ses bras et le sachant tout aussi réveillé qu'elle, Fallon se demandait à quoi il pensait. Mais elle avait peur de lui poser la question. Si, comme elle le croyait, il avait pitié d'elle… S'il n'était plus capable de dépasser ses cicatrices…

Non. Elle ne devait pas raisonner ainsi.

Elle avait sans doute trop de temps libre. Voilà quel était son problème. Elle avait travaillé dur toute sa vie, et n'avait jamais passé des journées aussi improductives.

Un matin, après le départ de Stefano pour son bureau, elle passa donc son plus beau tailleur Chanel et se rendit chez son agent. Elle avait déjà parlé à Jackie de l'accident, mais cette dernière ne l'avait pas encore vue.

Entrer dans l'agence fut une pénible épreuve. Les murs arboraient des photos de visages parfaits, dont le sien. La compassion de Jackie, lorsqu'elle enleva ses grosses lunettes noires, fut plus difficile encore.

— J'ai besoin d'un travail, dit-elle tout de go.

La compassion n'empêcha pas Jackie de répondre avec brutalité :

— Je ne peux rien faire pour toi. Ton visage…

— Je sais, Jackie. Mais je peux toujours être utile à quelque chose.

Jackie reposa son stylo et se renversa dans son siège.

— Je suis agent, pas agence de placement.

— Mais tu connais du monde. Tu entends des choses.

Son agent se tapota les lèvres du bout de l'index.

— C'est vrai. Il se trouve que j'ai déjeuné avec Carla Kennedy hier. Ton dernier travail était bien pour elle ?

— Elle a quelque chose pour moi ?

— Elle cherche une assistante. Une esclave. Va chercher ci, va chercher ça, tu connais le truc. Tu mentiras aux gens qui la demandent au téléphone en prétendant qu'elle n'est pas là, tu feras le café, et tu gagneras à peine de quoi payer tes factures.

Mais d'après ce que j'ai entendu, ce n'est pas un problème, fit Jackie avec un clin d'œil. Tu t'es trouvé quelqu'un pour ça.

Fallon se leva.

— Merci, dit-elle poliment. Et juste pour que ce soit clair, personne ne me paie mes factures. Je te rappelle que j'ai bien gagné ma vie, pendant toutes ces années, et que j'ai largement de quoi subvenir à mes besoins.

— Je voulais simplement dire…

Fallon n'attendit pas la suite. Elle sortit du bureau, traversa une antichambre bondée de jeunes filles venues de tout le pays, leurs espoirs en bandoulière, et prit un taxi jusqu'aux bureaux de *Rêves de mariée.*

Là, elle donna son nom à la réceptionniste, et ne broncha pas lorsque la fille écarquilla les yeux en voyant son visage.

Carla sortit en hâte d'une réunion pour venir l'accueillir.

— Ma chérie… J'ai entendu les nouvelles. Oh mon Dieu, ton pauvre visage ! Que vas-tu faire ? Tu comptes faire appel à un chirurgien ?

— Non. On m'a dit que tu cherchais une assistante ?

— Je pourrais te donner des noms. Par exemple, il y a ce type qui a rajeuni Irene Whitmore de dix ans…

— Est-ce que oui ou non tu cherches une assistante, Carla ?

— Oui, mais en quoi est-ce que ça te concerne ?

Puis le sourire de Carla se crispa comme elle ajoutait :

— Il paraît que tu sors avec Stefano Lucchesi ?

— Je ne suis pas venue pour parler de moi. A propos de cette assistante que tu cherches…

— Eh bien ? Attends, tu veux dire que… que tu es intéressée ? Allons, ne me dis pas que ton petit ami ne subvient pas à tes besoins ?

— Je cherche un travail, c'est tout.

Carla conduisit Fallon dans son bureau, lui indiqua une chaise et s'adossa contre un mur, bras croisés.

— Ce n'est pas un travail pour une diva.

— Je ne crois pas m'être jamais comportée comme telle.

— Trois cents dollars par semaine. Une demi-heure pour déjeuner, pas de mutuelle. Toujours intéressée ?

Fallon avait gagné davantage en dix minutes, mais l'argent n'était pas sa motivation. Elle voulait juste s'occuper l'esprit au lieu de ressasser les mêmes idées noires.

— Oui, répondit-elle en tendant la main.

Carla l'ignora.

— Est-ce que ton petit ami sait que tu veux travailler pour moi ?

— Je ne lui ai encore rien dit.

Pour une raison que Fallon ignorait, Carla parut enchantée.

— Tu es engagée, dit-elle avec l'air d'un chat qui vient d'avaler une souris.

Fallon attendit une semaine avant d'annoncer la nouvelle à Stefano. Quelque chose lui disait qu'il n'aimerait pas l'apprendre. Elle se rappelait encore le second jour de prises de vue, au *castello*, lorsque Carla avait reçu un coup de fil et levé un visage craintif vers la maison avant de repartir en quatrième vitesse pour les Etats-Unis.

Que s'était-il tramé entre ces deux-là ? Pourquoi un homme qui était si attaché à sa vie privée avait-il permis à toute une équipe technique d'envahir son territoire ?

Tout s'était passé trop vite en Sicile pour qu'elle pose la question à Stefano. Et il y avait désormais entre eux un fossé grandissant.

Elle attendit donc pour lui parler de son travail l'une des rares soirées qu'ils passaient ensemble sans sortir.

— Stefano ?

Il leva les yeux du magazine qu'il lisait et lui sourit.

— Oui ?

— J'ai trouvé un travail.

Il lui décocha un regard étonné.

— Un travail ?

Elle acquiesça.

— Oui. La semaine dernière.

Son sourire se figea.

— Tu travailles depuis la semaine dernière et tu ne m'en as rien dit ?

La jeune femme rougit légèrement. Stefano le remarqua et regretta d'abord sa question. Puis il fronça les sourcils. Après tout, il avait le droit d'être irrité. Fallon changeait. Elle avait trouvé un travail et ne lui en avait même pas parlé. S'ennuyait-elle donc à ce point avec lui ?

— Je suis l'assistante de Carla Kennedy à *Rêves de mariée*.

Il cligna des yeux. Il avait dû mal entendre.

— Pardon ?

— J'ai dit…

— Tu travailles pour Carla ?

— Oui.

— Pourquoi ?

— Parce qu'elle avait besoin de quelqu'un et qu'elle m'a offert le poste.

— Elle t'a appelée, comme ça, pour te proposer un travail ?

— Non. Bien sûr que non.

— C'est toi qui es allée la voir ?

— C'est un interrogatoire ou quoi ? Oui, je suis allée la voir.

— Et sans me le dire.

— Oui.

Stefano lança son magazine sur le canapé. Que se passait-il, au juste ? Tout cela sonnait comme une mauvaise plaisanterie. La femme qu'il aimait travaillait pour celle avec laquelle il avait rompu.

Evidemment, Fallon n'en savait rien. Carla, en revanche, devait jubiler.

— Eh bien tu vas arrêter de travailler pour elle, dit-il d'une voix glaciale.

Il fut surpris d'avoir réussi à garder son calme. Il n'avait qu'une envie : crier.

— Tu vas l'appeler demain matin pour lui dire que tu démissionnes.

— Pardon ?

— Tu n'as pas de raison de travailler, Fallon. Si tu as besoin d'argent…

— Ce n'est pas une question d'argent.

— C'est ma faute, dit-il d'un ton qui se voulait conciliant. J'aurais dû t'ouvrir un compte et…

— Je n'ai pas besoin de ton argent, Stefano.

— Il n'y a rien de mal à accepter…

— Bon sang, tu es sourd ? J'ai tout l'argent qu'il me faut.

— Dans ce cas, pourquoi avoir pris ce travail ?

— Parce que j'aime travailler. J'en ai *besoin*.

Il acquiesça, comme s'il comprenait, mais il ne comprenait rien. Elle avait besoin de travailler ? Pourquoi ? Elle avait de quoi s'occuper, ici. Elle pouvait redécorer ce mausolée qui lui tenait lieu d'appartement. Elle pouvait venir déjeuner avec lui tous les jours. Elle pouvait faire ce qu'elle voulait, tant qu'il en faisait partie.

Fallon avait changé depuis la Sicile. Elle ne riait plus, insistait pour se rendre à ces interminables galas de charité auxquels, dans le passé, il se contentait d'envoyer des chèques.

— Qu'est-ce que je suis pour toi ? demanda-t-elle d'une voix sourde. Dis-le-moi.

Stefano eut l'impression que sa langue s'était collée à son palais. « Mon cœur, songea-t-il. La femme que j'aime. » Mais comment pouvait-il le lui dire avant qu'elle soit prête à l'entendre ? Elle devait d'abord s'accepter telle qu'elle était.

— Tu es ma responsabilité, dit-il après une hésitation. Je veux prendre soin de toi. Tu le sais, non ?

Elle acquiesça. Ce n'était pas la réponse qu'elle avait espérée, mais au moins Stefano se montrait honnête.

— Oui, je le sais. Mais tu dois savoir toi aussi qu'il est important que j'apprenne à me débrouiller seule.

Stefano ravala sa colère et prit Fallon par les épaules. S'il n'était pas prudent, il allait finir par l'éloigner de lui.

— *Cara*, dit-il, il est ridicule de se disputer pour ça.

Il la sentit se détendre.

— Oui, c'est vrai.

— Si tu veux travailler, vas-y. Mais pas pour Carla.

— Pourquoi pas ?

— C'est une menteuse. On ne peut pas lui faire confiance.

— Comment le sais-tu ?

Elle était, comme toujours, directe et têtue. Comment dire à la femme qu'il aimait qu'il avait eu une liaison avec sa patronne ? C'était un peu délicat.

Et le mieux était sans doute de faire cet aveu un autre jour, lorsqu'elle serait moins en colère contre lui.

— Carla et moi avions passé un accord lorsque tu es venue faire ces photos au *castello*. Elle n'en a pas respecté les termes.

— Justement, je voulais te poser une question à ce sujet. Comment se fait-il que tu aies laissé *Rêves de mariée* envahir tes terres ?

Stefano parvint à sourire.

— Carla m'a fait une offre que je n'ai pas pu refuser.

— Quelle offre ?

— Devons-nous discuter de ça maintenant ? demanda-t-il en glissant les mains le long de ses bras, jusqu'à ses poignets. Si tu dois travailler, j'aimerais que ce soit ailleurs. Est-ce que tu feras ça ? Pour moi ? ajouta-t-il en lui redressant le menton.

Fallon soupira. Stefano avait tant fait pour elle ! Elle lui devait bien cela.

— D'accord. Si c'est ce que tu veux, je changerai de travail.

Il la prit dans ses bras, et elle sentit une bouffée de chaleur l'envahir. Sa place était là, contre lui. Et, aussitôt, elle sut que Carla n'était pas ce dont elle avait vraiment envie de parler.

— Dis-moi une chose, murmura-t-elle. Que penserais-tu si j'allais voir un chirurgien esthétique ?

Son expression ne changea pas, mais ses traits se figèrent. Il jeta un rapide coup d'œil, comme involontaire, à ses cicatrices.

— La décision t'appartient, répondit-il d'un ton neutre. Je ne veux pas t'influencer.

Fallon acquiesça. Elle aurait voulu pleurer mais elle se retint. Qu'aurait-elle voulu l'entendre dire ? Qu'il l'aimait malgré ses cicatrices ? Qu'il ne les voyait pas ? Que ce qu'il lui avait dit en Sicile était toujours vrai à New York ? Qu'il la désirait pour ce qu'elle était et non pour ce qu'elle avait été ?

Sans savoir comment, elle parvint à sourire.

— Merci de ton honnêteté.

— Je ne te mentirai jamais.

Ce n'était pas vrai et Stefano le savait. Il lui mentait tous les jours en lui cachant qu'il l'aimait.

Et il lui mentait en ce moment, en ne lui disant pas qu'il l'aimait telle qu'elle était, et qu'il ne voulait pas qu'elle recoure à la chirurgie esthétique.

Et il mentait encore en ne lui parlant pas de Carla.

« Tu es méprisable, se morigéna-t-il en silence. Le seul moment où tu ne mens pas, c'est quand tu lui fais l'amour. »

Il écrasa ses lèvres sur les siennes, en un baiser passionné et désespéré, jusqu'à la sentir s'affaisser dans ses bras en murmurant son nom.

Puis il la porta jusqu'à sa chambre, et chercha à expier sa faute en lui faisant l'amour jusqu'à l'aube.

# 11.

Le lendemain, Stefano disparut dans son bureau avant le petit déjeuner. Lorsqu'il en émergea, il annonça qu'il devait se rendre à Boston pour la journée, mais qu'il serait de retour pour le dîner.

— Juste toi et moi, dit-il à Fallon en la prenant dans ses bras. Ça te convient ?

Si cela lui convenait ? C'était merveilleux. Elle aurait vendu son âme pour avoir davantage de ces moments avec lui.

— Oui, répondit-elle. Ça me convient parfaitement.

Stefano appuya son front sur le sien.

— Je suis désolé pour hier soir. Je ne voulais pas que nous nous disputions.

— C'était ma faute. J'aurais dû te parler de ce travail plus tôt.

Son compagnon l'attira contre lui et l'étreignit.

— Moi aussi, il y a des choses que je voudrais te dire.

Il plongea ses yeux dans les siens, puis l'embrassa tendrement.

— Il faut que nous parlions. Ce soir.

— Ce soir, répéta-t-elle.

Il l'embrassa de nouveau. Il y avait dans ce baiser quelque chose qui l'effraya, un parfum de solennité, mais avant qu'elle puisse l'interroger, il passa sa veste et partit.

Fallon resta un long moment immobile dans l'entrée de marbre. Il était stupide de se tracasser sur le sens d'un baiser alors qu'elle avait d'autres soucis plus immédiats. Comme de démissionner, par exemple.

Carla n'allait pas être contente. Elle s'était révélée une patronne tyrannique et irascible, qui s'attendait à ce que les choses se fassent dès qu'elle claquait des doigts. Fallon était au beau milieu du classement de ses dossiers, et elle savait que Carla n'allait pas apprécier l'annonce de son départ.

Elle décida qu'elle resterait une semaine de plus, le temps de finir sa mission en cours, si la journaliste insistait. Stefano était un homme d'affaires, il comprendrait.

Restait la question du chirurgien esthétique. C'était elle et non lui qui en avait parlé, mais elle avait vu sa réaction. Pourtant, elle n'était pas encore prête. Elle voulait être sûre, si elle entreprenait une telle démarche, que c'était pour elle et non pour lui. Elle aimait Stefano — comme elle aurait aimé pouvoir le lui dire ! — mais un acte de chirurgie esthétique était chose bien trop personnelle.

Fallon prit une profonde inspiration, vérifia une dernière fois son apparence dans le miroir de l'entrée, puis prit son manteau et sortit à son tour.

La rédaction de *Rêves de mariée* était plongée dans le chaos le plus total. La distribution du magazine dans le Midwest avait connu des problèmes, les couleurs de la future couverture étaient complètement ratées et la créatrice à laquelle Carla voulait consacrer le prochain numéro venait de révéler au monde entier qu'elle était en fait un créateur…

Carla sillonnait les bureaux telle une furie, aboyant des ordres, lançant des accusations à tout-va et agressant quiconque avait le malheur de croiser son chemin, livreur de pizzas compris.

Dans ces circonstances, Fallon n'eut pas le courage de lui annoncer tout de suite qu'elle démissionnait. Ce ne fut qu'en fin d'après-midi, lorsque les choses se calmèrent, qu'elle osa passer la tête par la porte du bureau de sa patronne.

— Carla ? Tu as une minute ?

— Pas vraiment, répondit l'intéressée avec irritation. J'espère que tu es venue me dire que tu as fini ton classement ?

— Pas encore. Il y a beaucoup de travail et…

— Je n'ai pas besoin d'excuses, Fallon. Fais juste ton boulot et appelle-moi quand ce sera terminé.

Avec un soupir, Fallon pénétra dans le bureau et referma la porte derrière elle. Carla lui décocha un regard surpris comme elle s'installait devant le bureau.

— Je suis venue te dire que je démissionnais. Je finirai le classement, ajouta-t-elle en hâte. Mais tu vas devoir te trouver une autre assistante.

A ces mots, Carla lui lança un regard noir.

— J'en étais sûre. Tu penses que tu vaux mieux que ça, n'est-ce pas ?

— Pas du tout.

— Inutile de mentir. Tu es habituée à avoir tout le monde à tes pieds, pas à devoir passer tes journées dans des placards poussiéreux. J'aurais dû suivre mon intuition.

— Je démissionne pour des raisons personnelles, Carla. Ce n'est pas ce que tu crois.

— Quelles raisons personnelles ?

— Je n'ai pas envie de m'étendre là-dessus, dit Fallon en se levant. Je voulais juste te prévenir. Si tu souhaites que je reste une semaine de plus…

— C'est à cause de ton petit ami, c'est ça ?

— Pardon ? dit Fallon en s'empourprant. Non, Stefano n'a rien à voir avec…

— Il n'aime pas te voir travailler pour moi.

— Je te l'ai dit, il ne…

— Tu mens très mal, O'Connell.

Carla se pencha en avant, un sourire glacial aux lèvres.

— Quel est le problème ? Il pense que c'est indigne de toi ? Il a peur qu'on s'imagine qu'il est radin avec toi ?

— Je n'ai aucune intention de discuter de ma vie privée. Je le répète, si tu as encore besoin de moi pendant une semaine…

— Ou a-t-il peur que nous fassions des comparaisons, vu que nous avons toutes deux couché avec lui ?

Fallon eut l'impression que tout son sang refluait de son visage. Sa main se figea sur la poignée de la porte. « Tourne-toi, se morigéna-t-elle. Tourne-toi et affronte-la. »

— Les hommes sont drôles, reprit Carla d'un ton suave. Ils ont toujours peur que nous parlions de leurs petits secrets. Bien que Stefano n'ait rien à cacher. Nous savons tous que c'est un amant fantastique. Mais je me demande s'il se comporte de la même façon avec toutes ses maîtresses. Par exemple, s'il te tient les mains quand…

— Arrête, coupa Fallon. Arrête ça tout de suite.

— Pourquoi ? Nous sommes au XXIe siècle. Nous pouvons parler de notre vie sexuelle sans…

Puis Carla ouvrit de grands yeux, et lâcha un rire incrédule.

— Tu ne savais pas, c'est ça ? Stefano n'a rien dit ? Tu travailles pour moi, et tu ignorais que nous avions été amants ? Eh oui, je le connais aussi bien que toi. Mieux, sans doute, étant donné que nous sommes restés longtemps ensemble.

Fallon fixa le beau et froid visage de Carla, ses yeux emplis de haine, sa bouche tordue en un rictus moqueur. Puis elle se répéta qu'elle était ridicule. Stefano n'était pas un moine. Bien sûr qu'il avait eu des femmes dans sa vie. Tout comme elle avait connu d'autres hommes. Pourquoi s'en soucier ?

Parce qu'il aurait dû le lui dire, voilà pourquoi. N'avait-il pas songé à quel point il serait humiliant pour elle d'entendre la nouvelle de la bouche de quelqu'un d'autre ?

— Assieds-toi avant de t'évanouir, fit Carla d'un air aimable.

— Ne sois pas ridicule.

— Tu es pourtant blanche comme un linge. Assieds-toi. Je sais que c'est ton travail d'aller chercher le café, mais je vais t'en servir une tasse. On dirait que tu en as besoin.

Fallon se laissa tomber sur une chaise.

— Non merci. Ça va.

— Il ne t'avait vraiment rien dit ?

Elle secoua la tête, encore sous le choc.

— Non.

— Ah. Je suppose que je ne peux pas lui en vouloir. J'ai mis fin à notre relation un peu brutalement et…

— C'est toi qui es partie ?

— Oh, bien sûr ! Et Stefano était furieux. C'est vrai que cela faisait près d'un an, lui et moi. Je suppose qu'il s'était fait des idées. Enfin, tu sais que ce n'est pas le genre d'homme que l'on quitte impunément… Du moins, c'est ce qu'il s'imagine. Mais tu es sûre de vouloir entendre la suite ?

— Je m'en moque, mentit Fallon.

— De l'eau a coulé sous les ponts, de toute façon. Mais je savais qu'il ferait quelque chose de stupide. Il était bouleversé quand je lui ai dit que tout était fini. Oh, je ne veux pas dire qu'il s'est tourné vers toi par dépit, mais ça y ressemble un peu, il faut l'avouer… Je me rappelle encore ce coup de fil qu'il m'a passé, le second jour des séances de pose, pour m'annoncer qu'il allait se venger…

Carla continua de parler, mais Fallon ne l'écoutait plus. Elle revoyait la scène, lorsque la journaliste avait reçu ce coup de téléphone. Carla avait levé les yeux vers le *castello*, avait pâli, et était partie sur-le-champ pour New York.

Toutes les pièces du puzzle s'assemblaient. Stefano l'avait utilisée pour se venger de son ex. Il lui avait fait l'amour dans le même lit qu'il avait partagé avec Carla.

Elle se redressa d'un bond, écœurée.

— Désolée, mais il faut que j'y aille.

— Je le savais. Je t'ai fait de la peine.

« Garce ! » N'était-ce pas précisément dans ce but que Carla avait raconté tout cela ? Fallon n'était pas née de la dernière pluie.

— Non, répondit-elle avec un sourire contraint.

Puis, adoptant le ton de la confidence, elle fit un clin d'œil et poursuivit :

— Les hommes ! Ils sont impossibles. J'ignore pourquoi Stefano s'est imaginé que je serais gênée d'apprendre que vous avez été… ensemble.

— Tu as raison, répondit Carla d'un ton joyeux.

Elle hésita, se pencha en avant et reprit :

— Au sujet de ce chirurgien dont je t'ai parlé… Tu veux ses coordonnées ? Je sais que ces cicatrices ne te dérangent pas mais connaissant Stefano…

— Oui ?

— Rien. C'est juste qu'il est si perfectionniste.

— Ça ne le dérange pas non plus, si c'est ce que tu sous-entends.

— Peut-être pas directement. Mais les gens parlent. Stefano a fait preuve de tant de générosité et de compassion…

— C'est vrai. C'est quelqu'un de très bien.

Se rappelant que l'attaque était la meilleure des défenses, Fallon prit un air amusé pour ajouter :

— Je pense que s'il ne m'a pas parlé de votre liaison, c'est que tu ne lui as pas laissé un souvenir impérissable.

Elle sortit sur ces mots, sans laisser à Carla, qui avait pâli de colère, le temps de répondre. C'était une retraite pathétique, mais c'était ce qu'elle avait trouvé de mieux.

Stefano avait affirmé vouloir parler. Parfait, elle aussi ! Elle voulait parler d'intégrité. De confiance.

Une fois dans la rue, elle héla le premier taxi venu. A la mode new-yorkaise, un véhicule jaune sortit du flot de la circulation, coupa la route à d'autres conducteurs et vint s'arrêter dans un concert de klaxons le long du trottoir.

Fallon monta, lui donna l'adresse de Stefano et tapa impatiemment du pied pendant tout le trajet.

Stefano entra dans son appartement et déposa son attaché-case sur la table. Il appela ensuite sa gouvernante, avant de se rappeler que c'était son jour de congé.

C'était tant mieux, après tout.

Il était rentré plus tôt que prévu et n'avait envie de voir personne, à part la femme qu'il aimait. Tout ce qu'il voulait, c'était se déshabiller, prendre une longue douche, mettre un jean et un T-shirt et préparer une margarita pour quand Fallon rentrerait.

En attendant, il devait réfléchir. Sérieusement. Il avait déjà fait quelques graves erreurs. La première avait été de ne pas lui dire qu'il l'aimait. Car il était presque sûr que ce sentiment était réciproque. Et il avait plus à perdre qu'à gagner en continuant de le lui cacher.

Il se déshabilla, passa sous la douche et laissa le jet lui marteler les épaules, lui masser les muscles. Il était fatigué. Il avait passé la nuit à réfléchir, à se demander comment Fallon avait fini par travailler pour une femme qu'il ne voulait plus jamais revoir.

C'était sa deuxième erreur. Il aurait dû regarder Fallon droit dans les yeux et lui dire : « Je ne veux pas que tu travailles pour Carla parce que j'ai eu une aventure avec elle. »

Au lieu de cela, il s'était dégonflé. Il avait préféré ne rien dire, ne rien faire. Bref, il s'était montré lâche.

Stefano coupa le robinet et chercha à tâtons la serviette. Il était temps pour lui d'être honnête, de faire face, d'exprimer ses sentiments. Sitôt que Fallon franchirait le seuil de l'appartement, il la ferait asseoir dans le salon et lui déballerait tout. Tout sans exception, à commencer par le fait qu'il l'aimait.

C'était la raison pour laquelle il s'était rendu à Boston, aujourd'hui. Un ami d'enfance à lui, un chirurgien réputé y exerçait. Sa spécialité était la cardiologie, mais Stefano s'était dit qu'il pourrait sans doute l'orienter vers les meilleurs chirurgiens esthétiques.

— C'est grave, ces cicatrices ? avait demandé Jeff.

— Pas vraiment. C'est surtout dans la tête que ça se passe. Mais si elle veut se faire opérer, je la soutiendrai.

— Ouh, on dirait que ça y est !

— Que ça y est quoi ?

— Tu es amoureux !

Stefano n'avait pas pris la peine de nier.

— Oui. Très. Et je ne comprends pas pourquoi elle veut se faire opérer.

— Est-ce que c'est vraiment pour elle qu'elle veut le faire ?

— Bien sûr. Pour qui d'autre ?

Jeff avait haussé les épaules.

— Toi par exemple. Si elle s'imagine que…

— Je l'aime comme elle est. Elle le sait. Mais elle était mannequin. J'ai cru qu'elle arriverait à oublier les cicatrices ; apparemment ce n'est pas le cas.

— Oui, je comprends. D'accord, je vais te donner les noms de deux types à New York.

— Les meilleurs ?

— Les meilleurs des meilleurs.

— Evidemment, je vais essayer de l'en dissuader mais…

— Je ne te le conseille pas.

— Pourquoi ?

— Ecoute, je comprends que tu aimes cette femme, que tu veuilles prendre soin d'elle. Mais c'est *son* visage et c'est *sa* vie. Va avec elle voir les chirurgiens, discutez du pour et du contre, tu peux peut-être même l'aider à choisir le médecin. Mais n'essaie pas de l'influencer, ni dans un sens, ni dans l'autre.

— C'est une décision grave, Jeff. Je ne peux pas…

— Si, tu le peux. Tu le dois.

Songeur, Stefano ramassa son pantalon et en sortit le morceau de papier où Jeff avait inscrit les coordonnées des deux chirurgiens.

D'accord. Jeff était médecin, lui était juste un homme tellement amoureux qu'il n'arrivait plus à aligner deux idées. Il suivrait donc le conseil de son ami.

La porte d'entrée claqua. Stefano fronça les sourcils et regarda sa montre.

— Fallon ?

Oui, c'était elle. Il entendit ses talons cliqueter sur l'escalier comme elle montait. En hâte, il passa les mains dans ses cheveux mouillés pour leur donner un semblant de discipline. Il n'avait pas eu le temps de préparer les margaritas ni de…

— Stefano.

Il se tourna vers la porte de la chambre. Ils n'avaient été

séparés que quelques heures mais elle lui avait terriblement manqué.

— *Cara*…

Il se tut en avisant son expression. Regard glacial, posture rigide. Il comprit qu'il allait avoir des ennuis avec un E majuscule.

— Qu'est-ce qui ne va pas ?

Fallon lança son sac en direction de la commode. Il atterrit sur la moquette mais elle ne fit pas l'effort de le ramasser. Stefano non plus, après avoir croisé son regard.

— Qu'est-ce qui pourrait ne pas aller ? ironisa-t-elle.

— Eh bien, je ne sais pas. Tu as l'air…

— En colère ? Furieuse ?

— Soucieuse ? hasarda-t-il prudemment.

— Bien vu.

Stefano se racla la gorge. Il s'était passé quelque chose. « Carla ! » songea-t-il aussitôt.

— Est-ce que c'est en rapport avec notre discussion d'hier soir ? interrogea-t-il.

— Discussion ? Si je me souviens bien, c'est vrai que je t'ai posé des questions. Comme : pourquoi devais-je quitter mon travail ? Le problème, c'est que tu ne m'as pas fourni les bonnes réponses.

Fallon sentait son cœur battre à cent à l'heure. En chemin, elle avait répété mentalement ce qu'elle dirait à Stefano. Pas les paroles exactes, mais le message général. Et elle s'était promis une chose : elle ne pleurerait pas. Elle ne le laisserait pas voir à quel point elle était humiliée d'avoir appris leur liaison de la bouche de Carla. D'avoir fait l'amour dans le même lit. Dans ce même appartement.

— Espèce de salaud ! s'exclama-t-elle, sentant toutes ses bonnes intentions s'envoler. Pourquoi ne m'as-tu rien dit, pour Carla et toi ?

— Ma chérie. *Cara*…

— Arrête avec tes « ma chérie » et tes « *cara* ». Tu imagines ce que j'ai éprouvé, à l'apprendre de sa bouche ?

Furieuse, elle se jeta sur lui et martela sa poitrine de ses poings.

— Comment réagirais-tu si au cours d'une réunion de travail, un type te disait : « J'ai couché avec Fallon O'Connell » ?

— Je le tuerais.

— Ah !

Elle le frappa de nouveau, mais Stefano lui captura les poignets.

— Ecoute, je sais que j'aurais dû te le dire.

— Elle t'a plaqué ! C'est pour ça que tu ne voulais pas lui prêter le *castello*. Tu avais le cœur brisé !

— C'est moi qui ai mis un terme à notre relation.

— Mon œil !

— Je l'ai mise dehors, Fallon. C'est pour ça que je ne voulais pas lui prêter le *castello*.

— Oh, ça va ! Tant qu'elle couchait avec toi, tu étais prêt à tout lui donner. Mais dès qu'elle est partie…

— C'est elle qui t'a dit ça ? C'est faux.

Comme elle aurait voulu le croire ! Mais comment lui faire confiance alors qu'il lui avait déjà menti ? Pourquoi ne recommencerait-il pas ?

— Epargne-moi tes histoires à dormir debout.

Stefano lâcha un juron qui, des années plus tôt, lui aurait valu de se faire passer la bouche au savon par sa grand-mère. Il fit quelques pas dans la pièce, puis revint vers Fallon et inspira profondément.

— Je ne vais pas me disputer avec toi, dit-il le plus calmement qu'il put. Je reconnais que j'ai fait une erreur, et que j'aurais dû t'en parler.

— Oui, en effet. Si tu m'ai… si tu me respectais un tant soit peu, tu me l'aurais avoué hier soir !

— Tu as raison. J'ai été stupide.

Il hésita. Il avait bien quelque chose à dire qui lui ferait plaisir, mais le moment était-il bien choisi ?

— Fallon…

— Si tu espères t'en tirer par de belles paroles…

— Pas du tout.

Il la prit par les épaules. Elle se laissa faire, mais résista lorsqu'il voulut l'attirer. Très bien. Il le méritait, après tout.

— Tu veux savoir où j'étais aujourd'hui ?

— Non.

Bon, ça n'allait pas être facile. Mais il ne devait pas se décourager.

— Je suis allé à Boston voir une vieille connaissance.

— Tant mieux pour toi. Tu as couché avec elle ?

— Bon sang, Fallon, j'essaie de te dire quelque chose d'important ! Quelque chose qui va te rendre heureuse.

« Que tu m'aimes », songea Fallon avec une telle intensité qu'elle crut un instant l'avoir dit à voix haute. C'était la seule chose qu'elle voulait entendre, la seule chose susceptible de la rendre heureuse.

Et c'était la raison de sa colère. Elle avait besoin d'entendre Stefano lui dire : « Je t'aime. Je t'aime comme tu es et comme je n'ai jamais aimé personne d'autre. »

— Ma chérie.

Elle leva les yeux vers les siens et vit une lueur indéfinissable briller dans leurs profondeurs. Son cœur bondit, et elle faillit se jeter dans ses bras et murmurer : « Je sais ce que tu veux me dire. Moi aussi je t'aime. »

— J'ai quelque chose pour toi, fit-il dans un souffle.

Il mit la main dans sa poche. Fallon écarquilla les yeux. Toute sa vie, elle avait pensé que le mariage et tout le cérémonial, bague de fiançailles et compagnie, c'était pour les autres. A présent, il lui semblait que c'était la chose la plus importante du monde. Car que pouvait-il avoir d'autre qu'une bague dans sa poche pour arborer une mine si solennelle ?

Un morceau de papier, constata-t-elle en clignant des yeux. Il lui tendait un vulgaire morceau de papier.

— Je… je ne comprends pas. Qu'est-ce que c'est ?

Stefano sourit, de l'air de quelqu'un qui a décroché la lune.

— Les noms de deux des meilleurs chirurgiens esthétiques

de New York. Si quelqu'un peut effacer tes cicatrices et te rendre ton visage d'avant, ce sont eux.

Il souriait. Il avait l'air heureux. Ravi même. Comme s'il était certain que ce misérable bout de papier résoudrait tous leurs problèmes.

— Mon visage d'avant ? fit-elle d'une voix étranglée. Tu veux dire celui de Fallon O'Connell, le célèbre mannequin ?

Il acquiesça. Elle acquiesça en retour. Puis elle déchira le papier, le laissa tomber à ses pieds et sortit de la pièce.

Elle l'entendit appeler, puis il déboula de la chambre et voulut la retenir. Mais elle se dégagea d'un geste brusque, et sortit de son appartement et de sa vie.

# 12.

Fallon sortit de l'ascenseur et traversa le hall de l'immeuble en courant presque. Le portier porta deux doigts à sa casquette en la voyant.

— Bonjour, mademoiselle O'Connell. Vous avez besoin d'un…

— Non, coupa-t-elle en le dépassant.

Bien sûr qu'elle avait besoin d'un taxi. D'une fusée pour Mars, même. De n'importe quel moyen de fuir Stefano. Mais elle ne voulait pas attendre devant son immeuble. Il pourrait se mettre en tête de la retenir.

Et elle ne voulait plus jamais le revoir. Il lui avait brisé le cœur.

Il l'avait laissée aller trouver Carla comme un agneau va à l'abattoir, puis lui avait fait comprendre qu'il s'était montré assez patient et qu'il voulait retrouver l'ancienne Fallon O'Connell, le mannequin au visage parfait. Et au cas où elle n'aurait pas compris le message, il lui avait donné l'adresse de deux chirurgiens esthétiques.

Le salaud ! Tous ces mensonges sur le fait qu'il la désirait pour ce qu'elle était…

Elle atteignit le coin de la rue comme le feu passait au vert, et dut trépigner dans un groupe de piétons pendant que la circulation obstruait le passage.

Elle savait qui elle était. Une femme au visage abîmé

amoureuse d'un menteur. Et plus vite elle reprendrait sa vie en main…

— Fallon ! Fallon ?

Elle se retourna et vit Stefano qui courait vers elle. Il paraissait en colère.

En colère ? Ce n'était pas lui qui était censé l'être !

Le feu était toujours vert, mais les voitures avançaient lentement à cause des embouteillages. Sans hésiter, Fallon s'élança, slalomant entre véhicules, coups de klaxons et invectives.

— Fallon ! cria Stefano. Arrête ! Tu es devenue folle ?

Oui, peut-être avait-elle été folle. Mais elle avait toute sa raison, à présent. Elle ne voulait plus le voir, ne voulait plus entendre ses mensonges. Quelle idiote elle avait été de tomber amoureuse de lui !

Une autre intersection. Un autre feu. Et un taxi vide, attendant à une station ! Fallon fonça dans sa direction, ouvrit la porte et s'engouffra à l'intérieur.

— Allez-y ! hoqueta-t-elle.

Le chauffeur lui lança un regard dans le rétroviseur.

— Où ça ?

— Où vous voudrez. Mais démarrez !

Elle jeta un coup d'œil par la lunette arrière. Stefano venait de tourner le coin de la rue et courait à toute vitesse en criant son nom. Les autres passants ne paraissaient pas s'en étonner. C'était New York.

— Allez-y ! répéta-t-elle. Démarrez !

Le feu passa au vert. De nouveau, le chauffeur la regarda.

— Je ne veux pas d'ennuis, m'dame.

— Vous n'en aurez pas. Vous voyez cet homme ? C'est mon mari. Je… je viens de le trouver avec une autre femme. Je vous donne vingt dollars de plus si vous démarrez.

Stefano était presque au taxi. Son visage était rouge, mais elle n'aurait su dire si c'était l'effet de la colère ou de l'effort.

— Fallon ! cria-t-il.

— Cinquante dollars, dit-elle d'un ton désespéré. Cinquante dollars si vous me sortez de là !

Le chauffeur acquiesça, écrasa la pédale et laissa la Ve Avenue, et Stefano Lucchesi, loin derrière.

Quelques rues plus loin, Fallon lui demanda de la conduire à l'aéroport de La Guardia.

Rentrer à son appartement était hors de question. Elle était sûre que c'était le premier endroit où Stefano se rendrait. L'aéroport était la solution la plus sûre.

Elle eut de la chance. Un vol était sur le point de décoller pour Vegas, et il restait de la place à bord.

Une heure plus tard, depuis les airs, Fallon passa trois coups de fil. L'un à son agent, l'autre au bureau de Carla et le dernier au concierge de son immeuble à Soho.

— Jackie ? dit-elle lorsque son agent répondit. C'est Fallon. Au cas où tu aurais besoin de moi, je serai à Londres pour une semaine.

— Pourquoi aurais-je besoin de toi ? fit l'autre d'un ton médusé.

Mais Fallon avait déjà raccroché. Elle composa ensuite le numéro de *Rêves de mariée*.

— Au cas où Carla ne t'aurait rien dit, annonça-t-elle à la secrétaire, je démissionne.

— Comme tout le monde ici ! répondit son interlocutrice en riant. Tu veux passer prendre ton chèque ou tu préfères que je te l'envoie ?

— Je serai à San Francisco cette semaine. Je passerai le prendre en revenant.

La dernière diversion fut la plus facile.

— Jason, dit-elle à son concierge, ici Fallon O'Connell. Oui, je sais. J'étais… en déplacement. Et je m'en vais de nouveau. Tokyo. C'est ça. Alors si quelqu'un me cherche… Parfait, merci.

Elle raccrocha. La côte Ouest, l'Europe, l'Asie. Cela suffirait sans doute à occuper les sbires de Stefano pendant un moment. Il finirait sans doute par se lasser de la chercher.

Fallon n'aurait su dire si cette idée la terrifiait ou la réjouissait. Mais, pour le moment, il lui fallait surtout penser à ce qu'elle allait dire à sa mère. Comment allait-elle lui faire croire que tout allait bien alors qu'elle débarquait à l'improviste, sans même une brosse à dents ?

Fallon ferma les yeux et appuya sa tête contre le dossier de son siège. Elle devait inventer une excuse simple et banale, et se garder d'entrer dans les détails. Et ne pas pleurer.

Cela lui sembla un excellent plan, jusqu'au moment où sa mère lui ouvrit la porte de l'appartement qu'elle occupait au Lucky Palace.

— Oh, ma petite fille, murmura-t-elle.

A ces mots, Fallon fondit en larmes et se jeta dans ses bras.

Une semaine plus tard, Mary Elizabeth O'Connell Coyle et son mari, Dan, discutaient à voix basse dans leur chambre comme deux gamins en train de conspirer.

— Je ne sais pas quoi faire d'elle, dit Mary. Elle a toujours été si forte, si déterminée. A présent, elle refuse de sortir de sa chambre.

— Eh bien, cet accident…

— Ce n'est pas ça. Ce qui s'est passé a dû l'éprouver, bien sûr, mais je crois qu'elle a accepté les cicatrices. C'est quelque chose d'autre. Une douleur qui plonge bien plus profondément.

— Je ne comprends pas.

— Elle a parlé d'un homme quand elle est arrivée. Elle a dit que c'était un journaliste particulièrement insistant et que s'il téléphonait, je devais dire que j'ignorais où elle se trouvait.

— Ça se comprend. Ces vermines vendraient leur mère pour un dollar.

— Non, c'est différent. Elle avait l'air triste quand elle a parlé de lui. Ce n'est pas un reporter, Daniel. Fallon veut l'éviter, mais je pense que c'est pour des raisons bien plus personnelles.

— Tu crois qu'il lui a fait du mal ? fit Dan d'un air soudain féroce. Donne-moi son nom et j'irai lui donner une leçon.

Mary sourit. Dan avait ses propres enfants d'un premier mariage, mais adorait les siens.

— Je ne crois pas que ce soit la solution à ce genre de souffrance.

— Que faire, alors ?

— Je ne sais pas, confessa Mary dans un soupir. Fallon a toujours été très indépendante, même lorsqu'elle était petite. Chaque fois que quelque chose n'allait pas, et que je l'interrogeais, elle me répondait « Je vais bien » d'un ton qui voulait dire « Occupe-toi de tes affaires ».

— Elle était têtue, en somme ?

— Très.

— Je me demande bien d'où elle a pu hériter ce trait, Duchesse.

Mary se mit à rire. Presque tous l'appelaient Duchesse, elle le savait, mais peu osaient le faire en sa présence à l'exception de ses enfants, et maintenant de Daniel.

— C'est vrai, elle me ressemble, peut-être plus encore que les autres. Mais je me sens inutile.

— Fallon est solide. Elle a tes gènes. Tout ce qu'il lui faut, c'est un peu de temps.

— Mais le temps passe vite. Toi et moi le savons.

Dan soupira et prit sa femme dans ses bras.

— Je ne vois pas ce que tu peux faire. Elle est adulte, après tout.

— Tu as raison.

Puis Mary tapota le torse de son mari et reprit :

— Allez, je sais que tu as une réunion avec la sécurité. Vas-y. Je trouverai bien quelque chose.

— Hmm, pourquoi ai-je l'impression que je devrais rester là ?

— Parce que tu es un ancien policier et que tu sais que j'ai quelque chose derrière la tête ? lança Mary en riant.

— Hmm, possible. Je serai dans mon bureau si tu as besoin de moi.

Mary embrassa son mari, puis descendit directement aux cuisines. Elle salua les employés et prépara du café. Elle remonta ensuite avec un plateau et s'arrêta devant la porte de sa fille.

— Fallon ? appela-t-elle après s'être éclairci la gorge.

— Oui ?

— Je nous ai préparé du café.

— Merci, mais je n'en veux pas.

— Jenny a fait des madeleines comme tu les aimes.

— J'en prendrai une tout à l'heure.

Il était temps d'utiliser son atout, songea Mary avec un soupir.

— Tu sais, le médecin a dit que je devais faire une pause dans l'après-midi. Mais si tu ne veux pas te joindre à moi, je vais retourner travailler…

La porte s'ouvrit aussitôt.

— Merci, ma chérie.

Mary s'engouffra à l'intérieur, ignorant l'expression d'abattement sur les traits de sa fille.

— Que dirais-tu de sortir sur la terrasse ? Il fait beau. Un peu d'air frais nous fera le plus grand bien.

— Dis-moi d'abord pourquoi le médecin te conseille de faire une pause dans l'après-midi. Je croyais que tes derniers examens étaient parfaits ?

— C'est vrai, répondit sa mère en sortant, clignant des yeux sous la force du soleil. J'ai menti.

Fallon la dévisagea, bouche bée, puis secoua la tête.

— Ce n'était pas très gentil de me faire croire que quelque chose n'allait pas.

— Non, répondit joyeusement Mary. C'est méchant de causer du souci à quelqu'un, n'est-ce pas ?

— Ce n'est pas pareil. Je ne te cause aucun souci. Tu t'en crées toute seule. Je t'ai dit ce qui était arrivé. Je suis rentrée dans un arbre, et c'est tout.

— Ce n'est pas ce qui t'a amenée ici. De la crème dans ton café ? Je ne sais jamais si tu es au régime ou non.

— Pas besoin d'être au régime vu que je ne suis plus mannequin.

— Je suppose que tu vas quand même continuer à faire attention à ta silhouette ?

— Sans doute. C'est pour ça que tu es montée ? Pour me parler de ma silhouette ? De ce que je vais faire de ces cicatrices ?

— Pourquoi, tu comptes voir un chirurgien ?

Fallon pâlit.

— Ne me dis rien. Tu es venue me recommander un chirurgien esthétique, toi aussi ?

— Je n'en connais même pas. Et comment ça, « moi aussi » ?

— Laisse tomber.

— Je voulais simplement dire…

— Je sais ce que tu voulais dire. Que tu aimerais revoir la Fallon que tu connais.

— J'aimerais surtout te voir heureuse, au lieu de te traîner à cause de malheureuses cicatrices qui, pardonne ma franchise, ne sont quand même pas si terribles.

— Je ne me traîne pas.

— Et si je me rappelle bien, poursuivit Mary comme si elle n'avait rien entendu, tu m'as dit la dernière fois que nous nous sommes vues que tu voulais changer de métier.

— Oui. Mais je ne m'attendais pas à y être contrainte.

— C'est la vie. Il se passe parfois des choses qui nous empêchent de choisir. Une madeleine ?

— Non merci.

Les deux femmes burent leur café dans un silence tendu. Mary fut la première à le briser.

— A propos de cet homme, ce reporter…

— Eh bien ?

— Il a un nom italien. Tu l'as rencontré en Sicile ?

— Oui…

— Ce Steven Lucchesi…

— Stefano Lucchesi.

— C'est ça. Pour quel magazine écrit-il ?

Fallon hésita. Avait-elle dit qu'il travaillait pour un magazine ? Le jour de son arrivée n'était plus qu'un brumeux souvenir. Elle se rappelait le visage de sa mère, sa peur que Stefano la retrouve…

— Fallon ? Pour quel magazine écrit-il ?

— Il… euh… il est journaliste indépendant.

— Je vois. Il était en Sicile pour un article sur toi ?

— Non. Pas exactement.

— Mais vous avez fini par vous rencontrer.

— Ecoute, maman…

— Et c'est lui qui te rend folle.

Les yeux de Fallon jetèrent des éclairs, et Mary eut un sourire de satisfaction. C'était la première vraie réaction qu'elle arrachait à sa fille depuis une semaine.

— Pourquoi toutes ces questions, maman ? Stefano a appelé ?

— Tu l'appelles par son prénom ? Intéressant, vu qu'il est censé être un journaliste que tu détestes.

— Rappelle-toi juste que s'il cherche à me joindre…

— Je ne sais pas où tu es.

— Exactement.

— Parce que c'est un journaliste qui t'ennuie.

— C'est ça.

— Et pas un homme que tu fuis pour des raisons de cœur.

— Pas du tout !

— Alors pourquoi as-tu l'air si déprimée ?

— Je ne suis pas déprimée ! Je vais…

— Et pourquoi pleures-tu dans ton sommeil ?

— Quoi ? Je ne pleure pas…

— Si. Et une femme ne fait pas ce genre de choses à moins d'être amoureuse. Du moins, pas une O'Connell.

Fallon se redressa d'un bond, la mine furieuse.

— Qu'est-ce que tu racontes ?

Mary lui retourna un regard lénifiant.

— Je ne sais pas. A toi de me le dire. Ce que je soupçonne, en revanche, c'est que ce M. Lucchesi et toi avez eu une querelle d'amoureux.

— Une querelle d'amoureux ? répéta Fallon en plantant ses poings sur ses hanches, et en lâchant un rire un peu trop aigu.

— Oui. Tu l'as quitté, et maintenant tu le regrettes…

— Je ne regrette rien du tout ! Stefano Lucchesi est un salaud égoïste, comme tous les hommes ! Je ne veux plus jamais le revoir !

— Pourquoi ça ?

— Parce que c'est un menteur. Un lâche. Parce que… Parce que…

— Parce que tu es tombée amoureuse de lui, et qu'il est tombé amoureux de toi, et qu'aucun des deux n'a eu l'intelligence de voir qu'il était temps de le reconnaître.

Fallon crut que son cœur allait s'arrêter. Ce n'était pas la voix de sa mère. Ni celle de Dan. C'était… C'était…

Elle se retourna. Stefano se tenait sur le seuil de la terrasse, les mains également posées sur les hanches, comme elle. Et ses yeux lançaient des éclairs, comme les siens.

Il avait une sale mine. Ses cheveux étaient en bataille et il n'avait pas dû se raser depuis trois jours. Son coûteux costume était froissé, comme s'il avait dormi avec.

Elle l'aimait.

Elle avait eu beau passer la semaine à se répéter que non, elle ne l'avait jamais aimé, rien n'y faisait. Le seul fait de le voir lui faisait comprendre à quel point elle était amoureuse.

Mais que venait-il de dire ? Qu'il l'aimait aussi ? Avait-elle bien compris ?

Elle sut qu'elle avait formulé sa question à voix haute lorsqu'il la regarda et répondit :

— Oui. Je t'aime, encore que je me demande pourquoi ! Tu me plantes alors que j'allais t'avouer mes sentiments… Tu m'envoies sur dix fausses pistes…

— Trois, corrigea-t-elle machinalement.

— Tokyo. Londres. San Francisco.

Il serra les mâchoires et s'avança vers elle. Du coin de l'œil, Fallon vit sa mère se lever, sourire, rentrer dans l'appartement et tirer la baie vitrée derrière elle.

— Est-ce que tu as seulement idée de l'enfer que j'ai vécu ? J'ai pataugé sous la pluie à Londres pendant deux jours. J'ai arpenté les rues de San Francisco jusqu'à ne plus les supporter. Et je suis arrivé au Japon à temps pour un tremblement de terre.

— Une leçon d'humilité ne fait de mal à personne.

— C'était donc pour ça ? Parce que tu penses que j'ai besoin d'une leçon d'humilité ? Je t'aime ! Ça ne veut donc rien dire pour toi ?

— Tu ne m'aimes pas ! protesta-t-elle en essayant de se dégager, en vain.

— Bon sang, tu tiens bien de ta mère ! Je lui ai téléphoné, je lui ai dit que j'étais fou amoureux de toi et elle m'a répondu : « Vous n'aimez pas ma fille, sans quoi vous ne lui auriez pas brisé le cœur. » A quoi je lui ai rétorqué : « Madame O'Connell, ce n'est pas moi qui lui ai brisé le cœur, c'est elle qui a brisé le mien. » Moi, j'étais prêt à faire quelque chose que je n'avais jamais fait, à me mettre à genoux devant toi et à te demander d'être ma femme. Et, toi, tu as pris mon cœur, tu l'as déchiré et tu l'as jeté.

— J'ai déchiré un morceau de papier, dit Fallon d'une voix tremblante. Parce que tout ce qui t'intéresse, c'est Fallon O'Connell le mannequin et pas moi !

— C'est ridicule !

— Tu veux que je voie un chirurgien esthétique.

— Je veux juste te voir retrouver ton sourire !

— C'est ça ! Fais comme si c'était pour moi que…

Stefano la fit taire d'un baiser. Il aurait voulu la secouer, lui hurler qu'il avait failli perdre la raison lorsqu'il l'avait perdue. Et peut-être était-ce le cas. Quoi qu'il en soit, Fallon ne l'embrassait pas en retour… S'était-il complètement trompé ?

Puis ses lèvres s'adoucirent. Elle leva les mains et s'agrippa à sa chemise. Un petit son qu'il avait redouté de ne plus jamais entendre franchit ses lèvres.

Stefano l'attira tout contre lui et murmura :

— Je t'aime. Tu imagines ce que j'ai ressenti en comprenant

que je te rendais malheureuse ? Que je te faisais souffrir ? Que, sans moi, tu aurais déjà fait appel à un chirurgien esthétique ?

Fallon leva vers lui un regard médusé.

— Quoi ? Mais… mais c'est tout le contraire ! C'est toi qui m'as donné les noms de ces médecins !

— Parce que je croyais que c'était ce que *tu* voulais !

Fallon le regarda avec incrédulité, puis éclata de rire.

— C'est ce qu'on appelle un dialogue de sourds. Je pensais que c'était toi qui le voulais !

— Moi ? Jamais !

Elle se hissa sur la pointe des pieds, puis l'embrassa.

— Je t'aime. Je t'ai toujours aimé. Tu sais ça, n'est-ce pas ?

Stefano l'embrassa, encore et encore, jusqu'à la sentir peser de tout son poids sur lui. Puis il posa ses lèvres sur son front.

— J'aurais dû te le dire, pour Carla. Mais je ne savais pas comment m'y prendre. Je ne l'ai jamais aimée, nous sommes restés ensemble quatre mois et je l'ai quittée. Et tu ne semblais pas d'humeur à l'entendre. Tu avais cessé de sourire, tu n'avais plus cet éclat dans les yeux quand tu me regardais…

Fallon acquiesça. Il avait fait des erreurs, mais elle aussi. Tout ce qui comptait était qu'ils se soient enfin avoué leur amour.

— Fallon, veux-tu être ma femme ?

Elle sourit. Elle avait bien cru ne jamais revoir cette expression sur le visage de Stefano. Elle avait d'ailleurs bien cru ne jamais le revoir tout court !

— Oui, souffla-t-elle. Oui, je le veux.

A ces mots, Stefano l'attira à lui et l'embrassa.

De l'autre côté de la baie vitrée, Mary porta une main tremblante à ses lèvres. Le regard brillant, elle tira les stores, puis décrocha le téléphone.

— Ici Mary O'Connell Coyle. Susan, vous vous rappelez cette réception que vous avez organisée pour mon mariage ? J'envisage la même chose, en un peu plus conséquent…

# Épilogue

Fallon et Stefano s'unirent sur la terrasse du *Castello Lucchesi*, sous un dais entièrement composé de fleurs entrelacées.

L'organisateur leur avait conseillé de se limiter à une ou deux variétés, mais ils avaient souri et décrété qu'ils voulaient des roses et des tulipes, des orchidées et des jacinthes, des violettes et des fleurs sauvages.

La brise était douce et chaude, chargée d'odeurs marines venant se mêler aux fragrances végétales.

Stefano tint la main de Fallon durant toute la cérémonie, les yeux rivés sur son visage. Les cicatrices étaient toujours là, mais il ne les voyait pas.

Nul ne les voyait.

Une autre cérémonie avait été prévue au Lucky Palace, plus imposante et moins intime. Mais ils avaient tenu à échanger leurs vœux ici, en famille, à l'endroit même où ils s'étaient connus.

Enfin, les derniers mots du rituel séculaire résonnèrent dans l'air de l'après-midi.

— Stefano, vous pouvez embrasser la mariée.

Stefano sourit et prit sa femme dans ses bras.

— *Cara*, murmura-t-il. *Ti amo.*

Fallon lui sourit.

— *Mo ghra*, répondit-elle en retour, *graim thu.*

Sean se pencha vers Cameron, sourcils froncés.

— Qu'est-ce que c'est que ce charabia ?

— Tu fais un sacré Irlandais, ironisa son frère. Elle l'a appelé « mon cœur » et lui a dit qu'elle l'aimait.

— Ouh, c'est du sérieux !

Cameron regarda sa sœur embrasser son mari. Puis il se tourna vers sa mère et son beau-père, qui se tenaient par la main comme deux enfants. Ses yeux se posèrent enfin sur Keir, qui entourait d'un bras possessif sa femme Cassie, enceinte et radieuse.

Sa gorge se serra soudain et, l'espace d'un instant, l'image d'une femme flotta devant ses yeux. Il se souvint d'une nuit. A peine une anicroche dans la trame du temps…

— Cameron ? fit son frère. Tout va bien ?

— Bien sûr. J'ai juste un peu chaud.

— Ce qu'il te faut, c'est du champagne !

Le quatuor à cordes se mit à jouer. Stefano et Fallon se tournèrent vers leurs invités, qui se levèrent et applaudirent à tout rompre. Sean, toujours prêt à faire la fête, se pencha derrière un arrangement floral et en tira un magnum de champagne.

— Ta-da !

Tous se mirent à rire. Sean fit sauter le bouchon, Keir apporta des coupes, et l'or liquide se mit à couler.

— Voilà qui arrangera ce qui te tracasse, dit Sean à Cameron.

— Ça m'a l'air parfait ! répondit l'intéressé.

Et le monde lui parut de nouveau merveilleux.

SANDRA MARTON

# Une liaison secrète

éditions HARLEQUIN

*Cet ouvrage a été publié en langue anglaise*
*sous le titre :*
CLAIMING HIS LOVE-CHILD

*Traduction française de*
JEAN-BAPTISTE ANDRE

*Ce roman a déjà été publié dans la collection*
AZUR N° 2525
*sous le même titre*
*en septembre 2005*



83-85, boulevard Vincent-Auriol, 75013 PARIS.
Service Lectrices — Tél. : 01 45 82 47 47
www.harlequin.fr

# 1.

*Côte sicilienne, mois de juillet*

Le souvenir d'une femme et de la longue nuit qu'ils avaient passée ensemble hantait chaque instant de la vie de Cameron. Et il n'aimait pas cela.

Pourquoi mobilisait-elle son esprit ? Certes, ils avaient passé un bon moment. Bon, d'accord, un moment extraordinaire. Et, certes, elle était belle et intelligente. Mais il la connaissait à peine. En dehors de cette nuit, cette femme ne signifiait rien pour lui.

Cameron n'avait aucune raison de penser à elle. Surtout maintenant. Il se trouvait en Italie, avec le reste de sa famille, pour célébrer le mariage de sa sœur. Les quelques jours qu'il venait de vivre avaient été merveilleux. Il adorait la compagnie de ses frères et sœurs. Sans parler de celle de sa mère et de son beau-père. Bref, toutes les conditions étaient réunies pour un séjour idyllique.

Cameron pinça les lèvres. Alors pourquoi était-il si agité ? Pourquoi n'arrivait-il pas à se détendre et à profiter de la vue sur l'Etna et sur les rubans de lave qui paraient ses pentes ? Pourquoi pensait-il sans cesse à une femme dont il ne savait rien ?

Il soupira, défit le premier bouton de sa chemise, détacha ses boutons de manchette et remonta ses manches. Il avait déjà ôté sa veste, qu'il avait abandonnée sur une chaise dans le jardin du *castello*. Puis il fixa la mer.

Il ne s'était jamais senti comme ça de toute sa vie. Enfin, il fallait bien une première fois à tout. Peut-être les circonstances expliquaient-elles son état d'esprit. C'était en effet le troisième mariage en moins de deux ans chez les O'Connell. Il y avait d'abord eu leur mère, puis son propre frère Keir, et à présent sa sœur Fallon…

Cameron franchit les dernières marches qui le séparaient du sommet de la falaise et des ruines de l'ancien *castello*. Qu'y avait-il donc dans le mot « mariage » qui faisait que les femmes sortaient leur mouchoir et que les hommes partaient en courant ?

Ce mariage-là, au moins, avait le mérite de ne pas ressembler aux autres. Le cadre à lui seul le rendait original. La falaise, la mer, le château…

Cameron sourit. Et cette partie de rugby improvisée, la veille, sur la plage en contrebas… Les T-shirts — Megan, Brianna et Fallon — avaient bien failli l'emporter sur les Torses Nus, l'équipe composée de Sean et Cameron, avec Keir et Stefano jouant à tour de rôle.

Meg avait d'ailleurs protesté.

— Ce n'est pas fair-play ! C'est du quatre contre trois.

— Bien sûr que non puisque nous ne jouons pas les quatre en même temps, avait fait valoir Cameron. Et ça me fait rire de t'entendre parler de fair-play, vu que tu viens de me fracturer trois côtes d'un coup de coude !

— Peut-être, était intervenue Bree, mais vous avez un joueur de rechange !

— Et vous, vous avez des supporters.

Tous s'étaient tournés vers la femme de Keir, Cassie, assise sur la touche. Sa grossesse l'empêchait de jouer, mais elle leva les deux mains et cria en signe d'approbation. Meg profita de cette distraction pour ramasser le ballon et foncer vers la ligne de but.

— Tricheuse ! avait hurlé Cameron.

A quoi ses sœurs avaient répondu que, comme en amour et à la guerre, tous les coups étaient permis.

Ils avaient tous fini dans la piscine. Tous sauf Stefano et Fallon, partis se promener seuls dans le jardin, la main dans la main et les yeux dans les yeux. Keir, pour sa part, veillait sur sa femme comme si elle était faite de cristal.

Cameron s'accouda sur l'embrasure d'une tour effondrée. La pierre était encore gorgée de la chaleur du soleil, qui commençait à peine à descendre sur l'horizon.

Les quelques jours passés en Sicile avaient été formidables. Ou du moins ils l'auraient été sans ces souvenirs intempestifs, classés X, qui lui emplissaient l'esprit.

Marissa qui murmurait son nom... Qui s'accrochait à lui. Qui se tordait de plaisir sous ses assauts comme il la possédait...

— Bon sang, gronda-t-il.

Comment ces images pouvaient-elles encore l'exciter, deux mois après les faits ? Il était pathétique. A moins que ce ne soit un effet de la fatigue. Le travail vingt-quatre heures sur vingt-quatre, le décalage horaire, la chaleur du soleil de Sicile... Il y avait de quoi être une boule de nerfs.

Au moins ne s'inquiétait-il plus pour Fallon. Sa sœur était enfin heureuse, vénérée par son nouveau mari. C'était un plaisir de les voir ensemble.

Quant à cette fille qui l'obsédait, que faire ? Il avait besoin d'un break. Ses plus gros dossiers étaient réglés, et rien d'urgent n'exigeait sa présence à Boston, où il vivait désormais. Il pourrait modifier ses billets et se rendre à Nantucket au lieu de rentrer directement. Ou bien aller dans son chalet de Vail. Les Rocheuses étaient en général sublimes, en été. Cela faisait longtemps qu'il voulait aller y randonner, mais il n'en avait jamais eu le temps.

Ou alors il pouvait aller à Madrid. Ou à Londres. Ou à Maui. Ou aux îles Vierges.

Ou encore à Berkeley.

Cameron cligna des yeux. Berkeley, en Californie ? A l'endroit même où il avait obtenu son diplôme ? C'était un lieu sympathique, mais pas exactement une destination touristique de premier choix.

*A ceci près que Marissa Perez y habitait…*

Retour à la case départ. Oui, il avait vraiment besoin de changer d'air.

Le mieux était peut-être de laisser les images venir à lui au lieu d'essayer d'y résister…

Pour dire les choses crûment, Marissa Perez était la maîtresse la plus extraordinaire qu'il ait jamais connue.

Il n'avait jamais pris autant de plaisir au lit, et cela en disait long. Cameron n'avait pas exactement vécu comme un moine — ce qu'il n'avait pas peur d'admettre. Pourtant, coucher avec Marissa avait été comme une révélation.

Il se renfrogna et tourna le dos à la mer.

Si leur entente était exceptionnelle au lit, il n'en allait pas de même hors de la chambre. Certes, Marissa Perez était brillante, belle, excitante. Mais elle était aussi amène que les cactus qui bordaient les routes de Sicile. Elle le mettait mal à l'aise. Pourquoi s'infligerait-il de nouveau le tourment de sa présence ?

Lorsqu'on lui tenait la porte, elle vous jetait des regards assassins, comme pour signifier qu'elle était capable de le faire elle-même. Elle traitait de même tout autre geste de galanterie. Et n'avait pour unique sujet de conversation que le droit et ce qui s'y rapportait. Cameron s'était vu rappeler à plusieurs reprises par cette charmante jeune femme qu'elle lui servait d'accompagnateur sur le campus, rien de plus.

Il crispa la mâchoire.

Marissa lui avait bien fait comprendre qu'elle considérait sa tâche comme une corvée dont elle se serait volontiers passée. Malgré cela — ou peut-être de ce fait — la tension sexuelle entre eux avait été immédiate, dès l'instant où elle était venue l'accueillir à l'aéroport.

Le résultat avait été qu'au moment de se séparer, alors qu'ils échangeaient quelques salutations guindées, ils s'étaient soudain tus, s'étaient dévisagés et jetés dans les bras l'un de l'autre.

Au lit, Marissa avait montré une facette bien différente de sa personnalité. Plus de considérations sur le droit, plus d'insistance à prouver qu'elle était une femme indépendante. Elle s'était soumise dans ses bras, avait murmuré, crié, soupiré, gémi... Il l'avait touchée, caressée, goûtée, pénétrée, possédée tout entière.

— A voir la tête que tu fais, tu dois avoir des pensées assez olé olé.

Cameron baissa les yeux. Sean grimpait l'escalier de la tour. Il prit une profonde inspiration avant de sourire à son frère cadet.

— Ridicule. Tu ne penses qu'au sexe ?

— La question serait plutôt : à quoi pensais-tu toi-même ? A en juger par ta mine, cette fille doit être une bombe.

— Une vraie bombe, lui confirma Cameron sans se démonter. J'admirais le volcan.

— L'Etna ? C'est vrai que c'est quelque chose. Mais je ne marche pas. Seul un géologue pourrait avoir cette lueur dans les yeux en regardant un volcan.

— C'est pour ça que tu es venu ? Pour me parler de l'Etna ?

— Non. Je suis venu pour échapper à nos sœurs. Meg et Bree n'arrêtent pas de me rebattre les oreilles avec les vertus du mariage.

— Que veux-tu, fit Cameron en souriant, ce sont des femmes !

— Je souscris à ces sages paroles.

Sean fit un clin d'œil et sortit deux bouteilles vertes encore couvertes de condensation des poches intérieures de sa veste. En les voyant, Cameron porta une main à son cœur et s'exclama d'un ton théâtral :

— Dis-moi que je ne rêve pas !

— Tu ne rêves pas.

— De la bière ? De la vraie ?

— Encore mieux. De la bière irlandaise ! Allez, prends la tienne avant que je ne change d'avis et que je ne décide de la boire.

Cameron ne se fit pas prier.

— Je retire tout ce que j'ai dit de mal sur toi, annonça-t-il sentencieusement. Enfin, pas tout, mais un type qui trouve de la bière irlandaise en Sicile ne peut pas être un mauvais bougre.

Les deux frères se sourirent, puis burent une longue gorgée rafraîchissante. Après une minute, Sean prit la parole :

— Quelque chose te tracasse ? Je veux dire, une chose dont tu aimerais parler ? Tu es plutôt pensif, ces derniers temps.

Cameron jeta un regard rapide à son frère. « Oui, songea-t-il. J'aimerais bien savoir pourquoi je pense encore à une femme avec laquelle j'ai couché une seule fois il y a deux mois… »

— Bien sûr ! répondit-il avec entrain. Parlons de l'endroit où tu as subtilisé ces bières, et du moyen d'en avoir deux autres !

Sean mordit à l'hameçon et se mit à rire, au grand soulagement de Cameron. Puis ils changèrent de sujet, et évoquèrent leur étonnement de voir Keir tourner autour de sa femme enceinte comme si elle était la huitième merveille du monde.

— Qui l'aurait cru ? fit Sean. Entendre Keir parler de bébés… C'est ce qui se passe quand un homme se marie ? Il se transforme en quelqu'un d'autre ?

— *Si* il se marie, corrigea Cameron. Bon sang, mais comment avons-nous dérivé sur un sujet aussi déprimant ? Le mariage, les enfants…

Il frissonna, puis tapa sur ses cuisses et se redressa.

— Allons chercher ces bières.

Et, l'espace de quelques heures, Marissa Perez reprit son rang de souvenir lointain…

Des heures plus tard, dans un avion survolant l'Atlantique, Cameron sourit à l'hôtesse qui s'était approchée de lui dans la semi-obscurité confortable de la zone première classe.

— Pas de café pour moi, merci, lui dit-il.

— Un digestif peut-être ?

— Non merci. J'ai passé le week-end en Sicile à célébrer un mariage…

— Ah, je vois, fit l'hôtesse en souriant. Un verre d'eau fraîche peut-être ?

— Ce serait parfait.

A dire le vrai, il se moquait bien d'avoir de l'eau fraîche. Mais l'hôtesse était aimable, et quelque chose lui soufflait qu'accepter était le seul moyen d'être tranquille.

Elle lui apporta un verre dans lequel il trempa ses lèvres pour faire bonne figure. Il éteignit ensuite sa veilleuse, inclina complètement son siège et ferma les yeux.

Ses préoccupations s'étaient un peu estompées. Le fait de parler avec Sean, peut-être… Ou de s'amuser autant au mariage. Tous, à l'exception de Keir et de Cassie, avaient en effet fini tout habillés dans la piscine ! Après quoi ils s'étaient séchés, changés, et étaient restés à discuter dans la chaleur de la nuit.

Un à un, les O'Connell étaient enfin allés se coucher. Sauf Cameron, qui était le seul à avoir réservé un vol pour la nuit même au lieu du jour suivant.

En chemin pour l'aéroport, il avait songé aux idées qui lui avaient traversé la tête. Comme d'aller à Nantucket au lieu de rentrer, ou dans le Colorado, ou quelque part en Europe.

Mais pourquoi ferait-il cela ? Ce qui le tracassait s'était envolé. Il n'y pensait même plus. Il se sentait détendu, paisible. Il aimait voler de nuit. Cela lui donnait l'impression d'être dans un cocon suspendu entre ciel et terre.

C'était exactement ce qu'il avait ressenti après avoir fait l'amour à Marissa. Il l'avait tenue dans ses bras, l'avait caressée et embrassée, jusqu'au moment où elle s'était soudain raidie.

« Il faut que j'y aille », avait-elle dit.

Mais il l'avait retenue, attirée contre lui, embrassée de nouveau. Il l'avait sentie se détendre et lui avait fait l'amour une nouvelle fois, doucement, passionnément, réfrénant sa propre impatience pour lui donner plus de plaisir…

— Nom de nom…, grommela-t-il.

Ses yeux s'ouvrirent. Il redressa son siège, croisa les bras et fixa furieusement l'obscurité.

Détendu et paisible ? *Tu parles !*

C'était stupide. Pire encore que stupide. Complètement incompréhensible. Pourquoi Marissa le troublait-elle encore ? Il ne l'avait pas revue depuis cette nuit-là. Elle avait quitté son lit pendant qu'il dormait, ne s'était pas montrée pour l'emmener à l'aéroport le lendemain et n'avait répondu à aucun de ses coups de fil, ni ce jour-là, ni les suivants.

Chaque fois, il était tombé sur son répondeur.

« Vous êtes bien chez Marissa Perez. Laissez-moi un message et je vous rappellerai dès que possible. »

Son dernier message avait été bref et cinglant.

« Ici Cameron O'Connell. Si tu veux me parler, tu as mon numéro.

Mais elle n'avait pas appelé. Pas une seule fois. Et ce silence en disait long. Ils avaient couché ensemble, pris du bon temps, mais c'était tout. L'histoire s'arrêtait là.

Et cela convenait très bien à Cameron. C'était exactement ce qu'il disait aux filles avec lesquelles il couchait, en général. Il se réjouissait par conséquent d'en avoir trouvé une qui partageait son point de vue et ses idées progressistes.

Marissa Perez avait une approche du sexe admirable. Une approche d'homme. Elle prenait ce qu'elle voulait et laissait le reste. Cela ne le dérangeait pas. Pas le moins du monde.

Pourquoi cela lui poserait-il un problème ?

Elle avait peut-être couché avec une dizaine d'hommes depuis ce soir-là. Lui avait bien eu quelques soirées romantiques, depuis. D'accord, il n'avait couché avec personne d'autre, mais c'était simplement parce qu'il avait trop de travail. Et puis, une petite pause dans ses aventures sexuelles lui ferait le plus grand bien. Cela ne ferait qu'accroître son plaisir, la prochaine fois.

Dès le lendemain, il appellerait cette blonde qu'il avait rencontrée à un cocktail la semaine passée. Ou cette avocate de chez Dunham et Busch, une rousse fort appétissante. Elle avait flirté avec lui sans vergogne.

Voilà. Il allait fêter son retour au pays dans les bras d'une fille qui serait heureuse de lui répondre au téléphone et de le voir. Après quoi il ferait l'amour avec elle jusqu'à purger sa mémoire et son corps du souvenir de Marissa Perez.

Cameron marmonna une série de jurons, puis ralluma le plafonnier au-dessus de son siège. Au diable l'heure qu'il était à Boston. La blonde du cocktail était une vraie fêtarde. Elle devait encore être debout.

Il tira son carnet d'adresses de sa poche et composa son numéro. Elle répondit après deux sonneries, d'une voix lourde de sommeil.

— Vous avez intérêt à être quelqu'un à qui j'ai envie de parler…

Il sourit, et se tourna vers l'ovale de ténèbres que découpait le hublot dans le flanc de l'appareil.

— Bonsoir, c'est Cameron O'Connell. Nous nous sommes rencon…

— Cameron, fit son interlocutrice d'une voix plus chaleureuse, presque ronronnante. Je commençais à croire que tu ne m'appellerais jamais.

— J'avais des choses à régler. Tu sais ce que c'est.

— Non, je ne sais pas. Mais il faudra que tu me montres.

Carmeron sentit sa tension s'évaporer et se la représenta en nuisette, sexy en diable.

— Avec plaisir. Que dirais-tu de ce soir ? Je passerai à 20 heures.

— J'ai déjà un rendez-vous ce soir.

— Annule-le.

Elle se mit à rire, un rire bas et séduisant, et Cameron sentit une crispation de désir le parcourir.

— Tu es toujours si sûr de toi ?

Il songea à Marissa, à la façon dont elle était partie sans le réveiller, au fait qu'elle ne répondait pas à ses appels…

— 20 heures, répéta-t-il.

— Vous êtes arrogant, monsieur O'Connell. Par chance, c'est un trait que j'aime, chez les hommes.

— 20 heures, dit-il une nouvelle fois.

Puis il raccrocha, rangea son téléphone et songea à la soirée qui l'attendait. Dîner dans un restaurant français. Quelques verres dans un bar à la mode. Puis il inviterait la blonde chez lui et exorciserait à tout jamais le fantôme de Marissa Perez.

# 2.

*Boston, Massachusetts, mois de septembre*

La fin de l'été arrivait toujours plus vite qu'on s'y attendait. En un rien de temps, les arbres perdaient leurs feuilles et une neige grise s'empilait soudain sur les trottoirs.

Cameron sortit de sa douche, s'essuya et passa un short de jean. Dieu merci, le soleil était toujours au beau fixe. L'été refuserait de céder sa place à l'automne pendant encore quelques jours.

Il passa dans la cuisine et alluma la télévision à temps pour voir la fin des informations. Les Red Sox avaient perdu un match important la veille. D'un air lugubre, le commentateur sportif ajouta qu'il y avait peu de chances pour que l'équipe aille très loin dans la compétition.

— Formidable, marmonna-t-il, ouvrant le réfrigérateur pour en tirer une bouteille d'eau.

Le journaliste sportif laissa place au présentateur de la météo. « Temps chaud et humide, annonça ce dernier avec sa bonne humeur habituelle. Pas de nuages en vue jusqu'à lundi. Un week-end parfait », conclut-il comme s'il en était personnellement responsable.

Cameron se renfrogna et appuya sur la télécommande pour lui couper le sifflet.

— Un week-end parfait, tu parles, marmonna-t-il.

Ce n'était qu'un week-end comme les autres, juste plus long, et plus chaud.

Que faisait-il encore en ville ? Personne ne restait à Boston durant le week-end de la fête du Travail. Il avait d'ailleurs croisé les embouteillages des grands départs en revenant de son bureau, la veille. Il lui avait semblé regagner une ville fantôme.

Lui aussi aurait dû partir. Il en avait d'ailleurs eu l'intention. Il n'avait que l'embarras du choix. Il pouvait aller voir sa mère à Las Vegas, ou se rendre au barbecue de Keir et Cassie dans le Connecticut. Sans parler des nombreuses invitations qu'il avait reçues pour aller dans les Hamptons. Et il avait toujours la possibilité d'aller passer trois jours à Nantucket.

Pourtant, il était là, dans la chaleur moite de Boston, pour la simple et bonne raison qu'il ne se sentait d'humeur à aller nulle part.

A part peut-être à Berkeley.

Berkeley ? Pourquoi diable irait-il passer son week-end sur l'un des campus de l'université de Californie ?

Cameron eut un reniflement de mépris. Il but la bouteille d'eau d'un trait et l'abandonna, vide, dans l'évier.

Retour à la case départ. C'était cette même idée stupide qu'il avait eue au mariage de Fallon en juillet. Deux mois plus tard, elle était aussi ridicule qu'à l'époque. Quitte à aller sur la côte Ouest, autant viser San Francisco. Ou Malibu. Ou Big Sur.

Mais Berkeley ? Qu'y avait-il là-bas ? Rien que des étudiants, des professeurs, des contestataires décidés à changer le monde, des élèves brillants et des cancres égarés dans ce temple de l'éducation. Cette diversité était ce qui lui plaisait tant quand il était étudiant. Mais cela remontait à dix ans. Il avait vieilli. Il avait changé. Son idée d'une soirée réussie ne se résumait plus à une pizza et à quelques bouteilles de vin. Et, à l'exception de quelques-uns de ses anciens professeurs, il n'avait plus d'amis là-bas.

Sauf Marissa Perez. Mais il pouvait difficilement la qualifier d'« amie ». C'était une connaissance, tout au plus. Et encore, il la connaissait à peine, sinon au sens biblique.

Il faut dire qu'elle ne lui avait pas donné la chance de la connaître, en partant au beau milieu d'une nuit qu'il avait l'amère impression d'être le seul à avoir trouvée extraordinaire.

Tout cela n'avait aucun sens. Il perdait son temps à penser à une fille qu'il ne reverrait sans doute jamais. Il commençait à ressembler à Jack, l'un de ses associés, un fou de pêche qui parlait sans cesse de la plus belle prise de tous les temps, qu'il avait laissée partir.

A présent, il ressassait « La Triste Histoire de Cameron O'Connell et de la Fille qui Etait Partie ».

C'était pathétique.

Cameron rouvrit le réfrigérateur. Il était vide à l'exception de deux bouteilles d'eau, d'un carton de jus d'orange à moitié vide et d'une masse indéfinissable dont il supposa qu'il avait dû s'agir de fromage. Le nez froncé, il le prit entre deux doigts et le lâcha dans la poubelle.

Adieu petit déjeuner. Mais peut-être était-ce pour le mieux. Cela le forcerait à s'habiller et à sortir de la torpeur dans laquelle il se morfondait. Et cela le distrairait assez pour l'empêcher de penser à Marissa Perez.

Oui, il allait descendre et se rendre à la boulangerie du coin. Un peu plus tard.

Il ouvrit la porte de la terrasse et sortit dans la chaleur du matin. Le petit jardin, en contrebas, était tranquille. Même les oiseaux semblaient avoir quitté la ville.

Avec un soupir, il s'installa dans la chaise longue sur la terrasse. Il devait réexaminer ce week-end dans ses moindres détails, démonter la logique des événements, comprendre comment il en était arrivé à coucher avec Marissa Perez.

Fermant les yeux, il tourna son visage vers le soleil.

Son ancien professeur de droit, Ian Hutchins, l'avait invité à venir faire une conférence devant l'Association des élèves. Cameron avait hésité. Il travaillait sur un dossier important, et passait le peu de temps libre qui lui restait sur son bateau à Nantucket. Mais il aimait beaucoup Ian, et avait fini par accepter.

Une semaine avant son intervention, son ancien professeur l'avait appelé pour lui expliquer comment les choses allaient se passer.

— J'ai demandé à ma meilleure étudiante de te servir d'accompagnatrice. Elle sera chargée de te conduire, de répondre à tes questions… Mais tu sais comment ça marche, Cameron. Tu as toi-même été accompagnateur à plus d'une reprise.

Oui, il se le rappelait parfaitement. Certains considéraient cela comme une sinécure. Cameron, lui, avait toujours trouvé la chose profondément ennuyeuse. Jouer les chauffeurs, faire semblant de rire de plaisanteries stupides ou écouter les souvenirs de l'intervenant n'était pas sa vision d'une journée réussie…

— Elle s'appelle Marissa Perez. Elle est brillante. C'est ma meilleure élève. Je suis sûr que tu t'entendras avec elle.

— J'en suis sûr également, avait répondu Cameron poliment.

Que pouvait-il dire d'autre ? Certainement pas la vérité, à savoir qu'il avait rencontré assez de filles brillantes pour savoir à quoi elles ressemblaient. Perez serait grande et maigre, avec une énorme chevelure et des lunettes. Elle porterait un tailleur noir informe et des chaussures fonctionnelles, à semelles de caoutchouc. Et soit elle serait tellement déterminée à l'impressionner qu'elle n'arrêterait pas de jacasser, soit elle serait si intimidée par sa présence qu'elle ne décrocherait pas un mot.

Il ne savait pas, de ces deux maux, lequel il préférait…

Lorsqu'il arriva, il constata que la fille qui l'attendait à l'aéroport, avec une discrète pancarte à son nom, ne ressemblait en rien à celle qu'il avait imaginée. Grande, elle l'était. Et elle avait beaucoup de cheveux. Ainsi qu'un tailleur noir.

Mais la ressemblance s'arrêtait là. Ses cheveux étaient une cascade d'ébène luisant encadrant un visage d'une beauté classique. Ses yeux étaient gris, ses pommettes hautes, ses lèvres sensuelles. Elle était parfaite.

Et lorsqu'il baissa les yeux, il vit que le reste de son corps était à l'avenant. La coupe stricte de son tailleur ne dissimulait en rien la perfection de ses formes. Ses seins étaient hauts, sa taille étroite, ses hanches marquées, et même les affreuses chaussures qu'elle portait ne parvenaient pas à gâcher le spectacle de ses jambes sublimes. Il se l'imagina tout d'un coup en sous-vêtements.

Une bouffée de désir mêlée de regret vint l'assaillir. Une certaine déontologie s'appliquait dans ce genre de situation. Et il était homme à la respecter.

Il ne sortait pas avec les étudiantes. Tout comme il ne mêlait jamais plaisir et affaires. Ce qui ne l'empêchait pas d'être ravi d'avoir pour accompagnatrice une fille aussi agréable à regarder.

— Mademoiselle Perez ? dit-il en s'avançant vers elle, main tendue.

Elle lui sourit, un peu froidement, et lui tendit la main avec un rien de raideur. Lorsque leurs paumes se touchèrent, Cameron sentit un frisson l'électriser jusqu'au bout des orteils. Il vit à la rougeur qui était montée aux joues de Marissa Perez qu'elle avait dû ressentir la même chose.

Mais il se demanda ensuite s'il ne se l'était pas imaginée car, dans la seconde qui suivit, elle avait repris une expression parfaitement normale.

— Bienvenue à Berkeley, monsieur O'Connell.

Après cela, elle s'en était tenue à une attitude très professionnelle. Elle l'avait conduit à son hôtel, lui avait parlé de sujets parfaitement banals pendant tout le dîner, lui avait serré la main et l'avait quitté à l'ascenseur.

Le lendemain, elle était passée le prendre à 8 heures et lui avait servi de chauffeur durant toute la journée, sans rien dire de plus personnel que : « Voulez-vous déjeuner maintenant ? »

Elle était courtoise et aimable, mais lorsqu'il lui ouvrit la porte du restaurant — il vit que cela lui avait déplu — leurs mains se touchèrent et le phénomène se produisit de nouveau.

La bouffée de chaleur. Le désir soudain. Et cette fois, elle ne reprit pas assez vite son masque normal. Il comprit qu'elle l'avait ressenti elle aussi.

Il l'étudia donc pendant qu'elle commandait une salade et un café glacé, déclara qu'il voulait la même chose et se demanda comment lui faire de nouveau quitter cette mine impassible.

Quelques minutes plus tard, il eut la réponse.

Lorsqu'il avait eu le douteux privilège de servir d'accompagnateur, à l'époque où il était étudiant, il se rappelait avoir étudié la carrière et les grands dossiers de chaque intervenant qu'il accueillait. Cela flattait en général les visiteurs.

Apparemment, cette Mlle Perez avait fait de même. Il l'avait compris à plusieurs allusions qu'elle avait faites le matin. Elle s'était renseignée sur lui et pensait sans doute l'avoir cerné d'après les différentes affaires qu'il avait gagnées.

Et s'il essayait de la déstabiliser, juste pour voir ce qui allait se passer ?

— Alors, dit-il avec nonchalance, avez-vous suivi le cas Sullivan contre Horowitz à Chicago ?

— Ces femmes qui poursuivent leur entreprise pour discrimination sexuelle ? Oui, c'est fascinant.

Cameron acquiesça.

— Ce qui est fascinant, c'est que le jury va forcément aller dans le sens des plaignantes, malgré la légitimité douteuse de leur démarche. C'est à parier.

Un point pour lui, jubila-t-il. Les yeux de Marissa s'étaient en effet arrondis de surprise.

— La légitimité douteuse ? Je ne comprends pas, monsieur O'Connell.

— Qu'est-ce que vous ne comprenez pas, mademoiselle Perez ?

— Vous avez dit que la légitimité…

— Cette affaire, c'est n'importe quoi. Je ne vois pas pourquoi une entreprise ne pourrait pas embaucher et renvoyer comme bon lui semble. Simplement, le directeur en question n'aurait pas dû accepter d'avoir tant de femmes dans son équipe. Je n'ai rien contre les femmes, bien sûr, mais il a tendu le bâton pour se faire battre.

Il sourit, pas Marissa. Deux points, compta-t-il en silence.

— Vraiment ? fit-elle en lâchant sa fourchette.

— Allons, soyez honnête. Tout ce qui vous plaît dans le concept de discrimination positive, c'est que vous allez en profiter, point.

Marissa s'empourpra. Cette couleur, sur sa peau, lui allait à ravir. Il la regarda avec ironie, conscient du combat intérieur qu'elle menait. Allait-elle continuer d'acquiescer docilement à tout ce qu'il disait ou le regarder dans les yeux et lui dire qu'il n'était qu'un crétin ?

Bon, il allait l'aider…

— Ecoutez, vous êtes une femme, et en plus vous êtes d'origine hispanique. Vous allez avoir la belle vie, mademoiselle Perez…

Il avait réussi. Il le vit à la lueur furieuse qui éclata dans son regard.

— Je suis avocate, rétorqua-t-elle d'un ton cinglant. Ou du moins, je le serai bientôt. Et si j'ai un jour la belle vie, comme vous dites, ce sera à force de travail. Mais c'est probablement une chose que vous ne comprendrez jamais, puisque vous n'avez sans doute jamais eu à lever le petit doigt pour obtenir tout ce que vous vouliez !

Elle se radossa à sa chaise, légèrement haletante. Cameron sourit et se pencha en avant.

— Très réussi, mademoiselle Perez.

— Je vais appeler le professeur Hutchins. Il trouvera quelqu'un pour me remplacer.

— Vous m'avez entendu, mademoiselle Perez ? C'était une performance très réussie.

— C'était la vérité !

— Vous avez été honnête, franche, sincère. Je ne peux pas dire que je vous recommanderais la même attitude face à un tribunal, mais il est bon qu'un avocat ait un certain nombre de convictions sur lesquelles il ne transige pas.

Elle le fixa, perplexe.

— De quoi parlez-vous ?

— D'intégrité, mademoiselle Perez. Et de courage. Vous

avez les deux. Mais je dois dire que, l'espace d'un instant, j'en ai douté.

Il prit son verre et but une longue gorgée de café glacé. Il était ravi de l'expression qui s'était peinte sur son visage. Colère. Confusion. En d'autres circonstances, il aurait utilisé un vieux cliché et lui aurait déclaré qu'elle était encore plus belle quand elle était furieuse. Mais ce n'était pas un rendez-vous galant. Et puis, il était sûr qu'elle le giflerait s'il s'avisait de dire une chose pareille.

— Vous voulez dire que… que c'était une sorte de test ? demanda-t-elle enfin.

Cameron sourit.

— On peut appeler ça comme ça, oui. Et avant de me jeter votre verre à la figure, considérez que c'était un avant-goût de ce que vous rencontrerez sans doute un jour. Si vous voulez exploser lorsque l'on vous sert ce genre d'argument, il vaut mieux le faire ici que devant un juge. Savoir garder son sang-froid est une qualité, parce que le procureur ou l'avocat adverse cherchera toujours à exploiter votre faiblesse.

Il leva son verre, fit un clin d'œil et demanda :

— Alors ? Je suis pardonné, mademoiselle Perez ?

Elle hésita, puis prit son verre à son tour et le fit tinter contre le sien.

— Appelez-moi Marissa.

Et pour la première fois elle lui avait décoché un sourire, un vrai.

Cameron se leva brusquement de la chaise longue, fit coulisser la baie vitrée et rentra dans la fraîcheur du salon, toujours plongé dans ses souvenirs.

Le reste de l'après-midi était passé rapidement. Ils avaient parlé de droit, d'études et de diverses affaires, de tout sauf de ce qui se passait toutes les fois qu'ils se touchaient. Marissa l'avait ensuite déposé à son hôtel à 17 heures en lui promettant d'être de retour une heure plus tard. Puis elle l'avait conduit au dîner où il avait fait sa conférence. Cette dernière s'était apparemment bien passée, à en juger par les applaudissements qu'il avait reçus à la fin.

Mais, pendant tout ce temps, il n'avait pu détacher son regard de Marissa, assise tout près de lui. Elle ne portait pas, ce soir-là, son tailleur noir et ses chaussures à semelles de caoutchouc mais une longue robe de soie rose pâle qui faisait ressortir le gris de ses yeux. Ses cheveux, lâchés, retombaient souplement sur ses épaules.

La robe était sobre, et elle ne portait aucun maquillage apparent, mais elle était la femme la plus sexy qu'il avait jamais vue. Sans doute parce qu'il savait quel esprit brillant se dissimulait derrière cette jolie façade.

Malgré cela, il fit un prodigieux effort pour se comporter en parfait gentleman. Il prit garde de ne pas même lui toucher la main ou le coude, au cours de la soirée qui s'ensuivit. Et lorsqu'elle le ramena à son hôtel, il s'assit le plus loin d'elle dans son siège et garda les yeux rivés sur la route, évitant de les poser sur ses cuisses gainées de soie.

— Merci encore pour tout, lui dit-il lorsqu'ils atteignirent le parking.

— Je vous en prie, répondit-elle tout aussi poliment.

Puis, si rapidement qu'il en était encore étonné, tout avait changé. A ce jour, il était encore bien en peine d'expliquer ce qui s'était passé. Mais ce qui avait commencé en poignée de main se termina en une étreinte fiévreuse.

— Ne partez pas, avait-il murmuré.

Et Marissa avait tremblé dans ses bras, entrouvert ses lèvres et laissé leur baiser s'approfondir. Ils avaient ensuite regagné sa chambre par l'entrée de service de l'hôtel, parce qu'il leur était impossible d'arrêter de s'embrasser. Là, il l'avait déshabillée, l'avait allongée sur son lit…

— Oh bon sang, marmonna Cameron.

Et, ôtant son short, il partit reprendre une douche.

*
* *

Cette fois, après s'être séché, il se rasa, mit un pantalon de treillis et un T-shirt noir, et décrocha son téléphone. Il avait besoin de changer d'air, c'était évident. C'était un peu tard pour organiser son week-end, les routes étaient sans doute encombrées, mais mieux valait quitter Boston.

Nantucket l'attendait. Son cottage et son bateau.

Il composa le numéro du couple qui s'occupait de la maison. La femme répondit, il lui demanda comment elle allait, comment allait son mari, comment était le temps… jusqu'au moment où il s'entendit dire qu'il n'appelait que pour prendre des nouvelles, qu'il ne pourrait pas venir pour le week-end mais qu'il espérait qu'eux profiteraient bien du leur, etc.

Puis il raccrocha et se passa les deux mains sur le visage. Bon, apparemment, il n'était pas d'humeur à faire du bateau. Qu'était-il d'humeur à faire, alors ? Sûrement pas à rester se morfondre à Boston pendant tout le week-end ?

Qui appeler ensuite ? Keir, pour lui demander à quelle heure son barbecue avait lieu ? Sa mère, pour lui dire qu'il venait lui rendre visite ? Ou l'un des nombreux amis qui l'avaient invité ? Comme celui qui vivait à Malibu ?

Non.

Cameron prit son carnet d'adresses. Il n'avait qu'à appeler la rousse avec laquelle il était sorti à deux reprises au cours du mois passé, et qui lui avait fait comprendre qu'elle était plus que désireuse de danser une rumba horizontale avec lui.

Pourtant, pour une raison qu'il ignorait, il n'avait pas encore couché avec elle. Le temps était sans doute venu de remédier à cet oubli !

Cameron sourit, ouvrit son carnet et chercha le numéro de la rousse… avant de le refermer brutalement et de le lancer avec force sur le canapé. Après quoi il se mit à arpenter le salon de long en large.

Il devait mettre de l'ordre dans ses idées. Décider une bonne fois pour toutes de la façon dont il voulait occuper son week-end.

Pas de bateau. Pas de rousse. Quoi, alors ? La déprime ? L'ennui ?

La réponse lui vint avec une telle clarté qu'il cessa enfin de lutter. Il récupéra son carnet, l'ouvrit et composa un numéro sans se laisser le temps de réfléchir.

— Les Charters Flyaway, annonça une voix aimable au bout du fil. Que puis-je faire pour vous ?

— Vous pouvez me dire quand il y a un avion disponible pour Berkeley ? répondit Cameron. C'est ça : Berkeley, en Californie.

# 3.

Lorsque le jet qu'il avait affrété atterrit en Californie, Cameron en était arrivé à la conclusion suivante : il était complètement fou.

Il avait fait près de cinq mille kilomètres en six heures, et ce de l'est vers l'ouest, ce qui lui causait en général le décalage horaire le plus désagréable. Et lorsqu'il mit le pied sur le tarmac, l'air chaud et humide qui l'enveloppa lui donna l'impression que le temps de Sicile, en comparaison, était glacial.

Tout ça pour quoi, au juste ? Que faisait-il ?

Jamais de sa vie il n'avait poursuivi une femme de ses ardeurs. Du moins, pas depuis la sixième, lorsqu'il s'était ridiculisé devant Trudy Gershwin. Mais sa sixième était loin derrière lui. Il n'était plus un gamin, et Marissa Perez non plus. Cette nuit n'était guère plus qu'un accroc dans la trame de sa vie. Qu'importaient les raisons qui expliquaient la disparition aussi brutale de Marissa ?

Le problème, c'était qu'il était arrivé à cette conclusion au-dessus des champs du Midwest, deux mille kilomètres trop tard. Il avait songé à demander au pilote de faire demi-tour, puis s'était ravisé.

Il avait ensuite envisagé d'appeler ses frères pour leur demander conseil, mais il savait que ces deux-là l'auraient taquiné, et il ne se sentait pas d'humeur à supporter ça. Et puis, il aurait fallu tout leur raconter, la nuit qu'il avait passée avec Marissa, le fait qu'elle n'avait jamais répondu à ses coups de fil par la suite… Quelle image cela donnerait-il de lui ?

Keir et Sean l'accuseraient de se laisser manipuler par sa libido. Pourtant, ce n'était pas ce qui lui arrivait. Il voulait juste des réponses, c'était tout.

Il trouva rapidement le comptoir de location de voitures, parvint à articuler un « bonjour » qu'il espérait poli et donna son numéro de réservation à l'employée.

— Bonjour, monsieur O'Connell. Voilà pour vous.

Un sourire réjoui aux lèvres, la jeune femme lui tendit en retour un trousseau de clés comme s'il s'agissait d'un ticket de loto gagnant au lieu de…

— Une berline quatre portes ? lut-il sur le bon. J'avais demandé un cabriolet.

Le sourire de l'employée vacilla légèrement.

— Je sais. Mais c'est un long week-end de vacances.

— Et ?

— Et c'est tout ce qui nous reste.

Cameron savait qu'il avait de la chance d'avoir une voiture. Et de toute façon, qu'importait le modèle qu'il conduisait ? Il n'était pas là pour se donner du bon temps ou se mettre en valeur au volant d'un cabriolet. Même s'il était vrai que son ego n'était pas pour rien dans ce voyage. Car c'était bien dans l'espoir de réparer les dégâts qu'avait causés Marissa à son amour-propre qu'il se trouvait là.

Voilà, il l'avait dit. Et cette prise de conscience n'allait pas améliorer son humeur.

Cameron se rembrunit, marmonna quelque chose sur l'inefficacité des loueurs de voitures, signa les papiers et prit les clés. Il commença à s'éloigner mais, après quelques mètres, s'arrêta et revint sur ses pas.

— Désolé, dit-il en soupirant. Je suis de mauvaise humeur, mais je n'avais pas à vous en faire pâtir.

Le sourire de l'employée s'adoucit.

— C'est à cause du temps. Tout le monde est sur les nerfs. Ce qu'il nous faut, c'est une bonne averse.

Cameron acquiesça. Ce qu'il lui fallait, c'était une bonne douche froide. Peut-être serait-il encore à Boston s'il en avait pris une.

A défaut, il s'acheta un grand gobelet de café à un stand situé près de la porte. Son organisme était en effet toujours à l'heure de la côte Est. Un peu de caféine lui ferait sans doute le plus grand bien.

Ce ne fut pas le cas.

Le café avait un goût infect, et il l'abandonna dans une poubelle après la première gorgée.

La berline s'avéra être d'un vert difficile à décrire, mais en tout cas très peu esthétique. Et après cinq minutes sur l'autoroute, Cameron constata qu'elle était lente comme un escargot.

Mauvais début pour un voyage qu'il n'aurait pas dû entreprendre…

Avec un soupir, il se positionna derrière un vieux camion qui pouvait faire passer sa voiture pour une Ferrari. Ses mains se crispèrent sur le volant.

Il allait se confronter à Marissa et régler le problème une fois pour toutes. Et il ne la lâcherait pas avant d'avoir obtenu les réponses à ses questions. Evidemment, il prendrait garde à ne pas lui donner l'impression qu'il était désespéré.

Même s'il l'était.

Mais bon sang, il avait droit à des réponses ! Une femme ne disparaissait pas brutalement après une nuit comme celle qu'ils avaient passée. Ces soupirs qu'elle avait poussés… La façon dont elle avait réagi, comme si chaque caresse était la première… Et cette buée qui avait voilé ses beaux yeux lorsqu'elle avait basculé dans le plaisir ?

Avait-elle feint tout cela ? Avait-elle menti ?

Irrité, Cameron klaxonna et dépassa le camion. Qu'elle le veuille ou non, Marissa allait lui parler.

Il avait réussi à obtenir son adresse. Elle ne la lui avait jamais donnée mais il l'avait trouvée à partir de son numéro de téléphone grâce à un annuaire inversé. Encore une sortie et… voilà, il y était.

Cameron quitta l'autoroute et se retrouva dans un quartier qu'il connaissait pour l'avoir écumé quand il était étudiant. Il n'avait pas changé : pas franchement luxueux, mais accueillant et confortable.

Il en fut soulagé. Il s'était demandé dans quel coin Marissa vivait. Il n'aurait pas aimé l'imaginer rentrer chez elle dans une ruelle noire et dangereuse. Même si ce n'étaient pas ses affaires.

— Pour qui te prends-tu, marmotta-t-il en sortant l'adresse de sa poche. La gentille marraine de Cendrillon ?

Son immeuble était au coin de la rue. Cameron se gara, monta les quelques marches du perron et lut les noms marqués sous chaque sonnette. Pas de Perez. Il vérifia de nouveau, fronça les sourcils et finit par sonner à « Concierge ».

— Oui ?

Une petite voix sortit de l'Interphone. Cameron se pencha et annonça :

— Je cherche l'appartement de Marissa Perez.

— Elle habite pas ici, fit la voix.

Il jeta un œil au papier qu'il tenait en main.

— Ce n'est pas le 35, Spring Street ?

— Si. Elle habitait ici, mais elle a déménagé.

— Déménagé où ? Vous auriez sa nouvelle adresse ?

— Non.

— Mais vous devez bien lui faire suivre son cou…

Cameron s'aperçut qu'il parlait dans le vide.

— Bon sang, marmonna-t-il.

Il retraversa la rue et, tout en se dirigeant vers sa voiture, composa le numéro de la jeune femme sur son portable. Il avait préféré ne pas appeler pour conserver l'avantage de la surprise, mais il n'avait plus le choix.

« Le numéro que vous avez demandé, 555-1157, n'est plus en service. »

Il essaya de nouveau et tomba sur le même message. Mais que se passait-il ? Cameron finit par appeler les renseignements pour demander le numéro de Marissa Perez. On l'informa qu'il n'y avait pas de Marissa Perez enregistrée dans l'annuaire.

Perplexe, il rempocha son téléphone. Il n'avait aucun moyen d'obtenir son numéro si elle était sur liste rouge. Là-bas, à Boston, il aurait pu tirer quelques ficelles, mais pas ici.

Quelqu'un devait pourtant avoir son adresse. Le secrétariat de l'université par exemple. Ou son directeur de thèse, Ian Hutchins.

Cameron s'installa au volant et pianota sur le levier de vitesse. L'université était sans doute fermée pour le week-end. Ian Hutchins était donc le seul choix logique. Mais son ancien professeur allait lui demander ce qu'il voulait à Marissa.

Cameron avait l'impression de s'enfoncer davantage à chaque pas. Un homme sain d'esprit aurait fait demi-tour et serait reparti pour l'aéroport. Mais, évidemment, un homme sain d'esprit ne serait pas venu là en premier lieu !

Il démarra et se dirigea de nouveau vers l'autoroute. Le moteur renâcla lorsqu'il voulut lui arracher un supplément de vitesse, mais finit par se plier à sa volonté. Même cette maudite voiture comprenait qu'il n'était pas d'humeur à être contrarié. Restait à espérer que Marissa le saisirait aussi facilement…

Les Hutchins habitaient une grande maison victorienne sise dans une rue aux arbres centenaires, à North Oakland. De la musique et un brouhaha de rires et de voix montaient de l'arrière de la maison. Une bonne odeur de charbon de bois et de bœuf grillé en provenait également.

Cameron se présenta devant la porte, prit une inspiration et sonna. Après quelques instants, la femme de Ian, Sylvia, vint ouvrir. Ses yeux s'arrondirent, puis un grand sourire apparut sur ses lèvres.

— Cameron O'Connell ! Quelle surprise !

— Bonjour, Sylvia. Je suis désolé de débarquer sans crier gare…

— Ne sois pas ridicule !

Elle le prit en riant par le bras et l'entraîna à l'intérieur.

— J'avais peur que ce ne soient les pompiers. Vois-tu, Ian est en train de faire des hamburgers au barbecue…

— … et il fait toujours brûler les steaks, acheva Cameron, se mettant à rire à son tour. Rien n'a changé, n'est-ce pas ?

— Rien du tout, répondit joyeusement Sylvia. Je ne savais pas que tu étais en ville. Ian ne m'a rien dit.

— Il n'est pas au courant. Une nouvelle fois, je suis désolé de ne pas avoir appelé avant. Vous avez des invités.

— La moitié de la région, oui ! Tu connais Ian. Il y a des étudiants, des collègues, des amis, et sans doute des gens qu'il a rencontrés dans la rue. Et puis, pourquoi devrais-tu appeler ? Tu es toujours le bienvenu ici. Laisse-moi te servir quelque chose à boire et te présenter.

— En fait, j'ai juste besoin de parler deux minutes à Ian.

— Allons. Il y a ici quelques célibataires, des étudiantes de troisième et de quatrième année, que tu seras sans doute ravi de rencontrer.

— Est-ce que Marissa Perez est là ?

Oh non ! Comment avait-il pu laisser échapper cela ? Cameron se sentit rougir jusqu'aux oreilles.

— Je l'ai rencontrée la dernière fois que je suis venu. Elle m'a servi d'accompagnatrice.

Sylvia leva un sourcil en accent circonflexe.

— Marissa Perez ? Non, elle n'est pas là. Et maintenant que j'y pense, ça fait un bout de temps que je ne l'ai pas vue. Mais je suis sûre que nous pourrons lui trouver une remplaçante, ajouta-t-elle avec un clin d'œil.

— Sylvia, si vous voulez juste dire à Ian que je suis là… Il faut que je reparte.

— Ah, je vois que tu n'es pas d'humeur à faire la fête.

Elle lui tapota la main avec un sourire et ajouta :

— Je vais chercher Ian. Pourquoi n'irais-tu pas l'attendre dans son bureau ?

Cameron se pencha et l'embrassa affectueusement sur la joue.

— Merci.

Le bureau donnait directement sur l'entrée. C'était un endroit que Cameron avait toujours apprécié. Les murs étaient couverts de photos de famille, et un vieux tapis oriental donnait une touche de couleur à un parquet sombre.

C'était une pièce familière, confortable. Lorsque Ian en franchit le seuil, une bière dans chaque main, Cameron sourit.

— L'accueil est toujours parfait, ici, commenta-t-il en prenant la bouteille que son professeur lui tendait.

— Si j'avais su que tu venais…

— C'était une décision de dernière minute, Ian.

— Oui, Sylvia m'a dit que tu ne resterais pas à la fête ?

— Non, désolé, mais je ne peux pas. Je passais juste par ici et je voulais savoir…

« Allez, O'Connell, crache le morceau… »

— Vous vous rappelez le jour où je suis venu faire cette conférence ?

— Bien sûr. J'ai d'ailleurs eu d'excellents retours. Je voulais t'appeler et te proposer de…

— Cette fille qui m'a servi d'accompagnatrice. Marissa Perez…

Hutchins inclina la tête.

— Oui ?

— J'essaie d'entrer en contact avec elle. Il se trouve que… qu'elle a déménagé. Je pensais que vous aviez peut-être sa nouvelle adresse.

— Puis-je savoir pourquoi tu veux la contacter, Cameron ?

Cameron fixa son ancien professeur, puis reposa sa bière intacte sur le bureau et fourra ses mains dans ses poches.

— Pour une affaire personnelle.

— Personnelle.

— Il y a eu un malentendu entre Mlle Perez et moi que j'aimerais éclaircir.

— Quel genre de malentendu ?

Cameron pinça les lèvres.

— Pardon ?

— J'ai dit…

— J'ai entendu ce que vous avez dit, Ian. Et franchement, je ne crois pas que ça vous regarde.

Hutchins reposa sa propre bouteille et leva les deux mains en signe d'apaisement.

— Du calme, Cameron. Je n'essaie pas de me montrer indiscret. Mais je dois le respect de la confidentialité de ces informations à mes étudiants. Tu peux comprendre ça ?

— Ce n'est quand même pas comme si je vous demandais son numéro de sécurité sociale !

« Tout doux, se morigéna aussitôt Cameron. Tu t'énerves pour rien. »

— Ecoutez, je veux juste lui parler. Alors si vous ne voulez pas me donner son adresse, son numéro de téléphone me suffira. Je ne l'ai pas trouvé dans l'annuaire.

Hutchins soupira.

— Vraiment ? Ça ne m'étonne pas. Marissa semble avoir fait de son mieux pour rompre tout lien avec l'université.

— Vous voulez dire qu'elle a demandé son transfert ?

— Pire. Elle a disparu de la circulation. Envolée.

— Comment ça, envolée ? C'était l'une de vos meilleures étudiantes. Pourquoi aurait-elle disparu ?

— Ce n'était pas *l'une* des meilleures, c'était *la* meilleure. Je ne sais pas pourquoi elle est partie. Elle a commencé à se conduire bizarrement, c'est tout ce que je sais. Et c'est pour ça que je te questionnais. Je me suis dit que si vous étiez amis, je pouvais peut-être partager mes inquiétudes avec toi.

— Ian, vous me connaissez depuis des années. Vous savez que vous pouvez compter sur moi pour être discret.

L'intéressé acquiesça.

— Très bien. Voilà la situation. Marissa a tourné le dos à un avenir prometteur. Je sais que ça sonne théâtral mais c'est le cas. Elle devait collaborer à la *Revue du Droit* l'an prochain et avait une place de choix réservée chez le juge Landers. Et elle a laissé tomber tout ça.

— Pourquoi ? Qu'est-ce qui s'est passé ? Un problème de drogue ? D'alcool ?

Cameron prit conscience de l'angoisse qui sous-tendait sa voix et fit de son mieux pour sourire.

— Nous ne pouvons pas laisser partir les meilleurs, Ian. Il doit bien y avoir une raison derrière tout ça.

— J'en suis sûr, mais elle a refusé d'en discuter. J'ai essayé de lui en parler mais elle n'a rien voulu dire. Elle a commencé par rater un examen, alors que ça ne lui était jamais arrivé. Je l'ai donc appelée pour lui dire que si elle avait un problème, j'étais tout à fait disposé à en discuter. Elle m'a répondu que tout allait bien.

— Et ?

— Et parce que j'étais son directeur de thèse, j'ai commencé à avoir des remarques de ses autres professeurs. Elle échouait à ses examens, ne rendait plus ses devoirs, ne participait plus en cours. Tous m'ont demandé si j'en connaissais la raison.

— Vous lui avez donc parlé de nouveau…

— Bien sûr. Elle m'a dit qu'elle travaillait dur dans un restaurant. Le Chiliburger, je crois. J'ai proposé de lui faire obtenir une extension de sa bourse, mais elle a refusé, arguant du fait qu'elle avait des dépenses qui s'étendraient bien au-delà de l'année scolaire. Elle faisait peine à voir, Cameron. Elle avait l'air épuisée. Je lui ai demandé si elle était malade, mais elle a répondu que non. Presque immédiatement, elle a cessé de venir en cours. Je lui ai téléphoné et je suis tombé sur le même message que toi. Je suis même allé chez elle, pour constater qu'elle avait déménagé.

— Vous êtes allé à ce restaurant ? Le Chiliburger ?

— Non, dit Ian. Nous sommes dans un pays libre, et si quelqu'un n'a pas envie d'être retrouvé, je ne peux rien y faire. J'étais le directeur de thèse de Marissa, pas son père. Il y a une ligne que je n'ai pas le droit de franchir.

Cameron sentit un muscle se contracter le long de sa mâchoire. Hutchins avait raison. Marissa Perez avait le droit de mener sa vie comme elle l'entendait. Même si cela voulait dire ne pas répondre à ses appels, ou tourner le dos à un avenir brillant.

Mais lui avait également le droit de faire ce qu'il voulait. De la chercher, de la trouver et de lui faire avouer ce qui se passait.

— Vous avez raison, dit Cameron comme les deux hommes se dirigeaient lentement vers l'entrée. Vous avez fait tout ce que vous pouviez.

— Tu vas lui parler ? Du moins, si tu la trouves ?

Cameron se mit à rire.

— J'ai le sentiment que je n'aurai pas de mal à la trouver. La convaincre de parler, en revanche, sera sans doute une autre paire de manches…

Cameron savait exactement où se trouvait le Chiliburger. C'était une institution, une légende presque, parmi les fast-foods. Etudiant, il avait dû manger des centaines de hamburgers et un nombre incalculable de frites entre ses murs graisseux. Il avait révisé sur ses banquettes de vinyle, sur des tables exhibant les initiales sculptées de quatre générations d'étudiants.

Il se rendit au restaurant, se gara et entra. Un déferlement de heavymetal l'assaillit et le fit grimacer. Même la musique que crachait le juke-box n'avait pas changé. Ni l'odeur d'oignons frits et de viande grillée qui venait de la cuisine.

Cameron s'arrêta et balaya la pièce du regard. Elle était bondée. Rien de surprenant à cela non plus. Il y avait toujours des étudiants qui restaient sur le campus pendant les week-ends ou même les vacances. Ils se réunissaient en général ici pour un dîner pas cher et boire quelques verres ensemble.

Il finit par repérer une banquette vide au fond du restaurant et alla s'installer sur le siège en faux cuir rouge. La table était toujours jonchée des reliefs d'un précédent repas. Il repoussa l'assiette vide et prit le menu taché calé entre la bouteille de ketchup et la salière.

Pour autant qu'il pouvait en juger, une seule serveuse travaillait : une blonde un peu corpulente d'âge indéterminé.

Marissa n'était nulle part en vue.

Après quelques instants, la blonde apparut à sa table. Elle fit passer son chewing-gum de droite à gauche et demanda :

— Vous savez déjà ce que vous voulez ou vous voulez que je repasse ?

— Un café, s'il vous plaît.

— C'est tout ?

Cameron sourit. Le message sous-entendu était : « Vous allez occuper une de mes tables pour un misérable café ? »

— Et un hamburger. Le spécial maison, à point.

Il remit le menu à sa place, envisagea d'interroger Blondie sur Marissa mais décida que ce n'était pas le moment.

— Je ne suis pas pressé, ajouta-t-il aimablement.

— J'espère pour vous. Je suis la seule serveuse pour toutes ces tables.

— Vous voulez dire que vous n'avez personne pour vous aider ?

— En temps normal, si. Mais elle n'est pas là.

Cameron tenta de dissimuler sa curiosité du mieux qu'il le pouvait.

— Vous voulez dire qu'elle est en retard ?

— Elle est toujours en retard. Du moins depuis deux mois. Guacamole ou mayonnaise sur le burger ?

— Choisissez pour moi. Comment ça se fait ?

— Comment ça se fait quoi ?

— Que l'autre serveuse soit toujours en retard ?

Blondie haussa les épaules.

— Qu'est-ce que j'en sais, moi ? Tout ce que je sais, c'est que je fais de mon mieux pour la couvrir, pour que le patron ne s'aperçoive de rien. Et ça n'est pas facile.

— Pourquoi le faites-vous, alors ?

L'expression de la serveuse s'adoucit.

— Parce que c'est une chic fille. Et qu'elle n'a jamais tiré au flanc jusqu'à maintenant.

— Et ça a changé ?

— Ah ça, oui ! Elle dit qu'elle ne se sent pas très bien,

ces derniers temps. Mais si vous voulez mon avis, la vérité, c'est que…

— C'est que quoi ? demanda-t-il un peu trop avidement.

Blondie fronça les sourcils et eut un mouvement de recul.

— Pourquoi toutes ces questions ?

— Pour rien. Je fais la conversation, c'est tout.

— Eh bien si vous avez des questions sur Marissa Perez, posez-les-lui directement. Elle vient d'arriver. Je vais passer votre commande mais c'est elle qui vous l'apportera, monsieur… Monsieur ? Il y a un problème ?

S'il y avait un problème ? Marissa venait d'apparaître et de se glisser derrière le comptoir. Mais ce n'était pas la Marissa sur laquelle il avait passé tant de nuits à fantasmer.

Son visage était en effet d'une pâleur à faire peur, ses yeux cerclés de cernes noirs. Ses cheveux, qu'il se rappelait d'un noir lustré, étaient ternes.

Quelque chose n'allait pas.

Il se redressa d'un bond. Ce fut alors qu'elle l'aperçut.

Elle blêmit, encore qu'il n'aurait su dire comment il lui était possible de pâlir davantage. Il vit ses lèvres s'arrondir pour prononcer son nom, et elle fit un pas en arrière.

— Marissa, dit-il.

Mais il savait qu'elle ne pouvait l'entendre, avec la musique et le brouhaha des conversations.

Elle le fixa et, l'espace d'un instant, il crut qu'elle allait se trouver mal. Marmonnant un juron, il s'avança vers elle au moment où elle plaquait un sourire factice sur ses lèvres.

— Cameron, dit-elle d'un filet de voix. Quelle surprise.

Nul besoin d'être un génie pour voir que la surprise en question ne la ravissait pas. Elle semblait aussi enchantée de le voir qu'une gazelle de se trouver nez à nez avec un lion.

— C'est ça, dit-il en refermant une main sur son poignet. Quelle surprise. Tu as une mine horrible.

— Merci du compliment, ça fait plaisir.

— Marissa, arrête ton numéro.

Pourquoi se sentait-il aussi en colère ? Elle pouvait être malade, cela ne le regardait pas le moins du monde.

Vissant son regard dans le sien, il demanda malgré tout :

— C'est pour ça que tu n'as pas répondu à mes coups de fil ? Parce que tu es souffrante ?

— Je n'ai pas répondu parce que je n'en avais pas envie. Je sais que ça doit te faire un choc de l'apprendre mais…

— Et c'est la raison pour laquelle tu as abandonné l'université ?

La jeune femme s'empourpra.

— Qui t'a dit ça ?

— Tu étais la meilleure étudiante de Ian Hutchins, et tu disparais. Tu quittes ton appartement, tu prends un travail dans un endroit sinistre et tu as une mine épouvantable. Je veux savoir pourquoi.

— Mais pour qui te prends-tu, au juste ? Je ne te dois pas d'explications. Ni à toi, ni à…

— J'en fais mon affaire que tu le veuilles ou non. La dernière fois que je t'ai vue, l'avenir t'appartenait. Je veux savoir ce qui s'est passé.

— Eh bien tu ne le sauras pas. Comme je te l'ai dit, je ne… Eh ! Eh, qu'est-ce que tu fais ?

Cameron l'entraînait vers la porte, voilà ce qu'il faisait. Marissa essaya de résister, mais il l'ignora.

— Arrête ! dit-elle dans un murmure furieux. Tu es fou ? Tu vas me faire perdre ma place !

— Dis-lui que tu fais une pause pour parler à un vieil ami, gronda Cameron en voyant Blondie s'approcher.

— Marissa ? Tout va bien ? Tu veux que j'appelle la police ?

Pour changer ce mauvais rêve en cauchemar de grande envergure ? Non, Marissa ne voulait pas prendre ce risque.

— Non, merci. Tout va bien. Je… je fais juste une petite pause.

Dans la minute qui suivit, avant qu'elle puisse réaliser ce qui lui arrivait, elle se retrouva dans la voiture de Cameron, et ils quittèrent le parking.

# 4.

Marissa se tourna vers Cameron, furieuse.

— Tu es fou ? demanda-t-elle d'une voix presque hystérique. Ramène-moi tout de suite ! Fais demi-tour et ramène-moi à…

— Attache ta ceinture.

— Espèce de salaud ! Tu n'as pas entendu ce que je t'ai dit ?

Elle lui décocha un coup de poing dans l'épaule et cria :

— Ramène-moi !

Cameron lâcha le volant d'une main pour lui agripper le poignet.

— Si tu veux me frapper, attends que nous soyons arrêtés. Pour l'instant, mets ta ceinture.

Elle le fixa, pantelante. Son profil semblait avoir été taillé dans la pierre. Il conduisait vite, slalomant dans la circulation, et elle comprit qu'elle avait autant de chances de le convaincre de la ramener au Chiliburger que de changer ce qui s'était passé le week-end de leur rencontre.

Il était inutile d'espérer remonter le temps…

Elle posa une main protectrice sur son ventre, puis attacha sa ceinture. Même si on lui en donnait l'occasion, elle n'était pas sûre de vouloir revenir sur ce qui s'était passé. Au début, c'est vrai, elle aurait tout donné pour pouvoir revenir en arrière. Mais plus maintenant. Elle avait réfléchi. Elle ne haïssait plus la nouvelle vie qui s'offrait à elle, au contraire. Elle s'en voulait juste de sa bêtise et de sa stupidité, d'avoir répété les mêmes erreurs que sa mère…

Non.

Elle prit une profonde inspiration.

Il était ridicule de penser à cela. Elle avait des préoccupations plus immédiates. Comme, par exemple, se sortir de cette situation. Et sauver ce qui pouvait l'être de son travail. Peut-être que Tony ne s'était pas encore aperçu de sa disparition. Et dans le cas contraire, peut-être accepterait-il de la reprendre quand même. Il le fallait. Elle le supplierait, elle se mettrait à genoux s'il le fallait. Elle avait désespérément besoin de ce travail.

Comment un homme tel que Cameron O'Connell, né avec une cuillère en argent dans la bouche, pourrait-il jamais comprendre une chose pareille ?

Elle n'aurait qu'à dire à Tony que Cameron était un ancien petit ami désespéré de la revoir. Elle en rirait et lui demanderait d'excuser son impatience.

En attendant, c'était Cameron lui-même qu'elle devait affronter. Il n'avait aucun droit de débarquer ainsi, sans prévenir, dans sa vie. Aucun droit d'exiger d'elle des réponses. Elle ne lui dirait rien.

La meilleure façon de procéder, avec lui, c'était de jouer sur son machisme. De lui laisser penser qu'elle prenait son intervention pour de la galanterie, et qu'elle l'appréciait, mais que tout allait bien et qu'elle n'avait pas besoin de lui.

Marissa s'éclaircit la gorge.

— Ecoute, j'apprécie ta sollicitude mais…

— Quelle rue ?

— Pardon ?

— Où habites-tu ? Je te ramène chez toi.

— Non. Pas question. Reconduis-moi juste au Chiliburger.

— Soit tu me donnes ton adresse, soit nous tournons en rond jusqu'à tomber en panne d'essence.

Profitant d'un feu rouge, il se tourna vers elle et ajouta :

— A toi de choisir, ma belle.

Il avait le don de faire sonner « ma belle » comme une

insulte. Bon, apparemment, elle n'avait pas choisi la bonne approche.

— Je ne crois pas que tu comprennes. J'ai besoin de ce travail.

— Tu as une maîtrise de droit et tu fais l'école du barreau, observa-t-il avec un sourire sardonique. Tu ne peux pas trouver mieux que serveuse au Chiliburger avec tout ça ?

— Qu'est-ce que tu crois ? Tant que je n'ai pas l'examen du barreau, c'est comme si je n'avais rien fait. Désolée, mademoiselle Perez, dit-elle en imitant une voix aiguë, mais nous n'avons pas vraiment de poste pour des non-diplômés.

— Quoi qu'il en soit, je ne comprends pas pourquoi tu as fini au Chiliburger. Tu as bien une bourse d'études, non ?

— *J'avais* une bourse. Il faut être étudiant pour ça.

— Et ?

Marissa soupira. Il l'avait bel et bien attirée dans cette discussion. Elle était piégée.

Elle souffla sur la mèche qui lui tombait devant les yeux avant de déclarer :

— Et cette conversation est terminée.

Ils s'affrontèrent un instant du regard en silence.

— J'attends toujours ta réponse. Où habites-tu ?

— Ça ne te regarde pas. Combien de fois devrai-je te le dire ? Ramène-moi au Chiliburger.

— Oui, je suis sûr que ton patron serait ravi. Il te fait travailler quoi, douze heures par jour ?

— Tony a accepté que je fasse des heures supplémentaires, oui.

— Oh, comme c'est généreux de sa part ! Il n'a pas remarqué que tu as l'air sur le point de t'effondrer ?

Marissa se retint d'éclater de rire. Tony ne devait même pas savoir à quoi elle ressemblait. Elle était serveuse, et, au Chiliburger, cela revenait à être un meuble.

Mais elle n'allait pas le dire à Cameron. Elle n'allait d'ailleurs rien lui dire du tout. Elle avait pris sa décision des mois plus tôt.

Car elle était parfaitement capable de prendre soin d'elle-même. C'était ce qu'elle avait toujours fait. Bon, d'accord, sauf cette fameuse nuit…

Comment avait-elle pu laisser une chose pareille arriver? N'avait-elle donc rien appris, en grandissant?

Sa mère lui avait pourtant dit la vérité, très tôt, à propos des hommes. Lorsqu'elle avait eu ses premières règles, elle lui avait tendu une boîte de tampons et avait déclaré :

— A présent, Mari, tu es une femme. Les hommes vont te regarder, mais ne les laisse pas approcher. Ils sont tous comme ton salaud de père. Ils se démènent entre tes jambes, puis ils remontent leur braguette et disparaissent à jamais. Rappelle-toi ça, ma fille. Rien ne dure, surtout si tu es assez stupide pour l'espérer !

Elle s'en était toujours souvenue, du moins jusqu'à Cameron. Pourquoi ? Simplement parce que sa mère avait oublié de lui préciser que certains hommes avaient le pouvoir de vous faire perdre la tête.

C'était ce qui lui était arrivé. Cameron lui avait coupé le souffle. Dès l'instant où elle avait posé les yeux sur lui, elle avait été perdue. Il était si beau, si drôle, si brillant… Et chaque fois qu'ils se touchaient, un frisson d'électricité la parcourait.

Mais peu importait. Elle n'était pas sa mère, malgré ce qui s'était passé. Elle ne mettrait pas un homme qu'elle connaissait à peine face à une vérité qu'il refuserait d'entendre. Elle ne le supplierait pas de la croire. Elle savait très bien comment il réagirait, comment réagirait n'importe quel autre homme de l'envergure de Cameron O'Connell dans une telle situation : il penserait avoir été piégé.

Pour autant, Marissa ne rejetait pas sa part de responsabilité. Elle aurait dû se montrer assez forte pour lui résister, au lieu de fondre dans ses bras. Et lorsqu'il lui avait demandé si elle prenait la pilule, elle aurait dû lui avouer qu'elle avait arrêté ce mois-ci à cause d'une mauvaise grippe. Mais elle aurait juré que tout irait bien à ce moment-là du mois…

Marissa ferma les yeux. La passion, le désir avaient obscurci son jugement. Ses baisers l'avaient égarée, lui avaient fait oublier l'essentiel…

— … ton adresse, mais, après tout, il y a pire que de passer la nuit à sillonner la baie en voiture.

Marissa ouvrit les yeux. Ils se dirigeaient vers le pont, s'éloignant davantage à chaque seconde du Chiliburger. De toute façon, Tony avait déjà dû trouver quelqu'un pour la remplacer.

— C'est ridicule, dit-elle d'un ton cinglant. Tu n'abandonnes donc jamais ?

— Non, répondit son compagnon du même ton. Jamais.

Il y avait comme une menace dans ces mots, mais elle l'ignora et décida de revenir au plan A : laisser croire à M. Macho qu'il avait gagné.

— Très bien. Ramène-moi chez moi, si ça me permet de me débarrasser de toi.

— Charmant.

— Je n'ai pas envie d'être charmante. Juste d'être tranquille. Fais demi-tour et tourne à droite au premier feu.

Il acquiesça et fit ce qu'elle lui avait demandé. Marissa poussa un soupir d'aise. Bientôt, elle serait de retour au Chiliburger. A l'exception de ses retards, elle était une excellente serveuse. Tony la laisserait revenir.

Elle avait besoin de ce travail. Sans quoi, où trouverait-elle l'argent pour subvenir aux besoins de son futur bébé ?

Le bébé que Cameron O'Connell avait engendré ?

Cameron se demandait s'il ne s'était pas trompé quelque part. Pourtant, il était sûr d'avoir suivi les indications de la jeune femme.

Il ralentit et jeta un regard par la fenêtre. Les maisons qui bordaient la rue semblaient à la limite de l'effondrement, ou de la condamnation pour insalubrité. Un groupe de jeunes portant les couleurs de ce qui devait être un gang était appuyé contre un mur balafré de graffitis. Plus loin, un corniaud famélique fouillait dans une poubelle renversée.

— C'est là que tu habites ?

— Tu peux t'arrêter là, dit-elle en désignant une place libre le long du trottoir.

Bon, voilà qui répondait à la question…

— Pas terrible, comme quartier.

— C'est parce que je ne voulais pas être ennuyée par les journalistes de *Mode et Décoration*.

La voix de Marissa était aussi glaciale que la sienne. Elle était toujours pâle, mais l'angle de son menton laissait supposer qu'elle avait retrouvé un peu de sa confiance.

De nouveau, il regarda à l'extérieur et se demanda ce qu'il faisait là. La jeune femme avait raison. Ce qui lui était arrivé ne le regardait pas.

Mais peut-être pouvait-il l'aider, comme il l'avait déjà fait pour d'autres étudiants. Ian l'avait appelé un jour pour lui demander s'il connaissait des cabinets qui embauchaient de jeunes diplômés. Il pouvait faire de même pour Marissa. Mais il devait la convaincre de parler, de lui avouer ce qui n'allait pas.

Cameron fronça les sourcils lorsqu'il s'arrêta devant un immeuble qui paraissait à peine en meilleur état que les autres.

Il descendit de voiture, lui ouvrit la porte et lui décocha un regard noir.

— Allez, viens.

— Merci, je peux rentrer chez moi toute seule.

— Tu veux que nous répétions notre sortie du Chiliburger ?

Elle lui décocha un regard venimeux, auquel il répondit par un sourire narquois. Puis elle mit pied à terre et se dirigea vers la porte. Cameron faillit lui demander ses clés, avant de s'apercevoir qu'un trou remplaçait la serrure.

— Je n'arrive pas à croire que tu vives dans un endroit pareil, dit-il en secouant la tête.

— Et moi, je n'arrive pas à croire que tu puisses imaginer que ça te regarde.

De nouveau, elle avait raison. Rien de tout cela n'était son problème. Rien, à part certaines réponses qu'elle lui devait. Il la prit par les épaules au moment où elle poussait la porte.

— Dis-moi seulement une chose : pourquoi n'as-tu pas répondu à mes coups de fil ?

Deux taches de couleur lui empourprèrent les joues, mais elle répondit sans hésiter. Seul le léger tremblement de sa voix indiquait qu'il l'avait prise au dépourvu.

— Je n'en voyais pas l'intérêt. Nous savions tous deux que nous n'allions pas nous revoir.

— Oh, tu savais ça ? Comment se fait-il que, moi, je l'ignorais ?

— C'était une conclusion logique. Tu vis dans l'Est, je vis ici. Nos chances d'être ensemble semblaient réduites…

— Que voulait dire cette nuit, alors ? Rien du tout ? C'était une simple partie de jambes en l'air ?

Il la vit tressaillir, mais il était bien trop en colère pour s'arrêter maintenant.

— C'est ça, ton style ? Tu couches avec des types et tu les oublies dès le lendemain ?

La rougeur de ses joues gagna tout son visage. Elle se dégagea brusquement de son étreinte et il vit qu'elle allait le frapper. Il eut le temps de lui immobiliser le bras.

— Sors de ma vie, espèce de…

— Réponds d'abord à ma question.

— Je ne répondrai à rien du tout ! Va-t'en ou je hurle !

Cameron se mit à rire.

— A mon avis, ce ne serait pas une bonne idée d'attirer les gens du quartier.

Puis il se rembrunit, se mit en travers du passage et reprit :

— Crois-moi, je suis aussi désireux que toi de vider les lieux. Alors montons à ton appartement, et je te laisse tranquille.

Marissa le fixa d'un air haineux, puis tourna les talons et remonta un long vestibule aux remugles de chou rance, de mauvais vin et d'urine.

Deux étages. Trois. Elle ne s'arrêta qu'au quatrième et se tourna vers lui. Elle avait pâli, son souffle était court, précipité. Cameron en ressentit une soudaine inquiétude.

— Tu te sens bien ?

— Très bien. Et c'est là que nous nous séparons.

— Peut-être que tu devrais voir un médecin.

— Et toi, peut-être que tu devrais arrêter de me donner des conseils.

Elle tentait de paraître assurée, mais Cameron ne s'y laissa pas prendre. Quelque chose n'allait pas. Pas du tout. Il plissa les yeux.

— Ian pense que tu es malade. C'est le cas ?

— Mon état de santé ne te…

— … regarde pas, je sais.

Il se pencha pour étudier, derrière elle, la porte branlante et scarifiée de son appartement. Une boule d'inconfort s'était logée dans sa gorge. Que faisait-elle dans un endroit pareil ? Il voulait des réponses. Des vraies, et non les faux-fuyants qu'elle lui servait depuis qu'il l'avait retrouvée.

— Et si tu m'offrais une tasse de café avant de me renvoyer ?

— Et si tu partais directement ?

Cameron pinça les lèvres. Marissa Perez commençait à lui taper sur les nerfs. Il songea un instant à la prendre dans ses bras et à l'embrasser, histoire de lui faire abandonner cette façade de froide indifférence, mais se ravisa. Il s'était déjà comporté comme un idiot une fois et ne tenait pas à recommencer.

— Je me contenterai d'un verre d'eau rapide, insista-t-il.

Elle croisa les bras, et il vit le mot « non » se former sur ses lèvres, mais elle fut interrompue par un événement inattendu. Une autre porte s'ouvrit sur le palier et une femme vêtue d'une tunique tachée passa la tête par l'entrebâillement.

— Oh, désolée, je croyais que c'était pour moi.

La porte se referma, mais pas complètement. Apparemment, ils avaient un spectateur.

Marissa marmonna quelque chose, puis sortit ses clés de

sa poche et ouvrit. Elle fit signe à Cameron d'entrer, claqua ensuite la porte derrière lui et se retourna pour lui faire face, poings sur les hanches.

— Très bien. Que dois-je faire pour me débarrasser de toi ? Qu'est-ce que tu veux, au juste ?

— Je te l'ai dit : juste un peu d'eau. Je suis hors d'haleine après toutes ces marches…

Marissa plissa les yeux. Cameron la prenait-il pour une idiote ? Il n'était pas le moins du monde hors d'haleine. Quatre étages n'étaient rien pour lui. Elle se rappelait encore son corps musclé, athlétique…

Non, il avait quelque chose derrière la tête. Mais quoi ? Etait-il envoyé par Hutchins pour savoir pourquoi elle avait quitté la faculté ? Ce serait le comble, car Cameron était bien le dernier homme à qui elle pouvait dire la vérité ! A savoir qu'elle portait son enfant. Leçon numéro un, apprise auprès de sa mère : ce n'était pas parce que l'on engendrait un bébé qu'on en devenait le père.

Elle se détourna brusquement de lui, passa dans la cuisine et en revint avec un verre d'eau. Il se tenait là où elle l'avait laissé, à étudier le papier peint décollé, le linoléum usé et les meubles fatigués.

— Voilà ton eau.

Comme il ne répondait pas, elle lui mit le verre sous le nez.

— J'apprécierais que tu le boives et que tu partes.

— Pourquoi ?

Sa voix était dure, son regard intense. Elle sut aussitôt que sa question n'avait rien à voir avec ce qu'elle venait de dire.

Mais mieux valait faire croire le contraire.

— Parce que j'ai des choses à faire, voilà pourquoi.

— Tu l'auras voulu.

Il reposa son verre d'un geste brusque. Il en avait assez de se montrer circonspect, assez de faire semblant de croire que ce qui arrivait à Marissa ne le regardait pas. Il était venu chercher des réponses, et n'avait trouvé que de nouvelles questions.

— Assez de ce petit jeu, dit-il en l'agrippant par les épaules. Je veux savoir ce que tu fais dans un tel taudis.

— J'habite ici. Si ce n'est pas à ton goût, j'en suis navrée mais…

— Hutchins dit que tu as tout abandonné. Que tu as tourné le dos à un brillant avenir. Et tout ça pour quoi ? Pour venir habiter dans ce trou à rats ? Pour te tuer à la tâche dans ce restaurant minable ? Dis-moi la vérité, bon sang ! Tu as besoin d'argent ? Tu es malade ? Dis-le-moi et je t'aiderai !

— Je n'ai pas besoin de ton aide. C'est ma vie et…

Cameron lâcha un juron, la souleva sur la pointe des pieds et plaqua ses lèvres sur les siennes. C'était ce dont il avait rêvé au cours des deux mois passés, ce dont il rêvait toujours malgré la colère qu'elle éveillait en lui.

— Non, se récria-t-elle.

Elle voulut se dégager, mais il captura son visage d'une main, glissa l'autre dans ses cheveux et l'embrassa de nouveau, encore et encore, jusqu'à l'entendre pousser un petit sanglot de reddition et la sentir fondre dans ses bras.

Voilà que ça recommençait. Cette folle alchimie, cette passion brûlante qu'il n'avait ressentie qu'avec elle. Il la désirait comme il n'avait jamais désiré personne. Comme cette fameuse nuit…

— Marissa…, murmura-t-il.

Elle soupira et laissa leur baiser s'approfondir, lui permettant de goûter cette douceur et ce parfum qu'il n'avait jamais oubliés. Il l'entendit gémir lorsque sa main couvrit un sein ferme, déjà bourgeonnant.

— Marissa, répéta-t-il.

Elle se dressa sur la pointe des pieds et se serra farouchement contre lui. Cameron fit doucement descendre sa main le long de son ventre.

Un ventre délicatement arrondi.

Arrondi comme celui de Cassie, sa belle-sœur, dans les premiers temps de sa grossesse. « Tu veux dire bonjour à ton neveu ? », avait-elle demandé.

Elle lui avait pris la main et l'avait posée sur son abdomen.

Cameron se figea. Il redressa la tête, plongea les yeux dans ceux de Marissa, enregistra de nouveau la pâleur de son expression, le pourpre de ses cernes.

— Mon Dieu, dit-il d'une voix rauque. Tu n'es pas malade. Tu es enceinte !

Marissa poussa un petit cri et se dégagea.

Seigneur, qu'avait-elle fait ? Elle venait de répéter l'erreur qu'elle avait commise cette fameuse nuit. Elle avait oublié sa morale, ses valeurs, son code de conduite.

Et, de nouveau, avec de tragiques conséquences…

— Va-t'en, murmura-t-elle.

— Pas avant d'avoir une réponse. Est-ce que tu es enceinte ?

— Non !

— Ne me mens pas, bon sang ! C'est pour ça que tu as quitté l'université !

Il la lâcha brusquement, effrayé par ce qu'il pourrait dire ou faire. Elle avait tout abandonné pour une nuit avec un inconnu qui apparemment ne se souciait pas de son enfant.

Cameron serra les poings. Etait-ce pour ça qu'elle était partie au beau milieu de la nuit, sans le réveiller ? Parce qu'un autre homme l'attendait ?

— Qui est-ce ? demanda-t-il d'un ton glacial. Et où est-il ? Pourquoi te laisse-t-il seule face à ça ?

Marissa se mordit la lèvre inférieure, et se détourna du visage accusateur de Cameron. Malgré la chaleur étouffante du réduit qui lui tenait lieu d'appartement, elle frissonnait.

— Va-t'en, murmura-t-elle une nouvelle fois.

Cameron referma les mains sur ses épaules et la fit pivoter vers lui.

— J'ai raison, n'est-ce pas ? Il t'a quittée ! Est-ce qu'il sait seulement que tu as abandonné le droit, que tu es malade ?

— Je ne suis pas malade ! se récria-t-elle. Je suis enceinte ! Et je n'ai besoin de l'aide de personne. Je me débrouille très bien toute seule.

— Parce que tu n'as pas le choix ! Parce qu'il t'a abandonnée !

— Abandonnée ?

Marissa émit un son étranglé qui pouvait passer pour un rire. Comment un homme pouvait-il vous abandonner après une seule nuit ? On ne pouvait même pas appeler ça une aventure ou une liaison.

— Non. L'homme avec qui… avec qui c'est arrivé n'est pas au courant.

— Pourquoi ça ?

— Je te l'ai dit : parce que je me débrouille très bien toute seule. Pour la dernière fois, Cameron : ça ne te regarde pas.

Cameron ouvrit la bouche, puis la referma. Elle avait raison. Ce n'étaient pas ses affaires. Elle était enceinte et elle allait ruiner sa vie, et alors ?

— Tu as raison. Ce que tu fais ne me regarde pas. Mais j'ai une dernière question.

— Tu ne comprends pas ? Je ne répondrai plus à tes questions.

— C'est lui que tu as rejoint cette nuit-là ? Quand tu m'as quitté ? Il t'attendait ?

L'accusation la transperça comme un couteau. Sans réfléchir, elle le gifla avec toute l'énergie du désespoir.

Le son se réverbéra dans la pièce. Cameron rejeta la tête en arrière sous la force du coup, mais cela ne l'empêcha pas de lui capturer les mains et de les immobiliser dans son dos.

— Réponds-moi. Est-ce que tu as couché avec lui cette nuit-là ?

— Non !

— D'abord moi, puis ce type ! Il t'attendait. Tu es allée te jeter dans les bras de ton amant après avoir fait l'amour avec moi !

— Je n'ai pas d'amant ! Je n'en ai jamais eu ! Je n'ai jamais couché avec un autre homme que…

Elle se mordit la lèvre et étouffa un grognement. Mais c'était trop tard. Elle s'était trahie.

Le silence retomba. Il s'étira, interminable, dans l'atmosphère étouffante de la pièce.

Après une éternité, Cameron reprit la parole.

— Tu veux dire que cet enfant… est de moi ?

Peut-être n'était-il pas trop tard pour mentir. Elle pouvait prétendre qu'il l'avait mal comprise.

— Marissa. Marissa, regarde-moi.

Elle secoua la tête. Doucement, il lui mit un doigt sous le menton et la força à redresser la tête.

— Je veux la vérité. Maintenant ou devant un tribunal. Tu as le choix. Suis-je le père ?

Elle savait que l'avertissement était bien réel. Cameron n'était pas homme à faire des menaces en l'air. Et une fois qu'il saurait la vérité, peut-être la laisserait-il enfin tranquille.

— Réponds-moi, fit-il durement. Est-ce que cet enfant est de moi ?

Marissa prit une profonde inspiration.

Et répondit oui.

# 5.

L'un des avantages à faire partie du clan O'Connell était que vos frères et sœurs vous connaissaient presque aussi bien que vous-même.

« Oublie le *presque* », songea Cameron, assis face à son frère Sean dans un restaurant de Boston. Keir et Sean le connaissaient sans doute mieux que lui-même. Il ne comptait plus le nombre de fois où, assis autour d'une même table, ils avaient vu entrer une jolie femme et s'étaient regardés, chacun sachant pertinemment ce que les autres en pensaient.

Le problème, c'était qu'il aurait bien aimé, en cet instant, que personne ne puisse lire dans sa tête. Surtout pas l'un de ses frères.

Cameron prit son verre de bière. En ce moment même, Sean faisait de son mieux pour lire dans son esprit, il le voyait à la lueur qui brillait dans son regard. Sans succès jusqu'à présent.

Ce dernier essayait de détendre l'atmosphère en racontant une histoire impliquant un armateur grec, un prince italien, et une actrice hollywoodienne. Sean avait un bagout et un sens de l'humour très irlandais, et il y avait fort à parier que l'histoire était hilarante.

Mais Cameron n'était pas d'humeur à l'entendre. Et ce pour de bonnes raisons. Sa vie allait être changée à jamais. Il essayait encore de comprendre ce qui s'était passé exactement.

Marissa Perez était enceinte.

Non. Cela sonnait comme si elle avait fait ça toute seule.

Il avait fait un enfant à Marissa. Mais comment était-ce arrivé ? D'ordinaire, il utilisait un préservatif, sauf avec les femmes qu'il connaissait bien et auxquelles il faisait confiance. C'était une question de bon sens.

Songeur, il prit une gorgée de bière.

Quelle erreur avait-il commise, ce soir-là ? Un seul regard à Marissa et ses hormones avaient pris le contrôle. Ce n'était malheureusement pas une excuse, à moins d'avoir dix-sept ans et de…

— … et là, le prince me dit : « Ecoute, O'Connell, pour la dernière donne, je mise ma Maserati. » Devine ce que j'ai répondu ?

Cameron regarda son frère. Il n'avait pas la moindre idée de ce dont il parlait. Mais un sourire et un haussement d'épaules feraient sans doute l'affaire.

— Je ne sais pas, répondit-il d'un ton plein d'entrain.

Bon choix. Sean se remit à parler avec animation, et Cameron put penser de nouveau à Marissa.

Jamais de sa vie, à bien y réfléchir, il n'avait couché avec une femme si vite après l'avoir rencontrée. De plus, il méprisait en général les professeurs et les intervenants qui profitaient de leur aura pour coucher avec des élèves.

Il avait agi à l'encontre de tous ses principes…

Quelque part entre le parking et sa chambre d'hôtel, il se rappelait lui avoir demandé si elle prenait la pilule. Et il lui semblait qu'elle lui avait répondu que oui. Il avait donc pensé…

Non, il n'avait pas pensé. Son corps était en feu, ses lèvres collées aux siennes, ses mains sur les seins de Marissa, sur ses fesses… Il l'avait déshabillée, s'était glissé entre ses cuisses et…

— Cameron ? Ça va ?

Il cligna des yeux. Sean le dévisageait avec attention, ses yeux bleus pareils à deux faisceaux laser.

— Bien sûr que ça va.

— Parce que l'espace d'un instant, tu avais l'air…

— Je te dis que ça va.

Puis Cameron s'éclaircit la gorge et fit mine de regarder autour de lui.

— Où est notre serveur ? Il nous faut une autre tournée.

— Excellente idée.

— Alors, tu me disais que le prince avait parié sa voiture et…

— Je t'ai dit qu'il avait *proposé* de parier sa voiture, soupira Sean. Tu n'as rien écouté.

— Bien sûr que si. Le type avec lequel vous jouiez a voulu miser sa… euh… sa Porsche.

— Sa Maserati.

— C'est ça. Et ensuite…

— Ensuite ?

Cameron soupira. Il avait proposé ce dîner à Sean des semaines auparavant, en apprenant que son frère passerait en ville. Il avait songé à l'annuler, mais s'était ravisé en songeant que cela ne ferait que soulever des questions embarrassantes.

Mais il semblait à présent qu'il n'échapperait pas à ces questions !

— Allez, l'encouragea Sean. Si tu peux me dire ce que j'ai répondu au prince, l'addition est pour moi.

Cameron tira mentalement à pile ou face et déclara :

— Tu as dit non.

— Bon, c'est bien ce que je disais : tu n'as rien écouté. A croire que tu es sur une autre planète.

— Désolé. Je ne savais pas que c'était si important pour ton ego.

— Détends-toi, Cameron. Quelque chose ne va pas. Je veux juste savoir ce que c'est.

— Rien. Un truc au travail.

— Je ne te crois pas.

— Mais que veux-tu que je fasse ? Que je te dise croix de bois, croix de fer, si je mens je vais en enfer ?

— Je ne marcherais pas davantage. Tu ne peux pas me mentir, Cameron. Je lis en toi comme dans un livre ouvert.

— Alors lis ceci : tout va bien.

— Sûrement. C'est pour ça que tu tires une tête d'enterrement depuis que tu es arrivé. On dirait que la fin du monde est proche.

— Il y a de ça, dit Cameron avec un rire amer.

— S'il le faut, je te ferai une clé de bras pour t'inciter à parler, jusqu'à ce que tu craches le morceau. Comme quand nous étions enfants.

— Ta mémoire te joue des tours, mon pauvre. C'est moi qui te faisais ça.

— Jusqu'au jour où je t'ai écrasé l'orteil. Maman a bien failli nous tuer. Moi qui me tenais le bras en pleurant, et toi qui boitais… Allez, Cameron, parle-moi. Ça ne peut pas être si grave que ça.

Cameron hésita, puis soupira avant de répondre :

— Si, ça l'est.

— Qu'est-ce que c'est ? Tu as perdu une affaire, c'est ça ?

— Je préférerais. Non, j'ai… j'ai fait un enfant à une fille.

Sean pâlit brusquement.

— Pardon ?

Cameron fixa son frère, puis se retourna et lança :

— Mais où est ce fichu serveur ?

Sans un mot, Sean se leva, se dirigea vers le bar et prit une bouteille de whisky et deux verres sur les étagères.

— Je ne crois pas qu'on ait le droit de se servir, fit valoir Cameron pour la forme.

— Maintenant, si, gronda Sean en remplissant leurs verres. Allez, bois ça. Dis-moi que j'ai bien entendu.

Cameron acquiesça et avala la moitié de son verre d'un trait, avant de s'essuyer la bouche du revers de la main.

— J'ai couché avec une fille. Et elle est enceinte.

— Tu es sûr ?

— Oui.

— Parce que, parfois, ce n'est pas parce qu'une femme dit que…

— J'en suis sûr, répéta Cameron. Tu te rappelles la tête de Cassie dans les premiers mois de sa grossesse ? Les cernes, les nausées, le…

— Je ne te demande pas si tu es certain qu'elle est enceinte, mais si tu es certain d'être le père !

— Oui, presque.

— Presque ? Qu'est-ce que ça veut dire ? Qu'elle t'a dit que tu étais le père, et que tu l'as crue ?

— Ça ne s'est pas passé comme ça.

— Tu as fait un test de paternité ?

— Oui. Je devrais avoir les résultats demain.

— Quand la fille t'a-t-elle appris la nouvelle ?

— Il y a deux jours. Le jour de la fête du Travail.

— Comment c'est arrivé ? Et ne te moque pas de moi, tu sais très bien ce que je veux dire.

— J'ai été… pris dans le feu du moment.

— Au point d'oublier de mettre un préservatif ?

— Il faut croire, répondit Cameron avec irritation.

— Et la fille ne prenait pas la pilule ?

— Normalement si, mais elle avait oublié qu'elle avait arrêté… Quoi ?

— Ecoute-toi, mon vieux. Tu étais pris dans le feu du moment, la fille a prétendu qu'elle prenait la pilule en temps normal… On dirait que tu t'es fait piéger.

Cameron crispa involontairement la mâchoire.

— Je ne crois pas.

— Moi, si ! Depuis combien de temps couches-tu avec elle ?

— Je l'ai rencontrée à Berkeley au printemps dernier.

— Et ?

— Et quoi ?

— Et elle n'a vu personne d'autre que toi depuis ? Tu es le seul à coucher avec elle depuis trois mois ?

— Quatre mois. Et nous n'avons été ensemble que ce soir-là. C'était mon accompagnatrice sur le campus.

— Pardon ? Attends, tu rencontres à peine cette gonzesse que…

— Inutile de parler d'elle en ces termes.

Cameron voulut prendre la bouteille de whisky, mais Sean l'attrapa et l'éloigna de lui.

— Tu as déjà bu assez d'alcool comme ça. Qu'est-ce qui te prend ? C'est toi l'avocat de haut vol. Tu devrais savoir reconnaître un coup fourré, non ?

— Tu sais quoi ? Restons-en là.

— Pourquoi ? Parce que tu ne veux pas reconnaître la vérité ? repartit Sean, le regard brûlant de colère. Ouvre les yeux. Tu as rencontré cette fille, tu l'as bai…

— Fais attention à ce que tu dis, l'interrompit Cameron d'une voix dangereusement suave.

Sean secoua la tête.

— Cette fille est douée, je te le concède. Parce que pour réussir à te faire croire que c'était un accident…

Cameron agrippa son frère par le devant de sa chemise et le tira à demi par-dessus la table.

— Je t'ai dit de faire attention à ce que tu disais. Tu veux que je répète avec des arguments plus frappants ?

— Lâche-moi, fit tranquillement Sean. Ou nous allons tous deux regretter ce qui va se passer.

Les deux frères s'affrontèrent du regard, puis Cameron relâcha son étreinte et se rassit.

— Je suis désolé, marmonna-t-il.

— C'est bon.

— C'est juste que… Marissa ne m'aurait jamais dit ce qui s'était passé si je n'étais pas allé la chercher. Je ne la comprends pas. Elle n'a pas d'argent, elle a quitté l'université, elle travaille dans un bouge qui donnerait des cauchemars à un inspecteur des services d'hygiène, et elle affirme qu'elle ne veut rien de moi.

— Peut-être. Et peut-être pas. Il se peut que ce soit une ruse. C'est ça, tu peux refaire cette tête, je m'en fiche. Je veux juste être sûr que tu es préparé à toute éventualité.

Sean marqua une pause, puis demanda :

— Je suppose qu'elle a l'intention d'aller jusqu'au bout de la grossesse ?

— Oui.

— Et toi ? Qu'en penses-tu ? C'est ce que tu veux ?

— Il est hors de question qu'elle avorte. Le mal est fait, il faut assumer. Si l'enfant est de moi.

— Ravi de t'entendre employer le conditionnel. Et s'il est de toi ?

— Alors je ferai le nécessaire.

— A savoir ?

— Je paierai pour l'éducation de l'enfant. Et pour aider Marissa.

Sean leva les yeux au ciel.

— Dieu merci. L'espace d'un instant, j'ai cru que tu allais me répondre que tu l'épouserais.

— Que je l'épouserais ? Tu es fou ? Je la connais à peine et nous vivons à des milliers de kilomètres l'un de l'autre. Pourquoi l'épouserais-je ?

— Je ne sais pas. Un sens un peu trop prononcé du devoir. Ou par souci de l'éducation de l'enfant. En tout cas, je suis heureux de voir que tu n'es pas devenu complètement fou. C'est une chose que d'assumer ses responsabilités, c'en est une autre de faire n'importe quoi à ce titre.

— Ce qui veut dire ?

— Que tu peux accepter d'assumer financièrement l'éducation de l'enfant, sans pour autant devoir jouer les maris et les pères.

— Aucun risque.

— Ravi de l'entendre.

Un moment passa, puis Sean s'éclaircit la gorge.

— Au fait, je t'ai parlé de cette Suédoise blonde que j'ai rencontrée à Monte-Carlo ?

— Comment se fait-il qu'il y ait toujours des Suédoises blondes, dans tes histoires ?

— Disons que j'ai un certain niveau d'exigence !

Les deux frères se mirent à rire et, lorsque Sean poursuivit son récit, Cameron fit cette fois de son mieux pour écouter. Malgré cela, il ne put s'empêcher de repenser à ce qu'il venait d'entendre sur le fait d'assumer ses responsabilités sans pour autant devenir père et mari.

Il avait déjà prévu de donner son nom à l'enfant et de verser à sa mère une somme qui non seulement couvrirait le nécessaire, mais également le superflu.

Tout était donc réglé.

A un détail près. Contrairement à ce que Sean avait dit, Cameron ne pouvait renier son futur rôle de père. Il l'était devenu du jour où il avait engendré ce petit être qui grandissait dans le ventre de Marissa.

Marissa referma la porte de son appartement sur le livreur de FedEx et regarda l'enveloppe qu'il venait de lui livrer. Elle aurait su ce qu'elle contenait même sans l'en-tête en lettres bleues et rouges de Bio Tech Labs. Car personne ne lui envoyait plus de courriers officiels depuis qu'elle avait quitté l'université et renoncé à sa bourse.

Elle ravala la boule qui s'était formée dans sa gorge. Enfin, les résultats du test de paternité. Pourquoi était-elle si nerveuse ? Elle les connaissait déjà.

Oui, mais cela voulait dire que Cameron les connaissait également. Il ne l'avait pas crue sur parole lorsqu'elle lui avait annoncé qu'il était le père, et elle le comprenait. Comment faire confiance à une femme qui avait accepté de coucher avec lui si rapidement ?

De toute façon, ces résultats n'avaient aucune importance. Elle lui avait clairement fait comprendre qu'elle n'attendait rien de lui. Qu'elle ne *voulait* rien de lui.

— Je suppose que tu veux aller au bout de la grossesse ? avait-il dit.

Elle l'avait regardé comme s'il était devenu fou. Croyait-il qu'elle travaillait si dur pour abandonner son enfant ?

— Oui, avait-elle répondu.

C'est alors qu'il avait réclamé un test de paternité.

— Pour quoi faire ? avait-elle demandé.

Il l'avait regardée avec stupeur.

— Pour que je puisse prendre les dispositions nécessaires.

Marissa traversa le salon, remplit une bouilloire d'eau et la mit sur le feu. Cameron allait sans doute lui proposer un chèque en échange d'une décharge signée.

Rien que pour cela, elle avait déjà fait un progrès par rapport à sa mère, songea-t-elle avec un sourire amer. Au moins allait-elle réussir à faire reconnaître son enfant. Son fils — puisque l'amniocentèse avait révélé qu'il s'agissait d'un garçon — aurait au moins un nom et un visage à mettre sur son père.

Même si elle était décidée à refuser l'aide qu'il lui proposerait. Elle n'avait en effet pas l'intention d'accepter d'argent de Cameron.

La bouilloire siffla, l'arrachant à ses réflexions. Du moins, ce fut ce qu'elle crut avant de constater qu'elle ne fumait pas.

C'était le carillon de l'entrée.

Marissa fronça les sourcils. D'abord le livreur de FedEx, et maintenant qui ? Le concierge venait-il enfin réparer ses toilettes qui fuyaient depuis plusieurs jours ? Ou était-ce le voisin qui venait se plaindre du bruit que faisait l'eau qui coulait en permanence ?

Elle soupira, lissa ses cheveux, défit tous les verrous à l'exception de la chaîne et entrouvrit le battant.

Son cœur manqua s'arrêter lorsqu'elle vit qui se tenait sur le seuil.

— Cameron ?

Quelle question stupide. Bien sûr que c'était Cameron. Il était impossible de le confondre avec un autre. Sa taille. Ses épaules. Ses yeux bleus.

Cette bouche dure et sensuelle qui l'avait embrassée…

— Qu'est-ce que tu fais là, Cameron ?

— Ouvre-moi, Marissa.

— Nous nous sommes tout dit la dernière fois.

— Si tu veux parler de notre enfant par l'entrebâillement, pas de problème. Mais laisse-moi une minute, que j'appelle la voisine. Je suis sûr qu'elle sera ravie d'assister au spectacle.

Avec un soupir, Marissa ôta la chaîne et ouvrit en grand.

Cameron était vêtu d'un élégant costume gris et portait une mallette de cuir.

C'était l'avocat et non l'amant qui lui rendait visite, songea-t-elle.

— Nous n'avons rien à nous dire, Cameron, décréta-t-elle en redressant le menton.

— Ferme la porte.

Marissa le fusilla du regard et claqua le battant.

— D'autres ordres ?

— Nous avons beaucoup de choses à nous dire, contrairement à ce que tu prétends.

— A propos de quoi ?

— A propos de nous.

— Il n'y a pas de « nous » qui vaille.

La bouilloire se mit à siffler. Marissa tourna les talons et se dirigea vers la cuisine pour couper le gaz. Lorsqu'elle revint, Cameron étudiait l'enveloppe en provenance du laboratoire.

— Je vois que tu as reçu les résultats.

En guise de réponse, elle haussa les épaules.

— Tu ne les as pas ouverts ?

— Non, je sais ce qu'ils disent.

— Moi aussi.

— Tu es surpris ? demanda-t-elle d'une voix qu'elle voulait narquoise, mais qui sortit tremblante. Tu pensais que je te mentirais sur un tel sujet ?

— Je ne pensais rien du tout. Mais je suis avocat, et j'ai vu des choses bien plus incroyables.

Il avait raison, et elle le savait. Marissa prit une profonde inspiration avant de vider ses poumons.

— Que fais-tu là ? Pourquoi es-tu venu ?

Cameron tira une chaise et lui fit un signe.

— Assieds-toi.

— Je préfère rester debout, merci.

— Ça risque de prendre un moment, fit-il valoir en posant sa luxueuse mallette sur la table de formica usé.

— Je ne crois pas, non. En fait, je sais pourquoi tu es venu.

— Vraiment ?

— Oui.

Elle s'éclaircit la gorge, quelque peu embarrassée. Comment avait-elle pu s'abandonner à cet homme de manière si complète au lit, et l'affronter à présent comme s'il était son pire ennemi ?

— Tu es venu faire ce que tu estimes être ton devoir.

— C'est exact.

— Et tu vas me proposer de l'argent.

— Continue, l'encouragea son compagnon en croisant les bras.

— Tu vas me faire signer un document dans lequel je reconnaîtrai avoir accepté une certaine somme, en échange de laquelle je te déchargerai de toute obligation future.

— Vraiment ?

Le sourire moqueur qu'il lui décocha glaça Marissa jusqu'à la moelle. Un frisson lui courut le long du dos.

— Bien sûr, renchérit-elle en lui cachant son malaise, tu te rends compte qu'un tel contrat pourrait facilement être considéré comme nul et non avenu ?

— Parfaitement.

— Je pourrai aller trouver un juge à n'importe quel moment, prétendre que j'ai signé sous la pression des circonstances. Que j'avais besoin d'argent, ou que je n'avais personne pour me conseiller.

— Tout à fait exact.

Marissa plissa les yeux et asséna le coup final.

— Si je te dis tout ça, c'est pour que tu ne sois pas trop surpris quand je t'annoncerai que je ne signerai rien.

— Vraiment ? répéta-t-il.

Cette fois, sa voix était presque un murmure. De nouveau, elle frémit. Pourtant, il ne pouvait pas la forcer à signer. Elle n'avait rien à craindre.

— Je n'ai rien l'intention d'accepter de toi.

— Et mon nom sur l'acte de naissance de mon fils ? Tu n'en veux pas ?

Marissa le fixa avec méfiance. Depuis quand Cameron

était-il passé de l'emploi du vocable « l'enfant » à celui de « mon fils » ?

— Réponds-moi, dit-il sèchement, faisant un pas vers elle. On dirait que tu as tout prévu, mais quelle est ma place dans tout ça ?

— Je… je mettrai ton nom sur le certificat de naissance, si c'est ce que tu veux. Il n'y a pas de raison que mon fils soit un… un…

— Un bâtard, acheva froidement Cameron. C'est le mot que tu cherches. Et il n'y a pas davantage de raison qu'il soit élevé dans la pauvreté.

— La pauvreté n'est pas une maladie !

— Non. Mais un enfant mérite qu'on lui donne sa chance. Une bonne école. Un foyer qui ne se trouve pas au beau milieu d'une zone de non-droit, et une mère disponible ! Parce que je suppose que tu as repris ta prometteuse carrière au Chiliburger ?

— J'ai un plan, déclara-t-elle avec morgue. D'autres projets.

— Oh vraiment ? dit Cameron avec un sourire carnassier.

— Vraiment, oui.

— Et puis-je les connaître ?

— Je n'ai pas l'intention d'être serveuse à vie. Une fois que je serai à flot financièrement, je compte finir mes études.

— Ah. Et quand comptes-tu faire ça ? Dans cinq ans ? Dans dix ans ?

— Peu importe quand. L'essentiel, c'est que je le fasse.

— Oh, bien sûr. Et d'ici là, que va-t-il advenir de mon fils ?

— Tu en parles comme si cet enfant t'appartenait !

De nouveau, Cameron eut un sourire carnassier. Puis, en une fraction de seconde, il fut contre elle et lui emprisonna les poignets.

— Ce bébé m'appartient autant qu'à toi.

— Non ! Bon sang, Cameron…

— Pourquoi me détestes-tu à ce point ? Tu es enceinte, mais c'est autant ta faute que la mienne !

— Lâche-moi !

— Tu ne me détestais pourtant pas, la nuit où nous avons fait l'amour !

— Ce n'était pas de l'amour. C'était immoral. C'était… c'était…

— C'était ce que nous voulions tous les deux, et tu le sais.

Elle voulut détourner la tête, mais il lui prit le menton et la força à le regarder.

— Tu avais envie de moi, cette nuit-là. Tu en as redemandé, encore et encore…

Marissa lâcha un mot en espagnol. Cameron, qui avait fréquenté assez d'employés mexicains dans l'hôtel familial, savait exactement ce qu'il voulait dire. Et ce n'était pas flatteur.

— Menteuse, dit-il doucement.

Puis il l'embrassa.

Elle se débattit de nouveau, lui martela le torse de ses poings, lui mordit la lèvre. Mais il continua de l'embrasser.

Alors il la sentit s'abandonner. Tout son corps s'amollit, ses lèvres s'adoucirent contre les siennes.

« Maintenant, lui souffla une voix fiévreuse. Prends-la dans tes bras, porte-la jusqu'à la chambre et perds-toi en elle comme cette fameuse nuit… »

Cameron fit un bond en arrière, horrifié. Il venait de se rendre compte de ce qu'il était en train de faire. Marissa et lui se fixèrent quelques instants en silence, pantelants. Elle fut la première à reprendre la parole.

— Bon, donne-moi juste ce que tu veux que je signe. Si tu insistes pour me laisser un chèque, sache que je le déchirerai dès que…

— Non.

La voix de Cameron avait claqué comme un coup de fouet. Marissa le fixa avec incrédulité.

— Mais tu as dit…

— *Tu* as dit. Ne pense jamais à la place d'un homme. Neuf fois sur dix, tu te tromperas, et la dixième, il fera le contraire exprès pour te contrarier.

Elle le dévisagea, essayant de comprendre ce qu'il essayait de lui dire. Elle pressentait quelque chose de terrible…

— Dans ce cas, pourquoi es-tu venu ?

Il sourit, et elle sut qu'elle se rappellerait ce sourire jusqu'à la fin de ses jours.

— Je suis venu t'annoncer ce qui allait se passer à partir de maintenant.

— Ce… ce qui va se passer ?

Cameron acquiesça. Il avait réfléchi pendant des heures après son dîner avec Sean, avait élaboré son plan, l'avait affiné…

L'enfant qui grandissait en Marissa, qu'il le veuille ou non, était le sien.

Et qu'il le veuille ou non, il était responsable de son bien-être, de son éducation, de son bonheur.

Il était donc arrivé, à l'issue de ses réflexions, à la seule conclusion qui s'imposait.

— Ce qui va se passer, reprit-il enfin, les yeux dans ceux de Marissa, c'est que tu vas devenir ma femme.

# 6.

Cameron lui demandait d'être sa femme ?

Sa *femme* !

Songeait-il vraiment à l'épouser ? L'idée était si ridicule que Marissa faillit éclater de rire. Mais la lueur qui brillait dans les yeux de Cameron lui fit comprendre qu'il ne plaisantait pas.

— Eh bien ? reprit-il. Pas de réaction ? Ça ne te ressemble pas, pourtant. Tu as toujours quelque chose à dire.

Il était si sûr de lui… Si arrogant… S'attendait-il à la voir tomber à ses pieds ? Etait-elle censée applaudir son sacrifice ? Se livrer pieds et poings liés à un homme qui ne l'aimait pas, juste pour soulager sa conscience ?

Dans ce cas, il allait avoir une surprise.

Elle sourit, presque aimablement, comme si elle s'était attendue à cette proposition.

— Merci. Mais je ne suis pas intéressée.

— Pas intéressée. *Tu* n'es pas intéressée ?

— C'est exact. C'est une offre généreuse mais…

— Ce n'est ni généreux, ni une offre. Mon fils ne naîtra pas bâtard.

Elle savait qu'il utilisait ce mot pour l'intimider, mais elle se refusait à l'être. Elle était de taille à tenir tête à tous les O'Connell de la terre.

— C'est un concept un peu démodé, fit-elle valoir calmement.

— Dans ton monde, peut-être. Pas dans le mien.

— Ah, c'est vrai. J'oublie que nous ne sommes pas du

même monde… Mais je t'ai déjà dit que je mettrai ton nom sur le certificat de naissance si c'est si important pour toi.

— Si c'est important pour moi ? Et notre fils dans tout ça ? Tu ne crois pas que lui aussi voudra connaître le nom de son père ?

Il avait raison. Pourquoi ne pas l'admettre ? Mais elle n'eut pas le temps de le faire que Cameron reprenait la parole.

— Il ne t'est pas venu à l'esprit qu'il pourrait poser des questions quand il sera plus vieux ? Qu'est-ce que tu lui diras, ce jour-là ?

Bonne question. Marissa avait été bien trop préoccupée par les mois à venir pour voir si loin.

— Je n'ai pas pensé à…

— Non. Je n'en doute pas.

— Je trouverai quelque chose. J'ai encore le temps.

— Non. Tu n'auras pas à en arriver là pour la simple et bonne raison qu'il ne posera pas la question. Il saura que je suis son père.

— Tu ne comptes pas sérieusement m'épouser ? Nous nous connaissons à peine !

— Nous nous connaissons assez pour avoir fait un enfant, tu te souviens ?

Si elle se souvenait ? Elle se demandait parfois, au cours de nuits sans sommeil, si elle serait capable d'oublier…

— Les enfants ne sont pas stupides, Cameron. Mon fils…

— *Notre* fils, corrigea-t-il froidement.

— Peu importe. Le fait est que de te voir occasionnellement risque de le déstabiliser. Je sais que c'est sûrement ce que tu veux maintenant mais…

— Qui a parlé de le voir occasionnellement ?

— Je ne pense pas que tu parlais d'un vrai mariage ?

— Je parlais de deux personnes qui vivent et élèvent leur enfant ensemble. Si c'est ce que tu entends par « vrai mariage », alors oui, c'est ce que je voulais dire.

— Mais ça ne marchera jamais ! protesta-t-elle. C'est impossible ! Je ne veux pas…

— Je me moque de ce que tu veux. Je parle de ce qu'il y a de mieux pour notre enfant.

Cameron se détourna, ôta sa veste et la lança sur une chaise. Puis il défit sa cravate, son col et ses boutons de manchette. Marissa savait que le réduit qui lui servait d'appartement était aussi chaud que l'antichambre de l'enfer, mais voir Cameron se déshabiller lui remettait en mémoire des moments qu'elle préférait oublier.

— Ecoute, dit-elle d'un ton vif, j'apprécie ce que tu essaies de faire, mais ce n'est vraiment pas nécessaire.

— Je ne le fais ni pour toi, ni pour moi. C'est pour notre enfant.

Et il posa sa main sur le ventre de Marissa. Elle retint son souffle, choquée par l'image qui s'imposa à son esprit de Cameron tenant un bébé dans ses bras.

— Je ne te laisserai pas élever mon fils dans ces conditions.

— Est-ce que tu sous-entends que je ne suis pas capable d'élever mon fils ?

— *Notre* fils. Et je ne parle pas de tes talents de mère, mais du genre de vie matérielle que tu pourras lui offrir.

— Je ferai de mon mieux. La pauvreté n'est pas forcément un problème, dit Marissa en essayant de ne pas tiquer.

Mais pourquoi disait-elle tout cela ? Au fond de son cœur, elle savait que Cameron faisait ce qui était juste. Pouvait-elle lui reprocher de vouloir assumer ses responsabilités de père ? Pourquoi essayait-elle de l'en dissuader ?

Sans doute parce qu'elle s'était fourrée toute seule dans ce guêpier. Et qu'elle n'avait besoin de personne pour l'en sortir. Elle n'avait pas besoin de Cameron O'Connell. Elle ne le désirait pas.

« Menteuse, murmura une petite voix, au plus profond d'elle-même. Menteuse, menteuse, menteuse… »

Une bouffée de chaleur s'empara d'elle, et son regard croisa celui de Cameron. Il la dévisageait comme s'il pouvait lire dans ses pensées. Marissa prit une inspiration tremblante et se détourna. Elle devait le convaincre de partir avant de dire ou de faire quelque chose qu'elle regretterait.

— Merci de ton offre, fit-elle poliment, mais je n'ai pas l'intention de t'épouser. Nous n'avons plus rien à nous dire. Alors finis ton café et va-t'en.

— C'est ce que tu aimerais, n'est-ce pas ? Que je sorte de ta vie ? Tu pourrais ainsi prétendre que nous n'avons jamais couché ensemble…

— C'est un peu tard pour ça, dit-elle avec un rire amer.

— Exact. Mais il n'est pas trop tard pour faire ce qu'il faut.

— Je t'ai dit que je ne voulais pas t'épouser, point final.

— Ça ne me suffit pas, rétorqua-t-il en la prenant par les épaules et en la faisant pivoter brusquement. Pourquoi ne m'as-tu pas appelé pour me dire que tu étais enceinte ?

— Quelle bonne idée, ironisa-t-elle. J'imagine la conversation : « Allô, c'est Marissa Perez. Je ne sais pas si tu te rappelles de moi… »

— Arrête ton numéro. Tu sais très bien que je me souvenais de toi. Je t'ai laissé des dizaines de messages.

— Je suis très occupée. C'est pour ça que j'ai un répondeur.

— Oh, c'est vrai. Ton répondeur. Tu penses à vérifier tes messages, parfois ?

Marissa le fixa en silence. Que dirait-il si elle lui avouait qu'elle avait écouté et réécouté ses messages, juste pour entendre sa voix ?

Et qu'elle ne l'avait pas rappelé parce que le souvenir de la façon dont elle s'était comportée, cette nuit-là, lui cuisait encore ?

— Alors ? J'attends toujours ta réponse.

— Supposons un instant que je t'aie appelé pour t'annoncer que j'étais enceinte ? Qu'aurais-tu dit ?

— Ce que je te dis maintenant. Que cet enfant est autant ma responsabilité que la tienne.

— Tu n'oublies pas quelque chose ? Tu aurais sans doute dit : « Enceinte, Marissa ? Tu es sûre qu'il est de moi ? » Après quoi tu m'aurais fait faire un test d'ADN.

Cameron plissa les yeux, furieux.

— Tu as raison, c'est ce que j'aurais fait. Tu t'attendais à ce que je ne pose aucune question ? A ce que j'accepte la nouvelle comme ça ?

« Oui, songea-t-elle. C'est ce que tu aurais fait si cette nuit avait compté autant pour toi que pour moi. »

Sentant ses jambes flageoler, Marissa s'assit sur une chaise près de la fenêtre. Puis elle annonça de son ton le plus calme :

— Très bien. Je suis prête à te reconnaître un rôle dans la vie du bébé.

— Trop aimable, railla Cameron.

Elle l'ignora et poursuivit :

— Je veux bien reconnaître ta paternité. Mais je ne veux pas de ton argent. Et je ne veux pas d'un… d'un mariage bidon pour soulager ta culpabilité.

— Parce que tu penses que c'est ce qui me motive ? La culpabilité ?

— Non, ironisa-t-elle. Bien sûr que non. Je pense que tu t'es soudain découvert une fibre paternelle.

Elle se redressa d'un bond et enchaîna :

— Bien sûr que c'est la culpabilité ! Quoi d'autre ?

— Le sens des responsabilités. Le désir d'assumer les conséquences de mes actions. A moins que ce concept ne te semble incompréhensible ?

Marissa aurait voulu rire. Ou pleurer. Ou le frapper pour lui faire passer cette insupportable arrogance.

Puis elle regarda autour d'elle et lâcha un rire sans joie.

— Quand j'ai découvert que j'étais enceinte, j'ai examiné mes options. L'avortement. L'adoption. Toutes ces solutions qui te semblent raisonnables jusqu'au moment où tu as une petite vie qui grandit en toi. Et j'ai compris que ces solutions-là n'étaient pas pour moi.

— Ah. Tu as donc choisi de jouer les martyres.

— Espèce de salaud ! C'est ce que tu imagines ? Que j'ai tout abandonné par masochisme ?

La voix de Marissa se brisa, des larmes lui brûlèrent les yeux. Elle tourna le dos à Cameron.

— Rentre chez toi, murmura-t-elle. S'il te plaît.

Il y eut un long silence. Puis elle entendit un bruit de pas, dans son dos, et deux mains se posèrent sur ses épaules.

— Tu aimes cet enfant.

Elle ne répondit pas. C'était inutile. Sa réponse était évidente étant donné les sacrifices qu'elle avait faits pour garder le bébé.

— Marissa, si tu l'aimes, il faut que tu fasses ce qu'il y a de mieux pour lui. Que tu lui offres un toit digne de ce nom. Qu'il aille dans de bonnes écoles. Et, plus important encore, qu'il ait ses deux parents.

Lentement, mais inexorablement, il la fit se retourner. Les yeux de la jeune femme étaient remplis de larmes.

— Le mariage est la solution idéale. Et tu le sais.

— Ça ne marcherait pas, fit-elle valoir d'une voix sourde.

— Pourquoi ?

— La question est plutôt : pourquoi ça marcherait ?

— Nous y arriverons. Nous sommes deux adultes intelligents. Nous trouverons un moyen.

Mais Marissa secoua la tête.

— Nous nous connaissons à peine.

— Ce n'est pas vrai. Nous avons passé une nuit ensemble.

Il n'avait pas voulu évoquer cet épisode, mais n'avait pu s'en empêcher. Le fait de la tenir dans ses bras, de voir son beau visage si près du sien, l'avait fait se souvenir brutalement… Malgré lui, il baissa les yeux sur les lèvres de Marissa.

— Une nuit que je n'oublierai jamais…

Elle s'empourpra aussitôt.

— Tu ne penses tout de même pas fonder un mariage sur une seule nuit ?

— On a vu pire.

— Oui mais…

Il n'y avait qu'un moyen de la faire taire, et Cameron l'utilisa. Il emprisonna son visage entre ses mains et l'embrassa. Elle émit un petit son surpris et voulut se détourner, mais il lui mordilla la lèvre inférieure. Elle avait cet étonnant goût de fraise gorgée de soleil dont il se souvenait…

Puis elle s'affaissa dans ses bras, avec un petit soupir, et murmura quelques mots en espagnol. Cameron l'attira contre lui et l'embrassa passionnément, avec toute la frustration de ces derniers mois.

« Elle m'appartient, songea-t-il. Elle est mienne. »

Lorsqu'il redressa enfin la tête, après une éternité, Marissa tremblait dans ses bras. Elle paraissait ébranlée. Il murmura son nom et glissa ses doigts dans ses mèches soyeuses.

— Combien de temps te faut-il pour préparer tes affaires ?

— Pardon ?

— Pour préparer tes affaires. N'embarque que le nécessaire. Le reste, nous l'achèterons à Boston.

Elle se raidit entre ses bras, puis le repoussa. Cameron dut se forcer à la relâcher.

— Je te répète que je n'ai pas l'intention de t'épouser. Pourquoi refuses-tu de m'écouter ? Je n'ai pas besoin de ton aide. Je n'ai besoin de l'aide de personne.

Elle recula d'un pas et le dévisagea d'un air féroce, comme un animal acculé.

— Va-t'en, Cameron. Tu as fait ce que tu estimais être juste. Ça devrait te suffire.

— Tu as vraiment une piètre opinion de moi, on dirait.

— Je n'ai pas d'opinion sur toi. Je veux simplement que tu partes.

En silence, Cameron se dirigea vers sa mallette, l'ouvrit et en sortit un document qu'il lui tendit.

— Lis ça.

Sans le quitter des yeux, elle prit la liasse de papiers.

— Qu'est-ce que c'est ?

— Tu es étudiante en troisième année de droit. Lis-le et tu verras.

Marissa hésita, puis se retira dans un coin de la pièce et se mit à lire. Cameron l'étudia et, après quelques instants, la vit pâlir. Sans un mot, il se dirigea vers la fenêtre et s'absorba dans la contemplation de la rue.

Comment réagirait-elle au contrat qu'il venait de lui remettre ? se demanda Cameron. « Avec soulagement », lui souffla une voix froide et autoritaire, dans son esprit. « Avec colère », lui murmura une autre.

En fait, il n'en savait rien. Marissa Perez était aussi imprévisible que la trajectoire d'une tornade.

Après sa discussion avec Sean, l'autre nuit, il avait rédigé un document qui assurerait à l'enfant que Marissa portait une pension mensuelle de sa naissance à sa sortie de l'université. Moralement, il faisait ainsi son devoir.

Mais un mot le troublait, hantait ses nuits, l'empêchait de trouver le repos : « père ». Il allait être père. Et il n'avait pas prévu cela. Un jour, oui, lorsqu'il trouverait la femme idéale. Mais pas si vite.

Le destin avait changé le cours de son existence. Une minuscule vie s'épanouissait, sereine, dans le ventre de Marissa. Une vie qu'il avait engendrée. Et même si c'était involontaire, ce bébé méritait tout ce qu'il avait prévu d'offrir à un enfant. D'abord ce qu'il avait exposé à Marissa. Deux parents. Une maison et une bonne école. Et d'autres détails en apparence futiles, mais tout aussi importants. Un chien. Un chat. Un train électrique, des jouets, et de merveilleux Noëls.

Et, surtout, il méritait ce que Cameron lui-même n'avait jamais eu : un père qui l'aimerait au point de faire passer son propre plaisir en arrière-plan.

Oui, c'était la bonne solution. La seule solution. Une fois l'idée admise, il avait su que le versement d'une pension et l'apposition de son nom sur un acte de naissance ne suffiraient pas.

La nuit dernière, il avait donc rédigé un document, sans savoir s'il l'utiliserait ou non. A l'aube, il s'était effondré sur son lit en se disant qu'il aurait encore le temps de décider dans l'avion qui l'emmènerait en Californie.

Mais il n'avait pris sa décision que quelques minutes plus tôt. Lorsqu'il avait tendu à Marissa un contrat prénuptial.

Cameron glissa un coup d'œil dans sa direction. Elle était toujours en train de lire, mais à en juger par son expression elle devait être près de la fin.

Enfin, elle redressa la tête. Le document qu'il avait rédigé pendait mollement au bout de son bras ballant.

— C'est un contrat, dit-elle lentement.

— Eh bien, je vois que toutes tes années d'études t'ont servi à quelque chose.

— Ne te moque pas de moi ! Tu as établi un contrat de mariage !

— Exactement. N'est-ce pas ce dont nous parlons depuis une heure ?

— Je vais te dire ce dont nous parlons depuis une heure, rétorqua-t-elle avec fougue. Je ne t'épouserai pas. Jamais ! Tu comprends ? Quant à ton contrat, voilà ce que j'en fais !

Et, levant les feuillets devant son nez, elle les déchira en quatre avant de laisser les morceaux s'éparpiller au sol.

— Tu l'as lu attentivement ? demanda Cameron sans perdre son calme.

— Oui. De quoi veux-tu parler ? De la partie qui stipule que le contrat sera réexaminé tous les deux ans ? Belle issue de secours pour toi, n'est-ce pas ? Dès que tu en auras assez, nous divorcerons !

— Je ne prévois pas de divorcer, Marissa. Ce n'est qu'un garde-fou pour tous les deux.

— C'est surtout un aveu du peu de confiance que tu as en ce mariage, et avec raison !

— Je n'ai pas envie d'en débattre. Qui plus est, ce n'est pas à cette clause que je faisais allusion mais à celle relative à la pension que je te verserai. Elle dit…

— Je sais ce qu'elle dit. Tu me fourniras… Comment déjà ? Ah oui : « le soutien financier dû à une épouse ».

Cameron se sentit rougir. Dits comme ça, évidemment, les mots avaient une connotation désagréable.

— Elle dit également que je paierai tes frais de scolarité à Harvard, se hâta-t-il d'ajouter.

— Mais pour qui me prends-tu ? Tu crois que je suis toujours l'écervelée qui t'est tombée dans les bras, ce soir-là ? C'est ridicule !

— Nous avons fait l'amour ce fameux soir. Et nous avons conçu un enfant. Je ne trouve pas ça ridicule.

Non, songea-t-elle, il avait raison. Donner la vie était chose sérieuse.

— Mais qu'y a-t-il de si incroyable dans ce que je te demande ? soupira Cameron. Je veux t'épouser. C'est dans l'intérêt de notre fils !

Comme cela semblait facile, à l'entendre… Le mariage, un cadre idéal à offrir à leur enfant…

— Les gens se marient en général parce qu'ils ont des points communs. Parce qu'ils partagent des choses.

— Nous avons des points communs.

— En effet, fit Marissa en riant, ou à tout le moins en essayant de rire. Je suppose que toi aussi tu te demandes comment tu vas payer ton loyer, et ce qui va se passer si tu n'y arrives pas !

— Tu ne fais que prouver le bien-fondé de ma proposition, déclara Cameron. Mais ce n'est pas ce que je voulais dire. Je parle de choses importantes. Notre amour du droit par exemple. Nous avons ça en commun. Il doit bien y avoir d'autres choses.

— Par exemple ?

Il réfléchit un instant, puis hasarda :

— La musique ?

— J'aime Mozart.

— Moi, j'aime des choses un peu plus tardives.

— Tardives comment ?

— Disons… La fin des années soixante-dix ? hasarda-t-il avec une grimace.

Malgré son irritation, Marissa fut tentée de sourire, mais elle se retint et secoua la tête.

— Ecoute, Cameron, je sais que tu es animé de bonnes intentions mais..

— Et les bateaux ? Tu aimes ça ?

— Tu veux dire, en faire sur l'eau ?

— C'est en général sur l'eau qu'on en fait, oui, répondit Cameron, amusé.

Marissa frissonna.

— Tout volume d'eau supérieur au contenu d'une baignoire me met mal à l'aise. Alors regarde la vérité en face. Nous sommes différents. Nous venons de deux mondes différents. Même si, et je dis bien *si*, j'envisageais de devenir ta femme…

— N'envisage pas. Fais-le.

Elle voulut parler mais il la fit taire d'un baiser. Peut-être était-ce sa douceur qui la déstabilisa. La douceur n'était pas une chose qu'elle avait vraiment connue dans la vie.

— Marissa, murmura-t-il.

Et elle s'abandonna au cercle rassurant de ses bras, à sa chaleur, se surprit à s'imaginer avoir cet homme pour elle seule, un roc sur lequel s'appuyer…

L'idée l'ébranla. Et la terrifia. Jamais de sa vie elle ne s'était appuyée sur quelqu'un. Et surtout pas un homme !

— Tu vois ? souffla-t-il tout contre son front. Ça peut marcher.

— Grâce au sexe, peut-être, mais…

— Mais quoi ? coupa-t-il. Qu'y a-t-il de mal à ce qu'un mari désire sa femme ?

— C'est mal quand ils ne se connaissent pas. Quand leur mariage n'est qu'une mascarade ! Quand… quand ils n'auraient jamais dû…

Il l'embrassa de nouveau, plus intensément cette fois. Leur baiser s'approfondit et Marissa eut l'impression que le sol s'ouvrait sous ses pieds. Un sentiment qu'elle ne connaissait que trop…

— Cameron, hoqueta-t-elle. Cameron, je pense que…

— Arrête de penser. Et épouse-moi.

Comment pouvait-elle accepter une chose pareille ? Ou la

refuser ? Elle savait que c'était dans l'intérêt de leur enfant. De ce petit être qui n'avait pas demandé à venir au monde.

— Si j'accepte, alors tu dois t'engager à ce que nous ne fassions plus l'amour.

— Tu veux que je renonce à notre seul point commun en dehors du droit ?

Il avait parlé d'un ton sérieux, mais elle savait qu'il la taquinait. Et cela ne fit que renforcer la détermination de Marissa. Elle venait de lui offrir une bonne raison de retirer son offre. Un homme aussi viril ne pourrait accepter un mariage sans sexe.

— Je vois exactement ce que tu essaies de faire, murmura-t-il.

— Vraiment ?

— Tu espères que je vais refuser, de manière à pouvoir dire que c'est ma faute si nous ne nous sommes pas mariés et non la tienne.

— C'est ridicule ! s'exclama-t-elle avec un rire qui sonnait faux même à ses propres oreilles.

— Et moi, je crois que c'est exactement ce que tu veux qu'il se passe.

— Je me moque de ce que tu crois, décréta Marissa en croisant les bras. Je t'ai donné un choix à faire, j'attends ta réponse.

Cameron plissa les yeux et regarda la jeune femme. Il fut tenté de répondre qu'elle-même ne pourrait supporter très longtemps cette condition, mais se ravisa. Pour une raison qui le dépassait, elle refusait d'admettre la vérité, à savoir qu'elle était l'une des femmes les plus sensuelles qu'il avait jamais rencontrées.

— Alors ? insista-t-elle. Ta réponse ?

Il lui décocha un sourire indéchiffrable, remonta un peu plus ses manches sur ses avant-bras et regarda autour de lui.

— Combien de temps te faut-il pour empaqueter tes affaires ?

— Ça veut dire que tu acceptes mes conditions ?

— Ça veut dire que tu as une heure avant de quitter cet endroit à tout jamais.

— Une heure ? C'est impossible.

— Rien n'est impossible, dit-il sans la quitter des yeux. Il suffit de le vouloir.

Etait-ce une menace ? Marissa n'aurait su le dire, et elle ne comptait pas le lui demander.

— Marissa ?

Elle leva la tête. Un petit sourire flottait sur ses lèvres, mais son regard était glacial. Le rapport de force avait changé. Elle allait devoir jouer serré…

— Une heure, répondit-elle avec un grand sourire.

Puis elle passa dans la chambre pour faire sa valise, espérant qu'il n'avait pas remarqué qu'elle tremblait.

# 7.

Comment sa vie avait-elle pu se compliquer à ce point ? Cameron avait l'impression d'avoir mis les deux pieds dans des sables mouvants. Tout ça parce qu'il avait voulu faire ce qui était juste.

Deux semaines s'étaient écoulées. Quatorze jours. Ce n'était pas grand-chose, sur les pages d'un agenda. Mais ça lui avait semblé une éternité. Comment diable le temps pouvait-il avancer si lentement ?

Cameron se tenait sur la terrasse de sa maison, dominant le jardin. Une tasse de café refroidissait dans sa main. L'automne pointait timidement son nez, sans grand succès. Si les feuilles avaient déjà viré à l'ocre, les températures demeuraient en revanche estivales. Dommage. Il aimait l'automne. Mais les saisons semblaient avoir perdu leurs repères.

Comme lui.

Enfin, pas vraiment. Après tout, il savait parfaitement où il en était. Marissa le détestait, détestait sa maison, refusait de lui parler ou même de le regarder.

Cameron prit une gorgée de café et se rembrunit. Le liquide était aussi froid que l'atmosphère à l'intérieur de la demeure. Mais le café, au moins, il pouvait le jeter.

Pas Marissa. Elle était sa femme. Sa femme hautaine, marmoréenne, silencieuse comme le Sphinx.

Un divorce résoudrait le problème. La moitié des gens qu'il connaissait étaient divorcés ou séparés, après tout. Ils ne tiqueraient même pas en apprenant qu'il avait quitté sa femme après deux semaines. L'un de ses associés, dans son cabinet, avait même géré une affaire de divorce après un mariage de neuf jours !

Evidemment, lui ne s'était fait aucune illusion en épousant Marissa. Mais il en avait assez de la voir le regarder comme s'il était un monstre.

Même sa gouvernante s'était mise de la partie. Concepcion travaillait chez lui trois jours par semaine. Malheureusement, il avait dû aller plaider le lendemain de son retour de Californie, et sa Princesse de Glace et son employée semblaient avoir fait connaissance dans son dos.

A la façon dont Concepcion le regardait à présent, Marissa avait dû lui dire qu'elle était prisonnière du château de Barbe-Bleue.

Etait-ce ainsi qu'il était récompensé de son sens du devoir ? Etait-ce ainsi qu'elle le remerciait ?

La mine sombre, il tourna le dos à la vue.

Oui, il méritait d'être remercié. Il avait fait ce qui était juste. Et peu importait si la femme qui l'avait aimé avec tant de passion, l'espace d'une nuit, le toisait chaque fois qu'ils se croisaient. Ce que Marissa ressentait pour lui, et ce qu'il ressentait pour elle, était secondaire. Seul comptait leur enfant.

Tout de même, il aurait aimé comprendre pourquoi sa femme le méprisait. Parce qu'il l'avait arrachée à ce taudis dans lequel elle vivait ? A ce travail épuisant et mal payé dans un restaurant graisseux ? Regrettait-elle ses meubles, dont l'Armée du Salut elle-même n'aurait pas voulu ? Ou lui en voulait-elle d'avoir offert de l'inscrire à Harvard ?

Si au moins Marissa lui parlait… Mais ils auraient aussi bien pu vivre sur deux planètes différentes. Elle n'avait plus manifesté la moindre émotion dès l'instant où elle avait franchi le seuil de son réduit.

A la voir assise dans la voiture comme un mannequin de cire, Cameron avait décidé de modifier légèrement ses plans. Il avait initialement prévu de l'épouser à Boston, mais il avait redouté qu'elle ne change d'avis en chemin. De plus, mieux valait prononcer le traditionnel « oui, je le veux » devant quelqu'un qu'il ne connaissait pas, et qui ne se demanderait pas pourquoi la mariée tirait une tête d'enterrement.

Il avait donc décidé de faire un détour par Las Vegas, la capitale du mariage express.

— Tu veux une cérémonie particulière ? avait-il demandé à Marissa, à l'aéroport.

— Non, avait-elle répondu.

Juste non. Elle ne lui avait pas adressé un sourire, pas posé une question.

Il avait donc loué une voiture, descendu le Strip et s'était arrêté devant le premier endroit qu'il avait vu. Un Elvis haut de trois mètres se dressait devant la chapelle. A l'intérieur, les murs étaient couverts de cœurs en satin rouge et en strass.

L'espace d'une folle minute, il avait songé à tourner les talons, à entraîner Marissa loin de cet antre du mauvais goût. Mais la raison avait prévalu, tout comme lorsqu'il avait envisagé d'appeler sa mère pour lui annoncer qu'il était en ville. Que lui aurait-il dit ? « Allô, maman, devine quoi ? Je vais me marier et, dans cinq mois, tu auras un petit-fils ! »

Merveilleux. Exactement ce qu'une mère rêvait d'entendre.

A l'heure actuelle, personne dans sa famille n'était au courant de l'existence de Marissa. A l'exception de Sean. Mais Sean ignorait qu'il était marié.

Marié. Le mot lui paraissait si étrange.

Debout dans cette chapelle, face à une femme qui avait une mine de condamnée que l'on mène à l'échafaud, il avait serré les dents et quasiment aboyé le « oui » rituel. Cela lui avait valu un regard curieux du juge de paix.

Marissa avait murmuré le sien et, cette fois, le célébrant avait froncé les sourcils et fort peu discrètement baissé les yeux sur son ventre.

— Vous êtes sûre que tout va bien, mademoiselle Perez ? avait-il demandé.

— Je vais très bien. Vous pouvez continuer.

Un muscle joua sur la mâchoire de Cameron. Il porta sa tasse à ses lèvres et en termina le contenu.

S'imaginait-elle que lui était heureux de ce mariage ? Quel homme se réjouirait de voir que sa femme le fuyait, évitait de prendre ses repas avec lui et ne quittait pas sa chambre quand il était là ? A croire que Marissa n'avait jamais gémi dans ses bras, soupiré son nom, crié de plaisir.

Sa main se crispa sur sa tasse, avec tant de force qu'elle se brisa. Lâchant un juron, il regarda les éclats éparpillés à ses pieds. Pourquoi songeait-il au passé ? Seul l'avenir importait. L'avenir, et l'enfant que portait Marissa.

Cameron fit glisser la baie vitrée et alla chercher une pelle et une balayette dans le placard de la cuisine. Il était un homme civilisé, et se devait d'agir comme tel. C'était du moins ce qu'il s'était répété dans l'avion qui le ramenait du Nevada, à côté d'une Marissa immobile, impassible et muette. A croire qu'il n'y avait jamais eu la moindre passion entre eux.

Cela l'avait rendu furieux. Quel jeu jouait-elle donc ?

Il s'était en tout cas fait une promesse : il ne la toucherait pas. Il ne voulait pas avoir à la convaincre qu'elle le désirait. Elle devrait s'en apercevoir toute seule.

Ce ne fut qu'une fois de retour sur la terrasse que Cameron remarqua les taches rouges sur le manche du balai et sur le dallage. Il s'était coupé avec cette fichue tasse et ne s'en était même pas aperçu.

Il repassa donc à l'intérieur pour aller chercher un pansement, et laissa au passage quelques taches sombres sur le tapis berbère. Concepcion n'allait pas être contente. S'il ne nettoyait pas avant qu'elle revienne du supermarché, elle allait sans doute…

— Mais tu saignes !

Cameron pivota. Marissa se tenait en haut des deux marches qui séparaient l'entrée du salon. Son visage était de la même couleur que le marbre du sol.

— Marissa ?

Elle ouvrit la bouche, puis la referma et vacilla. Lâchant pelle et balai, Cameron se précipita vers elle.

— Marissa ! répéta-t-il en la cueillant dans ses bras. Ça ne va pas ?

— Ça va très bien, murmura-t-elle.

Mais il était évident, à sa pâleur, que ce n'était pas le cas.

— *Madre de Dios !* C'est le bébé ?

Cameron se tourna, surpris, et vit Concepcion qui se tenait sur le seuil, les yeux écarquillés.

— Je ne sais pas. Ma femme a eu un malaise.

— Ce n'est pas un malaise, protesta Marissa. Je vais bien.

Cameron et Concepcion l'ignorèrent.

— Allongez-la sur le canapé, dit la gouvernante. Mettez-lui la tête sur le côté. Tout ce sang… Elle doit perdre l'enfant.

— C'est mon sang, pas le sien, répondit Cameron.

Il déposa Marissa, s'agenouilla et lui prit la main.

— Marissa, parle-moi.

— Je te l'ai dit : tout va bien.

— *Señora ? Se sucede qué ? Es el bebé ?*

La jeune femme secoua la tête.

— *El bebé está muy bien. Acabo de sentirme mareado. La sangre…*

— *Ah. Sí. La sangre.*

Le regard de Cameron passait de l'une à l'autre. Pourquoi n'avait-il pas réalisé que ces deux-là parlaient la même langue ? Il comprenait mieux, à présent, pourquoi elles s'étaient liguées contre lui !

— Quoi ? Qu'est-ce qu'elle dit ? demanda-t-il à la gouvernante.

— Que c'est la vue du sang. Elle s'est trouvée mal.

Cameron baissa les yeux sur sa main. Le saignement avait cessé, mais il y avait des taches sur son jean et sur le tapis. A en juger par le regard que sa gouvernante posait sur lui, elle devait s'imaginer qu'il venait de sacrifier un animal à quelque inquiétant rite païen.

— Ce n'est rien, dit-il à Marissa. Juste une petite coupure.

Une simple coupure, répéta-t-il avec un regard appuyé pour Concepcion.

La gouvernante acquiesça.

— C'est bon, je vais nettoyer.

— Non, je m'en charge.

— Non, moi, insista la gouvernante.

— Non, je…

Il s'interrompit, prit une profonde inspiration et reprit :

— D'accord. Pour le moment, auriez-vous l'amabilité de me porter une compresse fraîche ?

— Pas besoin de compresse, intervint Marissa. Je vais bien. Vraiment.

Cameron n'était pas de cet avis. Elle avait presque la même mine que lorsqu'il l'avait retrouvée à Berkeley. Elle était pâle, ses yeux étaient cernés, ses lèvres tremblaient. Deux semaines de repos et une alimentation saine ne lui avaient donc pas été profitables ?

— Une compresse froide te fera le plus grand bien.

Mais elle secoua la tête, se redressa et repoussa doucement ses mains.

Concepcion revint avec un torchon plein de glace qu'elle tendit à Cameron, puis elle ramassa ses courses et disparut dans la cuisine. Marissa voulut se lever, mais il la retint.

— Repose-toi deux minutes.

— Je te l'ai dit…

— Tu vas bien, je sais. Mais fais-moi plaisir, d'accord ? Laisse-moi juste poser ce sac de glace sur ta nuque quelques minutes.

Il la vit hésiter. Quelques secondes s'écoulèrent, puis elle soupira, sans doute de résignation, et se détendit visiblement.

— D'accord, donne-moi la glace.

— Je m'en occupe. Penche-toi. Voilà, c'est ça.

Cameron souleva ses cheveux. Sa peau était douce, veloutée, incroyablement tentatrice. Il se demanda ce qui se passerait s'il l'embrassait au lieu d'y poser la glace.

— C'est ridicule, n'est-ce pas ? maugréa Marissa. Une fille qui tourne de l'œil à la vue du sang.

Il sourit, et mit lentement la glace contre son cou.

— Un jour où nous pique-niquions, raconta-t-il, une araignée est tombée dans l'assiette de ma sœur Megan. Elle a crié, ses yeux se sont révulsés et elle est tombée tête dans l'assiette.

Marissa fit un son qui ressemblait à un éclat de rire réprimé.

— Elle devait être très jeune.

— Elle avait vingt ans.

Cette fois, elle s'esclaffa. Pour une raison qu'il ignorait, il se sentit merveilleusement bien.

— Bon, d'accord, elle avait cinq ans. Mais c'était une performance mémorable. En tout cas, je suis désolé de t'avoir fait peur. Même si ça valait le coup de me blesser, juste pour voir que tu tiens un peu à moi.

Marissa s'empourpra aussitôt.

— Je ne... Ça n'a rien à voir avec toi.

— Ah. J'aurais dû le savoir. J'aurais bien pu tomber à tes pieds, une épée vorpale en plein cœur, que tu n'aurais pas cillé.

— Une épée quoi ?

— Vorpale. C'est comme le sabre laser de Dark Vador, mais en dix fois plus dangereux !

Marissa retint un nouvel éclat de rire. Prendre du bon temps avec cet homme était dangereux. Tout ce qui revenait à baisser sa garde était dangereux.

Etait-ce ce que Dorothy avait éprouvé, quand la tornade l'avait emportée au pays d'Oz ? Cette impression d'être perdue, de ne plus avoir de repères ? Cette peur rampante ? Sauf que Dorothy avait eu un homme de fer, un épouvantail et un lion pour l'aider.

Marissa, elle, n'avait personne. Personne à l'exception de l'homme assis à côté d'elle, et qui lui tenait la main.

Mais même lui ne pouvait pas l'aider. Certes, il l'avait épousée. Mais il l'avait reléguée dans une chambre d'amis.

C'était aussi bien, après tout, étant donné qu'ils menaient deux vies distinctes. Il était parti tôt le lendemain matin de son arrivée, laissant un vague message sur le fait qu'il devait plaider. Elle l'avait à peine vu depuis.

Et cela lui allait fort bien. Après tout, c'était exactement ce qu'elle avait souhaité. Elle ne voulait rien partager avec lui. Ni sa vie, ni son lit. Jamais plus elle ne voulait perdre le contrôle comme cette nuit-là.

Elle ne sentirait plus sa bouche sur la sienne, ses mains sur ses seins, la force de ses bras autour d'elle, la chaleur de son épaule sous sa tête, lorsqu'elle s'endormait…

Elle se redressa brusquement. Cameron ôta la glace de son cou et demanda :

— Ça va mieux ?

— Beaucoup mieux. Merci de ton aide.

Il la dévisagea sans bouger. C'était donc à elle de s'éloigner. « Lève-toi, Marissa », se morigéna-t-elle en silence.

Cameron lui prit la main.

— Je suppose que tu n'as pas de frère ? demanda-t-il.

— Non, pourquoi ?

— Parce que si tu en avais un, tu serais habituée à la vue du sang. Et des sœurs, tu en as ?

— Je suis fille unique, fit-elle valoir avec raideur.

— Quelle chance.

— Je ne crois pas, répondit-elle sans pouvoir s'en empêcher. Je veux dire, ça doit être bien d'avoir des frères et sœurs. Combien en as-tu ?

— Deux frères. Et trois sœurs. Tous adeptes de sports violents.

Marissa leva un sourcil surpris.

— Vraiment ?

— Oui. Football, base-ball, rugby. Ce n'était pas facile de grandir chez les O'Connell. Ma mère s'étonnait même que les urgences ne se barricadent pas quand ils nous voyaient arriver.

De nouveau, Marissa laissa échapper un éclat de rire bien involontaire. L'image d'une femme épuisée suivie d'une horde d'enfants égratignés en divers endroits, et essayant d'accéder aux urgences, était cocasse.

— Ah, tu vois ? Tu sais rire, quand tu veux. Je commençais à me demander…

— Cameron, je…

— On ne sait jamais, après tout. Sans frères et sœurs, tu n'as peut-être pas beaucoup eu l'occasion de rire.

Si seulement il savait… Son enfance n'avait pas été une partie de plaisir et, c'était vrai, elle n'avait pas ri beaucoup. Mais elle n'avait aucune envie de parler du passé. Seul comptait l'avenir.

— Eh !

Elle regarda Cameron. Il s'était rapproché d'elle et souriait. Marissa sentit son pouls s'accélérer. Quand il était si proche…

— Pourquoi cet air sérieux ?

« Parce que je pense… Je pense… »

— Marissa ?

Il posa une main sur sa joue et, du pouce, effleura ses lèvres.

— Tu es si malheureuse ici ?

Marissa n'avait pas le courage de le regarder dans les yeux, et elle baissa la tête. Elle vit la blessure qui lui barrait la main et frémit. Il était vrai qu'elle détestait la vue du sang depuis qu'un matin, quand elle avait douze ans, elle avait trouvé le corps sans vie d'un homme dans le hall de l'immeuble où elle vivait.

Mais ce n'était pas le sang qui l'avait terrifiée, quelques instants plus tôt. C'était l'idée que Cameron puisse être blessé.

— Marissa, murmura-t-il.

Elle redressa la tête. Ils échangèrent un long regard, puis leurs lèvres se rapprochèrent…

— *Està usted segura usted tiene toda razón, señora ?*

Cameron se tourna et vit sa gouvernante qui se tenait sur le seuil de la cuisine, les poings sur ses hanches girondes, les sourcils froncés.

Il la fixa avec ébahissement. Concepcion était une femme peu loquace qui ne parlait — avec réticence — que lorsqu'on lui adressait la parole. Mais en l'espace d'une demi-heure, elle avait davantage parlé qu'en trois ans à son service. Et pour couronner le tout, elle venait de l'interrompre au moment le plus inopportun. Un moment qu'il avait désespéré de voir arriver…

— Que voulez-vous ? demanda-t-il avec un agacement visible.

Au même moment, Marissa se leva.

— *Gracias, Concepcion. Estoy muy bien.*

— *Este no es el viejo país, en donde los bebés nacen sin cuidado.*

— *Sí. Lo sé.*

— *Entonces usted debe hablar a su marido sobre qué está sucediendo.*

— *Este es ninguno de su negocio ?*

— *Usted dice tan, pero estoy libre hablar mi mente.*

— Vous êtes sourde ? s'emporta Marissa. J'ai dit…

— Eh là !

Cameron se plaça entre les deux femmes, les regarda et leur adressa un sourire lénifiant. Il s'avéra à peu près aussi utile que des glaçons jetés dans un feu.

— Qu'est-ce qui se passe exactement ?

— Rien, répondit Marissa en rougissant.

— Je ne suis pas complètement stupide, tu sais. Concepcion est en colère. C'est contre toi ?

— Non, pas exactement.

Il y eut un silence, puis Marissa s'éclaircit la gorge.

— Elle est de Mexico.

— Et alors ?

— Et je suis à moitié mexicaine. Ma mère est née à Guadalajara.

— Et alors ? répéta patiemment Cameron.

— Et comme nous partageons la même langue et les mêmes origines, Concepcion s'imagine qu'elle a une responsabilité envers moi.

Cameron soupira.

— Et alors ?

— Elle dit que…

— La *señora* est enceinte, annonça Concepcion.

— Bien sûr qu'elle est enceinte. Vous croyez que je ne le sais pas ?

— Vraiment, *señor* ?

— Concepcion, intervint Marissa. Ça suffit.

— La *señora* a besoin que quelqu'un s'occupe d'elle. Vous croyez que ça suffit d'en faire votre femme ? Vous la laissez seule toute la journée, vous la laissez pleurer dans sa chambre, vous ne lui adressez pas la parole…

— Pleurer ? coupa brusquement Cameron.

Marissa lâcha quelques mots cinglants en espagnol. Concepcion rougit, tourna les talons et sortit.

— Je suis désolée, marmonna la jeune femme. Tu ne dois pas lui en vouloir. Elle m'a dit qu'elle avait une fille de mon âge à Mexico. Alors elle fait un transfert sur moi.

— Pleurer ? répéta Cameron.

— Quelle importance ?

Furieux, il l'attrapa par les épaules.

— Tu es folle ? Ma gouvernante me dit que ma femme pleure et tu me demandes quelle importance ça a ? Pourquoi pleurais-tu ?

— Je te l'ai dit, c'est sans importance.

— C'est à cause de moi ? A cause de ce mariage ?

— Non, tu avais raison. C'était la chose à faire. Il faut juste que je m'habitue à ma nouvelle vie.

Sa voix s'était mise à trembler. Sa nouvelle vie… La vie qu'il lui avait imposée. La vie qu'il n'avait rien fait pour lui faciliter.

Quel imbécile il faisait !

Il jura, puis ordonna :

— Attends ici.

— Cameron, non !

Mais contrairement à ce qu'elle avait cru, il se dirigea du côté opposé à la cuisine. Concepcion, apparemment, n'était pas la cible de sa colère.

Les épaules de Marissa s'affaissèrent, et elle s'assit lourdement sur les marches. Quelle erreur de s'être laissé surprendre par la gouvernante en train de pleurer !

Mais elle n'avait pas réfléchi. Elle s'était juste réveillée dans cet endroit inconnu et, l'espace de quelques instants, avait été complètement désorientée. Puis elle s'était rappelé. L'horrible cérémonie qui l'avait liée à un homme qui ne l'aimait pas, mais ne l'épousait que par sens du devoir. L'interminable vol du retour. Cette énorme maison de ville et son impeccable et glacial décor. Cameron qui la guidait par le coude jusqu'à cette chambre d'amis et l'y abandonnait, pressé de se débarrasser d'elle.

Elle avait attendu toute la nuit, espérant voir la porte s'ouvrir et son mari entrer, la prendre dans ses bras et lui prouver que ce mariage pouvait marcher.

Elle avait beau se répéter qu'elle ne voulait pas qu'il la touche, elle savait qu'elle se mentait. Quand elle était dans ses bras, tout changeait. Ses doutes, ses craintes, tout s'envolait.

Peut-être devait-elle le lui dire… Elle avait décidé, dans la nuit, que c'était la meilleure solution. Elle n'était pas lâche. Le matin venu, pour leur premier jour entre mari et femme, elle lui dirait qu'elle avait réfléchi et qu'il avait raison.

S'ils voulaient donner une chance à ce mariage, alors tous deux devaient y mettre du leur.

Elle avait peu dormi, s'était réveillée tôt, douchée, séchée et brossé les cheveux jusqu'à ce qu'ils brillent comme de l'onyx. Elle avait ensuite passé un pantalon de soie sauvage et un T-shirt noir, et était sortie de sa chambre.

Pour constater qu'elle était seule.

Ou presque. Une femme, dans la cuisine, s'était présentée comme étant la gouvernante, et avait regardé son ventre avec tant d'insistance que Marissa avait rougi. Puis, avec des manières abruptes, elle lui avait tendu un mot de Cameron annonçant qu'il avait dû partir mais qu'il rentrerait pour dîner.

Marissa n'avait pas été longue à comprendre le sous-entendu. Il l'avait épousée, d'accord, mais son rôle de mari s'arrêtait là. Il entendait poser les limites dès le premier jour.

Elle avait froissé la note dans sa main et l'avait jetée à la poubelle.

— Le *señor* dit que vous êtes sa femme ?

— *Sí*, avait-elle répondu automatiquement à cet accent qui lui rappelait celui de sa mère. *Soy su esposa*.

Le visage de Concepcion s'était adouci.

— Vous êtes mexicaine ?

Marissa avait levé les yeux vers elle et murmuré :

— Je ne suis rien du tout.

Puis elle avait fondu en larmes.

Si seulement elle s'était retenue… Si seulement elle s'était montrée forte, et digne. Jamais auparavant elle ne s'était effondrée. Ni face à sa mère. Ni face au médecin qui lui avait confirmé qu'elle était enceinte. Ni lorsqu'elle avait signé son renoncement à sa bourse, à ses études et à ses rêves.

Et voilà qu'elle recommençait à pleurer. Avec colère, elle s'essuya les yeux d'un revers de manche. Idiote, idiote, idiote. Que lui importait ce que faisait ou non Cameron ?

— Allons-y.

Marissa redressa la tête, surprise. Cameron se tenait devant elle, rasé de près.

— Aller où ? demanda-t-elle, quelque peu déroutée.

Il se pencha, lui prit les mains et l'aida à se lever. Et il lui sourit, à lui en couper le souffle.

— Nous sortons. Nous allons d'abord chez le médecin, puis faire des courses.

— Mais je vais bien. Vraiment.

— Une femme enceinte a besoin de voir un obstétricien. Je ne sais pas pourquoi il m'a fallu si longtemps pour m'en rendre compte.

— Tout va bien. J'y ai pensé. J'ai pris un rendez-vous dans une clinique gratuite et…

— Une clinique ?

— Oui. Elle est assez loin mais…

— J'ai appelé Ben Silverman. C'est l'un de mes associés. Il dit que l'obstétricien de sa femme est fantastique, j'ai donc pris un rendez-vous là-bas. Par chance, ils venaient d'avoir une annulation et… Quoi ? Qu'y a-t-il ?

— C'est la première fois que tu parles du bébé à quelqu'un ?

Cameron pensa à sa conversation avec Sean, puis décida qu'elle ne comptait pas. Après tout, son frère croyait qu'il se contentait d'offrir un soutien financier à Marissa.

— Oui, dit-il en rougissant. Est-ce que tu me pardonnes ?

— Il n'y a rien à pardonner.

— Bien sûr que si.

Cameron se rendit compte qu'il était en colère. Etonnamment, c'était contre lui-même.

— Je t'ai forcée à m'épouser. Après quoi je me suis dégonflé.

— Je ne comprends pas.

— C'est pourtant simple. Tu m'as fait comprendre que tu ne voulais rien d'autre que mon nom sur le certificat de naissance. Et, au lieu d'essayer de te prouver le contraire, j'ai accepté tes conditions. Je me suis mis en retrait.

Il se pencha, toucha ses lèvres des siennes, recommença jusqu'à la sentir s'agripper à lui.

— Je ne…

— Je sais. C'est pareil pour moi. La seule chose dont je sois sûr, c'est que nous devons nous donner une chance.

Marissa soupira. Il avait raison, une fois de plus.

— Pour le bébé, murmura-t-elle.

— Pour le bébé. Pour nous. L'idée que tu aies pu pleurer dans ta chambre, seule, me brise le cœur. Quant à notre nouvelle vie, comment ai-je pu être stupide au point de ne pas me rendre compte qu'il ne suffisait pas de t'offrir un toit ? Tu as besoin d'un médecin. De vêtements. De tout ce qui rend une femme heureuse quand elle se regarde dans un miroir.

— Non, je…

— Ne discute pas, coupa-t-il avec ferveur. Nous allons chez l'obstétricien, puis nous ferons un peu de shopping. D'accord ?

— D'accord pour le médecin, mais pas pour le reste. Je n'ai besoin de rien.

Cameron sourit. Il s'en voulait d'avoir été aussi stupide. De sa couardise. Mais il allait se rattraper. Rendre son sourire au lumineux visage de Marissa.

D'un baiser, il coupa court à ses protestations. Puis il l'entraîna à l'extérieur.

# 8.

Si quelqu'un avait demandé à Cameron de nommer dix de ses passe-temps favoris, rester assis dans la salle d'attente d'un médecin n'aurait pas figuré sur la liste.

Dieu merci, il n'avait pas eu à le faire souvent dans sa vie. Une fois pour se faire vacciner avant son tour du monde, après ses études à Princeton et avant son entrée à Berkeley. Une autre fois pour un genou abîmé au cours d'une frégate sur son bateau. Une dernière pour une épaule démise après un match de rugby amical mais viril de son cabinet contre un autre.

Ce qu'il se rappelait de ces visites, c'était une attente interminable dans une salle démodée, devant quelques magazines déchirés datant de plusieurs années, assis à côté de quelqu'un qui toussait comme la Dame aux camélias.

Cette fois, c'était différent.

Le bâtiment qui abritait le cabinet du Dr Stern était en briques rouges, élégant, bien entretenu. Une porte noire laquée avec un heurtoir doré doublé d'une sonnette en gardait l'entrée. Les fenêtres étaient garnies de fleurs, un parterre parfaitement entretenu courait le long du mur extérieur, à l'abri d'une petite grille.

— C'est plutôt joli, commenta Cameron, s'efforçant d'adopter un ton léger.

Marissa ne répondit pas, mais cela ne l'étonna guère. Elle n'avait pas dit un traître mot en chemin. Et il pensait en connaître la raison.

Il *pensait* ? Allons, il en était sûr. Tout simplement parce qu'il ressentait la même chose qu'elle.

L'espace d'un instant, Cameron songea à tourner les talons et à s'enfuir en courant. Ce qui l'en empêcha n'avait rien à voir avec ses grands principes et son discours sur le thème « J'Assume Mes Responsabilités ». Non, ce fut simplement l'expression de Marissa. Elle était tout aussi terrifiée que lui. Peut-être même plus. C'était elle qui portait cet enfant, après tout. Elle qui avait changé d'univers du jour au lendemain.

— Allons-y, dit-il après s'être éclairci la gorge.

Il lui prit la main, s'attendant à demi à ce qu'elle la retire. A sa surprise, elle glissa ses doigts entre les siens, et il baissa les yeux. Le sommet de sa tête arrivait à son épaule. Elle était si frêle. Si vulnérable…

Elle était également déterminée, comme en attestaient son menton relevé et la lueur de son regard.

— Marissa.

Elle leva la tête vers lui et parvint à sourire.

— Tout ira bien, lui assura-t-il.

Elle acquiesça. Elle ne parlait toujours pas, mais c'était déjà un progrès.

Cameron prit une profonde inspiration, puis appuya sur la sonnette, ouvrit la porte… et pénétra dans un autre univers.

Des femmes. Une pièce remplie de femmes. Elles étaient assises côte à côte sur des banquettes de cuir, il y en avait même une adossée contre la réception. Et toutes avaient un point commun.

Elles arboraient un ventre rebondi.

Cameron se figea. Il s'habituait à peine à voir Marissa enceinte. Alors toutes ces femmes…

Pour la première fois depuis une heure, son épouse ouvrit la bouche.

— Tu peux attendre dehors, si tu veux…

Il déglutit péniblement, puis secoua la tête.

— Non. Je viens avec toi.

*
* *

Le Dr Stern était un homme aimable, qui ressemblait davantage à un joueur de rugby qu'à un médecin. Un sourire débonnaire flottait en permanence sur ses lèvres.

— Madame O'Connell ? avait-il appelé en passant la tête par la porte.

Marissa avait mis une seconde à réagir. *Madame O'Connell ?* C'était bien la première fois qu'on l'appelait comme ça.

— Je suis le Dr Stern. Veuillez entrer. Vous aussi, monsieur O'Connell.

Cameron, comme vissé à son siège, le fixa sans répondre.

— Allons, monsieur O'Connell, je ne mords pas, vous verrez.

Les autres patientes gloussèrent, et Cameron devint écarlate.

— C'est juste que c'est ma femme qui a rendez-vous, fit-il valoir lamentablement en franchissant le seuil du cabinet.

Il s'en voulut immédiatement d'une remarque aussi stupide, mais le Dr Stern s'avéra être un homme charmant, qui le mit aussitôt à l'aise.

— Bien sûr. Mais lorsque c'est possible, j'aime rencontrer le mari. Après tout, c'est aussi votre enfant.

— Oui, répondit Cameron après s'être éclairci la gorge. Oui, c'est vrai.

Le médecin les introduisit ensuite dans son bureau, une petite pièce aux murs couverts d'élégants panneaux de bois clair, de diplômes encadrés et de photos de bébés.

— Mes patients, dit joyeusement Stern, avec un geste circulaire.

L'estomac noué, Cameron étudia tous les petits visages fripés. Ces bébés-là étaient bien réels. Serait-il capable de s'occuper du sien lorsqu'il naîtrait ?

— Ils sont mignons, n'est-ce pas ?

— Oui, répondit-il d'une voix rauque. Adorables.

Stern leur fit signe de s'installer, prit place derrière son bureau et croisa les mains sur son généreux estomac.

— Alors, madame O'Connell… Ou puis-je vous appeler

Marissa ? Je crois comprendre que vous venez d'emménager dans la région ? Qui s'occupait de vous avant ?

Le médecin posa de nombreuses questions. Sur l'histoire médicale de Marissa, sur son passé. Sur sa famille, sa mère, son père. A cette dernière question, elle répondit un peu sèchement :

— Je n'ai pas de père.

Cameron en fut surpris, même s'il se garda de le montrer. Cela expliquait beaucoup de choses. C'était pour cela qu'elle s'était attendue à ce qu'il l'abandonne avec son bébé.

Quel salaud avait été capable de l'abandonner, elle ? Il aurait voulu la prendre dans ses bras, la serrer contre lui, la…

— … puisque vous n'avez pas apporté de dossier, je vais écrire à votre ancien médecin et lui demander de tout m'envoyer ici. Avec votre permission, bien sûr.

Marissa acquiesça, puis se mordit la lèvre.

— Mais ça pourrait prendre du temps. Je veux dire, je n'ai vu que des médecins à l'hôpital, parce que c'était gratuit et…

Stern leva un sourcil.

— Oh.

Ce « oh » était lourd de sous-entendus, mais il sourit et reprit :

— Il y a des hôpitaux qui font du très bon travail. Mais vous avez raison : il sera sans doute difficile d'obtenir des informations. Je suppose que vous avez fait une échographie ?

— Oui. Et une amniocentèse.

— Pourquoi ? Il y a eu un problème à l'écho ?

Marissa perçut le changement de ton du médecin, vit son regard se raffermir derrière ses lunettes en demi-lune. Elle savait qu'elle aurait dû le rassurer aussitôt et dire : « Non, mon mari voulait faire un test de paternité. » Mais ces mots lui semblaient affreux, et elle n'eut pas le courage de les prononcer.

Heureusement, Cameron lui prit la main et la serra pour la rassurer.

— Une simple question de procédure, docteur. Il n'y avait aucun souci.

— Bien. Je suis sûr que tout va bien alors. Mais histoire d'ouvrir un dossier sans attendre, que diriez-vous de faire une autre échographie ? Comme vous le savez, c'est parfaitement sans danger pour la mère et l'enfant.

Cameron tourna un regard interrogateur vers sa femme.

— Marissa ?

— Eh bien, je ne sais pas, c'est cher et…

— Faites-le, ordonna-t-il à Stern.

— Très bien, dit le médecin. Voici comment nous allons procéder, monsieur O'Connell. Je vais examiner rapidement votre femme, et quand nous serons prêts pour l'échographie, je vous appellerai.

— Moi ?

— Bien sûr. Vous voulez voir de nouveau l'enfant, non ?

Cameron retint la réponse qui lui monta aux lèvres. « C'est que je ne l'ai pas vu la première fois. » Au lieu de cela, il acquiesça et sourit aimablement.

— Ce serait formidable.

Le temps s'étira, interminable.

Puis l'infirmière passa la tête par la porte et lui tendit deux magazines.

— Tenez, pour vous occuper.

S'occuper ? En lisant *Bébés* et *Parents Magazine* ? Il ouvrit l'un des deux et se figea en avisant le regard innocent d'un nourrisson.

Doux Jésus.

Un filet de sueur perça sur son front. Puis il referma le journal et ferma les yeux.

Mais que faisait-il ici ? Pourquoi n'avait-il pas réfléchi avant de venir ? Et comment allait se passer cette fichue échographie ?

Il se rappelait avoir vu un documentaire sur le sujet sur une chaîne câblée. Une femme était allongée sur une table, un médecin lui passait une sonde sur le ventre. Une voix huileuse expliquait le miracle de la nature.

« Voici un bébé dans le ventre de sa mère. Voyez-vous sa tête ? Son cœur ? Ses mains ? »

Non, non et non. Même en se penchant et en collant son nez à l'écran, il était impossible de voir autre chose qu'une masse informe et grise.

— Monsieur O'Connell ?

Il tressaillit. L'infirmière était de retour et lui souriait. Cameron se redressa d'un bond, laissant le magazine glisser à terre.

— Ecoutez, je pense que je vais gêner, alors autant que je reste ici et que je…

— Le docteur vous attend.

Cameron soupira et acquiesça. « Impossible d'y échapper », songea-t-il en emboîtant le pas à l'infirmière, le long d'un couloir interminable.

Puis il déboucha dans une petite salle. Marissa était allongée sur une table, comme il s'y était attendu. En face d'elle, un écran de contrôle…

Alors il vit son fils, flottant paisiblement dans le ventre de sa femme. Il vit ses dix minuscules doigts et ses dix minuscules orteils. Il discerna son petit nez, sa bouche et il en eut les larmes aux yeux.

Cameron se laissa tomber sur une chaise, près de son épouse, et lui prit la main. Il aurait voulu dire quelque chose d'intelligent. Quelque chose de profond, qui resterait.

Marissa serra alors sa main, lui adressa un sourire vacillant. Tout ce qu'il put faire, ce fut de se pencher vers elle et de l'embrasser.

— Notre fils, déclara-t-il d'une voix rauque.

Et pour la première fois depuis son sixième anniversaire, depuis que sa mère lui avait dit que oui, il pouvait garder le chiot qu'il avait trouvé dans la grange derrière leur maison, Cameron se mit à pleurer de joie et d'émotion.

*
* *

Il quitta le cabinet du médecin avec un panier d'osier rempli de boîtes d'échantillons, d'huiles, de savons, de lotions et de crèmes diverses. Ses poches étaient pleines de brochures tout aussi variées.

Marissa regarda son mari caler le panier au creux de son bras tandis qu'il ouvrait le coffre de sa Porsche.

Son mari.

Le mot la fit frissonner de plaisir. C'était drôle : elle n'avait pas pensé à lui en ces termes jusqu'à aujourd'hui. Il n'était jusqu'alors que Cameron, l'homme avec lequel elle vivait, l'homme qu'elle avait épousé.

Mais jamais elle n'avait utilisé ce mot. Son *mari*.

— Bon, dit-il en claquant le coffre. Tout est rangé. Ça va nous prendre des heures de lire toute cette documentation.

— Sûrement, fit-elle en souriant.

— Et il nous faudra un interprète.

— Tu crois ?

— J'en suis sûr. Tiens, par exemple, il y a un coupon de réduction sur les grenouillères dans l'un des dépliants. Quel rapport entre des grenouilles et un bébé ?

Marissa se mit à rire comme ils montaient en voiture.

— C'est un vêtement de bébé, expliqua-t-elle.

— Ah. Bon, comme tu le vois, c'est un tout nouveau domaine pour moi.

— Tu n'as pas de nièces ou de neveux ?

— Pas encore, mais ça ne va pas tarder. Mon frère Keir et sa femme attendent leur premier enfant.

— Oh.

Marissa redevint silencieuse, et Cameron l'étudia avant de démarrer. Puis il s'éclaircit la gorge.

— Il faudra que tu les rencontres bientôt. Ma famille, je veux dire.

— Tu… tu leur as parlé de moi ?

— Pas encore. J'attends le bon moment.

— Je comprends, fit la jeune femme d'un ton pincé. Ce

n'est pas facile d'expliquer à quelqu'un qui t'aime que tu t'es marié parce que…

Cameron donna un coup de volant et se gara plutôt brutalement sur le bas-côté.

— Je me suis marié parce que je le voulais, fit-il valoir. Et toi aussi.

— Parce que c'était la chose à faire…

Elle le dévisagea longuement, puis hocha la tête. Son compagnon l'imita et redémarra.

— Oui, c'était la chose à faire, confirma-t-il.

De nouveau, le silence se fit entre eux. Marissa croisa ses mains sur ses genoux. Un ange passa. Enfin, elle demanda :

— Alors, qu'est-ce que tu en penses ?

Le visage de Cameron s'éclaira.

— De l'échographie ? C'est la chose la plus dingue que j'aie jamais vue. Il suçait son pouce !

— Le Dr Stern a dit que c'était possible.

— C'était ça, j'en suis sûr. Et il m'a regardé ! C'était incroyable.

— Incroyable, répéta Marissa.

Ils échangèrent un sourire, puis Cameron redevint sérieux.

— Je suis désolé.

— Désolé pour quoi ?

— De n'avoir pas été là dès le début.

— C'était ma faute.

— N'en parlons plus. Nous avons fait tous les deux des erreurs, mais c'est du passé. D'accord ?

Marissa acquiesça. Cameron avait raison. Il ne servait à rien de ressasser le passé. Et ce qu'ils venaient de vivre était assez extraordinaire pour servir de fondement à leur vie commune.

Elle avait adoré la façon dont son mari l'avait regardée, pendant l'échographie. Comme s'ils vivaient une vraie histoire d'amour, comme s'ils étaient là, ensemble, parce qu'ils l'avaient désiré.

Peut-être avait-il raison. Peut-être leur mariage pouvait-il marcher…

— Tu sais ce que je pense ? demanda soudain Cameron.
— Quoi ?
— Il faut que nous fêtions ça. Sans champagne ni alcool ni caféine, évidemment. Le docteur a dit…
— Je sais ce qu'il a dit. Je n'ai pas bu une goutte d'alcool ni de café depuis que je sais que je suis enceinte.
— Ah. Tu dois me pardonner, tout ça est nouveau pour moi.
De fait, la situation était nouvelle pour elle aussi. Pendant de longues semaines, elle avait gardé sa grossesse secrète. A présent, elle la partageait avec Cameron.
Son mari.
Marissa sentit son cœur s'emballer. C'était ridicule, évidemment. Leur mariage n'était qu'un arrangement dicté par la raison.
Alors pourquoi avait-elle soudain envie de pleurer ? Sans doute une question d'hormones… Un afflux d'estrogènes provoqué par la grossesse.
— Qu'est-ce que tu veux manger ? Du homard ? Je connais un endroit près de la rivière où…
Hormones ou pas, elle était en train de vivre un rêve éveillé. L'homme qui avait si longtemps empli son imagination était sien. Ils étaient mariés. Aussi étonnant que cela puisse paraître, elle ne s'en rendait compte qu'aujourd'hui.
— Marissa ? Tu m'écoutes ? Tu n'as pas faim ? Tu te sens bien, n'est-ce pas ?
— Oui, oui, je me sens très bien.
— Dans ce cas, allons au port. Je meurs de faim. Et tu as besoin de te nourrir. Tu sais ce que le docteur a dit.
— Il a dit que j'étais très bien.
— Il a dit que ça ne te ferait pas de mal de prendre du poids.
— Après que tu lui as fait remarquer que j'étais maigre.
— Ecoute, je sais que tu n'aimes pas qu'on te dise quoi faire…
Non, elle n'aimait pas cela. Du moins, en général. Mais là, c'était différent. Cameron ne lui imposait pas une ligne de conduite, il lui montrait qu'il se souciait d'elle.

Et elle aimait ce sentiment. Qu'il était bon de se sentir protégée…

Sauf que c'était l'enfant que Cameron protégeait et pas elle… A cette idée, Marissa sentit sa gorge se nouer. Mais que lui arrivait-il ? Il y a deux semaines à peine, elle en voulait à mort à Cameron. Et voilà qu'à présent elle soupirait après lui. C'était ridicule. Il était grand temps pour elle de se ressaisir.

— Non, dit-elle en se redressant. En effet, je n'aime pas qu'on me dise quoi faire.

Cameron lui prit la main. Elle voulut se dégager, mais il la retint.

— D'accord. Tu n'es pas trop maigre alors. Tu as juste besoin de quelques kilos en plus pour être encore plus belle.

— C'est bon, Cameron. Je n'ai pas besoin de manger davantage. Je ressemble déjà à une baleine.

— Une baleine magnifique alors, dit Cameron en s'arrêtant à un feu, et en se penchant pour l'embrasser.

Oh, la sensation de ses lèvres sur sa peau… Savait-il l'effet que ses caresses avaient sur elle ? Elle avait l'impression de fondre. Elle mourait d'envie de se jeter dans ses bras.

Mais elle n'en ferait rien. Elle savait que ces sentiments étaient dangereux. L'enfant qu'elle portait n'en était-il pas la preuve vivante ?

Elle aimait son bébé, de tout son cœur. Et elle était prête à admettre que Cameron était quelqu'un de bien. Mais leur mariage n'avait rien à voir avec l'amour. Cameron ne l'avait épousée que par sens de l'honneur et du devoir. D'ailleurs, le contrat prénuptial spécifiait bien que leur situation serait revue tous les deux ans. Et lorsque son mari se lasserait d'elle, elle sombrerait dans les oubliettes de l'Histoire. Elle avait intérêt à garder ça en tête.

Retirant sa main de la sienne, elle lissa un pli invisible sur sa jupe.

— Inutile de mentir. Une baleine est une baleine. Ce n'est pas très beau.

— Je n'imagine rien de plus beau que la vue de ma femme enceinte de notre enfant.

Sa femme. Leur enfant. Quelle merveilleuse sonorité… Si seulement… Si seulement…

— Je connais l'endroit parfait pour déjeuner, dit-il doucement.

— Je n'ai pas faim.

— Eh bien moi si ! Allez, détends-toi. Je veux t'emmener quelque part pour faire la fête.

— Et moi, je veux rentrer chez toi.

Cameron coula un regard à Marissa. Son visage était sombre, son profil dur, son menton levé. Elle était en colère. Mais que s'était-il donc passé ? Un effet des hormones, sans doute. Il se souvenait que Keir avait parlé en levant les yeux au ciel des sautes d'humeur de Cassie.

— Ecoute, nous allons simplement aller à ce petit restaurant et…

— Non. Nous rentrons chez toi.

Cameron crispa la mâchoire, puis inspira pour se détendre. Cela n'eut pas l'effet escompté.

— Chez moi ? répéta-t-il sèchement. Il ne t'est pas venu à l'idée que c'est aussi chez toi ?

— Non, pour la simple et bonne raison que ce n'est pas le cas.

Cameron crispa les mains sur le volant. Marissa ne pouvait-elle donc pas passer plus de quelques minutes en sa compagnie sans le regretter ?

— Tu ne vois pas de raisons de faire la fête aujourd'hui ?

— Mon fils est en bonne santé, et ça me suffit.

— *Notre* fils. Comment fais-tu pour l'oublier ?

— Je ne l'ai pas oublié. C'est impossible, avec toi.

— C'est bon. J'en ai assez.

Et, prenant sa décision en un quart de seconde, il lança sa Porsche sur une bretelle d'accès à l'autoroute et entama le trajet qui les mènerait à Hyannis.

# 9.

Près d'une heure plus tard, ils dépassèrent un panneau si rapidement que Marissa faillit le manquer.

« Cape Cod. »

Etait-ce là-bas qu'ils allaient ? Et si c'était le cas, pourquoi ?

Elle n'en avait pas la moindre idée. Cameron n'avait pas prononcé un mot depuis qu'ils avaient quitté Boston. Elle avait perdu cinq minutes à essayer de le convaincre de lui dire où ils allaient avant de se rendre compte qu'elle perdait son temps. Piquer sa curiosité était exactement ce qu'il recherchait, et elle s'était enfermée dans un mutisme boudeur.

Il s'était arrêté une seule fois, à une station-service en dehors de la ville. Il avait fait le plein, puis ôté ostensiblement les clés du contact avant d'entrer dans la boutique.

Sage précaution de sa part, avait songé Marissa. Car ses soupçons étaient fondés. S'il avait laissé les clés, elle serait partie avec la voiture.

Il était revenu avec deux gobelets de café et deux sandwichs sous cellophane. « Décaféiné », avait-il précisé en posant un gobelet et un sandwich devant elle.

Correction, donc. Il avait prononcé *un* mot. Comme pour lui rappeler qu'elle était enceinte et que, à ce titre, elle dépendait de lui.

Bien sûr, elle l'avait superbement ignoré et n'avait touché ni à la boisson, ni au sandwich. Lui-même avait d'ailleurs abandonné le sien après une bouchée.

Le résultat était que son estomac commençait à grogner. Marissa s'en voulait d'éprouver une sensation aussi vulgaire que la faim alors que Cameron était en train de la kidnapper.

Un autre signe passa à toute allure. « Hyannis. » Le nom lui semblait vaguement familier. Est-ce qu'un ancien président n'avait pas eu une maison là-bas ? Ford ? Johnson ? Kennedy ? Oui, c'était cela. Kennedy.

Elle s'en moquait, de toute façon. Elle n'était pas d'humeur à jouer les touristes.

Mais bon sang, pourquoi Cameron ne disait-il rien ? Encore une minute et elle allait finir par craquer et lui demander où ils allaient, même si elle détestait lui donner cette satisfaction.

Ce fut alors qu'elle vit le troisième panneau. « Aéroport de Barnstable. »

*Aéroport ?*

Bon, elle en avait assez. Si Cameron s'imaginait qu'il allait la mettre dans un avion pour une destination inconnue, il se fourrait le doigt dans l'œil.

— Très bien, dit-elle en se tournant vers lui. Je n'aime pas les surprises. Que faisons-nous ici ?

— Réfléchis, dit-il en s'arrêtant sur un parking. Je suis sûr que tu vas trouver.

— Tu t'attends à ce que j'embarque dans un avion avec toi ?

— Tu vois, ironisa-t-il en descendant de voiture. Je savais que tu trouverais.

Puis il lui ouvrit la porte et tendit la main, mais Marissa ne bougea pas.

— Si tu crois que je vais monter dans un jet sans savoir où…

— Ce n'est pas un jet, c'est un avion à hélices. Et tu sais où nous allons. Nous allons déjeuner.

— Nous avons déjà déjeuné.

— Non, fit Cameron en regardant sa montre. A présent, descends de voiture, Marissa. Nous perdons notre temps.

— Pas question.

— Tu te conduis comme une gamine.

— Je me conduis comme une adulte responsable de ses propres choix. Pas question que je sorte de cette voiture.

— Un, dit calmement Cameron.

— C'est ridicule ! Tu n'as pas le droit de…

— Deux.

— Si tu crois que tu peux me forcer à…

— Trois, acheva-t-il.

Il se pencha sur elle, lui défit sa ceinture et la prit dans ses bras. Marissa se débattit furieusement.

— Lâche-moi ! Je t'ai dit que je ne voulais pas…

La fin de sa phrase se termina dans un cri comme il la soulevait et refermait la porte d'un coup de hanche.

— Va au diable, O'Connell !

— Plus tard. A présent, comptes-tu marcher ou préfères-tu que je te porte ?

Il fit un signe de tête et ajouta :

— Nous avons des spectateurs. On dirait que c'est notre spécialité.

Marissa le fixa furieusement, puis se tourna vers un petit bâtiment sur le flanc duquel était inscrit « Michael's Air Taxi ». Deux hommes se tenaient près de la porte et les étudiaient avec intérêt.

« Eh bien qu'ils regardent », songea-t-elle. Ils verraient comment Cameron traitait les femmes.

— Alors ? Tu comptes te conduire plus raisonnablement ?

Elle lui répondit par un chapelet d'injures en espagnol, tout en lui martelant l'épaule. Son compagnon fit la grimace.

— Comme tu voudras.

Puis il se mit en marche et se dirigea vers le bâtiment. Elle cogna de nouveau contre son épaule et lui hurla qu'il avait l'intelligence d'un gorille.

Mâchoire crispée, Cameron songea que c'était sans doute vrai. Cette idée était complètement stupide. Jamais il n'avait amené quiconque à Nantucket, sans doute le seul endroit au monde qu'il considérait comme son foyer. Et si Marissa n'aimait pas sa compagnie sur la terre ferme, elle ne l'apprécierait pas davantage sur une île isolée.

Cameron s'approcha des deux hommes, qui l'attendaient avec un sourire entendu au coin des lèvres.

— Bonjour ! lança l'un d'eux.

L'autre fit un signe moqueur et ouvrit la porte du bureau. Cameron marmotta un remerciement et s'y engouffra.

Mike, le patron, avait sans doute assisté à toute la scène par la fenêtre, mais il se contenta de saluer poliment Cameron.

— Monsieur O'Connell. Ravi de vous voir. Vous allez sur l'île ?

Cameron déposa précautionneusement Marissa, prenant soin de ne pas la lâcher complètement. Elle ne disait plus rien, mais après avoir invoqué la colère des dieux aztèques sur sa tête, elle n'allait sûrement pas s'arrêter en si bon chemin.

— Ravi de vous voir, moi aussi. Vous avez deux sièges libres sur le prochain vol ?

Mike se gratta l'oreille, puis hocha la tête.

— Je crois bien.

— Parfait. Nous les prenons.

— Il veut dire qu'il en prend un, intervint Marissa.

Cameron soupira, puis répéta posément :

— Deux.

— Un, fit Marissa. Où que vous alliez, ce sera un siège seulement.

— A Nantucket, déclara Mike. A moins que M. O'Connell n'ait changé de destination.

— Ecoutez, dit Marissa, je me fiche bien que M. O'Connell aille à Nantucket, quel que soit cet endroit…

— C'est une île, lui apprit Mike. A une cinquantaine de kilomètres d'ici.

— Je me fiche qu'il aille à Nantucket ou à Naples. Tout ce que je sais, c'est que je n'irai pas avec lui.

— Je vous présente ma femme, annonça Cameron avec un sourire.

— Je ne suis pas sa femme ! Enfin, si, mais je ne…

Marissa prit une profonde inspiration, puis reprit :

— Est-ce que vous desservez Boston ?

— Eh bien, non. Mais au terminal…

— Excusez-nous une minute, Mike, intervint Cameron.

Il referma sa main sur le bras de Marissa et l'entraîna à l'écart.

— Nous n'allons pas à Boston, déclara-t-il à voix basse. Nous allons à Nantucket.

— Tu vas où tu veux. Pour ma part, je vais à Boston.

— Vraiment ? ironisa Cameron. Et comment vas-tu faire ? Je sais que tu n'as pas de cartes de crédit. Tu les as annulées en quittant l'université. C'est pour ça que je t'ai ouvert de nouveaux comptes, mais tu as snobé les cartes que je t'ai données l'autre jour.

— Je paierai en cash. Tu te rappelles ? Ces bouts de papier vert que tu n'aimes pas toucher.

— Je n'ai aucun problème avec l'argent, répliqua Cameron. Mais tu n'en as pas assez pour te payer l'avion.

— Tu n'en sais rien.

Elle avait parlé d'un ton de défi, mais une nuance d'incertitude avait percé dans sa voix. Cameron s'en voulut un peu d'en profiter.

— Je le sais parfaitement.

Il lui donna le prix du billet. Ou plutôt, il l'inventa, car il ne le connaissait pas par cœur, et en profita pour gonfler largement le montant. Sa femme n'irait nulle part. Il ne savait pas encore pourquoi il l'avait amenée là, mais il avait bien l'intention de le découvrir. Et, en attendant, il ne la laisserait pas partir.

— Alors, tu vois ? conclut-il. Que tu le veuilles ou non, tu es coincée avec moi sur mon île.

Coincée ? Prisonnière, oui ! Mais elle n'avait guère eu le choix…

Un gros 4x4 noir les avait accueillis à l'aéroport, et ils

fonçaient à présent sur les chemins défoncés de l'île à son bord. Dieu merci, Cameron avait parlé au figuré en disant « mon île ». Il y avait en effet d'autres maisons, une ville, des routes. Nantucket était un endroit civilisé.

Un endroit que son mari paraissait connaître comme sa poche. A la façon dont il conduisait, il était évident qu'il avait l'habitude du lieu…

Le 4x4 s'arrêta brusquement, et elle revint à la réalité.

— Voilà la maison, annonça Cameron.

Marissa cligna des yeux et fixa le visage de son époux, baigné de la lueur dorée d'un soleil de fin d'après-midi. Un sourire flottait sur ses lèvres. Elle songea à ce qu'elle avait ressenti en les sentant courir sur sa peau, et comprit qu'elle aurait dû rentrer à Boston quand elle en avait encore la possibilité.

— Où ça ? demanda-t-elle en regardant enfin autour d'elle, reconnaissante de ce prétexte pour penser à autre chose. Je ne vois…

Alors elle l'aperçut.

C'était une vieille maison de pierre grise, patinée par le temps, le sable, le vent. Elle se dressait face à la mer, dont elle n'était séparée que par un croissant de sable et une petite étendue d'herbe.

— Oh, s'exclama-t-elle sans réfléchir. Cameron, c'est merveilleux !

Il la regarda. Elle était penchée en avant, les yeux fixés sur le cottage qu'il avait restauré de ses propres mains.

— Oui, dit-il d'un ton bourru. Je trouve aussi.

Il redémarra et emprunta l'allée qui menait à la maison. Il roulait au pas, comme chaque fois. C'était son moyen de laisser derrière lui l'avocat de Boston, de se débarrasser de cette personnalité pour redevenir le vrai Cameron avant d'arriver.

Mais il avait désormais une autre raison de conduire lentement. Il voulait donner le temps à Marissa de voir sa maison. D'en absorber le silence, troublé seulement par le soupir du vent. De ressentir l'isolement que procuraient la lande et, au-delà, l'océan qui s'étendait à perte de vue.

Sa mâchoire se contracta. N'était-il pas pathétique ? D'accord, elle avait dit qu'elle trouvait l'endroit merveilleux. Mais il avait vu des photos merveilleuses de la lune, et cela ne voulait pas dire pour autant qu'il voulait y habiter !

Il n'avait ni voisins, ni télévision, ni téléphone à l'exception de son portable. Il aimait ce sentiment d'être coupé du monde. C'était précisément ce qu'il recherchait en venant. Mais Marissa ne partagerait sans doute pas son amour de la solitude…

Oui, il avait été stupide de l'emmener.

Cameron serra les dents et appuya sur l'accélérateur. Bon, ils s'arrêteraient à la maison le temps que Marissa puisse se reposer. Il avait été idiot de lui imposer ce voyage dans son état, même si le médecin avait assuré qu'elle était en parfaite santé. Après quoi il lui présenterait ses excuses et ils repartiraient à l'aéroport pour…

— Oh, un lapin ! s'exclama la jeune femme d'un ton de ravissement tel qu'il se tourna vers elle.

Elle souriait, et il ne put s'empêcher de sourire en retour.

— Tu aimes les lapins ?

« Bravo, O'Connell. Quel beau parleur tu fais… »

Sa femme, cependant, répondit avec excitation :

— Oh oui ! Il y avait un petit parc, près de l'endroit où j'ai grandi, et je… je…

— Oui ?

— Non, rien. C'est juste que je voyais des lapins de temps en temps.

— Il y en a plein sur la lande.

— La lande ? répéta-t-elle. Comme dans *Les Hauts de Hurlevent* ?

Il n'avait aucune idée de ce qu'il y avait dans *Les Hauts de Hurlevent*, mais il acquiesça.

— C'est ça. Nous avons aussi des cerfs. Et parfois même des tortues et des phoques sur la plage.

— Je n'ai jamais… Je veux dire, à Berkeley…

— Hmm. La faune de Boston n'est pas très excitante non plus. Ni celle de Vegas.

— De Vegas ?

— Oui. C'est là-bas que j'ai grandi.

Bon sang, voilà qu'il parlait pour ne rien dire. Mais cette expression sur le visage de sa femme… Il ne lui avait vu cette mine enchantée qu'à deux reprises. Le matin même, à l'échographie. Et la nuit où il lui avait fait l'amour.

Il s'arrêta enfin dans le garage adjacent au cottage, coupa le contact et attendit. Quelque chose se passait. Quelque chose en lui. Il le sentait. Il était près de savoir pourquoi il avait amené Marissa ici, ce qu'il en attendait…

— Marissa ?

— Oui ?

— Marissa, regarde-moi.

Une seconde passa. Elle se tourna enfin vers lui mais, en une fraction de seconde, tout avait changé. Elle le dévisageait comme elle aurait regardé un étranger dans un train.

— Oui ?

Cameron sentit son sourire s'effacer.

— Rien, dit-il sèchement.

Et le mystère de sa présence en ces lieux se referma sur lui comme un brouillard venu de la mer.

Il avait téléphoné au couple qui s'occupait du cottage pour lui depuis la station-service et leur avait demandé de remplir le réfrigérateur. Il y avait donc de la salade et des steaks pour le dîner, des œufs et du bacon pour le déjeuner.

Mais il n'avait pas réfléchi plus loin que ça. Par exemple, il avait des vêtements de rechange pour lui, mais rien pour Marissa.

Il n'avait en effet jamais amené aucune femme ici. Son épouse était la première.

Il songea à le lui dire en la voyant qui se tenait debout au milieu du salon, la mine sombre, mais il se ravisa. Après tout, à quoi bon ? Elle s'en moquait sans doute parfaitement.

Au lieu de cela, il alluma un feu dans la grande cheminée, puis se tourna vers elle et annonça :

— Les chambres sont en haut. Il y a également une salle de bains. Il y a une salle d'eau près de la cuisine si tu veux te rafraîchir.

— Quelle chambre ?

— Pardon ?

— Quelle chambre est la mienne ?

Elle avait formulé la question du ton qu'elle aurait employé pour parler à un groom dans un hôtel.

— N'importe laquelle, répondit-il avec raideur.

— Je me suis mal exprimée. Laquelle est la tienne ?

— Celle qui donne sur la plage.

— Très bien. Dans ce cas, je prendrai l'autre.

Il acquiesça puis, pour éviter de dire quelque chose de désagréable, se tourna de nouveau vers le feu, mit un pied sur le rebord de l'âtre et fixa les flammes.

Une heure plus tard, il monta et frappa à sa porte.

— J'ai des vêtements qui pourraient t'aller. Un jean et une ou deux chemises.

Il attendit une réponse, qui ne vint pas. Avec un soupir, il déposa les vêtements pliés sur le seuil, puis redescendit.

— Nous dînons dans un quart d'heure, cria-t-il ensuite depuis le rez-de-chaussée.

Cette fois, cela lui valut une réponse.

— Je n'ai pas faim.

— Tu n'as rien mangé depuis le petit déjeuner.

— J'ai dit…

— J'ai entendu ce que tu as dit. Mais tu manges pour deux, à présent. Alors soit tu descends, soit je monte te chercher. Tu as le choix.

Marissa fixa la porte d'un air furieux. Cela ne suffisait

donc pas qu'elle soit prisonnière à Boston ? Il fallait également qu'elle le soit ici ?

Elle se tourna vers la fenêtre et regarda le paysage sans le voir. Combien de femmes Cameron avait-il amenées ici ? A combien avait-il fait l'amour devant cette imposante cheminée ? Ou dans cette chambre qu'elle avait entrevue en montant ? Il y avait une lucarne au-dessus du lit. On pouvait sans doute regarder les étoiles après l'amour… Après les avoir atteintes dans les bras de Cameron.

Marissa se laissa tomber dans un fauteuil. Pourquoi l'avait-il amenée ici ? Elle n'arrivait pas à trouver de réponse satisfaisante à cette question. Certainement pas pour compter les étoiles, ni pour se promener sur la plage avec elle, main dans la main.

S'imaginait-il qu'il pouvait la séduire ? La convaincre de coucher avec lui ?

Non, décida-t-elle aussitôt, après s'être tournée vers le miroir. Quel homme voudrait d'une femme qui avait cette allure ? Oh, s'il l'aimait, cela aurait été différent. Il aurait considéré que les changements de son corps étaient…

— C'est l'heure ! fit Cameron en tambourinant contre le battant.

Elle soupira, puis essuya les larmes qui lui étaient montées aux yeux et se dirigea vers la porte.

Ils mangèrent sur une petite table près de la cheminée. Le repas, songea Marissa, était probablement excellent.

Cameron avait fait griller des steaks sur le feu, et cuit des pommes de terre dans la cendre. Il avait également préparé une salade.

Malheureusement, elle n'en sentait pas le goût. Elle mangeait, mâchait et avalait parce qu'elle était enceinte et devait se nourrir. Mais elle n'y prenait aucun plaisir.

La conversation, entre eux, était inexistante. Pourtant, il y avait bien des choses qu'elle avait envie de lui dire. Des choses idiotes comme : « Tu as remarqué que le vent dans les herbes fait penser aux soupirs de deux amants ? » Ou encore : « J'adorerais suivre du bout du doigt cette petite fossette sur ton menton… »

— … à boire ?

Marissa cligna des yeux et vit que son compagnon lui tendait un verre.

— P-Pardon ?

— Je te demande si tu veux quelque chose à boire ?

La jeune femme fixa le verre un court instant, puis secoua la tête et parvint à sourire poliment.

— Merci, mais je n'ai pas droit à l'alcool. Le bébé…

— Ce n'est pas de l'alcool. C'est de l'eau minérale parfumée à la fraise. Je crois que Peggy Denton a eu un choc quand je lui ai demandé d'en mettre dans le réfrigérateur.

— Peggy Denton ?

— Peggy et son mari, Tom, s'occupent de la maison en mon absence. J'essaie de venir deux fois par mois, mais c'est rassurant de savoir que quelqu'un veille au grain.

— Oui. Ce doit être bien du souci d'avoir une résidence secondaire.

— Ce n'est pas une résidence secondaire. Je considère cet endroit comme mon véritable foyer.

— Je comprends. C'est une très belle maison.

— Je suis ravi que tu l'aimes.

— Je suis sûre que tous les gens qui la voient l'aiment.

Marissa redressa la tête, croisa le regard de Cameron et rougit. Quelle remarque pitoyable… Que lui importait le nombre de femmes qu'il avait invitées ici ?

— Personne ne l'a vue. Tu es la première à venir.

— Je ne comprends pas…

— Je crois que tu comprends très bien, au contraire. Tu essayais de savoir combien d'autres femmes étaient venues avant toi.

— Ah ! Tu as une trop haute opinion de toi-même ! Pourquoi m'en soucierais-je ?

— Je l'ignore, répondit son mari d'une voix basse, presque

un murmure. J'ai bien des idées, mais toi seule détiens les réponses.

— J'ignore ce que tu veux dire. Je me moque bien de savoir qui tu as invité ou…

Elle poussa un petit cri comme il se penchait par-dessus la table et lui agrippait les poignets.

— Tu ne crois pas qu'il est temps d'arrêter cette petite comédie ?

Marissa repoussa sa chaise. Elle voulut se lever, mais il l'en empêcha. Quel genre d'aveu voulait-il lui arracher ? se demanda-t-elle, le cœur battant. Quoi que ce soit, elle ne lui céderait pas !

— Lâche-moi, Cameron !

Mais son compagnon se leva à son tour et l'attira contre lui.

— Nous avons passé une nuit ensemble, dit-il d'une voix rauque. Une seule nuit. Pourtant je ne l'ai jamais oubliée.

— Tu as entendu ce que j'ai dit ! s'exclama-t-elle en cognant des poings sur ses épaules. Laisse-moi tranquille !

— D'abord, je veux des réponses : dis-moi que cette nuit n'a pas compté pour toi et je te rendrai à ta précieuse solitude.

— Elle n'a pas compté !

— Je ne te crois pas.

— C'est la meilleure ! Tu dis que tu veux des réponses, mais seulement celles qui t'arrangent !

— Non. Je veux la vérité. A moins que tu ne saches plus ce que c'est ?

Les mains de Cameron se refermèrent sur ses épaules, ses yeux plongèrent dans les siens.

— Tu m'as rendu fou cette nuit-là. Je n'avais jamais rien ressenti de tel.

— Tais-toi ! s'exclama Marissa en plaquant ses mains sur ses oreilles.

Mais il la prit par les poignets et lui écarta les bras.

— Je n'ai pas arrêté de penser à toi après ça. De rêver de toi. Tu imagines ce que j'ai éprouvé quand je me suis rendu compte que ça n'avait pas eu la même importance pour toi ?

— Arrête ! Arrête !

— Comment as-tu pu trembler dans mes bras, murmurer mon nom, m'accueillir si profondément en toi que je ne savais plus où je finissais et où tu commençais ? Dis-le-moi, bon sang, ou…

— Ou quoi ?

La question resta un instant en suspens. Cameron regarda Marissa, vit la veine qui pulsait à la base de sa gorge, et sut qu'il pouvait la conquérir, que sa colère n'était qu'une arme qu'elle utilisait pour étouffer son propre désir.

Oui, elle le désirait autant qu'il la désirait. Mais il se refusait à gagner une telle victoire. Il ne voulait pas la forcer à prendre conscience de ses sentiments. Il voulait que sa femme vienne à lui de son propre chef. Il voulait… Il voulait davantage encore, des choses qu'il n'arrivait pas à nommer…

Mais bon sang, que lui arrivait-il ? Il lui semblait être au bord d'un précipice prêt à l'engloutir.

— Il est tard, dit-il enfin d'un ton bourru. Va te coucher.

— Cameron…, murmura-t-elle.

— Rends-nous service à tous les deux, coupa-t-il en se détournant et en posant ses deux mains sur le manteau de la cheminée.

Marissa étudia un instant l'étranger qui était son mari, puis tourna les talons et s'enfuit.

# 10.

La lune jetait une lueur argentée sur les flots. Des étoiles brillaient d'un éclat froid contre le velours du ciel et emplissaient la lucarne au-dessus de sa tête.

La vue lui donnait en général l'impression d'être à bord d'un bateau. Mais ce soir, pour la première fois depuis qu'il avait fait poser la lucarne, il n'y prenait aucun plaisir.

Il n'arrivait pas à penser à autre chose qu'à Marissa et au désastre de leur mariage. Il savait qu'il aurait dû être épuisé par cette journée mais, si son corps aspirait au repos, son esprit tournait à cent à l'heure.

Pourquoi avait-il amené Marissa ici ?

Qu'avait-il espéré ?

Et surtout, pourquoi s'était-il imaginé que leur mariage pourrait marcher ?

Cameron roula sur le ventre et donna un coup de poing dans son oreiller. A la position de la lune, il savait qu'il était tard. C'était l'heure où les animaux sortaient sur la lande, où le vent faisait craquer la vieille maison.

Mais ce qu'il aurait voulu entendre, c'était la respiration de sa femme, assoupie dans ses bras. Voilà pourquoi il ne parvenait pas à trouver le sommeil. Dès qu'il fermait les yeux, il s'imaginait la tenir dans ses bras, la serrer contre lui.

Mais cela n'arriverait pas. Marissa dormait dans la pièce voisine, et il y avait bien davantage qu'un mur entre eux. Etait-elle réveillée, elle aussi ?

Cameron se redressa et passa ses mains dans ses cheveux. Si elle était réveillée, elle réfléchissait sans doute à un moyen de quitter cet endroit. De le quitter lui.

Lâchant un juron, il se leva et passa son jean. Dans quel guêpier s'était-il fourré ? Quelle idée d'épouser une femme qui ne l'aimait pas ! Il aurait dû écouter Sean, se contenter de lui offrir un soutien financier et de jouer les pères à distance. D'accord, ce n'était sans doute pas la meilleure solution, mais d'autres que lui s'en contentaient.

Peut-être n'était-il pas trop tard pour faire machine arrière...

Cameron regarda son réveil. Il était presque 3 h 30. A Boston, c'était le milieu de la nuit. Mais ici, pour ceux et celles qui vivaient de la mer, la journée allait commencer. Bientôt, les premiers chalutiers quitteraient le port.

Et lui resterait prisonnier ici, avec une femme qui le méprisait, à se demander ce qu'il devait faire d'elle. Et ce qu'il devait faire de sa vie.

Une brise fraîche agita les stores et courut sur sa peau. Avec un frisson, Cameron referma la fenêtre. Il faisait froid dans la maison, même s'il avait pris soin de monter le chauffage pour Marissa.

Mais avait-elle assez chaud ? Avait-elle fait attention quand il avait frappé à sa porte pour lui dire qu'il y avait des couvertures supplémentaires dans le placard ?

Peut-être devrait-il de nouveau aller frapper. Peut-être...

Peut-être était-il devenu idiot.

Sa femme n'était pas une enfant. Si elle avait besoin d'une autre couverture, elle la trouverait.

Bon sang, il était vraiment pitoyable, à arpenter sa chambre en plein milieu de la nuit...

« Assez ! », décida-t-il brusquement.

Il piocha un col roulé dans un tiroir, le passa et enfila une paire de mocassins usés. Puis il sortit de la pièce, dépassa sans la regarder la porte de la chambre de Marissa, remonta le thermostat au sommet de l'escalier et descendit dans la cuisine.

L'haleine glacée des dalles de pierre pénétra ses mocassins

aussi sec. Il songea à remonter prendre une paire de chaussettes, mais la perspective de repasser devant la porte de Marissa l'en dissuada. Il ne voulait pas risquer de la déranger. Ce fut du moins la raison qu'il se donna.

Peut-être qu'une boisson chaude lui ferait du bien. Il restait du café qu'il avait préparé après le dîner, et il s'en servit une tasse qu'il mit au micro-ondes.

Il arrêta le four avant qu'il ne sonne et se rendit, sa tasse fumante à la main, dans le salon. Là, il s'approcha d'une fenêtre.

L'aube allait bientôt se lever. La lune s'était couchée, les étoiles pâlissaient. Des nuages arrivaient de l'océan. Formidable. La journée allait sans doute être grise et pluvieuse, en parfait accord avec son humeur.

Si Marissa n'était pas réveillée à 6 heures, il irait frapper à sa porte. Inutile de s'attarder. Plus tôt ils partiraient, mieux ce serait.

Il se détourna et se dirigea vers l'escalier. Il envisagea un instant de remonter dans sa chambre mais bifurqua en direction du solarium. C'était la pièce qu'il préférait dans la maison.

Il l'avait fait ajouter en même temps que la lucarne au-dessus de son lit. Comme pour cette dernière, il avait réfléchi longtemps avant de lancer les travaux. La maison était en effet vieille de deux cents ans, et avait été construite par un riche baleinier de la région. Elle était austère, d'une élégante simplicité, et Cameron avait pris grand soin de ne pas gâcher la pureté de ses lignes. Il avait cependant eu envie, un jour, de l'ouvrir sur la mer et le ciel.

Une idée folle, peut-être, mais l'architecte à qui il s'était adressé avait paru apprécier le défi.

Certes, il n'était pas historiquement correct de faire un solarium dans un cottage tel que celui-ci. Mais l'architecte avait bien travaillé et pris soin de respecter les proportions de la bâtisse. Le solarium avait un parquet superbe, des murs et un plafond de verre. Cameron l'avait meublé simplement d'un sofa, de quelques fauteuils, d'une table basse et d'un vieux télescope.

Par un tel matin, peut-être verrait-il des baleines. Cela aurait le mérite d'améliorer son humeur.

La porte du solarium était fermée, alors qu'il pensait l'avoir laissée ouverte. Il tourna la poignée, entra et heurta de plein fouet son épouse.

Marissa poussa un cri. Il fit un bond en arrière, et du café encore chaud jaillit de sa tasse pour se répandre sur ses doigts. Il lâcha un juron fort peu digne d'un gentleman, surtout en présence d'une femme.

— Tu ne sais pas qu'il faut frapper avant d'entrer ? lança son épouse.

— Et toi, tu ne pouvais pas allumer la lumière ?

— Tu m'as fait la peur de ma vie !

— Et toi, tu m'as brûlé au troisième degré ! Si tu avais allumé, je t'aurais vue.

— Tu m'aurais vue si tu n'avais pas rôdé dans le noir comme un voleur !

Puis elle s'interrompit et fronça les sourcils.

— Comment t'ai-je brûlé ?

— Du café. Et toi, ça va ?

— Tu veux dire, est-ce que j'ai survécu au choc ?

— Je ne voulais pas te faire peur, soupira-t-il.

— Et moi, je ne voulais pas te brûler. Où t'es-tu fait mal ?

— Ce n'est rien.

Marissa alluma une petite lampe. Elle portait l'une des chemises qu'il lui avait laissées, boutonnée de haut en bas. Son ventre dessinait une courbe délicate sous le coton bleu.

Comment une femme pouvait-elle être aussi sexy dans une chemise d'homme ?

Seigneur, elle était magnifique.

— Où t'es-tu fait mal ? répéta-t-elle.

Cameron cligna des yeux.

— Pardon ?

— Où est la brûlure ?

« En moi », songea-t-il.

— Sur mes doigts, répondit-il. Mais ce n'est rien.

Mais Marissa lui prit la main et l'étudia intensément, avant de déclarer :

— Je ne vois rien.

— Je te l'ai dit !

— Non, tu as dit…

Elle s'interrompit, prit une inspiration et conclut :

— Bien, dans ce cas, bonne nuit.

Cameron lui agrippa la main comme elle faisait mine de s'éloigner et demanda :

— Où vas-tu ?

— Me coucher. Où veux-tu que j'aille au beau milieu de la nuit ?

— Je ne sais pas. Tu es bien dans le solarium au beau milieu de la nuit ! Et moi aussi d'ailleurs. Etrange remède à nos insomnies, non ?

Marissa s'empourpra légèrement et secoua la tête.

— J'ai toujours du mal à m'endormir quand je suis très fatiguée.

Le sourire qui flottait sur les lèvres de Cameron s'effaça brusquement.

— Bien sûr que tu es très fatiguée. C'est ma faute.

— Ça n'a rien à voir avec toi.

— Si. C'est moi qui t'ai traînée d'un bout à l'autre du Massachusetts aujourd'hui.

— Rester assise dans une voiture et dans un avion n'est pas spécialement fatigant.

— Si tu es enceinte, si.

— Ecoute, je suis juste un peu fatiguée. Je n'ai pas très bien dormi la nuit dernière.

— Non, moi non plus.

Cameron fronça soudain les sourcils et remarqua :

— Tu as les yeux rouges.

— Vraiment ? Eh bien, comme je te l'ai dit, je suis…

— Fatiguée, je sais. Moi, j'ai plutôt l'impression que tu as pleuré.

Marissa retira brusquement sa main de la sienne, comme si, cette fois, c'était lui qui l'avait brûlée.

— Bien sûr que non ! Pourquoi est-ce que j'aurais…

— Tu as pleuré.

Il tendit la main vers elle. Elle voulut l'éviter mais ne fut pas assez rapide, et il passa son pouce sur l'une de ses paupières. Son doigt fut humide de larmes.

— Marissa, quelque chose ne va pas ? Tu es malade ?

— Je vais bien. Et j'irais encore mieux si tu me laissais sortir.

Mais Cameron la retint de nouveau. Ces larmes l'inquiétaient. Parce que pour la première fois ce n'étaient pas des larmes de rage mais, il en avait la conviction, des larmes de tristesse.

— Pourquoi pleurais-tu ?

— Je te l'ai dit : je ne pleurais pas.

— Inutile de me mentir. Tu pleurais, et j'aimerais savoir pourquoi.

Leurs regards se croisèrent. Marissa se mordit la lèvre, puis détourna la tête.

— Je suis enceinte, dit-elle enfin. Les femmes enceintes pleurent très souvent.

— A cause de quoi ?

— Sans raison. Pour n'importe quoi.

Elle lâcha un petit rire, puis ajouta :

— Tu veux la vérité ? J'ai entendu une chouette hululer. Puis il y a eu ce terrible petit cri…

Cameron soupira, la prit par les épaules et la tourna doucement vers lui.

— La chouette doit bien vivre.

— Je sais. Mais… mais j'ai repensé au lapin de cet après-midi. C'était peut-être lui.

— Bon, écoute… Quand j'étais gamin, j'avais peut-être sept ou huit ans, mon père m'a emmené pêcher. C'était un événement. Il n'était presque jamais à la maison et quand c'était le cas, il s'occupait rarement de nous. Bref, je ne sais pas comment, je me suis retrouvé à aller pêcher avec lui.

— Je suis sûre que vous avez passé un moment merveilleux.

— Non, absolument épouvantable. Quoi que je fasse, je le faisais mal. Appâter, lancer la ligne… rien ne trouvait grâce aux yeux de mon père. Je bougeais quand il fallait rester tranquille et vice versa.

— C'est triste, cette histoire.

— C'est la vie, dit Cameron en calant une mèche des cheveux sombres de Marissa derrière son oreille. Mais, sur le chemin du retour, mon père s'est soudain arrêté chez le meilleur glacier de la ville. Il m'a acheté une glace à la framboise, mon parfum préféré. Et avec des éclats d'amande ! Sans même que j'aie à réclamer quoi que ce soit.

— Tu vois, fit Marissa avec un pâle sourire. Ça a été une bonne journée, après tout.

Tendrement, il lui essuya les larmes qui perlaient sur ses cils.

— Oui. Mais j'étais encore trop jeune pour comprendre le message du jour. Je ne l'ai saisi que plus tard.

— Le message du jour ?

— Oui. Qu'on ne sait jamais ce que la vie vous réserve. Que, parfois, ce qui commence mal peut bien finir. Tout comme les circonstances m'ont mis dans ce bateau avec mon père, elles nous ont poussés à un mariage auquel ni l'un ni l'autre n'était préparé. Mais l'avenir dépendra de ce que nous en ferons.

Il se pencha, l'embrassa tendrement et frémit en constatant qu'elle ne résistait pas.

— Marissa ? Nous pouvons faire marcher ce mariage si nous le voulons.

— Je ne… je ne… J'aimerais que les choses soient différentes, murmura-t-elle.

— A nous de les rendre différentes. Je sais que nous le pouvons.

Marissa pleurait à présent ouvertement. Les larmes coulaient le long de ses joues, et il sentit sa gorge se nouer. Il ne voulait pas la faire pleurer. Jamais il ne l'avait voulu.

Tout ce qu'il souhaitait, c'était son bonheur…

Il se pencha de nouveau pour l'embrasser. Un baiser tout en

retenue, destiné à lui signifier qu'il était désolé, qu'il ferait de son mieux pour que leur mariage réussisse. Mais lorsqu'elle murmura son nom contre ses lèvres, il perdit tout contrôle de lui-même.

— Cameron, chuchota-t-elle en plaquant ses mains sur son torse.

Ses lèvres s'entrouvrirent. Elle avait le goût des premières gouttes de pluie de l'automne, des fleurs qui s'épanouissaient sur la lande en été.

Cameron sentit son cœur s'emballer. Il ne pouvait ignorer le message que lui envoyait sa femme. Elle avait envie de lui, autant que cette fameuse nuit où tout avait commencé.

Il posa ses lèvres sur le cou de Marissa, caressa sa peau du bout de la langue. Puis il entreprit de défaire un par un les boutons de sa chemise.

Lorsqu'il arriva au dernier, il en écarta les pans et enveloppa les seins alourdis et généreux de sa femme. Il en caressa les extrémités engorgées, sombres comme des cerises mûres. Sa propre excitation était décuplée par les soupirs d'extase de Marissa.

— Tu aimes quand je fais ça ? demanda-t-il d'une voix rauque.

— Oh oui, murmura-t-elle. Oui, oui…

Cet aveu aiguisa encore son désir pour elle, l'appétit insensé qui faisait bouillir son sang dans ses veines. Il avait désiré Marissa, cette fameuse nuit, plus qu'il avait jamais désiré une femme. Et pourtant, ce n'était rien en comparaison de ce qu'il ressentait maintenant. Il voulait la posséder physiquement, mais il y avait plus encore. Quelque chose qu'il n'arrivait pas à définir.

Il aurait voulu le lui dire, mais comment réfléchir alors qu'elle était en train de glisser ses mains sous son pull ?

Il fit descendre les siennes dans le dos de sa femme, jusqu'au creux de ses reins. La sensation de sa peau soyeuse sous ses mains calleuses le fit frissonner et il l'attira tout contre lui, contre son érection.

— Le bébé, murmura-t-elle soudain.

Il eut un moment de panique.

— Ce n'est pas bon pour lui ?

Marissa partit d'un rire cristallin.

— Il n'y a rien à craindre de ce côté-là. Non, je veux dire… je suis enceinte… je ne ressemble pas à la femme que tu as connue…

Oui, il le savait déjà. Ses seins s'étaient alourdis, son ventre arrondi. Et il ne l'en désirait que davantage, si du moins c'était possible !

— Ne t'inquiète pas, souffla-t-il.

Et il fit glisser la chemise de ses épaules.

— Cameron ! protesta-t-elle avec un petit rire embarrassé, essayant de se couvrir de ses mains.

— Tu es magnifique, murmura-t-il. Je veux te voir.

Il la prit par les poignets, attira ses mains à ses lèvres et les embrassa l'une après l'autre.

— Je… j'ai pris du poids, marmonna-t-elle.

— J'espère bien.

— Je veux dire… j'ai l'air de… je ressemble à… à…

— Tu ressembles à ma femme, coupa Cameron.

Puis il la prit dans ses bras et la porta, dans la maison enténébrée, jusqu'à sa chambre.

# 11.

Marissa s'accrocha au cou de Cameron, son visage blotti au creux de son épaule, tandis qu'ils montaient l'escalier. Elle était nue, lui habillé. La sensation de ses vêtements, contre sa peau, était légèrement abrasive, incroyablement troublante.

Il la déposa enfin au centre du lit et se pencha vers elle, les mains appuyées sur le matelas des deux côtés de son corps. Puis il descendit lentement sur elle et l'embrassa, la pressant en silence de s'ouvrir à lui, de s'abandonner.

Avec un soupir, Marissa lui obéit. Mais lorsqu'elle leva les mains en un geste implorant pour l'attirer à lui, il se redressa soudain. Capturant ses mains, il les embrassa, puis suça l'extrémité de l'un de ses doigts. Ensuite, sans la quitter des yeux, il ôta son col roulé et le lança à terre. Son jean suivit le même chemin.

La pâle luminescence de l'aube éclairait la pièce. Marissa étudia l'homme qui avait été son amant une nuit et qui était à présent son mari. Il était magnifique, exactement comme dans son souvenir. Ses muscles paraissaient avoir été taillés par le ciseau d'un sculpteur. Une bouffée de désir la cueillit lorsqu'elle avisa la violence de son érection.

— Marissa, murmura-t-il.

Cameron s'allongea ensuite près d'elle et l'embrassa. Puis il glissa les mains dans ses cheveux, tandis que ses lèvres descendaient sur ses seins. Elle accepta leur offrande avec un petit gémissement et s'arc-bouta contre le lit. Doucement,

Cameron caressa son ventre, l'embrassa, puis glissa entre ses cuisses. Elle poussa un soupir d'extase qui faillit bien signer sa perte.

Puis ses lèvres remplacèrent sa main. Elle tressaillit lorsque sa langue effleura la perle de sa féminité.

— Non, Cameron…

Elle tendit les mains pour le repousser mais, sans savoir comment, finit par l'attirer plus étroitement contre elle. Et soudain, un arc-en-ciel explosa devant ses yeux tandis qu'une rivière de lave paraissait se déverser dans ses veines. Cameron remonta le long de son corps, la pénétra, la posséda avec douceur.

Enfin, un grand spasme l'agita. Avec un cri de plaisir déchirant, Marissa bascula par-dessus le rebord du monde.

Ils s'endormirent, étroitement enlacés.

Cameron fut le premier à se réveiller, au son de la pluie, à la lumière du petit jour, émerveillé de voir que sa femme dormait dans ses bras.

Tout doucement, il la déposa sur le côté, sans la lâcher. Elle murmura quelque chose dans son sommeil et se blottit plus étroitement contre lui.

« Ma femme, songea-t-il. Mon incroyable, magnifique, courageuse, sublime femme… »

Seigneur, qu'il était heureux… Jamais il ne l'avait été à ce point. Il…

Marissa lui donna un petit coup de coude, l'arrachant à ses pensées.

— Ma chérie ? Tu es réveil…

Un autre coup de coude. Il se rendit compte qu'il ne pouvait provenir de Marissa étant donné qu'elle avait un bras autour de son cou, l'autre sur l'oreiller. Mais alors… ?

Un autre coup. Puis un autre. Et encore.

Mon Dieu ! Ce n'était pas Marissa qui cognait.

C'était son fils !

Précautionneusement, il s'écarta d'elle, juste assez pour baisser les draps. Quelque chose — un petit coude, ou un minuscule genou — provoqua une ondulation sur la peau de son ventre.

Seigneur tout-puissant !

Un grand sourire apparut sur les lèvres de Cameron.

— Salut toi ! dit-il doucement.

Rien ne se passa. Il y eut ensuite une nouvelle ondulation, puis plus rien. Avec délicatesse, Cameron posa la main sur le ventre de sa femme. Une seconde s'écoula, et il le sentit de nouveau. Une onde d'émotion. Comme un murmure contre sa paume.

Sa gorge se noua. Avant de rencontrer Marissa, il avait cru posséder le monde. Si un génie était soudain sorti d'une lampe et lui avait demandé de faire un vœu, il aurait répondu : « Ecoutez, monsieur le Génie, sans vouloir vous vexer, je n'ai besoin de rien. J'ai déjà tout ce dont un homme peut rêver. »

Mais il se trompait. Il lui manquait un enfant à aimer. Une femme dans ses bras. Une femme que… qu'il…

— Hmm…

Marissa se réveillait. Il la vit ouvrir les yeux, faire le point sur son visage et lui sourire. Comment un simple sourire pouvait-il lui procurer tant de plaisir ?

— Bonjour, dit-il doucement. Je ne voulais pas te réveiller. Je faisais juste connaissance avec notre fils.

Comme elle baissait les yeux sur sa main, il ajouta :

— Il s'est présenté de lui-même. En me donnant des coups.

Marissa se mit à rire.

— Oui, il fait beaucoup ça ces derniers temps.

— Et c'est normal ? Je veux dire, il est censé s'agiter à ce point ?

— Hmm-hmm.

— Ça ne te fait pas mal ?

Sa femme sourit.

— Non.

— Bien sûr, je sais que les bébés bougent. Celui de Cassie…

— Cassie… C'est ta belle-sœur, n'est-ce pas ?

— Oui. Elle devrait accoucher d'un jour à l'autre. Je leur rendais visite il y a quelques mois et j'ai…

Cameron fronça soudain les sourcils et soupira.

— Je suis désolé, ma chérie. Je viens juste de me rendre compte que tu ne sais rien de ma famille, à l'exception du peu que je t'en ai dit.

— Je comprends, fit Marissa avec un sourire vacillant. Et je suppose qu'il n'y aura jamais de bon moment pour leur annoncer que tu as été forcé de te marier…

Il la regarda comme si elle avait perdu la tête.

— Je ne leur dirai pas ça.

Marissa acquiesça. Evidemment… Qu'avait-elle espéré ? Elle ignorait comment il comptait élever un enfant sans le dire à sa famille mais, après tout, elle ne connaissait pas cette dernière. Peut-être n'était-il pas si proche de ses frères et sœurs.

Elle soupira. Sa seule certitude, c'était qu'elle avait été stupide de croire que la nuit précédente avait changé quoi que ce soit.

— Bien sûr, dit-elle en se redressant, et en mettant les pieds par terre.

La chemise qu'elle portait la veille gisait sur le seuil, et elle se demanda si elle pourrait l'atteindre sans lâcher la couverture. Jamais elle ne s'était sentie aussi nue de toute sa vie.

— Marissa ?

— Oui ? fit-elle vivement.

— Où vas-tu ?

— M'habiller. Enfin, prendre une douche d'abord. Puis faire du café, et le petit déjeuner, et…

Cameron l'interrompit en lui effleurant la joue du bout des doigts.

— Je ne veux pas de petit déjeuner. C'est toi que je veux.

Marissa prit une profonde inspiration, puis déclara :

— Ecoute, la nuit dernière était très… agréable, mais…

— Agréable ?

Il eut un rire grave et séduisant, tandis qu'il encadrait son visage de ses deux mains.

— Allons, ma chérie, je suis sûr que tu peux faire mieux que ça.

— Que veux-tu que je te dise ? C'était… bien.

Cameron pinça visiblement les lèvres.

— Bien ? répéta-t-il d'une voix inquiétante.

— Oui. Et tu avais raison. Faire l'amour de temps en temps devrait faciliter les choses et…

Cameron écrasa ses lèvres sur les siennes. Marissa se raidit et voulut le repousser, tentant de lutter contre les sensations que lui procurait ce baiser.

Mais cela lui était impossible. C'était ce qu'elle désirait plus que tout au monde. L'amour de son mari…

Des larmes lui montèrent aux yeux. Il ne l'aimerait jamais. Mais elle pouvait l'aimer, comme elle l'avait fait au cours de ces longs mois de solitude. L'aimer et prendre le peu qu'il avait à lui offrir pour le chérir en secret.

— Cameron, murmura-t-elle en nouant ses mains derrière sa nuque.

Un long moment plus tard, ils se séparèrent. Elle posa la tête sur son torse, et il lui caressa tendrement les cheveux.

— C'était bien davantage que du sexe, Marissa. Tu… tu comptes beaucoup pour moi.

Bien sûr qu'elle comptait pour lui. Elle portait son enfant ! Elle avait lu de l'amour dans son regard lorsqu'il l'avait senti bouger, quelques instants plus tôt. Si seulement ce sentiment pouvait lui être destiné !

— Et je compte pour toi, aussi, enchaîna-t-il en plongeant ses yeux dans les siens. N'est-ce pas ?

Marissa opina.

— Oui. Tu es…

« Tu es tout ce dont une femme peut rêver… »

— Tu es quelqu'un de bien, acheva-t-elle. Quelle femme pourrait te résister ?

Cameron se crispa. La veille, un tel aveu aurait fait de

lui l'homme le plus heureux du monde. Mais, aujourd'hui, être « quelqu'un de bien » ne lui suffisait plus. Il voulait… Il voulait…

Il s'éclaircit la gorge, puis l'embrassa et demanda :

— Tu as parlé de petit déjeuner ?

— Oui.

— Je ne veux pas me vanter, mais je fais des omelettes de légende.

— Tant mieux, dit son épouse en souriant. Parce que, pour ma part, je ne suis pas très douée en cuisine.

Cameron eut un sourire égrillard.

— Oui, mais tu es divine au lit.

Marissa rougit légèrement.

— Les compliments n'y changeront rien. Je reste la plus mauvaise cuisinière du monde.

— Ah. Mais tu es une bonne étudiante…

— Oui. Enfin, je l'étais…

— Quand nous rentrerons, je veux te présenter des gens que je connais à Harvard.

Le regard de la jeune femme s'éclaira.

— Vraiment ?

— Absolument. Mais en attendant nous devons nous sustenter. Alors voilà le marché : je fais les œufs, tu te charges des biscuits.

— Des biscuits ?

— Oui. Peggy a acheté cette préparation censée permettre à n'importe qui de faire des biscuits. J'ai lu les instructions et je n'ai rien compris. Tu t'en sortiras peut-être mieux que moi.

— Tu n'as jamais demandé à une autre femme de les faire pour toi ?

Cameron plongea dans ses yeux un regard grave.

— Non. Tu es la première femme avec laquelle j'ai eu envie de partager cet endroit.

Il l'embrassa, avec une passion mêlée de tendresse qui lui fit tourner la tête.

— Je suis ravie de le savoir, murmura-t-elle.

— Alors ? Je fais l'omelette, tu fais les biscuits ?

— Si tu veux, mais ils risquent d'être aussi durs qu'un palet de hockey sur glace.

— Tant mieux, fit Cameron en riant et en plaçant une main sur son ventre. Autant habituer le petit très tôt à ce jeu. Comme son père.

— Tu vas me dire que tu étais un dieu du hockey sur glace à l'université ? le taquina Marissa.

— Peut-être pas un dieu, mais je me débrouillais. Non, moi, c'était plutôt le football. En fait, c'est Sean qui était le dieu du hockey.

— Ton frère ?

— Oui. Le cadet. Keir est l'aîné. Et il y a mes sœurs, bien sûr.

« Continue de sourire, se morigéna Marissa. Même si tu ne rencontreras jamais ces gens. »

— Bien sûr, dit-elle poliment.

— Fallon est mannequin. Enfin, elle était mannequin. Elle s'est mariée il y a peu de temps. C'est une longue histoire.

— Hmm-hmm.

— Puis il y a Megan. Et Brianna. Meg est comptable. Mais ce n'est pas une comptable comme les autres. Je n'en connais pas beaucoup qui font du parachutisme.

— Moi non plus.

— Quant à Bree, fit Cameron en soupirant, elle n'a pas une once de sens pratique. C'est notre professeur Nimbus. Elle parle aux animaux, ce genre de choses… Tu verras quand tu les rencontreras.

— Quand je les rencontrerai ? dit-elle avec surprise.

— Oui. Keir en premier. Cassie et lui vivent à moins de deux cents kilomètres d'ici. Tiens, j'ai une idée : pourquoi ne pas aller les voir quand nous partirons ? •

— Mais… Je… je croyais que tu ne voulais pas leur dire que nous avions été obligés de nous marier.

— Ce n'est pas ce que je leur dirai. Je leur dirai la vérité, à savoir que nous nous sommes rencontrés il y a plusieurs mois, mais que la vie et le hasard nous ont séparés, et que nous ne nous sommes retrouvés qu'il y a deux semaines.

Il sourit, puis passa son pouce sur ses lèvres et demanda :

— Ça te va ?

Marissa déglutit avant d'acquiescer.

— Oui, ça me va. Ça me va même très bien.

— Formidable. Dans ce cas, nous avons beaucoup de choses à faire. D'abord le petit déjeuner, puis nous irons au port, afin que je te présente la femme de ma vie : mon voilier de trente-huit pieds. Nous la sortirons la prochaine fois que nous viendrons.

— Oh, je ne sais pas. Je…

— Tu vas l'adorer. Il faut juste que tu t'y habitues.

— Mais pas aujourd'hui.

— Non. Comme je te l'ai dit, nous avons beaucoup de choses à faire. Manger. Aller au port. Faire du shopping, t'acheter des tenues sexy…

— Des tenues sexy ? répéta Marissa en riant. Les vêtements pour femme enceinte ne sont pas très sexy, en règle générale.

— Ils le seront sur toi, lui assura Cameron en l'embrassant. Après quoi nous irons rendre visite à Keir. Qu'est-ce que tu en dis ?

Marissa le fixa. Tout cela avait l'air d'un conte de fées, mais elle avait passé l'âge de croire à ce genre de fables.

— Bon sang ! s'exclama soudain Cameron. Je suis complètement idiot. C'est trop pour toi, non ? Tu dois être épuisée, et voilà que je…

Marissa leva son visage vers le sien et l'embrassa à son tour.

— Je ne suis pas le moins du monde fatiguée. Tout ça m'a l'air merveilleux.

— Tu es sûre ? Parce que si tu veux d'un programme plus calme…

— Cameron.

— D'accord. Mais écoute ça : que dirais-tu de passer deux jours ici ? reprit-il.

— Franchement, je ne…

— Keir et Cassie pourront bien attendre un peu. Nous avons des choses plus importantes à faire…

Il se pencha sur elle, l'embrassa tendrement, puis posa ses lèvres sur ses seins.

— Je crois que le petit déjeuner pourra attendre lui aussi, dit-elle dans un soupir.

— Tes seins sont de la couleur des roses…

— Ils n'ont jamais été aussi sensibles. A cause du bébé…

— Je te fais mal ? demanda-t-il aussitôt.

— Oh non ! Non, j'adore quand tu fais ça… Oui… Oh… Oh, Cameron…

Les soupirs de Marissa étaient les seules réponses dont il avait besoin. Basculant sur le côté, il l'entraîna à califourchon sur lui.

— Je veux voir ton visage… Je veux y lire le plaisir…

Ces mots, ses caresses, la sensation qu'elle éprouva lorsqu'il la pénétra, faillirent lui faire perdre la tête. Elle cria, embrassa son mari, se livra tout entière à lui, corps et âme.

Et elle lui montra, du mieux qu'elle le pouvait sans parler, que ce qu'elle lui donnait vraiment, c'était son cœur.

# 12.

Ils ouvrirent les yeux sur un ciel d'un bleu profond et un matin ensoleillé. L'été indien venait d'arriver à Nantucket. Les journées étaient chaudes, les nuits passionnées.

Marissa avait perdu toutes ses inhibitions dans les bras de son mari. Cameron était un amant incroyable : romantique, altruiste, exigeant. Il faisait l'amour avec tendresse et passion à la fois, alternant l'une et l'autre ou les mêlant inextricablement. Pour la première fois de sa vie, Marissa se sentait libre. Libre, sauf de dire les trois mots qui lui brûlaient les lèvres : « Je t'aime. »

Ils se promenèrent sur la plage, presque déserte à ce moment de l'année, et Cameron la taquina sur les coquillages et les bouts de verre polis qu'elle ramassait. Mais c'était lui qui les mettait dans ses poches pour les ramener à la maison.

Ils se rendirent également au port. Marissa jeta un coup d'œil au bateau de Cameron, un autre à son mari, et changea instantanément d'avis sur le fait de naviguer.

— On peut sortir avec ? demanda-t-elle.

Cameron la serra dans ses bras et lui dit en riant qu'il serait plus prudent de ne le faire qu'après la naissance du bébé.

Tout la rendait heureuse. Comme le petit restaurant où il l'emmena et où le patron, en uniforme de capitaine, les accueillit à bras ouverts.

— Cameron ! Bienvenue !

— Voici ma femme, dit l'intéressé.

Le patron fit un baisemain à Marissa, sourit à la vue de son ventre et lui offrit une rose.

C'était une première, songea-t-elle avec émerveillement. Cameron ne l'avait jamais vraiment formellement présentée à quiconque avant ce jour. « C'est ma femme », se répéta-t-elle, encore et encore. Y avait-il de plus beaux mots ?

Ils remontèrent ensuite Main Street, avec ses pavés ronds et ses vitrines éclairées, s'attardant devant chacune d'elles. Cameron lui acheta des vêtements et une paire de sandales qu'il l'avait surprise en train d'admirer, ainsi que des boucles d'oreilles. La jeune femme arrêta de dire qu'une chose était jolie pour éviter que Cameron la lui achète, cependant il continua de la couvrir de cadeaux.

— Mais je n'ai pas besoin de tout ça ! protesta-t-elle sans conviction devant tous les cadeaux qui s'empilaient dans la voiture.

Cameron sourit, l'embrassa et répondit que ses besoins n'étaient pour rien dans l'affaire.

Le jour suivant, ils achetèrent un panier pique-nique tout préparé et allèrent déjeuner à Brant Point, d'où ils regardèrent les bateaux dépasser le cap, poussés par une douce brise. Plus tard ce jour-là, parce que Marissa ne pouvait pas boire d'alcool, ils portèrent un toast au crépuscule avec du jus de pomme.

Et lorsqu'ils retournaient à la maison, tous les soirs, Cameron la déshabillait et lui faisait l'amour jusqu'à ce qu'elle pleure de joie.

Oh oui, elle était heureuse. Si heureuse que cela la terrifiait.

Car combien de temps cela durerait-il ? La question la torturait jusqu'au milieu de la nuit et, lorsque Cameron s'éveilla et la trouva debout devant la fenêtre, elle prétendit que c'était parce qu'elle avait mal au dos.

— Laisse-moi t'aider, ma chérie.

Il l'aida à se recoucher, la disposa délicatement sur le côté et entreprit de lui masser le dos. Puis ses lèvres remplacèrent ses mains…

Et pour la première fois ils parlèrent. Marissa du père

qu'elle n'avait pas connu et de la mère qu'elle n'avait jamais comprise ; Cameron, de sa famille.

— Tu es merveilleuse, conclut Cameron. Et je… je…

Elle attendit, le cœur battant.

— Oui ? murmura-t-elle finalement, encadrant son visage de ses mains.

Marissa vit sa pomme d'Adam monter et descendre comme il déglutissait.

— Et je suis désolé que nous devions partir demain, reprit-il enfin. J'aimerais que nous puissions rester plus longtemps, mais j'ai une plaidoirie sous peu.

Pourquoi avait-elle tant envie de pleurer ? se demanda Marissa.

Surmontant sa tristesse, elle l'embrassa et répondit d'un ton dégagé :

— Bien sûr. Je comprends.

— Nous resterons plus longuement la prochaine fois, lui promit-il.

— Oui, la prochaine fois, répéta-t-elle.

Mais, alors qu'il lui faisait l'amour, Marissa songea qu'il n'y aurait peut-être pas de prochaine fois.

« Rien ne dure, lui avait dit sa mère. Mets-toi bien ça dans la tête. Rien ne dure, surtout si tu es assez stupide pour l'espérer… »

Lorsqu'ils franchirent enfin la frontière du Massachusetts, Cameron était une boule de nerfs. Marissa avait fait valoir une dizaine de raisons d'annuler leur visite à Keir, ce qui signifiait qu'elle était nerveuse, elle aussi.

Oui, mais elle ne pouvait pas l'être autant que lui.

« Hartford, 100 km. »

L'inscription passa si vite qu'il lui fallut quelques secondes pour l'enregistrer. Si Hartford était à cent kilomètres, à quelle distance était-il du domaine du Cerf ? Il regrettait à présent de n'avoir pas fait plus attention la dernière fois qu'il s'était rendu au vignoble de son frère.

De combien de temps disposait-il avant de devoir se garer devant la maison, de sortir de la voiture et de s'exclamer : « Salut, Keir, j'ai une surprise pour toi ! »

Il se retourna vers Marissa. Cette dernière fixait la route, les mains croisées sur son ventre, raide comme la justice. Bon sang, comment allait-il annoncer la chose à Keir ?

Il laissa échapper un soupir.

— Tu as dit quelque chose ?

Cameron tourna la tête vers sa femme.

— Non. C'est juste que…

Il hésita, prit une inspiration et conclut :

— Nous serons au Vignoble du Cerf sous peu.

Elle le dévisagea un instant, puis se tourna de nouveau vers la route.

— Tu aimeras Keir. Bon, peut-être pas tout de suite. Il est un peu… Mais tu adoreras Cassie. Elle est formidable.

— Tu es sûr que tu ne veux pas rappeler ton frère ?

— Je lui ai déjà téléphoné.

— Oui, mais tu lui as dit que tu venais le voir et que tu avais une surprise. Je veux dire, je sais que c'est ta famille et que tu les connais mieux que moi mais…

— Ne t'inquiète pas. Je sais ce que je fais.

Marissa se tourna de nouveau vers son mari. Sa voix était assurée, mais il avait l'air d'un homme prêt à se faire arracher une dent sans anesthésie.

— Et si je restais dans la voiture ? Pour qu'ils ne s'aperçoivent pas que je suis enceinte. En tout cas, pas tout de suite…

— En voilà une bonne idée. Nous arrivons et je leur explique que tu vas rester dans la voiture pendant que je rentre avec eux. Après quoi nous dînerons, et quand tout le monde sera couché, je te ferai rentrer !

Marissa ne put retenir, malgré sa nervosité, un éclat de rire.

— Tu as raison. Ça ne marcherait pas.

— En effet.

— Nous pourrions rentrer et… euh… leur annoncer seulement après un moment que nous sommes mariés.

— Avant ou après qu'ils auront remarqué que tu es enceinte ?

Marissa baissa les yeux vers son abdomen.

— Hmm, je crois qu'ils vont le remarquer rapidement.

Ce fut au tour de Cameron d'éclater de rire.

— Je le crois aussi. Et, à moins que mon frère ne prenne des médicaments qui le rendent idiot, il va tout de suite comprendre ce qui se passe en me voyant arriver avec une femme enceinte sur les bras.

— Sur les bras ?

— Façon de parler.

Songeant qu'elle aurait peut-être un peu moins peur si elle se mettait en colère, Marissa croisa les bras.

— Franchement, à ta place, j'aurais géré cette affaire différemment.

— Comment ?

— Je ne sais pas. Je lui aurais écrit une lettre.

— Excellente idée, ironisa son mari. « Cher Keir, comment se passent les vendanges cette année ? Comment va Cass ? Oh, au fait, je me suis marié et ma femme va accoucher dans quatre mois. »

— Et que dirais-tu de : « Cher Keir, devine quoi ? J'ai fait une énorme bêtise et maintenant j'en paie le prix en… »

Cameron mit soudain son bras devant elle, puis donna un coup de volant et s'arrêta plutôt brutalement sur le bas-côté.

— Ai-je jamais dit que j'avais fait une bêtise ?

— Tu n'en as pas eu besoin.

— Si j'ai envie de te dire que nous avons fait une erreur, je te le dirai, d'accord ?

Marissa détourna la tête. Elle aurait voulu trouver une repartie cinglante mais, à son grand dam, ne put que fondre en larmes.

Cameron jura, puis la prit dans ses bras et la serra farouchement.

— Ne pleure pas, dit-il d'une voix rauque, pressant de

tendres baisers contre ses cheveux. Je suis désolé, ma chérie. Je suis vraiment désolé. C'est vrai que ça ne sera pas facile. Mais nous y arriverons, d'accord ?

Elle acquiesça. Son nez coulait, son maquillage aussi, elle ressemblait à une baleine et elle allait rencontrer un homme que Cameron lui avait décrit comme sévère et intransigeant.

— Oui, dit-elle d'une voix tremblante. Nous y arriverons !

— C'est ça, fit Cameron. Tu vas voir, Keir est un chic type. Il sera surpris, mais il s'en remettra. Ça va mieux maintenant ?

— Oui, mentit-elle. Beaucoup mieux.

— Parfait.

Cameron déposa un baiser sur ses lèvres et redémarra.

— Je viens juste de reconnaître où nous sommes. Nous arriverons au domaine dans dix minutes.

Il emprunta bientôt le chemin qui bifurquait vers les collines. Plus ils se rapprochaient, plus Cameron songeait que Marissa avait raison. Il aurait dû annoncer la nouvelle par lettre, ou par téléphone, ou envoyer des signaux de fumée s'il le fallait. Tout plutôt que d'arriver à l'improviste.

Pourtant, la veille encore à Nantucket, cette solution lui avait paru parfaite. Il s'était vu arriver chez son frère et lui expliquer qu'il avait épousé Marissa parce qu'il était follement, éperdument amoureux d'elle.

*Seigneur Dieu !*

Il était amoureux d'elle !

Mais comment était-ce arrivé ? Quand ? Pourquoi ?

Non, le pourquoi était sans importance. On tombait amoureux sans raison. Ça arrivait, voilà tout. Il était sans doute amoureux d'elle depuis ce premier soir où ils avaient fait l'amour.

— Cameron ?

Il devait le lui dire. Mais quand ? Le moment était mal choisi, ils arrivaient et la demeure se profilait au bout du chemin…

— Cameron ?

Le mariage était une chose. L'amour en était une autre.

Il ne pouvait lui ouvrir son cœur avant d'être sûr et certain qu'elle partageait ses sentiments.

— Cameron !

Il se tourna vers elle. Et puis, au diable la prudence ! Il ne voulait pas attendre.

— Marissa, il faut que je te dise quelque chose…

— Regarde, murmura-t-elle en pointant le doigt droit devant.

Keir n'était qu'à quelques mètres de là, debout sur les marches de pierre de sa maison, un grand sourire aux lèvres.

— Cameron ! appela-t-il avec un geste de la main.

Le temps que Cameron descende de voiture pour ouvrir la porte à son épouse, le sourire de Keir s'était transformé en expression médusée. Et lorsque Marissa mit pied à terre, et que Cameron annonça : « Keir, voici ma femme », son frère cessa complètement de sourire.

— Un peu plus de salade ? demanda Cassie avec entrain, levant le saladier en terre devant elle comme une offrande propitiatoire.

Keir et Cameron secouèrent la tête. Marissa ne leva même pas les yeux de son assiette.

— Bien, dit Cassie avec encore plus d'entrain. Dans ce cas, nous allons pouvoir passer au dessert. C'est une tarte aux pommes. Je l'ai faite moi-même avec des Granny Smith de la ferme voisine. Laissez-moi juste débarrasser…

— Je vais t'aider, fit Marissa en se levant.

— Oh non. Non, tu dois être fatiguée après ce voyage. Après tout, tu es…

— Enceinte, acheva Marissa comme Cassie hésitait.

— Enceinte, oui. Comme moi.

Keir redressa la tête. « Non, pas comme toi », semblait dire son expression glaciale.

— Bon, reprit Cassie, tu peux m'aider, après tout. Tiens, tu pourrais faire le café. Normal pour les hommes, décaféiné pour nous parce que…

— Nous sommes enceintes, acheva Marissa d'un ton de défi.

Keir foudroya Marissa du regard, mais elle ne cilla pas et l'affronta en silence. S'imaginait-il qu'il pouvait l'intimider ? Rien de ce qui pouvait se dire dans cette maison ne l'intéressait.

A part peut-être ce que Cameron avait voulu lui dire au moment où ils étaient arrivés.

Marissa prit son assiette, contourna la table et entreprit de rassembler les autres. Personne n'avait mangé. Personne n'avait tenté de faire la conversation. Keir ne lui avait pas dit trois mots, et c'était inutile. Ses yeux en disaient assez long.

Et Cameron… Cameron ressemblait à une incarnation vivante de l'expression « entre le marteau et l'enclume ».

L'espace d'un instant, Marissa s'adoucit. Il faisait de son mieux, elle devait le reconnaître. Il lui avait tenu la main durant les affreuses premières minutes des présentations, puis avait glissé un bras autour de ses épaules comme ils rentraient dans la vaste demeure de pierre.

Lorsqu'ils s'étaient retrouvés seuls dans la chambre à laquelle Cassie les avait conduits, il lui avait pris les mains.

— Je suis désolé, Marissa. Vraiment désolé.

Elle avait acquiescé, incapable de parler.

— Je me suis trompé, avait-il poursuivi avec colère. Trompé sur toute la ligne. Mais les choses vont s'arranger, je te le jure. Simplement, ça ne se passera pas comme nous le pensions.

Puis il avait ajouté qu'il devait lui parler, mais qu'il préférait attendre un meilleur moment.

Elle avait opiné de la tête, atterrée. Elle savait ce qu'il voulait lui dire. Que malgré ces derniers jours, leur mariage était un désastre. Ils avaient beau s'entendre divinement au lit, Cameron regrettait de l'avoir épousée.

Elle n'était pas à sa place ici, dans sa famille, et son mari le savait. Elle-même avait dû affronter la vérité. Ces gens étaient riches. Ils détenaient le Pouvoir avec un P majuscule.

Elle n'était qu'une Perez. Une Mexicaine. Une Chicano. Elle n'avait rien, à part un père absent et une mère qui n'aimait rien tant que les bars et les hommes. Elle était ici comme un éléphant dans un magasin de porcelaine, et Cameron s'en était enfin aperçu.

— Marissa ?

Elle cligna des paupières. Depuis le seuil de la cuisine, Cassie la dévisageait.

— Tu veux bien apporter les assiettes dans la cuisine ?

Elle acquiesça. Cameron lui effleura la main mais elle prit soin de ne pas le regarder et se contenta de mettre un pied devant l'autre jusqu'à atteindre la cuisine.

Là, Cassie lui décocha un regard de compassion qui ne fit qu'accentuer sa colère. Elle n'avait pas besoin de pitié. Surtout de la part d'une princesse qui vivait dans une tour d'ivoire.

— Oh, Marissa, je suis désolée…

— Ne sois pas ridicule. Tu n'as pas à être désolée.

— Bien sûr que si. Pour le comportement de mon mari… Il est juste un peu surpris, c'est tout. Une fois qu'il aura repris ses esprits…

— Franchement, je me moque de ce qu'il pense, maintenant ou plus tard. Et je me moque de ce que *tu* penses.

Marissa déposa sans douceur les assiettes dans l'évier, puis se tourna et ajouta :

— En ce qui me concerne… En ce qui me concerne…

Et elle fondit en larmes.

— Oh ma chérie…, s'exclama Cassie en la faisant asseoir sur une chaise. Tiens…

Elle tira un mouchoir de sa poche et le lui tendit. Un cliquetis métallique se fit entendre et un trousseau de clés glissa à terre.

— Ah, soupira Cassie. Je me demandais ce que j'avais fait des clés de voiture.

Elle les déposa sur la table, puis se tourna vers Marissa et la prit par les épaules.

— Pleure un bon coup. Je vais dire à mon idiot de mari…

— Non ! S'il te plaît… Cameron viendra lui aussi et il va me voir pleurer.

— Pourquoi crois-tu que je trimballe tous ces mouchoirs ? Une femme enceinte pleure tout le temps, c'est normal.

— Pas comme ça. Je… je ne veux pas qu'il sache…

— Il sait déjà, à mon avis. Il doit être en train d'enguirlander Keir pour l'accueil qu'il t'a réservé.

— Non, fit Marissa en reniflant. Il doit lui dire qu'il a été stupide de m'épouser et qu'il annulera le mariage sitôt que nous serons de retour à Boston.

— Mais voyons, il est fou de toi ! N'importe qui le verrait.

— Non, il est juste fou de m'avoir épousée. Et tout le monde s'en rend compte, surtout ton mari.

— Ecoute-moi, Marissa. J'aime profondément Keir, pourtant ça ne l'empêche pas de se conduire en parfait idiot, parfois.

— Cameron et moi ne sommes pas faits l'un pour l'autre. C'est gentil de penser le contraire mais…

— Keir est surpris, c'est tout. Il se sent obligé de protéger ses frères. Il changera d'avis dès qu'il se rendra compte à quel point Cameron t'aime.

— Justement. Cameron ne m'aime pas. Il ne m'a épousée que parce que j'étais enceinte.

— Marissa… De nos jours, un homme n'est pas obligé d'épouser une femme parce qu'elle est enceinte.

— Sauf Cameron. Il pensait que c'était ce qu'il devait faire.

— Bien sûr. C'est un O'Connell. Mais il aurait pu se contenter de reconnaître l'enfant et de subvenir à ses besoins. Il n'avait pas besoin de te prendre pour femme. Et s'il l'a fait…

— C'est parce qu'il s'est laissé emporter par son sens du devoir.

— Non. C'est parce que tu comptes pour lui.

— Ça m'étonnerait.

— Marissa…

— Nous n'avions passé qu'une nuit ensemble quand il m'a épousée !

Cassie cligna des yeux, puis haussa les épaules.

— D'accord, c'est rapide, mais certaines femmes tombent enceintes facilement et…

— Tu ne comprends pas. Il n'y a eu que cette nuit-là entre nous. Je l'ai rencontré, nous avons couché ensemble et nous ne nous sommes pas revus pendant quatre mois. Quand Cameron a appris que j'étais enceinte, il a voulu m'épouser. Tu ne peux pas comprendre. Ça a dû être tellement différent pour Keir et toi…

Cassie se mit à rire.

— C'est vrai, c'était différent. Je le méprisais. Il me détestait. La seule chose que nous avions en commun, c'était un besoin irrépressible de coucher ensemble.

Stupéfaite, Marissa écarquilla les yeux.

— Tu es sérieuse ?

Avec un soupir, sa compagne s'assit en face d'elle, lui prit la main et la tapota affectueusement.

— Je te raconterai toute l'histoire un jour. Pour le moment, fais-moi confiance quand je te dis que je n'aurais pas parié dix cents sur notre relation.

— Vraiment ?

— Vraiment, oui. Tu imagines Keir O'Connell tomber amoureux d'une strip-teaseuse ? Parce que c'est ce que j'étais.

— Et… ça n'a pas dérangé Keir ? Ou sa famille ?

— Oh, ça a dérangé Keir, mais il l'a vite oublié. Quant à sa famille, ils sont tous très soudés. Je les adore. Ils m'ont accueillie à bras ouverts.

Puis Cassie se pencha vers elle et ajouta :

— Tu entends ce qui se passe dans la pièce voisine ? Les éclats de voix ? C'est probablement ton mari en train de traiter le mien de parfait imbécile.

Marissa sentit un vague espoir poindre au fond de son cœur.

— Tu crois ?

— Je le sais. Les O'Connell sont comme ça. Indépendants. Fiers. Et loyaux envers leurs femmes.

— Je te l'ai dit, Cameron ne…

— Et moi, je te dis qu'il t'aime. Toi aussi, n'est-ce pas ?

— Oui. Oui, je suis folle de lui.

Cassie lui tapota de nouveau la main, sourit et tendit l'oreille.

— Plus d'éclats de voix…

— C'est bon signe ?

— Etant donné que nous n'avons rien entendu se briser, j'en déduis que oui. Ils n'en sont pas venus aux mains. Ils doivent parler plus calmement maintenant. Qu'en dis-tu ? Nous rejoignons nos hommes ?

*Nos hommes.* Un sourire éclaira le visage de Marissa, et elle se leva.

— D'accord.

Toutes deux se dirigèrent vers la porte, mais Marissa toucha l'épaule de Cassie comme cette dernière entrebâillait le battant. Elle avait besoin d'une minute de plus pour se ressaisir.

— … pas à croire que tu aies fait une chose aussi stupide, entendit-elle Keir marmonner.

Cameron répondit par un soupir.

— Je sais. C'était pire que stupide.

Cassie se tourna vers Marissa, sur le point de dire quelque chose, mais Marissa lui imposa le silence d'un geste et tendit l'oreille.

— Tu es avocat, reprit Keir. Tu savais très bien ce que tu faisais.

— Ecoute, épargne-moi tes sermons. J'admets bien volontiers que se marier dans ces conditions était complètement idiot. Et ce soir, je dirai à Marissa que ce contrat était ridicule. Je n'ai pas besoin d'attendre deux ans pour ça.

— Voilà, c'est plus raisonnable.

Cameron ajouta quelque chose, mais Marissa avait cessé d'écouter. Les yeux brillants de larmes, elle dépassa Cassie et courut vers la table de la cuisine.

— Marissa ! Attends !

Mais Cassie était dans le neuvième mois de sa grossesse. Elle se sentait lourde et maladroite, et elle ne put rien faire pour empêcher Marissa de s'emparer des clés de voiture restées sur la table et de sortir en courant par la porte de derrière.

# 13.

Cameron fixa Cassie comme si elle lui parlait une autre langue.

— Marissa a fait quoi ?

— Combien de fois devrai-je te le répéter ? Elle est partie !

— Partie ? Partie où ?

— Je ne sais pas ! Je t'ai dit qu'elle avait pris les clés de notre 4x4.

— Ma femme s'est enfuie ?

— Dieu merci, il a compris ! s'exclama Cassie en levant les yeux au ciel.

Cameron pâlit brusquement.

— Mais qu'est-ce qui s'est passé ? Pourquoi ?

— Tout simplement parce qu'elle vous a entendus discuter de l'erreur tragique que tu as commise en l'épousant, et de ton intention de lui annoncer que tout était fini ! ironisa Cassie.

— Quoi ?

— Oh, ne prends pas cet air innocent, Cameron O'Connell !

— C'est ce que Marissa croit que j'ai dit ?

— C'est ce que tu *as* dit ! Inutile de mentir, je t'ai entendu aussi. Et dire que je venais de la consoler… de lui dire de ne pas pleurer quand pendant ce temps… Elle est folle de toi, Cameron ! Tu ne t'en es pas aperçu ?

— Elle est folle de moi ?

— Mais qu'est-ce qui vous prend ? s'exclama Cassie en regardant tour à tour son mari et son beau-frère. Vous êtes aveugles ? C'est une femme merveilleuse ! Tu n'es pas capable de voir ça, Cameron ?

Ce dernier songea qu'il avait été incapable de voir bien des choses. Et à présent sa femme — enceinte qui plus est — se retrouvait en pleine nuit sur une route qu'elle ne connaissait pas.

Cameron bondit vers la porte. Keir voulut le rattraper.

— Cameron ! Attends !

Mais la porte se referma derrière son frère.

— Tout ira bien, dit Cassie à son mari.

— Non, il va avoir besoin d'aide…

— S'il te ressemble, il se débrouillera très bien tout seul. Ça lui prendra peut-être du temps, mais il finira par la convaincre qu'il l'aime.

Keir sourit à sa femme. Il la prit dans ses bras et noua ceux-ci dans son dos, sur ses reins.

— Tu sais de quoi tu parles, on dirait.

— Hmm-hmm.

Il l'embrassa. Avec un soupir, elle se laissa aller tout contre lui.

— Tu as été affreux avec Marissa.

— C'est vrai. Mais j'ai cru qu'elle l'avait piégé.

— Cameron aurait dû te mettre son poing dans la figure. Bien sûr, je l'aurais assommé avec le rouleau à pâtisserie après ça, mais tu le méritais.

— C'est bien ce qui a failli arriver quand nous nous sommes retrouvés seuls. Cameron m'a dit qu'il m'aurait bien cassé la figure mais qu'il ne voulait pas créer d'agitation avec deux femmes enceintes dans la maison.

— Tu le pensais quand tu lui as dit qu'il avait été stupide d'épouser Marissa ?

— Ce n'est pas ce que j'ai dit. Tu as entendu la fin de la conversation. C'est vrai, j'ai commencé par le sermonner et lui reprocher d'avoir épousé une femme qu'il connaissait à peine. Il m'a répondu de me mêler de mes affaires.

— Et il avait raison, fit Cassie en souriant.

— Puis il m'a dit qu'il l'aimait, et j'ai répondu que dans ce cas c'était différent. Il a ajouté qu'il l'avait forcée à signer un contrat de mariage stupide incluant une clause qui stipulait que leur situation serait reconsidérée tous les deux ans. Et il a conclu en disant qu'il n'avait pas besoin d'attendre deux ans pour savoir que…

— Keir ?

— … pour savoir qu'il l'aimait et que cette clause était ridicule.

— Keir !

— Oui, je sais. Mais tout ira bien. Elle n'ira pas loin. Il la rattrapera.

— Non, ce n'est pas ça.

— Quoi, alors ? Tu veux que je m'excuse auprès de Marissa ? Dans ce cas, ne t'en fais pas. C'est la première chose que je compte faire quand ils reviendront.

— Ce n'est pas ça non plus. C'est le bébé.

— Quoi, le bébé ?

— Il arrive.

— Je sais. Mais nous avons encore deux semaines pour…

— Non ! Il arrive tout de suite !

Keir baissa instinctivement les yeux. Une petite flaque s'était formée aux pieds de Cassie… Puis il redressa la tête, la bouche en O.

— Il faut y aller ! Maintenant ! Ta valise ! Non, tant pis pour la valise. Vite, à la voiture !

Cassie se mit à rire, puis l'embrassa tendrement et souffla :

— Ne t'en fais pas. Tout se passera bien.

Cameron roulait à vive allure, bien plus rapidement que de raison étant donné le tracé de la route et la nuit.

Mais Marissa se trouvait sur cette route, elle aussi. Si jamais il lui arrivait quelque chose…

Non, il ne devait pas penser à ça. Il ne lui arriverait rien. Pas maintenant. Elle l'aimait, avait affirmé Cassie. Restait à espérer qu'elle lui pardonnerait d'avoir été un tel imbécile.

Il aurait dû tirer Keir de sa chaise et lui ordonner de s'excuser auprès de Marissa. Mais il n'avait pas eu le cœur de le faire devant Cassie, qui semblait sur le point d'accoucher.

Ce qu'il aurait pu faire, en revanche, c'était se pencher par-dessus la table, prendre la main de Marissa et lui dire qu'il l'aimait…

Cameron écrasa la pédale de l'accélérateur. Lorsqu'il la trouverait, il lui avouerait qu'il comptait bien l'aimer plus intensément chaque seconde pendant les cinquante prochaines années. Non, les cent prochaines années…

Des feux arrière apparurent soudain dans le noir, loin devant lui.

— Marissa, murmura-t-il.

Il accéléra encore. A son grand dam, sa femme fit de même. Etait-elle folle ? La route se rétrécissait, et était à cet endroit bordée d'arbres pareils à des sentinelles. La moindre erreur de conduite pouvait avoir des conséquences dramatiques.

Il lui fit des appels de phares. Elle pressa encore l'allure, et il lâcha un juron.

— Bon sang, ralentis !

Et maintenant ? S'il continuait d'accélérer, elle ferait de même. Il décida donc de ralentir, même s'il lui en coûtait.

Les lumières disparurent soudainement devant lui. La gorge sèche, Cameron tenta d'en comprendre la raison. Y avait-il un virage dangereux à cet endroit ? Un fossé ?

Non, il se souvenait, à présent. La route tournait, mais sans danger.

Les phares réapparurent. Cameron vérifia qu'aucune voiture ne venait en face, adressa une prière silencieuse aux dieux qui se trouvaient dans le voisinage, enfonça l'accélérateur et dépassa Marissa.

Lorsqu'il eut mis suffisamment de distance entre elle et lui, il freina, s'arrêta à l'endroit même où il avait arrêté la voiture à l'aller et descendit du véhicule pour se mettre en travers de la route, les bras écartés.

Le 4x4 déboula soudain, et il sut que Marissa l'avait vu car elle ralentit aussitôt. Malheureusement, elle ne semblait pas avoir l'intention de s'arrêter, mais de le contourner.

— Marissa, cria-t-il comme elle le dépassait à petite vitesse. Je t'aime !

Avec le bruit du moteur, il y avait fort à parier qu'elle ne l'avait pas entendu.

— Je t'aime ! cria-t-il de nouveau.

Enfin, après ce qui lui parut une éternité, elle se gara à son tour sur le bas-côté, cent mètres plus loin, et coupa le contact. Il courut jusqu'à sa porte, mais elle était fermée.

— Marissa, je t'aime, répéta-t-il à travers la vitre.

Elle ne répondit pas, ne le regarda même pas. Il repensa à cette poursuite folle, à ce qui aurait pu lui arriver, et la colère épaissit sa voix.

— Marissa, ouvre cette porte !

Enfin, elle se tourna vers lui.

— Non.

— Ouvre, ou alors…

Une Ferrari arriva en trombe. Cameron se retourna et eut le temps de voir Cassie lui adresser un grand sourire et un signe de la main.

Il pivota de nouveau vers le 4x4.

— Cassie et Keir savent que je t'aime ! La seule personne qui l'ignore encore, c'est…

La porte s'ouvrit.

— Arrête de crier, dit sa femme. Tu vas réveiller tout le monde.

Elle faisait de son mieux pour paraître en colère, mais sa voix trahissait son émotion.

— Il n'y a personne dans les environs à part des vaches, fit-il valoir.

— Eh bien tu fais assez de bruit pour les déranger. Qu'est-ce qui te prend de prétendre que tu m'aimes ?

— Et toi, qu'est-ce qui te prend de t'envoler comme ça ?

— C'est la première chose intelligente que j'aie faite depuis que tu as débarqué dans ma vie.

— Je ne te laisserai pas partir.

— Oh, j'ai gâché tes plans ? Je t'ai empêché de me sortir le petit discours que tu avais préparé ? Celui où tu me dis que désolé, mais tu as fait une énorme erreur et...

— Je t'aime !

— Il est trop tard pour ça. C'est moi qui ai fait une erreur. Une énorme erreur en...

Cameron l'attira à lui et l'embrassa. Elle lutta, mais sans conviction, et se mit à pleurer avant même de s'affaisser contre lui. Ce fut alors qu'il sut que Cassie avait raison.

Sa femme l'aimait.

Il la prit par les épaules et l'écarta légèrement de lui.

— Tu m'aimes, déclara-t-il.

— Ne sois pas ridicule ! Pourquoi aimerais-je un homme qui vient de dire à son frère qu'il allait se débarrasser de moi ?

— Ce que je lui ai dit, c'est que j'allais me débarrasser de ce contrat ridicule ! Et que je n'aurais jamais dû te forcer à m'épouser !

Puis sa voix s'adoucit et il poursuivit :

— Ce que j'aurais dû faire, c'est t'offrir des fleurs, te séduire, te dire ce que j'avais au fond du cœur...

— Tu n'as pas de cœur, protesta faiblement Marissa.

— J'admets avoir eu du mal à le trouver. Mais j'en ai un, et il déborde d'amour pour toi.

— Ah ! s'exclama sa femme.

Mais ses yeux brillaient à présent d'espoir...

— Je t'aime, reprit Cameron avec ferveur. Et tu m'aimes. D'ailleurs, je ne te laisserai pas partir d'ici avant que tu l'admettes.

— Dans ce cas, O'Connell, prépare-toi à attendre ! s'exclama Marissa.

Puis elle ruina son effet en nouant ses bras autour de son cou et en murmurant tout contre ses lèvres :

— Je t'aime. Et je t'aimerai toujours.

Cameron sentit une vague de soulagement le submerger. Savoir que sa femme l'aimait était une chose, l'entendre de sa bouche en était une autre.

— Moi aussi je t'aime. J'aurais dû te le dire.

— C'est vrai.

— Je promets de te le dire matin midi et soir pour les cent prochaines années.

— Seulement trois fois par jour pendant cent ans ? demanda-t-elle. Ce n'est pas assez.

— Tu es dure en affaires…

— J'essaie, fit Marissa avec un sourire.

Cameron se mit à rire et lui caressa tendrement le ventre.

— Tu entends ça ? Ta mère fera une sacrée avocate. Peut-être même qu'elle acceptera de devenir mon associée.

— Tu essaies de me corrompre ? demanda la jeune femme, le regard pétillant de malice.

— Peut-être. Encore que j'aie d'autres formes de corruption bien plus créatives à l'esprit. Je compte les mettre en pratique dès que nous aurons regagné notre chambre.

— Si c'est vraiment, vraiment créatif, alors ça pourrait m'intéresser…

Cameron aida sa femme à monter dans le 4x4, puis s'installa au volant.

— Et ta Porsche ? demanda-t-elle.

— Je reviendrai la chercher demain. Elle peut attendre. Pas moi. Je meurs d'envie de te faire l'amour.

Marissa songea à lui dire qu'il recommençait, qu'il faisait des projets pour elle sans la consulter…

Mais tout bon avocat savait que si la partie adverse proposait un arrangement satisfaisant, alors la meilleure chose à faire était de sourire et d'accepter…

Ils se marièrent de nouveau, cette fois dans les formes.

Marissa Perez devint Marissa Perez O'Connell par une magnifique journée d'hiver, dans le solarium de leur maison de Nantucket. Mais la vedette de la journée fut incontestablement leur fils nouveau-né.

Marissa regarda son mari, magnifique dans son costume

de marié. La cérémonie terminée, ses frères sifflèrent et applaudirent au point qu'il en devint cramoisi.

Puis les femmes se retrouvèrent pour une séance de remaquillage avant la poursuite des réjouissances. Toutes étreignirent Marissa et lui souhaitèrent la bienvenue dans la famille. Ensuite, elles descendirent rejoindre le reste des invités.

Seule Megan s'attarda.

— Ne m'attendez pas, lança-t-elle. Je voudrais me repeigner. J'arrive dans une minute.

La porte se referma, et Megan soupira, soulagée d'avoir un moment de solitude.

Sa nouvelle belle-sœur avait l'air si heureuse ! Tout comme Cassie et Fallon. La première avec son bébé, la seconde dont la grossesse commençait à se voir… Toutes regardaient leur mari avec des étoiles dans les yeux.

Qu'est-ce qui n'allait donc pas chez elle ? Etait-elle la seule à ne pas vouloir se marier ? A penser qu'une femme n'avait pas nécessairement besoin d'un mari et d'enfants ?

Quelqu'un frappa légèrement à la porte. En hâte, Meg passa une main sur ses yeux qui, sans raison particulière, la piquaient.

— Oui ?

La porte s'ouvrit et Sean passa la tête par l'entrebâillement.

— Eh ! Ça va, sœurette ?

— Très bien.

Sean lui tendit la main.

— Il faut nous serrer les coudes, maintenant que nous ne sommes plus que trois O'Connell assez censés pour rester célibataires.

Megan se mit à rire, puis lui prit la main et se laissa entraîner vers les festivités.

**A paraître le 1er mars**

*Best-Sellers n°502 • suspense*

**Je ne t'ai pas oublié** - Karen Harper

Deux ans ont passé depuis que Tara Kinsale, détective privée, est sortie de longs mois de coma. De ces mois d'inconscience, elle n'a conservé que le souvenir vague d'un voile blanc. Et au réveil, ce terrible choc : pendant ce temps, son mari avait obtenu le divorce. Alors qu'elle reprend à peine le fil de sa vie, elle se retrouve de nouveau en état de choc quand un médecin lui annonce qu'elle a mis au monde un bébé pendant son coma. Un enfant ? Impossible. Et pourtant, le doute s'insinue dans son esprit. Pourquoi ses proches refusent-t-ils de répondre à ses questions s'il n'y a rien à cacher ? De son chalet perdu au cœur de la luxuriante vallée de Shadow Mountain, épaulée par Nick MacMahon, un homme qu'elle connait depuis peu mais en qui elle a spontanément eu confiance, Tara se lance dans une enquête sur ce long coma au cours duquel l'impensable s'est produit.

*Best-Sellers n°503 • suspense*

**Le cercle brisé** - Nora Roberts

Emma a trois ans quand elle est arrachée par son père, riche et célèbre musicien de rock vivant à Los Angeles, aux bas-fonds de Londres ainsi qu'aux mauvais traitements d'une mère alcoolique et droguée. Alors que la vie paraît enfin sourire à la petite Emma, c'est le drame : elle assiste, impuissante, au meurtre de Darren, son demi-frère de deux ans. Sous le choc, Emma enfouit au plus profond de sa mémoire le souvenir du visage du ravisseur, tandis que grandit en elle un terrible sentiment de culpabilité : elle n'a pas su protéger son petit frère adoré. D'autant que, malgré une longue enquête, le meurtrier n'a jamais été retrouvé. Adulte, Emma devient une photographe célèbre. Mais la petite fille en elle n'a jamais oublié le drame. L'image imprécise du meurtrier hante ses cauchemars. Pour vivre enfin en paix, Emma va devoir le démasquer. Mais pour y parvenir, il lui faudra provoquer un scandale retentissant, et mettre en danger sa propre vie…

*Best-Sellers n°504 • suspense*

**L'île du mystère** - Heather Graham

En décidant de racheter le musée Beckett de l'île de Key West, en Floride, pour le restaurer et le rouvrir au public, Katie O'Hara s'apprête à réaliser l'un de ses souhaits les plus chers, dans ce lieu auquel elle reste profondément attachée. Un attachement que le crime commis là dix ans plus tôt ne peut en rien diminuer. Mais rapidement, un obstacle inattendu se dresse devant elle : le propriétaire, le photographe David Beckett, décide soudainement de s'opposer à la vente, et de revenir s'installer à Key West. Malgré le choc que lui cause cette nouvelle, Katie décide de convaincre le séduisant David du bien-fondé de son projet. Jusqu'à ce qu'elle apprenne qu'il a lui-même été soupçonné du meurtre dix ans plus tôt…

*Best-Sellers n°505 • féminin*

**L'enfant du scandale** - Barbara Delinsky

Hugh et Dana forment un couple harmonieux malgré leurs différences. Si Dana vient d'un milieu modeste et n'a jamais connu son père, Hugh, issu de la bourgeoisie bostonienne, a dû lutter pour faire accepter son épouse dans sa famille. Alors que l'arrivée d'un enfant semble apaiser les passions, c'est un véritable scandale que déclenche la naissance de la petite fille. Car, alors que rien ne le laissait prévoir, la fillette a la peau noire. Abasourdis, déchirés entre la joie et la soif de réponses, les jeunes parents décident d'explorer leurs racines… au risque de déterrer les secrets du passé…

*Best-Sellers n°506 • féminin*

**Jusqu'au bout du rêve** - Sherryl Woods

Bouleversée par sa rupture douloureuse avec Connor O'Brien, Heather Donovan quitte Baltimore pour s'installer à Chesapeake Shores avec Mick, leur petit garçon de un an. En choisissant de vivre dans ce petit paradis en bordure de mer, elle espère se reconstruire, et surtout, permettre à son fils de s'épanouir au grand air. Mais rien ne se déroule comme Heather l'avait prévu. Car Connor, qui a toujours refusé avec entêtement de se marier avec elle, lui préférant sa brillante carrière d'avocat, cherche désormais à la reconquérir. Déstabilisée par cette attitude, mais déterminée à se tenir aussi loin que possible de celui en qui elle n'a plus confiance, Heather se consacre entièrement à son fils et à la petite boutique qu'elle vient d'ouvrir. Jusqu'à ce qu'un choc violent et inattendu vienne à nouveau bouleverser sa vie…

*Best-Sellers n°507 • suspense*

**La mémoire volée** - Beverly Barton

Quels secrets se cachent entre les murs de l'imposante demeure de la plus ancienne famille du Mississippi ? Missionné par G.W Wesbrook, le patriarche du clan, pour retrouver sa petite fille Leslie Anne qui vient de fuguer, Dante Moran a la sensation gênante de faire intrusion dans une affaire de famille complexe, douloureuse. Une histoire à laquelle il se sent complètement étranger, jusqu'au jour où il rencontre Tessa, la mère de Leslie Anne. Troublé d'abord par la beauté fragile de Tessa, Dante reçoit un choc lorsqu'elle plonge ses yeux dans les siens. Car ce regard réveille en lui l'éclat d'un autre regard, le souvenir d'une autre femme, perdue il y a longtemps…

# BestSellers

*Best-Sellers n°508 • historique*

**La princesse celte** - Helen Kirkman

*Angleterre, Royaume de Northumbrie, 716*

Après avoir échappé au mariage que son père, le roi des celtes, voulait lui imposer, Alina s'est réfugiée dans un couvent isolé où elle mène une existence simple, au mépris de son titre de princesse. Mais sa vie est bouleversée lorsqu'un matin, un sombre guerrier fait irruption dans le couvent, l'épée à la main et l'éclat de la vengeance dans les yeux. Car cet homme, cet être d'ombre et de lumière, n'est autre qu'Athelbrand le saxon avec lequel elle s'est enfuie la veille de son mariage et qu'elle a ensuite quitté sans explications, le condamnant au déshonneur et à l'exil. Brand, qu'elle a aimé de tout son cœur et de toute son âme mais qu'elle a trahi malgré elle…

*Best-Sellers n°509 • historique*

**Le secret de lady Scarlet** - Nicola Cornick

*Fortune Folly, Yorkshire, 1810*

Pour empêcher Nat Waterhouse, son ami d'enfance, de faire un mariage d'intérêt avec une riche héritière, lady Elizabeth Scarlet est prête à tout. Y compris à élaborer un plan aussi audacieux que scandaleux pour y parvenir : kidnapper et enfermer Nat dans un manoir désert la veille de la cérémonie.

Et tout se déroule comme prévu jusqu'au moment où Nat comprend qu'il a été piégé. Furieux, il l'accuse de se comporter en petite fille gâtée et capricieuse. Pis encore ! il sous-entend qu'elle est amoureuse de lui depuis toujours et qu'elle jalouse sa fiancée. Blessée dans son orgueil, profondément gênée par les insinuations de Nat, Lizzie décide de lui prouver qu'elle ne le laisse pas aussi indifférent qu'il veut le faire croire…

Composé et édité par les
*éditions* HARLEQUIN
Achevé d'imprimer en février 2012

CPI
BRODARD & TAUPIN

La Flèche
Dépôt légal : mars 2012
N° d'imprimeur : 66851

*Imprimé en France*